LA HERMANDAD DE LA LUNA CARMESÍ
EL PRINCIPIO DEL FIN

DANTE DAVID FLORES ALEGRE

4.

La Hermandad de la luna carmesí: Principio del fin
Por: Dante David Flores Alegre

D. R. © Dante David Flores Alegre

Primera edición:
29 de febrero del 2024

Deword Editions

Corrección de estilo:
Olvera Valles Ricardo Arturo

Portada:
Olvera Valles Ricardo Arturo

Todos los Derechos Reservados. Queda prohibida la reproducción total o parcial, directa o indirectamente de la presente obra, por cualquier medio o procedimiento digital, analógicos o electrónico sin contar con la autorización expresa y por escrito del autor en los términos de la Ley Federal del Derecho de Autor, y en su caso de los derechos, de los tratados internacionales. Toda persona que inflija esta disposición se hará acreedora a las sanciones legales correspondientes

6

Capitulo 1 Soy el monstruo que creaste

El calor sofocante del día y las cobijas aletarga su cuerpo. Afuera en la calle se podía observar esas extrañas ondulaciones emanadas del asfalto. La llegada de un Mercedes fue desapercibida por los peatones y vecinos, tan sólo una mujer anciana observaba con recelo mientras regaba sus plantas. Cuando se detuvo enfrente de la casa con la puerta semicerrada un hombre de traje salió, era de estatura baja y un rostro pulcro. Se adentro en la casa mientras su compañero no soltaba las manos del volante y las llaves. Al llegar a la primera puerta introduce una extraña llave, esta se deslizó entre los engranajes de la cerradura hasta tomar la forma exacta, permitiendo mover el mecanismo para abrir. Al dar el primer paso no se escuchó ningún ruido, su caminar era extraño y movía constantemente la mirada como un gato.

En el primer piso, subiendo las escaleras a mano derecha en la primera puerta, se encontraba una habitación que al entrar no podías ver el piso por la cantidad de periódicos, papeles y desechos de comida. Arrojó las cobijas por el calor mostrando su delgado cuerpo, tenía una playera blanca con la frase "no más" en letras rojas y un pantalón deportivo como pijama. Su largo cabello no dejaba ver su rostro, justo a un lado de su cabeza un teléfono celular con treinta y cinco botones. El timbre del teléfono sonó, parecía una alarma policíaca. El hombre en la planta baja lo escuchó y desenfundó una pistola con silenciador.

—Bueno —respondió Victoria al contestar teléfono, sin abrir los ojos.

—Hola amor, ¿cómo te levantaste? —dijeron del otro lado de la llamada.
—Sabes que no me gusta que me despiertes tan temprano Sebastián —dijo Victoria con una voz de reproche.
—Es casi mediodía amor, no creo que se considere temprano —dijo Sebastián mientras se escuchaba una carcajada al final—. Hoy teníamos que llegar temprano para preparar todo. Estoy con los chicos, están trabajando en unos carteles muy bonitos y quieren tu aprobación. Toda la mañana estaba escuchando la pregunta "¿Dónde está Victoria?"

El intruso escuchó tenuemente el sonido de las voces, se apresuró a la cocina y se detuvo justo donde estaban los cuchillos. Sacó un pequeño sobre. Victoria se levantó apresurada, camino dando vueltas a su cama por los pocos espacios vacíos libres en el piso, se detuvo justo enfrente de un periódico antiguo donde mostraban la desaparición de sus padres, el papel ya era amarillo, desgastándo por el roce de los dedos, a su alrededor más periódicos, anotaciones y copias fotostáticas. Lo hacía cada mañana justo antes de salir de su habitación, abrió la puerta y caminó hasta llegar al baño donde se sentó, todos sus pasos se escucharon en la planta baja. El hombre colocó el sobre debajo de los cuchillos y comenzó a retirarse.

—¿Qué es ese ruido? —preguntó Sebastián.
—Es la televisión —dijo Victoria mientras bostezaba.
—¿Estás en el baño?, porque escucho mucho eco.
—Si, estoy acabando de bañarme, salgo en cinco minutos.

Tardó veinte minutos bañándose, dejando el altavoz para escuchar a Sebastián. Bajo las escaleras aún entreabiertos sus ojos, se sostuvo del barandal con una mano y sostenía el teléfono con la otra. Al estar en el último escalón escucho un ruido proveniente de la puerta principal. Se acercó lentamente, intentó abrir la puerta, pero estaba cerrada.

—¿Qué pasa Victoria? ¿Por qué no respondes?
—Lo siento ¿qué dijiste?

—Tenemos que acabar esta actividad.
Victoria siguió hasta llegar a la cocina donde puso una pequeña tetera, encendió la parrilla eléctrica y la colocó en el fuego.
—¿Y a qué hora acabaran las actividades? —preguntó Victoria mientras abría los ojos por completo.
—No lo sé, ¿por qué? —preguntó Sebastián fingiendo desinterés.
—Te dije que mis tíos no estarán hoy y todo el fin de semana. Se llevaron a mi hermano con ellos así que tenemos la casa sola—. Victoria sonrió enormemente aprovechando que nadie la veía.
—A eso—. Se escucha aún más acentuado el desinterés de Sebastián. —No lo sé. No he pedido permiso para eso.
La sonrisa de Victoria desapareció y una cara furiosa comenzó a brotar de sus expresiones.
—Es una broma, claro que tendremos todo el fin de semana para nosotros. Les dije a mis papás que me quedaría con los chicos y de hecho ellos ya están planeando algo formal, así que si les llaman mis papás les dirán que estoy con ellos.
Al escuchar esas palabras Victoria recuperó su sonrisa.
—Muy bien, será después de la escuela entonces.
—Si amor, pero primero debemos de hacer este trabajo y el equipo te necesita —le respondió Sebastián mientras sonreía.
La felicidad en el pecho de Victoria comenzó a expresarse con fuertes latidos, el color de su rostro enrojeció y sintió un calor que se extendía por todo su cuerpo. Mientras sus labios mostraban todos sus dientes con una sonrisa tonta. Procuró respirar hondamente para pensar lo que debía decir.
—Nos vemos en la escuela —dijo Victoria rápidamente mientras le colgaba.
Observó la cocina, miró la estufa, recogió unos cubiertos y colocó toda la comida que debía cocinar para su desayuno. Se dirigió rápidamente por un cuchillo y notó un pedazo de papel finamente doblado, ese papel no lo había visto cuando limpió la cocina ayer y llamó su atención acercando su mano, "¿un mensaje

de mis tíos?" pensó de inmediato. Lo recogió y se detuvo justo cuando vio el símbolo de su familia en el pequeño papel, la cabeza de un jaguar de los antiguos códices. Extendió el pedazo de papel.

26 de abril del 2000

Querida Victoria, quisiera estar contigo para cuando necesites de mi ayuda, quisiera ser tu amiga y guardia de seguridad, me temo no será posible, los días de tu padre y los míos están contados, nuestra decisión de separarnos de ti es justamente para salvarte a ti y a tus hermanos, nunca terminaré de decirte cuánto te amamos, ni cuánto estaríamos dispuestos a hacer por ti como entregar nuestras vidas, por ejemplo, perdona si te aturdo un poco. Conoce la verdad hasta este momento.

Nunca tomes a la ligera estas palabras, su significado podría salvarte algún día.

Nunca la vida fue miseria
Una vida de sacrificios recordada con miseria.
Vivo una vida de miseria
Una vida de sacrificios o un recuerdo miserable.

Se apresuró de inmediato a su habitación mientras leía una vez más el texto, abrió la puerta y se abalanzó en una pila de documentos buscando una carta. Justo en medio encontró un sobre escrito del puño y letra de su madre. Había asistido a un curso para identificar las características del tipo de letra, pero incluso si no hubiera ido estaría más que seguro que es la letra de su madre. Sin siquiera mirar la fecha del periódico sabía que fue escrita cinco días antes de que desaparecieran.

Victoria trataba de tranquilizar su respiración, caminó por toda su habitación en círculos pateando algunas pilas de papeles para darse espacio. Camino hasta su mochila, colocó varios papeles, su computadora, bajó a la cocina a apagar todas las parrillas recordando las mil veces que le dijo su tía. Justo cuando cerró su casa con llave comenzó a correr.

En el Colegio Siglo XXI el calor era intenso. Su explanada normalmente vacía a esta hora se encontraba llena de estudiantes de todos los niveles, pintando y dibujando sobre pancartas y cartones. Faltaban tan solo unas horas para que acabara oficialmente el semestre, los siguientes días los estudiantes tendrían la libertad de entrar o salir de la escuela sin ninguna restricción.

—Hola compañeros —se escuchó una voz a través de un amplificador—, quiero agradecerles por su tiempo, recordarles que el día de mañana será la marcha y que nos reuniremos enfrente de la escuela a la 1, repartirán el mapa de la ruta en estos folletos por si no logran llegar, comenzará la marcha a la 1:30, sean puntuales por favor.

Bajo el amplificador para seguir pintando una pancarta hecha de cartulina.

—Bien hecho Sebastián, ¿Oye no sabes nada de Victoria?

El chico observó confiando a su amigo, le sonrió y negó con la cabeza. Sebastián sabía lo despistada que era su novia, más que hacerlo para no apoyarlos seguramente se había quedado dormida pensó.

—Seguro se quedó dormida Gabriel —respondió Sebastián, sonrió y se levantó de su pancarta ya terminada.

Caminó observando los diferentes diseños de las pancartas, había sido elegido como juez para seleccionar la mejor diseñada.

El fotógrafo de la escuela estaba cubriendo la nota, tomaba una fotografía y luego revisaba si la había tomado bien. En más de una ocasión repetía o tomaba diversos ángulos de algunos proyectos.

—¿Cómo has estado Joaquín? —dijo Sebastián mientras tomaba una quinta foto.

—Muy bien Sebastián, este año los proyectos están increíbles. El mejor hasta el momento.

—¿A cuantas marchas anuales has ido? —preguntó Sebastián con curiosidad.

—Solo a dos —respondió Joaquín rápidamente—, pero en el club de fotografía tenemos fotos de todos los años, vi la del años

anteriores y nunca nadie había organizado tan bien el evento como tu.
—A lo mejor no había tan buenos fotógrafos como otros años —dijo Sebastián.

Joaquín le respondió el halago con una sutil reverencia, ambos se despidieron con la mano y siguieron su camino.

Después de revisar todos los proyectos y hablar con el comité organizador, firmó al principio de la lista como presidente. En esa hoja se encontraban todos los nombres de los participantes e incluso algunos profesores que llegaron apoyar a sus alumnos. Caminó hasta la biblioteca donde observó una silueta familiar. Se acercó en silencio y la abrazó con fuerzas. La chica comenzó a moverse con desesperación intentando golpearlo.

—¿En qué pendejada estabas pensando? —preguntándole casi a gritos Victoria.

—¿Pero qué te pasa Victoria? —pregunta Sebastián asustado por la expresión en el rostro de Victoria.

Por un instante sus miradas se cruzaron, «después de tantos años sigues conmigo, sin importar lo cabeza hueca que he sido o las veces que no he querido verte, sigues aquí a mi lado» pensó Victoria mientras extendía sus brazos alrededor de Sebastián, sintió los músculos de su novio, lograba percibir su respiración y cuando puso la cabeza en su pecho logró escuchar su corazón. Sebastián extendió sus brazos alrededor del cuerpo de Victoria haciéndola sentir una cálida presión. La cabeza de Victoria quedó en medio del pecho de Sebastian, eso le ayudó a escuchar con más claridad su corazón y distinguirlo de entre todos los ruidos, al grado de saber cómo latía cuando se separaron.

—¿Qué pasó? —preguntó Sebastián.

A Victoria le daba escalofríos esa pregunta.

—Había un mensaje, creo que lo dejaron mis tíos antes de irse —dijo Victoria.

Llevó su mano al bolsillo del pecho en la parte interna de su chamarra, justo a la altura del corazón. Sebastián trató de solo rozar con sus dedos el papel que tanto cuidaba su novia le mostró. Cuando terminó de leer el papel la vio a los ojos.

—Tenías razón —dijo Sebastián—, tus padres no desaparecieron.

Victoria dio un brinco para sostener del cuello de Sebastián, mientras este la cachaba para que no se cayera. El rostro de la chica en sus brazos no era visible y fue en ese momento que por fin lograba llorar aunque sea un poco.

Salieron de la biblioteca cuando Victoria se calmó un poco. Sebastián sostuvo su mano con fuerza en todo momento. La calidez entre sus dedos era confortable para la chica. Tardaron poco en llegar a la banca, una banca hecha de concreto diseñada para que los alumnos esperarán las clases que con el tiempo se volvieron puntos de reunión. En esta tenía una letra H saliendo de un círculo.

—¿Qué es lo que vamos hacer amor? —dijo Sebastián cuando la chica se sentó.

—No lo sé Sebastián —dijo Victoria claramente—. Por muchos años creí que volvería a ver a mis padres, incluso en su funeral nunca entendí porque enterramos dos ataúdes vacíos —dijo Victoria entre cortando su garganta—. Aún los recuerdo, ese día los esperaba con tantas ganas, quería gritarles ¡ganamos!, me dormí lo más tarde que pude y fui la primera en levantarme para ir a buscarlos a su habitación, pero ya nunca volví a verlos—. No pudo ocultar el llanto y con las palabras entrecortadas siguió. —Cada día los estoy buscando, porque sé que sí hay una pequeña posibilidad de encontrarlos, ellos saben que los encontraré.

Victoria logra controlar sus lágrimas y comienza a llorar mientras Sebastián la abraza. Algunos chicos a su alrededor notan sus lágrimas y deciden alejarse para dejarlos solos. Minutos después una figura se acerca, Sebastián la saluda y ésta se detiene en cuanto ve a Victoria llorar.

La silueta logra distinguirse entre la mirada llena de lágrimas de Victoria, su color de piel trigueña y su hermosa sonrisa de dientes blancos como las perlas la distinguían. En cuanto se acercó su rostro dejó una expresión sería dejando ver sus rasgos.

—Hola Ximena —dijo Victoria al verla lo suficientemente cerca.

—¿Vic? —dijo Ximena susurrando—, ¿Estás bien?

—Para nada bien Ximena —dijo Victoria—. ¿Dónde están los demás?

—Apenas saliendo de la primera clase —dijo Ximena—. ¿Por qué no fuiste a clase?

—Pasó algo terrible —dijo Victoria.

Mientras caminas entre los diferentes proyectos de pancartas puedes notar huellas de decenas de manos y leyendas como "las queremos vivas", "esto va por ustedes" o "ya basta". La huella de una mano pintada con rojo carmesí en la pancarta principal aún se encontraba fresca y comenzaba a gotear manchando el cemento de pintura. Solamente permanecían los responsables de exponer el significado de cada proyecto.

Victoria en la banca terminaba de relatar todo lo que había pasado. Ximena recordaba el día del entierro de los padres de Victoria, era un recuerdo tan antiguo y a la vez tan presente. Mientras se tranquilizaba vieron a una chica de con una falda negra con líneas rojas, una playera negra de mangas largas con el logo de panda, un pequeño flequillo que ocultaba parte de su rostro. Su piel parecía de color mantequilla.

—¿Cómo están los muchachos? —preguntó la chica.

—No muy bien Adri —respondió Victoria mientras trataba de calmarse.

—¿Pues qué pasó? —preguntó Adri.

Ximena le contó lo sucedido, a Adri se le erizó la piel. Había pasado mucho tiempo desde aquellos recuerdos de esos días en los que jugaban carreras y luego pasó el funeral de los padres de Victoria.

—¿Dónde están los demás? —preguntó Victoria.

—Siguen en sus clases —dijo Adri—. Ya solo entregando calificaciones. Creo que Raul y Leonardo tienen examen ahora.

—No puedo estar aquí —dijo Victoria—. Iré a la guarida.

Victoria se levantó lo más rápido que pudo, no se esperó a Sebastián mientras lo veía atónita.

—No creo que esté bien —dijo Sebastián—. Muchachas les mandaré mensajes a los demás. Creo que Victoria necesita nuestra ayuda. ¿Qué les parece si nos vemos en la guarida dentro de una hora?, de todos modos ya tenemos la calificación que nos dirán y no podremos hacer nada hasta que regresemos de vacaciones.

—Por mi está bien —dijo Adri.

Ximema asintió con la cabeza mientras se mordía las uñas.

Sebastián comenzó a caminar mientras tecleaba en su teléfono «nos vemos en la guarida dentro de una hora, pasen por las chicas a la banca». Tecleo un botón más y se enviaron a cinco personas. Después de algunos metros Victoria caminaba como sin rumbo, observando a todos lados. Apenas nota cuando el brazo de Sebastián la cubre y continúan caminando juntos.

Afuera del Colegio Siglo XXI se encontraban una docena de pequeños locales de comida, libros, revistas y películas. Algunos muy sencillos tenían su mercancía en grandes y bajas mesas para poder verla mejor. Otros tenían anuncios del menú de hoy, el mismo de todos los días. La afluencia de alumnos los hacía casi imperceptibles, complicado para las personas que los estaban buscando. Sin ningún tipo de placa, vestidos con ropa de civil y tan solo un teléfono en el bolsillo dos sujetos notaron sus movimientos.

Observaron como Sebastián y Victoria subieron en un camión. Se bajaron de este camión cerca de la estación del metro San Juan. Justo en ese punto se detuvieron para besarse y dar unas vueltas. Los siguieron hasta que observaron cómo subían a una camioneta Urvan de la red de transporte. Siguieron la camioneta hasta que pidieron bajar en un baldío, donde por más que intentaron esconderse no lo lograron, llegaron hasta una pequeña planicie rodeada de árboles en una zona industrial donde un cartel de luz neón de un Motel los iluminaba. Uno de ellos cogió su teléfono.

—Los perdimos —dijo después de marcar un número que se sabía de memoria, y lo borró cuando terminó la llamada. Sebastián y Victoria los observaron ocultos. Sebastián recuerda haberlos visto cuando se besaron. Se mantuvieron entre la vegetación y las ruinas de algunas fábricas hasta que ya no vieron rastro de ellos. Sebastián mandó un mensaje "nos estaban siguiendo, vayan a sus casas, estaremos bien". Siguieron caminando, voltearon varias veces hacia el camino para que los siguieran. Hasta que por fin llegaron, Sebastián introdujo su llave para abrir la puerta. El lugar se podía iluminar con luz natural, había libros por todos lados, anotaciones, bolsas de comida y algunos muebles, todo ordenado hasta el cansancio. Llegaron justo a la sala donde se sentaron por unos minutos en un sillón, observaron en silencio el televisor. Se levantaron para ir a las escaleras donde subieron al primer piso, la casa en muchos lugares estaba en ruinas, los acabados votados, ventanas parchadas con plástico y algunos lugares con manchas enormes de incendio. Se recostaron en una cama maltrecha, dentro de una habitación que únicamente tenía un reloj, Victoria vio el reloj y justo después de parpadear la manecilla había avanzado unas horas.

Escucharon como la puerta se abrió de golpe y se cerró escandalosamente. Sebastián se levantó de inmediato, salió de habitación mientras Victoria le seguía, la conoce muy bien para pedirle que se quedara y aunque le hubiera pedido que se quedara ella haría lo que quisiera. Se acercaron hasta las escaleras, reconocieron a Gabriel con su chaqueta gris, un cabello tan largo que le llegaba a los hombros y una piel blanquecina.

—¿Gabriel? —preguntó Victoria.

La cara de Gabriel era más pálida de lo normal.

—Me da mucho gusto verlos muchachos —dijo Gabriel mientras caminaba a la sala, encendió el televisor.

En las noticias la reportera informaba con un gran encabezado "disturbios en el Colegio Siglo XXI"

—Tan sólo hace unas horas —la voz de la reportera fue el único ruido en la habitación—, disturbios se reportaron entre alumnos del colegio y lo que parece eran porros. Las autoridades intentaron interceder, pero el número de involucrados impidió que los agentes lograran poner orden, hasta el momento hay noticia de tres alumnos heridos y al menos 1 porro herido de gravedad.

—Esto no está bien —dijo Sebastián.

—Esto a tan solo un día de la marcha por la paz que se espera sin inconvenientes —se escuchó la reportera.

—Después de que ustedes se fueron unos porros agarraron a un alumno de primero a la salida, los de tercero intentaron ayudarle, pero después llegaron más —dijo Gabriel—. Esos ni alumnos eran, parecían más viejos que mi papá, pero con mi ropa.

—Los uniformados resguardaron la paz después de pedir apoyo—se escuchaba a la reportera.

—Grabaron cómo algunos de esos porros hablaban con la policía que llegaba, ellos apuntaban con el dedo y los policías iban por ellos —dijo Gabriel.

—Halcones —afirmó Sebastián.

—¿Dónde están los chicos? —preguntó Victoria.

—Varios Alumnos fueron capturados por este percance y están a la espera de que sus familiares acudan por ellos —se escuchaba la reportera.

—Salimos lo más rápido posible —dijo Gabriel—. Empezaron a agarrar a quien se dejara. Salimos juntos, todos fuimos por diferentes caminos, dijeron que irían a ver a sus padres. Yo quería avisarles. Vivo muy lejos como para llegar pronto. Les hablaré a mis padres después. Mientras conversaban el teléfono de Sebastián sonó, se retiró de la sala cuando leyó el nombre, Gabriel de igual forma aprovechó para llamar. Victoria fue la única en quedarse y observar las imágenes, no eran grabadas por alguna cámara de televisión, civil o algún agente. Eran imágenes tanto del C2 y C5 las cuales narraban la primera agresión de parte de los estudiantes, noto Victoria. Después fue a revisar a Sebastián que aún permanecía en la habitación.

—Si, si, si —dijo Sebastián afirmando—. Todo se está saliendo del plan, creo que sería mejor retirarnos mientras aún se pueda. Profe... Está bien. Seguiremos con lo mismo.

Victoria se alejó en cuanto escuchó que colgó el teléfono. Sebastián se quedó unos momentos sentado en la cama, pensando en lo sucedido y las personas que habían atrapado. Salió de la habitación, abrazó a Victoria por la espalda y colocó sus manos en el estómago de Victoria. Siguieron observando las noticias. Aunque pareciera desolador Victoria se encontraba muy reconfortado entre los brazos de su novio, le daba una seguridad en que todo iría mejor. La puerta principal se abrió bruscamente y los chicos corrieron a apagarlo todo. Entre los escalones revisaron quien era.

—Hola.
—Sofía —dijo Victoria de inmediato.

Corrió a sus brazos, Sofía era mucho más pequeña que Victoria, incluso la abrazo con un poco de fuerza y sin darse cuenta la levantó.

—Me estás apretando —dijo Sofía tratando de respirar.

De inmediato Victoria observó los ojos hinchados de Sofía, había llorado durante varios minutos.

—¿Qué pasó? —preguntó Victoria.
—Se llevaron a mis papás y a mis hermanos —dijo Sofía.
—¿Quienes? —preguntó Sebastián.
—Mis vecinos me avisaron cuando estaba por llegar al barrio —dijo Sofía—. Dijeron que unos hombres con uniformes de policía llegaron a mi casa. No tenían ningún permiso para registrar la casa y no daban sus nombres. Uno de mis vecinos le dijo a los chicos con los que siempre habló que me buscarán y me dijeran

que me fuera. Porque si no a mí también me iban a llevar, que esos hombres no eran policías.

La llevaron hasta la sala donde permaneció sentada. No tardaron en escuchar el sonido de la puerta, se apresuraron nuevamente.

—Adriana —dijo Victoria.

Se acercó a ella, no quería hablar con nadie y sólo se reservó a abrazarse mientras la guiaron. Pedro fue el siguiente en entrar, después Raúl y justo cuando se habían sentado la puerta suena por última vez.

La mirada demacrada en su rostro lo decía todo.

—Hola Leonardo —dijo Victoria.

Lo llevan hasta la sala donde todos estaban en su lugar de costumbre, los sillones alrededor de la televisión la cual estaba moteada.

—¿Qué pasó? —dijo Victoria.

Los chicos no querían hablar.

—Llegaron a mi casa antes de que llegara —dijo Leonardo—, había dejado la puerta abierta y todo estaba hecho un desastre. En cuanto los vi dentro no dijeron nada, no tenían ningún símbolo y solo me dijeron que me tirara al suelo mientras me apuntaban. Corrí, y ya no mire hacia atrás. Algunas casas alrededor de la mía pasaron completamente igual, me llegaron a decir que estaban siendo investigadas.

—Debemos ir a la policía —dijo Sofía.

—Puede que corramos un peligro igual—dijo Sebastián.

—¿A qué te refieres? —preguntó Sofía.

—Todos dijeron que llegaron a sus casas —dijo Sebastián—. A pesar de que mínimo una persona había llamado a la policía no vieron una sola patrulla, tenían uniformes así que iban con el camuflaje perfecto. En el mejor de los casos fueron rápidos y en el peor habrían comprado a los policías de esa zona. Si vamos a la jefatura...

—...estarán esperándonos —concluyó Gabriel.

El suelo se venía abajo dejándolos a todos con una sensación de vértigo ante lo que estaba pasando. Intentaron hablar por horas a muchos de sus familiares, pero el resultado era el mismo. «Teléfono fuera del área de servicio», se escuchaba en todas las ocasiones. Victoria se dirige a la cocina donde prepara una pasta con salsa de tomate, su receta especial. Llevó platos hasta el centro de la mesa y repartió a cada uno mientras el vapor de la comida aún se podía ver. Al sentir la calidez de la comida y como esta llegaba hasta su estómago vacío sintieron por un instante confort. Recordaron todas las ocasiones en las que habían llegado a su casa rentada por una discusión con sus padres e incluso Leonardo recordó la vez que le gritó a su abuelita, ella vivía a un par de kilómetros y en muchas ocasiones se negaba a ir a visitarla. Victoria vio a Leonardo en ese preciso momento.

—¿Te encuentras bien? —preguntó Victoria.

—No —dijo Leonardo—, me acordé que mis padres me dijeron que debía ir a ver a mi abuelita.

Nadie quiso continuar con la conversación, intentaron concentrarse en la comida hasta que Sebastián rompió el silencio.

—Debemos ir a la manifestación —dijo Sebastián.

Los chicos sorprendidos por tal propuesta estaban desanimados.

—¿Para qué? —dijo Pedro—. Ya no tiene ningún caso.

—Tranquilo —dijo Victoria—. Escuchemos lo que tiene que decir primero.

Victoria sostuvo la mano de Sebastián por unos segundos en señal de apoyo.

—Necesitamos llamar la atención de las televisoras —dijo Sebastián—. Pará que en un momento puedan entrevistar a uno de nosotros y así logremos decir lo que está pasando. A todos los que se llevaron, no el crimen organizado, sino uniformados.

Se quedaron en silencio observándose, analizando la posible solución de lo que estaba pasando.

—Si —dijo Pedro—. Malditos cerdos.

No pudieron resistir la necesidad de reír en ese momento. Trataron de dormir y descansar los siguientes días. Siempre muy atentos ante las noticias de televisión. Habían anunciado la salida de muchos estudiantes de prisión, algunos amenazados con no dejarlos salir nunca más si volvían a hacer de las suyas. En la noche antes del gran día Sebastián despertó a Victoria sutilmente.

—¿Qué pasa? —preguntó Victoria.

—Quiero pedirte algo Victoria —dijo Sebastian.

—¿Qué quieres? —dijo Victoria.

—Quiero que te vayas a la casa de tus padres con las chicas —dijo Sebastian.

—¿Por qué? —preguntó Victoria.

—Las chicas te hacen caso —dijo Sebastian.

—¿Por qué quieres que no vaya? —preguntó Victoria.

—Eres una mujer increíble Victoria —dijo Sebastian—. Pero cuando te descontrolas, no tienes el control sobre lo que hacer.

—No lo voy hacer y no te dejaré solo —dijo Victoria mientras se acurrucaba con Sebastian.

El día de la manifestación se dividieron en dos grupos. El primero integrado por Victoria, Rau, Gabriel, Leonardo y Sebastián siempre observando. Caminaron hasta la última estación de la línea A del metro, la cual era la más cercana a su casa. Rápidamente se perdieron entre todas las personas, fueron de los primeros en entrar al vagón que se movía con facilidad por la inmensa cantidad de pasajeros. Todos con un propósito en la ciudad de México, pero viviendo distantes donde puedan vivir y resistir. Minutos después salieron Ximena, Sofía, Adriana y Pedro. Los nueve tenían playeras completamente blancas. Tomaron una ruta diferente, pero con el mismo propósito de llevar a la última estación de la línea A. Fueron de los primeros en las filas. Observaron cómo las casas predominan el paisaje a través de la ventana hasta no verle un fin aparente, se podían ver como los vehículos se movían con velocidad hacia su objetivo, siguieron hasta que grandes negocios comenzaron a abundar. Lentamente los vagones del metro comenzaron a llevarse hasta volverse imposible entrar, las personas luchaban por un poco más de espacio. Hasta que la oscuridad envolvió todos los vagones al entrar a la ciudad de México por completo. Fue entonces donde los vagones se vaciaron en la primera estación, el número de personas hacía indistinguible de la naturaleza de los ríos, llenando los pasillos y moviéndose entre las diversas ramificaciones de la Gran Estación de Pantitlán. El punto donde partían decenas de vagones más hacia todos los extremos de la ciudad e incluso inter conectándose con una variedad aún más grande de transportes. Las arterias de la ciudad estaban llenas a la hora pico. Mientras se movían entre los cientos de posibilidades Victoria pensó «podríamos irnos a la central camionera, al aeropuerto o incluso a otra periferia donde nos perderíamos rápidamente», mientras eso pasaba veía el rostro de Sebastián, decidido a ayudar a sus amigos mientras se acercaban. Los rostros comenzaron a ser diferentes, ya no eran desconocidos, podía notar rostros de alumnos que los habían acompañado en clases. Leonardo observó a dos personas con las manos entrelazadas muy familiares. Se acercó y ellos lo reconocieron.

—¿Dónde has estado?

—Escondido —dijo Leonardo—, ¿Tu como estas Matón?

Los dos chicos se saludaron con varios movimientos de las manos y se abrazaron.

—Muy bien —respondió el Matón.

—Hola Diana —dijo Leonardo al terminar el saludo, estrechando su mano—. Me da mucho gusto verlos muchachos.

—Tu guey que te desapareces —dijo el Matón.

—Fueron a mi casa —dijo Leonardo—. Esto está bien cabrón, en cuanto pueda debe zafarse de esto. No sé qué pueda pasar.

—Si, no mames —dijo el Matón—. Las noticias están plagadas de muchos afiches, no mames el puto del Chihuahua, ese guey nunca le hizo daño a nadie y lo están buscando.

—¿Cuando viste esos afiches? —preguntó Leonardo.

—Cuando veníamos para acá —dijo el Matón—. Había un chingo en todas las paredes de mi cantón.

Victoria se desesperó rápidamente, le dijo a Leonardo que acabará de una vez con esa conversación.

—Cuidate amigo —dijo Leonardo.

—Tu igual Leonardo —le respondió el Matón.

Caminaron por caminos separados, se movieron entre las multitudes y llegaron hasta paseo de la Reforma, la avenida estaba completamente llena de un blanco constante, moviéndose como los grandes ríos donde convergen cientos de pequeñas afluencias de agua. En los costados había decenas de policías alrededor de las tiendas de comercio, entre los múltiples monumentos y sobre todo a las afueras del transporte público. Lentamente avanzaban entre toda la multitud. Tardaron poco en encontrar a sus amigos entre la multitud, todos en completo silencio, entre las miles de personas no se escuchaba una conversación, únicamente el sonido de los zapatos pisar el asfalto y de vez en cuando algún organizador diciendo indicaciones con un altavoz. Leonardo sintió un codazo en las costillas y observó a una chica con el cabello completamente rojo.

—Hola —escribió la chica.

Leonardo usando ese pequeño pedazo de papel comenzó a comunicarse.

—Hola Roja —escribió Leonardo.

—¿Dónde has estado? —escribió Roja.

—Revisaron mi casa —escribió Leonardo—. No he ido a la escuela por temas a que me vean.

—Escuche que la gente les pagaron para ir, y uniformados de policía —escribió Roja—. Me enteré después que muchas casas fueron cateadas y casi todas sin permiso. Lo siento mucho.

—No te preocupes —escribió Leonardo—. ¿Cómo estás tú?

—Me fui de mi casa —escribió Roja—. Creo que necesito mi propio espacio. Está bien, aún veo a mis padres.

—Me alegra saber que estás un poco mejor —escribió Leonardo.
—¿Has pedido ayuda a los sombreros blancos? —escribió Roja.
—Ellos nunca ayudan a nadie si no les conviene —escribió Leonardo—. ¿Tu como supiste lo de los policías?
—Conozco a alguien en las afueras de la ciudad —escribió Roja—. Puedes conseguir lo que quieras y mucha información si sabes cómo pagarle.
—Me gustaría conocerlo —escribió Leonardo.
—No —escribió en énfasis Roja—. Nadie quisiera conocer a alguien como él.
Leonardo se quedó pensando esas letras que leía. No sé pudo imaginar cómo sería.
—¿Tienes donde dormir? —le preguntó Roja—. Si no tienes puedes quedarte en mi departamento. Es pequeño, pero ahí vamos.
—Muchas gracias —escribió Leonardo—. Tengo en donde quedarme y también si necesitas descansar de la renta puedes quedarte.

Los dos chicos se vieron a los ojos y sonrieron levemente. Varios pasos adelante se encontraba Sebastián revisando cada punto importante en la manifestación. Nadie había dañado propiedad privada o pública. Era un éxito rotundo. Su mirada se concentró en una chica a tan solo cinco metros a su derecha, su rostro estaba cubierto, pero permitía observar unas gafas y un cabello negro. Se movía completamente coordinada con los hombres a sus costados.

Las televisoras comenzaron a llegar, muchos no hablaban con los reporteros y en cuanto vio a uno libre Sebastián se acercó junto a Victoria.

—Disculpe podemos hablar... —decía la reportera a cada uno de los que pasaba sin resultados.

—Hola —dijo Sebastián.

—Hola —dijo la reportera—. Podemos saber el ¿Por qué la manifestación de hoy.

—Claro que sí —dijo Sebastián—. Hoy es un día importante, los que estamos en esta marcha pacífica creemos firmemente en que se pueden arreglar las cosas. La manifestación en sí es un grito silencioso el cual va dirigido a nuestras autoridades, para crear justicia donde hay impunidad. Y para todos los ciudadanos, a quienes sólo tenemos que decirles que no tenemos gobernantes, sólo tenemos representantes y que mientras más pronto nos demos cuenta, será mejor para todos nosotros...

Sebastián tenía mucho que decir, pero mientras hablaba observó como la chica de los lentes se acercó a un comercio, como los policías se movieron en cuanto la vieron y cuando dejó de hablar se escucharon las primeras detonaciones de arma de fuego. La cámara de inmediato dejó de enfocar a Sebastián y se movió directo a donde se escucharon las detonaciones.

—Es hora de irnos —dijo Sebastián.

—¿Por qué? —grito Victoria.

Ese fue el último grito distinguible antes de que un muro de voces comenzará a aparecer en toda la avenida. Preguntándose qué estaba pasando. Leonardo se movió con sus amigos, Raúl y Gabriel estaban detrás de los dos chicos.

—¿Qué está pasando? —insistió Victoria.

Leonardo trató de alejarla del brazo, pero Victoria se soltó. Le hizo frente y lo observó retando.

—¿Qué está pasando? —intentó una vez más Victoria.

—Este lugar no es seguro —dijo Sebastián.

—¿Por qué? —preguntó Victoria.

—Alguien va iniciar un conflicto pronto —dijo Sebastián—. Y nosotros pagaremos las consecuencias.

—¿Cómo lo sabes? —preguntó Victoria.

—Porque quieren una justificación —dijo Sebastian—. Y para eso deben de hacer creer que nosotros iniciamos.

—¿Por qué no los detenemos? —dijo Victoria.

—Es demasiado tarde —dijo Sebastián—. Debemos de ponerte en un lugar seguro.

—No pienso huir —dijo Victoria.

Victoria comenzó a correr donde aparecieron los primeros conflictos, llegó a donde estaban arrojando botellas molotov y trató de detenerlos. Los hombres y mujeres no le hicieron caso. En cuanto la mujer de lentes que había visto Sebastián la detectó, la señaló y varios policías fueron detrás de Victoria. Sebastián y los chicos se habían distanciado entre la multitud que comenzaba a entrar en pánico. Cuando vieron cómo dos policías se llevaban a Victoria Leonardo y Sebastián los empujan tirandolos al suelo. Otros chicos de la multitud los observaron y fueron directo a golpear a los policías incidiendo que se levantarán. Sebastián trató de alejarlos, pero fue inútil.

Fue en ese momento cuando las cámaras enfocaron únicamente el ataque a los policías cuando Sebastián levantó la mirada y logró observar tres bengalas caer. Los camiones militares en las calles secundarias comenzaron aparecer.

—Vámonos —dijo Sebastián.

Trataban de caminar contra corriente en una multitud de personas que no parecían detenerse. El ángel de la independencia observaba impotente cada punto donde los soldados llegaban gritando órdenes y disparando contra los civiles para replegarse.

—¿Cómo llegaron tan rápido los militares? —dijo Gabriel.

—Nos estaban esperando —le respondió Sebastián.

Intentaron huir a través de las calles. Corrieron detrás de Sebastián quien parecía conocer mejor que nadie esa ruta. Se alejaron dos calles y aún podían escuchar los gritos. Se alejaron cuatro calles y aún podían escuchar los disparos. Siguieron corriendo hasta que no podía, lentamente los establecimientos fueron cerrando, varios policías intentaban detener la mayor cantidad de civiles capturandolos o incluso abriendo fuego. Los caídos comenzaron a ser incontables en la gran avenida, el blanco se tiñó de un rojo carmesí consumiendolo todo, las gotas se convirtieron en pequeños ríos de sangre arrastrando el polvo del asfalto mientras algunos pedían ayuda, las televisoras fueron las primeras en ser evacuadas y examinadas para después entregadas en los estudios correspondientes con copias donde solo estaban grabadas los ataques a los policías. Sebastián continuaba su huida, invirtiendo a algunos policías para abrir camino y quitándole sus armas. Siguió corriendo ahora haciendo disparos precisos a los rostros de los policías cada vez que veía uno, liderando un pequeño grupo de treinta personas, corriendo entre calles, callejones, casas e incluso vecindades. Mientras más se alejaba los grupos eran cada vez menos hasta quedar solamente ellos. Llegaron a una zona industrial donde habían sido vistos por algunos vecinos, en las noticias comenzaban a ser publicadas las primeras imágenes de policías siendo agredidos por manifestantes, pidiendo a la ciudadanía denunciar cualquier aparición y avistamiento de algún participante, describiendo la ropa que llevaban.

Buscaron algo de comida, se acomodaron en las habitaciones y cuartos. En cuanto tuvieron la oportunidad de estar en un lugar solo Sebastian y Victoria comenzaron a hablar.

—¿Qué mierda pasó Sebastian? —gritó Victoria.

—No lo sé —dijo Sebastian—. Nada de esto debió de haber pasado.

—¿Qué debió haber pasado? —preguntó Victoria.

—Debían habernos visto —dijo Sebastian—. Teníamos que ser vistos por las televisoras y tener una oportunidad.

—¿Una oportunidad de que? —preguntó Victoria.

—De ser escuchados —dijo Victoria.

Victoria no podía creerlo, no quería ver a Sebastian.

—No debes de salir —dijo Sebastian.

—¿Por qué no? —gritó Victoria—. Ya lo perdimos todo.

—Aún no —dijo Sebastian—. Tal vez podemos…

—No quiero oirte nunca más —dijo Victoria mientras salia.

Gabriel había escuchado los gritos, decidió acercarse y vio como Victoria salió de la habitación.

—¿Todo bien? —preguntó Gabriel.

—No amigo —dijo Sebastian—. Victoria está muy enojada. No creó que quiera hablar conmigo en un buen rato, pero me gustaria que estes con ella, procura que no salga.

—¿Por qué? —preguntó Sebastian.

—Esto no se ha terminado —dijo Sebastian—. Debemos de mantenernos ocultos, si lo que pasó fue algo planeado, buscarán a todo aquel que pueda desmentir sus declaraciones. Por favor haz que nadie salga de aquí. Ve con Victoria antes de que haga algo impulsivo.

Gabriel salió corriendo, Victoria estaba decidida a huir y buscar a alguien que creyera en su historia. Toda la información que tenía estaba en su casa, pero creía que podía llegar. Sebastian llevó su mano al bolsillo y sacó un teléfono celular, sólo tenía un único número telefónico registrado con simplemente tres ceros. Marco después de pensar mucho.

—Hola —dijo Sebastian—. Todo salió mal… solo déjeme explicarle. Todo se movió demasiado rápido, como si ya estuvieran esperando nuestra llegada. Habían halcones entre nosotros, entrenados y listos para golpear a los policías cuando las cámaras de televisión estuvieran apuntando hacia nosotros. Necesito su ayuda, estoy con Gabriel, Leonardo y Victoria.

Victoria estaba dando los últimos pasos dentro de la casa en ruinas, varios vecinos la observaron a lo lejos, identificaron su ropa de inmediato y comenzaron a llamar a la policía. Todas las llamadas llegaron al mismo punto.

—Espera —dijo Gabriel, sosteniéndome del brazo.

—¡Suéltame!,¿Qué es lo que quieres? —preguntó Victoria.

—Ayudanos —dijo Gabriel.

Victoria se quedo inmovil por unos segundos.

—He marcado durante horas al teléfono de la casa, al de mi papá al de mis hermanos y no he tenido respuesta —dijo

Gabriel—. Temo que ya no los encuentre más, se que tu ya pasaste por esto cuando éramos niños, pero ahora yo no se como manejarlo.

Victoria se acercó para abrazar a Gabriel, la idea de ir a esa marcha fue suya, el que sus amigos participan en esto era para ayudarla y justo en estos momentos por primera vez después de la muerte de sus padres, sentía que debía ayudarlos, a sus amigos.

—No sé dónde está tu familia Gabriel —dijo Victoria—. Pero ayudaré a buscarlos.

Los chicos entraron a la vieja construcción, se quedaron con el grupo y después de un tiempo se tranquilizaron. Incluso trataron de adivinar qué era ese edificio en sus días de gloria, antes de toda la tierra, las ventanas rotas, la vegetación que lo consumía y como es que los pilares principales aún seguían de pie.

Los policías entraron apuntando a la cabeza de las personas. Algunos no tenían todos los símbolos de la corporación a la que pertenecían y eso hizo dudar a Sebastian.

—¿Dónde está su permiso de cateo? —preguntó Sebastian.

—Creó que calladito ganas más —dijo el único hombre sin pasamontañas.

Camino directo a donde estaba Sebastian. lo observó directo a los ojos y cuando dio paso atrás golpeó la cabeza de Sebastian con el mango del arma. Victoria de inmediato quiso golpear al general, pero un soldado la detuvo.

—Vaya, vaya —dijo el general—. ¿Esa es tu novia?

—No —dijo Sebastian.

Victoria no entendía porqué lo hacía y cuando intentó levantarse fue golpeada por segunda ocasión. Sebastian trataba de no reaccionar ante esa agresión, pero el general no perdió de vista sus ojos, al demostrar una pequeña señal en sus ojos entendió el interés que tenía.

—Llevensela para el interrogatorio —dijo el general.

—No, ella no sabe nada —dijo Sebastian.

—Cambio de planes —dijo el general—. Llevense a los dos.

Fueron llevados a una habitación, no tenía puerta, el lugar tenía las ventanas destrozadas y una gruesa capa de tierra. Fue cuando ordenaron a dos hombres golpear a Sebastian, el general continuó preguntando varias cosas, sus gritos se podían oír en todo el piso.

—¿Dónde está? —dijo el general.

—No se de que me habla —apenas podía responder Sebastian con el rostro ensangrentado y la boca llena de sangre.

—Tu contacto —dijo el general—. Sabemos que se ha comunicado contigo a través de este teléfono.

Sebastian quitó la mirada cuando le mostraron su teléfono.

—¿Enserio? —dijo el general—. Si así lo quieres está bien. Yo te di una oportunidad. Ramirez hoy es tu día de suerte.

El general hizo que levantaran a Victoria, la observó a la cara y pasó su mano en su rostro. Miro de la misma forma a Sebastian quien miraba horrorizado. El general ordenó que la sujetarán, Victoria sintió escalofríos cuando otros dos soldados la sostenían de las piernas, trataba de soltarse. El general desabrochó el pantalón de Victoria, lo bajo muy lento haciendo burla de su ropa interior, después pasó su mano por encima del monte de venus.

—Mira lo que te vas a comer Ramirez —dijo el general mientras bajaba la ropa interior de Victoria.

Sebastian tenía una furia, trataba de quitarse a los dos soldados mientras estos lo tenían sujetado al piso. El general ordenó que lo sometiera al piso. Victoria sentía una completa impotencia, comenzaba a lastimar sus muñecas y sus tobillos tratando de quitárselos de encima, un enojo por no ser más fuerte. Dos soldados le abrieron de piernas lastimándose mientras el general veía como lloraba y suplicaba que se detuvieran.

—Maldita sea Ramirez no tengo todo el día —dijo general

Ramirez dudo, pero como a perro obediente siguió las órdenes de su general, mientras veían cómo las lágrimas de Victoria brotaban de sus ojos sintió un nudo en la garganta, pero no se detuvo, no se opuso y mucho menos objeto.

—Hazlo más fuerte maldita sea Ramirez —gritó el general.

Victoria sintió una vergüenza cuando dolorosamente comenzaron a penetrarla, comenzó a gritar, a llorar. Se podían escuchar los gritos de alegría de los demás soldados, las sonrisas en sus rostros aun debajo de las máscaras y la burla que le decían a Sebastian.

—Tu noviecita lo hace bastante bien—dijo uno de los policías que sostenía a Sebastian.

En cuanto trataron de alejar la mirada uno del otro el general ordenó a un policía para cada uno que los obligarán a ver. El coraje comenzó a invadir la mente de Victoria y Sebastian. Lentamente Sebastian comenzó a moverse a pesar del esfuerzo de los policías. El general veía con placer como intentaba zafarse de esto y como sufría Victoria ante tan desalmado acto. Algunos policías se preguntaban cuándo sería su turno.

Sebastian sentía como toda la furia recorría su cuerpo, intentó tomar control de su mano derecha y lentamente se movió. Los hombres sorprendidos ante tal fuerza intentaron golpearlo, pero eso sólo aceleró su escape. Golpeó con el puño derecho a un policía arrojándolo hacia la pared mientras le quitaba el arma a otro disparando. Victoria sintió un leve alivio al ver que Sebastian se había soltado. El general observó todo con calma, desenfundo su pistola y le disparó en la frente. El cuerpo de Sebastian se desplomó en el suelo. El general miró como su misión había fracasado y como no había obtenido nada, salió de la habitación con un amargo sabor a fracaso. Los policías comenzaron a quitar a Ramires quien había permanecido quieto durante todo lo sucedido para ser los siguientes, mientras Victoria trataba con todas sus fuerzas de acercarse aunque sea un poco al cuerpo inerte de Sebastian que con los ojos abiertos en su dirección, se había ido todo el brillo.

Entre los escombros del lugar, oculto entre las sombras, podía escuchar con claridad los gritos de Victoria, los latidos de los hombres y las indicaciones del General.

—Fusilenlos y entierralos —dijo el general a los hombres que resguardaban a los civiles. El general se retiró del lugar y únicamente dos camionetas se quedaron. Los dos soldados apuntaron y dispararon de dos en dos.
—Si se mueven sólo sufrirán más.
A los que intentaron correr se les dio dos disparos en las piernas. En cuanto escuchó la segunda detonación de arma de fuego se apresuró, su sombra se movía entre cada esquina proyectando una inmensa oscuridad a su paso. Nadie la alcanzó a ver y en cuanto abrió sus fauces consumió la vida de un policía. Sus papilas gustativas reconocieron la sangre, penetraron la carótida y la aorta pero fue la presión en las vértebras les cuello lo que los mató. Siguió con el otro a quien desgarró el rostro desde la clavícula hasta la frente. El tercero intentó defenderse disparando a sus incontables ojos, pero las balas rebotaban. El ruido de los disparos álamos a los policías dentro de la habitación, mientras los gritos de agonía petrificaban sus manos, la sentían, sentían un enojo que los aplastaba en ellos mismos, no les permitía respirar y cualquier idea de ir se quedaba hundido en esa miseria.

Gabriel, Leonardo y Raúl observaron inmóviles, el miedo había acabado con todo dentro de ellos, habían recordado todas esas pesadillas que los hacía orinar en la cama cuando eran niños, cuando los monstruos estaban en la oscuridad y este traía la oscuridad a cualquier lugar a donde se dirigía. En cuanto observaron que corría en dirección a Victoria y a Sebastián pensaron mucho sobre qué hacer. Leonardo y Gabriel fueron detrás de eso, no sabían reconocerlo, incluso con luz no podrías distinguirlo. Corrieron, continuaron buscando en cada habitación en un silencio sepulcral. El ruido de la camioneta los asustó y de inmediato se alejó.

Victoria se había arrastrado hasta el cuerpo de Sebastián, aún parecía que la observará, el dolor entre las piernas era un desgarre de adentro hacia afuera, podía observar las marcas de las asquerosas manos de quien la habían atacado, trataba de olvidar sus risas y sus palabras burlonas. Se sentía mal, ensuciado por algo que no podía quitarse por más que se frotara las manos en los hombros.

Por más que se esforzaba no paraba esa sensación, todas las sensaciones en una espiral constante, quería salir corriendo, pero no pudo. En cuanto sintió el cuerpo de Sebastián con sus manos trató de moverlo, trató de devolverle la vida con sus incontables lágrimas y cerró el puño por no ser lo suficientemente fuerte. Al sentir esa respiración en su nuca giró, las agudas orejas apuntan en direcciones diferentes, el olor a sangre en su hocico era penetrante. Sus gigantescos ojos en medio del rostro la observaban directamente. Victoria sentía la mirada de la muerte fija en ella, el pensamiento de terminar de una vez por todas con todo el dolor en su corazón para siempre estaba al alcance de su mano.

—¿Matame? —dijo Victoria entre orden y plegaria. Recostó su cabeza en el pecho de Sebastián y esperó su final.

Un manto cálido sintió en sus hombros, no supo distinguir la tela y por un breve momento se marchó todo el frío. Victoria levantó la mirada para reconocer el rostro de la criatura, un extraño felino parecido a un jaguar. Continuaba llorando mientras rodeaba con sus brazos el cuerpo de Sebastián. Su llanto era intermitente, intentaba inhalar en cuanto le faltaba el aire y continuaba llorando. El leopardo estaba alrededor de ella tratando de darle un apoyo.

—Tranquila mi niña —dijo el jaguar—. Sin importar como te sientas en estos momento no puedes permitir que te hagan esto, no fue tu culpa. Tu eres la misma fantástica mujer y nadie puede arrebatarte eso. Por más que intenten, y quiero que sepas que lo van a intentar. No dejes que nadie destruya la luz que hay dentro de ti.

Victoria escuchaba esas palabras intentando tranquilizarse. Sus ojos estaban rojos de lo irritados por la incesante necesidad de quitarse lágrimas en el mismo momento que aparecen. La profesora Leticia la observó a los ojos, la sostuvo de las manos y la acercó a sí misma.

—Llora mi niña —dijo el jaguar—. Fuiste muy fuerte, hiciste todo lo que podías e incluso mucho más.

«Cuando un hombre inocente muere, el mundo muere con él» estas palabras retumbaron con fuerza en la cabeza de Leonardo cuando llegó junto a Gabriel. En los brazos de Victoria se encontraba un gran hombre, un amigo que a lo largo del tiempo se convirtió en un hermano, se acercaron para intentar ayudarla, la profesora Leticia negó con la cabeza para que no se movieran.

—Como siempre llegas tarde —dijo Victoria con voz entrecortada y lágrimas en el rostro.

Las miradas incrédulas de los chicos por sus almas demacradas.

— ¡Estamos estancados! ¿A dónde se supone que tenemos que ir? —dijo Gabriel rompiendo el silencio.

Fue cuando se escuchó el grito y el llanto de Victoria como nunca se había escuchado, todo el dolor y la gran pérdida sufrida ese día solo puede ser resumido en ese grito; ensordecedor, agudo y retumbante en todo el lugar.

—Al final la noche ha caído y con ella el poderoso rugido del frío —dijo la profesora Leticia.

La lluvia cayó arrastrado la sangre de hombres, mujeres y niños asesinados en un acto de traición por los mismos que juraron protegerlos, un cruel final o aún más cruel comienzo. Los ríos expulsaron toda esa inmundicia revolviéndola entre la basura y los desechos de la ciudad.

—¿Qué es lo que vamos a hacer Leonardo? —preguntó Gabriel.

Antes de articular alguna palabra, Victoria rompió ese intermitente llanto.

—Yo les diré lo que vamos a hacer, no importa que tanto nos cueste, que tanto nos lleve, pero vamos a sobrevivir a esto. Porque somos hermanos, somos familia y somos los únicos que sabemos lo que pasó, porque nosotros somos la hermandad.

Una tranquilidad en todos los corazones se hizo presente, al escuchar esas palabras. Nunca nadie imaginó cómo sería la vida sin Sebastián, ni cómo podría ser Victoria sin él, pero si algo es seguro, es que todos, en cualquier bando, se arrepentirán de esa muerte.

—Se acercan —dijo el jaguar—. Debemos de irnos.
—Aún hay muchas personas en el edificio —dijo Victoria—. Debemos de ayudarlos.
—Es tarde para algunos de ellos —dijo el jaguar.
—Al menos —dijo Victoria—. Debemos de intentarlo. Y creó que sé cómo.

La persecución cesó, por fin los habían atrapado, los policías decían uno a uno que permaneciéramos de rodillas con las manos atrás, fueron detrás de las espaldas.

En esos momentos no se permitía darle el gusto de sus lágrimas, escucharon pasos alrededor de ellos. El sonido de la grava y arena bajo sus pies les decía claramente hacia donde se movían.

—Levántate...

Les decía a cinco personas. Se movieron, siguieron el camino que les indicaba. Al cabo de unos minutos se escuchó una rafaga de cinco tiros seguido de cinco impactos secos en la arena.

Victoria se acercó caminando descalza, el cabello ocultando parte de su rostro y con sangre por toda su ropa. Los policías le gritaron que se mantuviera arrodillado o le dispararon.

—Es hora... —dijo Victoria cuando escuchó las amenazas—. Me permiten unas palabras antes de que me disparen—. Terminó con una sonrisa esas palabras. —Me llamo Victoria, quisiera disculparme de antemano por mi intromisión, quisiera contarles algo antes que esto termine, por mucho tiempo siempre me he considerado afortunada por todo lo que he tenido como lo son mis padres, mis hermanos y el amor de una vida. Pero por alguna extraña razón el destino o lo que sea se trata y esmera en quitarme todo lo que tengo y por eso estas palabras, a mis hermanos que los amo, ustedes lo saben, quisiera pedirles se levante encontrar una vez más e intentar pelear por sus vidas...

Se escuchó un ensordecedor sonido, un solo disparo, el tiempo parecía detenerse, pero esta vez no se escuchó el sonido seco del cuerpo en la graba. El odio se volvió insoportable y por fin cayeron lágrimas de los ojos de Victoria, le quitó la cinta de los ojos de sus amigos. El jaguar había bloqueado el primer disparo y justamente después golpeó la garganta del policía.

—Levántense —dijo Victoria—, es hora de correr.

Se marcharon de ese lugar, entre árboles, cloacas, ríos y bajo la lluvia desaparecieron. No supieron cuándo detenerse, el grupo se dividió lentamente en muchos caminos hasta únicamente quedar Victoria, Leonardo, Gabriel y Raúl. El mundo que conocía fue masacrado hace dos días, al entrar a lo que era mi escuela las miradas en mí no se hicieron esperar, deshabitada y con muchas. Observado por todas esas miradas a donde quiera que fuese, los rostros en papel y con la leyenda "perdido", "se busca".

Cuando se detuvieron se encontraron solos, se habían movido en zigzag y se percataron que no habían avanzado mucho. Victoria se detuvo, observó el teléfono de Sebastián y lo abrió. Intentó con varias contraseñas sin resultado y justo cuando tenía una sola oportunidad eligió la fecha de su aniversario, el teléfono se abrió y encontró sólo un número telefónico, lo marcó y se escuchó un sonido proveniente del jaguar. Observaron al jaguar y como ese cambiaba hasta tener una figura humana. En el borde de la locura una voz aparece.

—Hola niños, fue un largo fin de semana.

Todos reconocimos la voz de inmediato, era la profesora de la última clase de los viernes, la profesora Leticia.

—No se sorprendan niños, ustedes sabían de antemano que algo era lo que ocultaba, felicidades —dijo la profesora Leticia—. Sobrevivieron a su primer genocidio.

—Usted lo sabía —gritó Victoria—. Usted sabía todo lo que pasaría ese día.

—No toda Victoria —dijo la profesora Leticia—, no sabía en lo que terminarían ustedes. Mi trabajo era protegerlos de esto. Darle una carta a cada uno de ustedes, pero un mensajero falló en su encargo y Victoria recibió su carta mucho, pero mucho antes de lo planeado. Ahora bien, no puedo entregarles las cartas a los demás, por obvios motivos.

—¿Por qué no? —preguntó Raúl.

—Porque saben lo que necesitan saber —dijo la profesora Leticia—. Nada más por ese motivo.

Victoria arremetió contra la profesora, sus ojos se oscurecieron y antes que la pudiera taclear, la profesora desapareció entre las sombras. Victoria podía verla o al menos, eso creía, sus golpes daban en todos lados, no se escuchaba ninguna queja, sólo los muros y rocas quebrándose. De pronto Victoria es arrojada a nuestros pies desde las mismas sombras, le cuesta un poco de trabajo respirar, le sacaron el aire de un solo golpe.

—Que poder —dijo la profesora Leticia—. Increíble pero mal gastado en alguien como tú.

—Me quitaron todo, ¿cómo actuaría si viera al amor de toda su vida morir en sus brazos, no poder hacer nada cuando sus padres mueren y queda completamente sola en el mundo?

—Deja de llorar, por más que quisiera no puedo consolarte —dijo la profesora Leticia—. No soy capaz de sentir misericordia de algo que para mí es normal. No eres la única que ha tenido que vivir a cada paso la muerte de un camarada, la de toda la familia que conocías o la traición de los que creía tu familia. No me molestare en investigar lo poco que saben, ni les explicare lo que por sí mismo pueden deducir.

—No nos ha dicho nada —gritó Victoria—. Déjese de darle vueltas al asunto.

Le grite sin ninguna consideración, la profesora se sorprendió. No tardó en recuperar el rostro calmado y sereno. Movió su gabardina oscura para tomar algo en el bolsillo interno, lo arrojó hacia nosotros y se escuchó un golpe seco. Un libro con un número 8 escrito en la portada.

—Esto es lo que necesitan por el momento —dijo la profesora Leticia—. Revisen la lista del final, se los dejo a su consideración.

Inspeccionamos cada página del libro durante horas. Narraciones y descripciones de lugares, cosas y momentos históricos en cada hoja; una historia nunca contada o conocida. Lo más interesante era una lista al final del manuscrito, ante nosotros apareció la oportunidad de una retribución, aunque Victoria no pensara lo mismo.

Victoria vio con ambición la posibilidad de una venganza escrita en un pedazo de papel. En tan sencillas paginas nos tenía una descripción de cada individuo que conocía la fecha y la ejecución del genocidio pasado, la escoria protegiendo a la escoria.

—No le echen la culpa a nadie —dijo la profesora Leticia—. Tómenlo como quieran; destino, la voluntad de dios, la culminación de un número indeterminado de decisiones tomadas, mala suerte o nuevo comienzo. Si les dijera lo que realmente es, ni siquiera lo entenderían.

En cuanto la profesora Leticia tuvo señales de querer retirarse Victoria llamó su atención.

—Espere —dijo Victoria—. ¿Cómo es que logró tal poder?

—Esos son caminos muy oscuros mi niña —dijo la profesora Leticia.

—Dígame —dijo Victoria.

—No podrías tenerlo ni aunque te lo dijera —dijo la profesora Leticia—. Fueron años de preparación y búsqueda de conocimiento. Pero...

—¿Pero qué? —preguntó Victoria.

—Concéntrate en cuidar a tus amigos —dijo la profesora Leticia—. No busques una guerra que no te está llamando.

—Si hay una posibilidad de sobrevivir a esto —dijo Victoria—. Será con eso que está pensando.

La profesora Leticia se quedó pensativa al decirles eso. Les dijo a los chicos que quería hablar a solas con Victoria.

—¿Alguna vez te dije que conocí a tu padre? —dijo la profesora Leticia.

—No —respondió Victoria.

—Era un buen hombre —dijo la profesora Leticia—. Tenía convicciones, principios y anteponía a su familia ante todo. Cuando conoció a tu madre supo de inmediato que ella era la correcta. Y tanto pensó en su familia que tuvo una idea para cuidar a su hija, su posesión más importante.

Victoria comenzó a lagrimear en cuanto escuchó eso.

—Y pensó algo como esto —dijo la profesora Leticia.

Sacó una caja negra brillante. Victoria enfocó toda su atención en esa pequeña caja. En cuanto la abrió la profesora Leticia lo observó con recelo.

—Él creía que esto podría solucionar muchos problemas —dijo la profesora Leticia—. Pero creo que si no hay un verdadero cambio interno, eso no podrá ser.

La profesora Leticia le entregó en sus manos la pequeña caja negra, Victoria observó extrañada por el contenido del mismo. Sintió el frío del metal y cerró la pequeña caja negra.

—¿Qué es esto? —dijo Victoria.

—Hace años tu padre estudió compuestos humanos de una antigua civilización y sus enseñanzas —dijo la profesora Leticia—. Con mi ayuda logró sintetizar en un compuesto, lo que tienes en las manos. Puedes usarlo para proteger a tus amigos, fue creado para eso.

Victoria observó la caja, podía ver reflejado su rostro en aquella oscuridad en sus manos. La profesora Leticia la deja sola para que pensara su decisión. Fue con el resto de sus alumnos.

—Deben de irse lo más rápido posible —dijo la profesora Leticia.

—Muchas gracias —dijo Leonardo.

—No tienen que agradecerme —dijo la profesora Leticia—. Deben de irse lo más rápido posible hacia esta ubicación. La profesora Leticia les entregó un mapa a los chicos.

—Trataré de alejar a cualquiera que los siga —dijo la profesora Leticia.

—¿Por qué no nos acompaña? —dijo Gabriel.

—Los arriesgaría aún más —respondió la profesora Leticia.

Los chicos continuaron su camino sin saber lo que había pasado. Victoria estuvo pensativa, no le dijo a nadie lo que había pasado. Se sentía extraña, una sensación de escalofríos con cada paso. trataba de prestar atención a las indicaciones de Gabriel. En cuanto se sintió mejor le acercó el libro a Raul, no quería ni siquiera verlo, pensar en que tenía algo que ver con su padre.

Capítulo 2 Arrancaste todas mis partes / Raul

La noche de los caídos

Las horas parecían eternas entre las coladeras, cloacas y túneles que rodean a la ciudad de México. Muchos fueron los que murieron en ese trágico día. Tardaron algunos días en decidir a dónde iba a ir, eligieron el lugar de residencia de los padres de Victoria en el norte de la ciudad, rumbo a Querétaro, entre uno de los tantos pueblos perdidos entre árboles. No tardaron en encontrar la ayuda de un campesino, simplemente se necesitaba una camioneta a la mitad de abono. El olor del estiércol de vaca era tan penetrante como el olor a alcantarillado de la ropa de Raul, Victoria, Gabriel y Leonardo.

Mientras el viento movía su cabello, Raul observaba entrecerrando los ojos el libro entregado por Leticia, notando como muchas de sus secciones fueron arrancadas, otras pintarrajeadas hasta quedar completamente irreconocibles, trato de leerlo con detenimiento, pero la falta de información lo hacía muy difícil, se desesperó y cerró el libro. El viento lo abrió más allá de la mitad de su contenido donde le llamó la atención un texto.

"No te dejes engañar por la noche, tentar el deseo de la sangre, la venganza o la pasión.

Que no se te olvide lo que hay ahí fuera, entre tu furia, entre tus miedos, entre la oscuridad.

La muerte del hombre y el olvido de los caídos acechan.

Que no se te olvide que la noche de los caídos son iguales a esta noche y los caídos son iguales a ti.

Corre si así lo prefieres, huye de tus miedos, de tus deseos, de tus pasiones.

Y al estar en esa profunda soledad, que sólo puedes sentir en esta noche.

Te darás cuenta de tus errores.

Después de aceptar la vida y la muerte en esa soledad.

No te sorprendas de volver y ser un maldito igual a mí y a mis hermanos.

Vagando eternamente en un mundo, que perdió el significado.

Eternamente maldito de ver la vida a la cual renegaste.

Sin temor, sin amor, sin miedos.

Somos aquello que nunca olvidan, que no sienten ni el tiempo, ni el olvido.

Ni la vida.

Libres solamente en esa oscuridad.

Al observar el abismo y nunca parpadear

Hermanos de la noche."

—Leticia.

Hasta ahora siempre he pensado que el conocernos fue cosa del destino, ya no creo en las cosas del destino, durante la mayor parte de mi infancia recuerdo que nuestros padres invirtieron tiempo y dinero en mantener nuestra amistad, hasta ahora siempre creí que nuestros padres se conocieron después de nuestra amistad, se reflexionaba en silencio Raul.

—Es este el final—. Victoria no se da cuenta que comenzó a hablar sola, no decimos nada y tratamos de escuchar con mucho cuidado.

La casa de los padres de Victoria, la entrada con enormes figuras de animales en los arbustos, ni una hoja descuidada, las rejas parecieran recién pintadas y la fachada de la casa imperturbable. Nada fuera de lo normal a simple vista, una casa, un único piso y un par de ventanas.

Al llegar a la entrada Victoria duda un poco, contempla fascinada la llave, después la puerta y lentamente gira la perilla y un sonido típico de las puertas que no se abren en mucho tiempo. El rechinido hace un sonido agudo capaz de molestarlos.

—Estás en casa —dijo para sí misma Victoria cuando abrió la puerta.

Una réplica exacta de la sala de su antigua casa, las puertas de las habitaciones y la de la cocina se encontraban en los mismos lugares, los cuadros en la mesa de centro, los cuadros en el pequeño mueble para los libros infantiles a un lado de la puerta del pasillo que lleva a su habitación estaban sin ningún cambio.

—Miren, encontré una radio —dijo Gabriel .

—Ponlo, quiero escuchar las noticias —dijo Victoria.

"…así fueron las cosas, hace algunos días en la calle de reforma, esta calle emblemática de la ciudad de México, se han suspendido cualquier tipo de manifestaciones desde los terribles acontecimientos del mes pasado, cuando una banda de mercenarios ocultos en una manifestación pacífica, acribillaron a policías con escudos únicamente. Se dice un total de cien policías muertos y treinta civiles, los cientos de heridos fueron llevados a hospitales en prácticamente toda la capital y en su mayoría a municipios en el Estado de México. Aquí estamos junto a el general Mendoza, encargado de las fuerzas militares en la capital y de todas las bases militares, ¿Qué puede decirme de este terrible, terrible incidente?"

La cara de Victoria expresaba una furia apenas contenible al igual que los demás.

"Si, como hemos estado hablando en las últimas semanas y gracias una vez más por darme voz. Fue algo terrible, usted lo ha dicho, gracias a la estrategia que empleamos logramos replegar con efectividad nuestras unidades, logramos contener los disturbios. No sabemos quién o quiénes fueron las mentes que planearon todo esto, ningún grupo criminal se ha adjudicado el incidente, algo inverosímil. Aun así, se han replegado fuerzas militares para resguardar las capitales de cada estado al igual que en lugares estratégicos a lo largo y ancho de toda la república mexicana. Quiero hacer énfasis en nuestra labor en resguardar a la ciudadanía…"

La radio suspendió su ruido volviendo al silencio anterior. Victoria se levantó y observó a Gabriel quien había apagado la radio.

—¿Qué te pasa? —gritó Victoria caminando veloz.

—No necesitamos más mentiras Victoria.

—Sí, pero necesitamos saber dónde puede estar Sofía, Pedro, Adriana, Ximena. Iban a decir los nombres de los hospitales a donde llevaron a los heridos.

—¿Y tú les crees?, te creía la persona más lista, pero si crees que hay civiles heridos en esos hospitales que vieron a los policías y militares disparar a civiles desarmados, eres la persona más estúpida que ha existido.

Nunca había escuchado hablar a Gabriel de esa manera, el caos brotaba de sus ojos.

Victoria camino hasta estar enfrente de Gabriel, nunca me imaginé lo que haría después. Colocó su mano en el cuello de Gabriel; lo levantó lentamente mientras se movía con violencia tratando de respirar. Leonardo corrió en defensa de Gabriel, golpeando con todas sus fuerzas la cara de Victoria. Sin obtener ningún resultado, sin mover un solo milímetro, tratando con un segundo golpe en ayudarlo, en esta ocasión Victoria lo detuvo con su mano libre, tan solo basta un movimiento para torcer el puño de Leonardo logrando hacer que se arrodillara.

—¡Victoria! —grité sin muchos resultados. Ella es mucho más baja que yo, ¿Cómo puede ser posible que tenga suspendido a

Gabriel por el aire? y a Leonardo un chico el doble de pesado que ella de rodillas—. ¡Victoria!—. La segunda ocasión logró afectarla, sus movimientos se tambalean, soltando a Gabriel quien cayó jadeando por aire y después a Leonardo quien acercaba su mano al pecho para tratar de aliviar el dolor. Sin darme cuenta hasta ahora logre sentir la sensación más fría atravesar mi cuerpo y congelándome. Victoria se giró para observarme fijamente en mí, una inmensa oscuridad brotaba de ellos, mi cuerpo quiso huir mientras el miedo lo descongelaba.

Victoria se desplomó creando un sonido sordo al impactar en el piso de madera. Raul inmóvil en su lugar trató de moverse para ayudar a sus amigos sin ningún tipo de resultado, su mente estaba unida en la oscuridad de los ojos que lo observaron. La quietud se recuperó después de algunos segundos, fue cuando Raul reacciono, su mente se despejo de lo que acababa de ver, al parecer algo le decía que no se acercara. Fue cuando Raul reacciono, se dirigió a un botiquín médico en la cocina recordando las palabras del padre de Victoria "siempre debe de estar en la habitación con más accidentes de la casa". Pronto al encontrarlo se dirigió a donde estaba Leonardo quien aún permanecía con la mano en el pecho, al abrir el botiquín noto una revista gruesa de automóviles, la cogió para usarla como torniquete inmovilizando la mano de Leonardo con ayuda de unas vendas, tratando de no ver a la cara a su amigo, avergonzándose de su inmovilidad en ese momento tan crucial, Gabriel se levantó dejando notar la marca dejados por los dedos de Victoria en su cuello.

Después de algunos minutos lograron levantarse para ya nunca más estar en silencio, una tormenta estaba a las afueras, las gotas de lluvia se escuchaban en las ventanas, al abrirlas podías notar esas mismas gotas de lluvia caer en el estanque a unos cuantos pasos de la casa.

Raul apenas notaba el ruido de la tormenta, su mente estaba aún en la escena donde Victoria pretendía matar a dos de sus amigos, al intentar levantarla noto la ligereza de su cuerpo, no podía creer lo sucedido, "¿Era la misma chica que estaba llevando a su cama?, la que sometió a dos personas" se preguntaba. La llevó a una habitación del segundo piso, justo al lado donde se encontraba Leonardo durmiendo. Después bajó a la sala donde habían dejado el libro. En el sillón lo estaba esperando una sombra, observando sus movimientos, como decía la escalera, los torpes pasos en los últimos escalones hasta una lámpara en una mesita a un costado del sillón. Raul prende la lámpara iluminando por completo el libro y parcialmente la habitación.

—Es un texto interesante —una voz áspera se escuchó, hablaba como si cada palabra le causará un enorme dolor.

—Casi me sacas el corazón de un susto Gabriel.

—Lo lamento, creo que no se me quitara tan rápido esta voz, me hice un té. ¿No quieres?

—Gracias amigo, pero no quiero. No sé qué es lo que está pasando, Victoria casi te mata, tuve miedo incluso de acercarme cuando ella estaba desmayada.

—Si, creo que ahora es así para todos.

—¿Qué le pasó?

—Nada.

—No Gabriel, eso no es nada—. Señalando con la mirada las marcas de Gabriel continuó.

—¿Ah?, a ella no le pasó nada Raul. Te lo juro, estuve con ella todo el tiempo, no me separé de ella en ningún momento, sólo…

Gabriel se quedó callado por unos segundos mientras los truenos se escuchaban por toda la casa.

—¿Ella solo qué?, Gabriel —la voz fría de Raul pasaba a una con furia.

—Ella siempre ha sido, no sé cómo explicarlo. Raúl por más que me esfuerzo en pensar otra cosa no hay una explicación para lo que pasó.

Evitando que se generara otro silencio.

—¿Qué fue lo que pasó?—. Raul continúa inmediatamente terminando de hablar Gabriel.

—¿Qué fue lo que pasó?, pasó que Sebastián murió, se fue, tambien nuestras familias y muchas otros murieron mientras lo único que podíamos hacer es correr, junto con todos ellos se fue la Victoria que conocíamos. Lo que viste es todo lo que se quedó.

—Gabriel, no te entiendo.

—Revisa ese libro que tienes en las manos, hay una parte donde dice "ojos negros".

—¿Para qué?—. De inmediato comienza a revisar hoja por hoja, muchos datos e incluso un mapa de París. Al pasar las hojas hasta casi en el fin del libro encontró el apartado de "ojos negros" con un dibujo bastante arcaico. Comienza a leer. Estaba muy cansado para entender bien lo que pasaba.

En la cocina Victoria estaba sentada preparando la comida, me recordaba cuando mi mamá hacía la comida, todas las mañanas me levantaba temprano los fines de semana junto con mis padres y mi hermana. Aún no sé en dónde están, mi mente solamente se encuentra en el baño del día de ayer, fue la primera vez por varias semanas que mi cuerpo descansaba, el agua caliente en mi cuerpo me hizo olvidar los días pasados.

—Buenos días, amigos —les dije a todos mientras se movían

—Buenos días, Raul —dijo Victoria mientras se sentaba a la mesa con una taza de café.

—Buenos días camarada —dijo Leonardo.

—Buenos días camarada —respondí.

En una ocasión fui a dormir a la casa de Gabriel a una pijamada donde estuvimos desvelándonos hasta tempranas horas de la mañana. No quería ver a mis padres tan temprano, así que les pedí unas horas más, ahora me arrepiento de no estar con ellos esos momentos.

El desayuno pasó sin mucha sorpresa, las palabras faltaron en la comida, mientras Gabriel desayunaba se distrajo dejando caer su pan tostado,el lado que tenía mantequilla, la mantequilla se llenó completamente de tierra.

—Ay Gabriel, estas bien menos. Ja ja ja—. La risa de Victoria tan escandalosa como siempre rompe todas las incomodidades. Regrese a esos días cuando no quería regresar a casa para poder quedarme a jugar con mis amigos. Todos comenzamos a desayunar con más ánimos.

Victoria comía más lento, hasta que no pudo seguir comiendo. Sus últimos bocados fueron los más difíciles, decide terminar en nombre de todas las personas que vio y que no tenía nada de comer, recordando a unos niños de la calle que les habían ayudado.

—Bueno muchachos, creo que es hora de hablar de lo que tenemos que hacer de hoy en adelante —dijo Victoria.

Mi mente en los últimos días estaba en esas palabras.

—Nuestros padres fueron secuestrados ¿y dime que paso?, aunque no lo quiero admitir amigos estamos en problemas, hace unos días la profesora Leticia me dio este cuaderno, ayer los escuche, creo que fui un experimento de alguien, hay muchos nombres en ese libro, cuando estuvimos en las alcantarillas me reflexione. Creo que lo mejor sería separarnos, ir por caminos separados, no sé a dónde me llevará esto y no quiero que se arriesguen.

Por un momento mi idea de irme estaba pasando por mi mente, se sintió como si la respuesta estuviera enfrente de mí.

—Creo que es muy tarde para eso Victoria, para mí no hay otro camino que seguir adelante. No por mí, por mi familia, sé que están bien, sé que los puedo encontrar. Lo haré por los que perdí, es lo mínimo que debo hacer—. Leonardo me robó las palabras de la boca.

—Es un pensamiento noble Leonardo, pero no puedes hacer nada para ayudar a tu familia, solamente puedes huir lo más lejos que puedas, sin importar lo que pase no deben de voltear atrás, salgan del país, si tienes familiares en otros lados, ve con ellos.

Esto va para los tres, ya perdimos muchas personas, yo no quiero perderlos a ustedes —dijo Victoria.
—No, Victoria. Sé que perdimos mucho, pero no podemos perder más —respondió Leonardo.
—Sí, perdimos mucho, pero otros perdimos más.
—No quieras ser la única Victoria —dijo Gabriel—, perdimos todo. Así que hay que tratar de recobrar lo poco que tengamos.
—¿Y qué tenemos Gabriel?, ¿Qué nos queda?, ¿a nosotros mismos?
—Al parecer nada Victoria. Ni siquiera sabemos si los demás están bien.
—No creo que esté bien Gabriel, visto todos, no muchos salieron con vida y los que salieron están en prisión.
—Tú creías que estaban en los hospitales.
—Sí, así que les recomiendo que los busquen. Me contactare con ustedes tiempo después.
—¿Y tú qué harás?
—Voy a buscar respuestas.
—¿A dónde?
—No lo sé.
Se quedaron observándose, al final retiraron la mirada para pensar en sí mismos.
Aunque quisiera ir con ellos, no sé en qué podría ayudarles, no sé ni a dónde iríamos. Aún tengo que avisarles a mis tíos y mi hermano sobre mi papá y mi mamá.
—El libro no tiene las respuestas que buscas Victoria.
—¿Qué respuestas busco Leonardo?
—Buscas a Sebastián en ese libro.
—No me hagas enojar Leonardo, no tienes derecho a hablar de Sebastián de esa manera.
—No hemos hablado de Sebastián en ningún momento, creo que…
—Esto no es una maldita terapia de grupo Leonardo, oh se van a un mejor lugar o se quedan a vivir hasta que los encuentre.

—¿Quién nos va a buscar?

—Esa pregunta no tiene respuesta, los mismos que hicieron todo esto. Tal vez.

—No esperaremos a los demás.

Victoria se levantó de la mesa, se dirigió a la sala y antes de salir de la habitación dijo.

—No hay nadie más Leonardo, no hay nadie a quien salvar.

—Platica motivacional excepcional—. Después de algunos momentos en silencio solo se me ocurre decir eso.

—No quiero culparla, estuvo leyendo ese libro una y otra vez tratando de buscar una manera de regresar a Sebastián, sin importar que tanto nos esforcemos en tratar de convencerla, no creo que lo logremos —dijo Leonardo.

—Creí que tú eras en que todo lo podía.

—Hoy descubrí una cosa que no puedo lograr. Creo es la primera, nunca pensé en que Victoria necesitará a alguien que le dijera que debe seguir adelante.

—Nunca lo necesito, porque tenía alguien que la apoyaría siempre, oh al menos eso creyeron —comentó Gabriel sin mirar a nadie.

—Ahora vamos a referirnos a Sebastián como "él", como si decir su nombre fuera prohibido. Tratar de olvidarlo.

—No me refiero a eso. Sebastián murió.

—Eso no significa nada.

Quedaron quietos unos momentos en la cocina, la voz de Victoria dio la alarma y caminaron rápido a la sala.

— ¿Qué es eso? —preguntó Victoria, tal vez esperaba la respuesta.

—Sí, eso mismo me pregunté—respondió Leonardo.

—Tan bien lo notaron, creí que me había vuelto loco —afirmé.

—Una puerta negra "una puerta de sombras que a las pesadillas convierte y que a las personas prepara" —inconscientemente Gabriel recita de memoria una vieja frase de uno de sus cuentos favoritos de niña.

Todo era exactamente igual a la casa de Victoria, con excepción de una puerta negra. Victoria se acercó con lentitud, colocó la mano en el pomo de la puerta, un sonido extraño en el mecanismo de la cerradura, los cuatro se resintieron. Sin titubear continúo abriendo la puerta hacia un cuarto oscuro. En cuanto el pie derecho de Victoria pisó la habitación se iluminó por completo. La luz cegó por algunos segundos las caras de todos, Victoria dio un paso hacia atrás y en cuanto los abrió observó armas en cada pared, anaqueles repletos de municiones, granadas, bazucas, todo lo necesario para armar a una legión. Al fondo de la habitación está escrito en una pizarra las palabras "quisiera estar contigo".

Los cuatro chicos se adentraron, enfrente de la pizarra estaba una mesa con hojas rotas, mientras las observaba Victoria salió de la habitación corriendo, para sorpresa de todos regresó antes de que pudieran decir algo. En sus manos el libro que le había dado la profesora Leticia, revisando los apuntes y haciendo concordar algunas páginas.

—¿Cómo lo sabías? —dijo Gabriel.

—Examine cada hoja, incluso los pequeños fragmentos que dejaban las hojas arrancadas embonando a secas.

Reyes caídos

Tardaron poco tiempo en darse cuenta de que una computadora se estaba encendiendo en la habitación automáticamente. En la pantalla apareció el rostro de la profesora Leticia, una voz emano de todas las paredes de la habitación.

—Hola niños, espero estén bien todos. Estoy más que seguro que todos llegaron con bien a esta casa de seguridad. Se que tienen muchas preguntas, pero soy una grabación con respuestas limitadas, así que sean cuidadosos con sus palabras.

Entonces Victoria, fue la primera en hablar, ansiosa y buscando a todos lados una cámara de seguridad.

—¿Qué fue lo que nos pasó?

—Fueron sus padres Victoria, ellos les dieron todo esto, les dieron su legado, tal vez tú no lo recuerdes, eras demasiado pequeña. Pero ellos sabían que ese día pasaría. Tanto estaban seguros de que pasaría que construyeron casas como esta en muchos lugares de la república, para que ustedes las usaran.

—¿Para qué querían que las usáramos? —preguntó Leonardo.

—Se que tienen muchas preguntas, pero soy una grabación con respuestas limitadas, así que sean cuidadosos con sus palabras.

—¿Dónde están nuestros padres? —preguntó Gabriel.

— Se que tienen muchas preguntas, pero soy una grabación con respuestas limitadas, así que sean cuidadosos con sus palabras.

—¿Qué fue ese genocidio? —preguntó insistente Victoria

—Fue después del miedo de los gobernantes, un miedo infundido por voces; rumores de un levantamiento armado. A estas alturas se están desplegando tropas por toda la república tratando de apagar cualquier posible eco de las voces que se levantaron ese día. Con órdenes de fuerza letal en cualquiera de los casos.

—¿Por qué nuestros padres? —pregunte con cautela, seguramente tiene instalados micrófonos en toda la habitación.

—Fueron sus padres Raul, ellos les dieron todo esto, les dieron su legado, tal vez tú no lo recuerdes, eras demasiado pequeño. Pero ellos sabían que ese día pasaría. Tanto estaban seguros de que pasaría que construyeron casas como esta en muchos lugares de la república, para que ustedes las usaran.

—¿Para qué me dio el libro? —preguntó Victoria.

—Esa es la respuesta que buscaba Victoria. Les di el libro para que usarán la información, su padres no murieron por nada, ellos creían en el cambio de este país para un bien mayor que todos nosotros, ellos fueron mis más grandes amigos y de las personas que podían haber cambiado toda esta mierda para un bien, pero parece que este cambio se necesitan más de una sola vida para lograr un avance, desde que eran jóvenes como ustedes comenzaron este empresa, comenzaron a ayudar a quien lo necesitara, a comprender la situación y los problemas de un país. Sus actos de bondad fueron vistos con mala cara, tratamos de explicarles lo que queríamos, pero ellos creían que les queríamos quitar el poder, ese putrefacto poder vacío y corrupto. Nos dieron una advertencia hace muchos años, pagando las consecuencias tus padres Victoria. Ellos fueron asesinados por sombras que buscaban detenernos, lo lograron de cierta forma, yo fui la única que siguió tratando, corte relaciones con sus padres para que ninguna de mis decisiones les afectará. Pero en cuanto me entere lo que tenían planeado los contacte una vez más para advertirles, mis esfuerzos fueron inútiles, llegaron primero que yo. Para cuando los busque tan bien ustedes se habían marchado, apareciendo días después en el peor lugar, justo donde los enemigos de sus padres los querían. No pude hacer mucho, sabía que este era uno de los lugares más cercanos a los cuales podían ir, es un lugar muy seguro, yo misma me encargué de borrarlo de todos los mapas. Así que ustedes deciden, seré sincera con ustedes, sus padres me dijeron que los iban a llevar a un país libre de extradición para rehacer sus vidas, lo más lejos de México que fuera posible, con todo el dolor de su corazón me dijeron que tenían que abandonar sus hogares ancestrales para vivir. Eso querían para ustedes, ellos en cambio se quedarían para matar a la bestia moribunda y peligrosa, para que así algún día pudieran pisar su patria una vez más. Todo cambio, ahora solamente ustedes tienen esa elección, no los obligaré a ninguna de las dos cosas, trataré de respetar la decisión de sus padres lidiando con este problema para que vuelvan si deciden irse, trataré de recuperar a sus hermanos y sus familiares sobrevivientes. Pero si deciden quedarse, les ayudaré para continuar su legado. Este es todo el mensaje.

    Los tres muchachos tenían un pulso por los cielos, aún conservaban la esperanza de que sus padres estaban vivos. Creías que los días con ellos no habían terminado, pero no era así, ahora saben que ya no hay un hogar a donde regresar, un vacío en el estómago parecía haber absorbido todos sus sentimientos, Victoria no lo soporto, salió de la habitación, recorrió el pasillo hasta salir de la habitación y la casa, cuando estuvo lo bastante lejos comenzó a gritar tan fuerte y con tanto dolor hasta que su voz se desgarró, sus ojos cambiaron a una oscuridad inmensa, sacando su furia, golpeando el suelo hasta cortarse los nudillos con las rocas, no sentía dolor, no sentía nada más que le vacío en su estómago. Los chicos se quedaron, las lágrimas en su rostro se hicieron presente, no sabían a donde ir, no estaban seguros de nada, Gabriel fue a la cocina a prepararse un té, las manos le temblaban a la hora de colocar la olla para que le cayera el agua, prendió la estufa y en un arranque de ira colocó la mano en ella, por un momento olvidó todo y lo único que reconoció fue el dolor en su mano dejándole gritar. Raúl por su parte subió las escaleras, con lágrimas en los ojos y tratando de no caer, llegó al baño donde se puso debajo de la regadera abriendo el agua caliente, el agua comenzó completamente fría calentándose paulatinamente hasta estar hirviendo, en ese momento comenzó a gritar. Leonardo fue el último en salir, escucho a Victoria muy alejada de la casa, se acercó al lago y metió la cabeza en el agua, expulsando todo el aire en sus pulmones en lo que debería de ser un grito submarino, jadeando por algunos momentos sacó la cabeza y lloró de rabia. El dolor físico les ayudó a expresar todo el dolor interno, las heridas físicas autoinfligidas sanarán, pero el vacío en su corazón no. Sus cuerpos fatigados quedaron exhaustos. Pasaron horas hasta que volvieran a esa habitación.

—Tenía mucho desde que no tocaba un arma —dijo Raul mientras pensaba, la sensación de pesadez en mi brazo era distintiva, la escopeta superó la magnum pareciera ser una extensión de mí, son pocos los capaces de controlar su poder.

—¿Entonces? —dijo Gabriel una vez más con la voz ronca.

—No sé, ¿Entonces qué de qué? —dijo Victoria.

—¿Qué vas a hacer?

—Buscaré a la profesora y le ayudaré. ¿Y tú?

—Buscaré a la profesora y le ayudaré.
—¿Y tú Leonardo? —preguntó Victoria.
—Buscaré a la profesora y le ayudaré.
—¿Y tú Raul?
—Buscaré a la profesora y le ayudaré.
—Por fin nos ponemos de acuerdo.
—Eh muchachos, chalecos Balckhawk, ¿quién quiere uno? —gritó con ánimos, Raul.
—¿A dónde iremos primero? —preguntó Gabriel.
—Hay varios mapas de todas partes de la república, si la profesora dijo que se están haciendo levantamientos en todas partes, creo que sería buena idea ayudarlas y ver el panorama general. No sé en dónde podría estar, pero seguro que está en donde hay problemas.
—Oye Victoria, ¿crees que los demás estén vivos? —dijo Leonardo con voz tenue.
—Eso espero, creo que, si nosotros sobrevivimos, ellos tan bien podrán sobrevivir a todo esto. Solo tengan bien presentes amigos míos; la cacería ha comenzado, nos buscan y tal vez nos encuentre, no nos encontrar heridos, no nos encontraran temerosos y vulnerables.
—Eso espero, creo que, si nosotros sobrevivimos, ellos tan bien podrán sobrevivir a todo esto. Solo tengan bien presentes amigos míos; la cacería ha comenzado, nos buscan y tal vez nos encuentre, no nos encontrar heridos, no nos encontraran temerosos y vulnerables.

Pasamos los siguientes días entrenando, viendo los escritos que nos dio la profesora Leticia, aunque no lo quiera aceptar tarde o temprano tendremos que ir por caminos diferentes, tarde o temprano deberemos jalar el gatillo de todas estas armas.

Victoria vigilaba con cautela cada movimiento que hacían sus compañeros, procurando tener alguna respuesta, procurando observar algo que los demás ignoraban. El libro ocultaba sus secretos y no estaba dispuesto a entregarlos al primer curioso.

Entre las listas y las hojas se encontraban direcciones de políticos, policías y lo que parecía sicarios. Nadie olvida la situación en la que se encuentra el país, está sumido en un conflicto contra los carteles, cada vez aparecen nuevos y más desalmados en todo el país, entre las ralladuras se encontraba el proyecto Halcón, Victoria unió las hojas rotas con sus homólogos en el escritorio.

"Proyecto Halcones: La iniciativa comenzó en el estado de Sinaloa, un estudio de asociaciones civiles noto una gran asimilación en comunidades urbanas sobre los narcotraficantes, al parecer la normalización de la violencia es una manera de sobrevivir, tratan de no perder la cordura en este mundo loco. El proyecto propone eliminar a todos los narcotraficantes en lo que se conocerá como Luna de Sangre, un ataque coordinado en diferentes zonas con un alto índice delictivo, esta no será una misión de encarcelamientos, esto será una misión para usar fuerza letal contra todos aquellos que estén catalogados como peligrosos, el gobierno no lo aprobó por la peligrosidad que significaba, en la lista se encontraban enemigos políticos, muchos periodistas y muchos presidentes de asociaciones civiles."

Después de algunos minutos de leer el libro, Victoria nos observó, nunca la había visto así, observándonos como si no hubiera nada más a nuestro alrededor. No cambió su rostro y quedó callado hasta la hora de la comida, había preparado una pasta con carne deshidratada.

—Muy bien Victoria, ¿Qué tienes en la mente?

—Creo muchachos que es hora de separarnos—. Observaron a los tres en silencio mientras degluten la comida. —No se alarmen, solo será por un tiempo. Debemos de ir a las otras guaridas de nuestros padres, para lograr saber qué es lo que estaban construyendo.

—¿A dónde iremos entonces? —preguntó Gabriel con calma.

—No lo sé, hay muchos lugares a donde podríamos ir; Sinaloa, Puebla, Veracruz y Guadalajara. Los mapas que tenemos nos indican esos lugares en primera opción, aunque no podríamos ir al mismo tiempo y es muy peligroso ir en grupos grandes, creo que nos debemos dividir en dos equipos, llevar un poco de provisiones y no llamar la atención —dijo Victoria.

—¿Cómo lo decidiremos?

—Creo que es lo mismo, si ir de un lado al otro así que solamente lo podemos dejar a la suerte. Lo típico—dijo Leonardo.

Si claro, lo típico, cada vez que dejamos algo importante a la suerte elegimos el juego de los palillos, solamente uno sabrá qué palillo es el más grande, la persona que tendrá en cada palillo en su mano será el amo del destino, su rostro no debe de mostrar sentimiento alguno.

—Gabriel, ¿quieres ser el amo del destino? —preguntó Victoria.

Gabriel se levantó, tomó cuatro palillos de la mesa, se fue a la sala, tardó unos segundos. Mientras esperábamos nos veíamos, cuando regresó Gabriel nos sentamos todos rectos.

—Muy bien, quien saca la vara más alta irá al estado de su familia, sin ningún tipo de negociación.

Victoria se sentó relajada mientras nos observaba a cada uno, su plan era a prueba de auto sacrificios, tal vez piense que es un viaje sin retorno.

— Toma uno Leonardo, es tu turno Raul y por fin yo.

Los palillos se acercaron al medio de la mesa para observar al mismo tiempo y a la vista de todos cual es el palillo más pequeño. El de Victoria era el más grande y el segundo era el mío, al parecer voy a ir a Sinaloa.

—Muy bien, Raul y Leonardo irán juntos a Sinaloa, después irán a puebla para ver a sus familiares. Gabriel irás conmigo a Veracruz, después iremos a Guadalajara, tardaremos solo un mes en hacer lo que tenemos que hacer. Duerman temprano, mañana a primera hora marchamos.

Al día siguiente la despedida fue difícil, los últimos días en esta casa han sido un respiro para el alma, se convirtió en un refugio ante todas las inclemencias del tiempo. Hace muchos años cuando tenía ocho años fui a una pijamada a la casa de Victoria, en esa ocasión estábamos casi todos; Leonardo, Gabriel, Adriana, Pedro, Ximena. Los únicos faltantes en esa reunión fueron Sebastián y Sofía por falta de permiso. Toda la noche nos la pasamos en vela, comimos muchos malvaviscos, hamburguesas, papas fritas y refresco.

Tardamos poco en llegar a la siguiente ciudad, si le puede llamar así, somos personas completamente diferentes, ahora sabíamos de dónde veníamos y hacia dónde vamos. Tuvimos la conciencia de desarmar una computadora antigua para ocultar en ella dos armas de fuego pequeñas, no podíamos darnos el lujo de desperdiciarla así que solo serán para momentos de extrema urgencia. Al pasar por las inspecciones en el camión de transporte no ocurrió mayor incidente. Para Leonardo la carretera era algo completamente nuevo, para mí solamente era un paso más, ver los bosques iniciar y terminar. Fue bastante incomodo compartir habitaciones de moteles en cada pueblito o ciudad en la que nos quedamos, comenzamos a ser paranoicos a pesar de que vamos a hacer cuando se presenta la situación en la que se necesite usar el arma. Tardamos tres días en llegar a Sinaloa, viajando únicamente de día, se notaba completamente la diferencia de un estado al otro, en la caseta de cobro por usar la carretera estaban oficiales federales y militares inspeccionando cada auto, justo delante de nosotros inspeccionaron un autobús, bajaron solamente a los hombres, trataban de disimular sus intenciones de apuntarles a la cabeza, mi corazón se quería salir del pecho cuando vi a las unidades caninas ladrar en cuanto nuestro camión paso por ese lugar. ¿Sabrán lo de las armas?, no, le había ladrado a un hombre tirado en el suelo con las manos atrás de la cabeza, tal vez traía drogas, no quise voltear la mirada pensando en la posibilidad de delatarme.

Al llegar a la capital del estado debíamos tomar un camión más austero. Las calles completamente limpias, las fachadas pintadas y las iglesias muy bien preservadas es el distintivo del estado. Al llegar a un paradero de transportes públicos noté la gran cantidad de rutas, la limpieza y la pintura fresca hacía pensar en tranquilidad. No sé qué le iba a decir a mis tíos, no sé cómo se tomarían la posibilidad de mis padres, no quiero pensar mucho en eso, nos toca ir sentados en el transporte, un pequeño autobús. Tardamos una hora en un interminable subir y bajar de personas, incluso el cambio del centro de la ciudad a las afueras era notorio. Las fachadas de los locales eran las únicas pintadas mientras las casas estaban a medio pintar o parecían en obra negra. Al llegar a la entrada del pueblo note una carga inmensa en mis hombros, a unas cuantas cuadras se encontraba un refugio presumiblemente hecho por mi padre, quería realmente ir y esperar unos días. Solo que algo me impulsó a dirigirse a casa de mis tíos.

Al dar los primeros pasos por el pueblo noto una lona en la calle, justamente enfrente de la casa de mi tío, la evitamos para poder entrar en la casa por la puerta de atrás. Cada vez que llegaba a esta casa notaba sus pocos cambios, le perteneció a mi abuelo, fue el hogar de más de ocho hijos varones y seis hijas. Hay pocas personas dentro, desde la puerta observo a mi tío, el más chico y quien se quedó la casa, en la cocina. Trato de no hacer ruido, pero de inmediato al poner un pie en el piso me dice.

—Hola, ¿Quién está ahí?

—Tío, soy yo. Raul.

—Sebastián es de muy mal gusto hacer ese tipo de chistes.

Acto 4

Los gritos de mi tío se escucharon en toda la casa, Sebastián era mi primo, mis padres siempre habían dicho que nuestras voces se aprecian. Se escucharon los grandes pasos de mi tío. Cuando me vio su cara permaneció pálida, se le había caído el vaso donde bebía de la mano.

—Eres té, pero. ¿Cómo?

—¿Qué sucede tío?

—Vete, vete. Te veré en la casa donde íbamos con tu padre cuando eras un niño, espérame ahí. Iré en cuanto todo esto termine.

Claro, esa dirección donde estaba el cuartel era la casa cuando iba de niño, retrocedimos lento, tratando de que nadie nos viera. Al llegar a la dirección del refugio no era más ni menos que la casa donde jugaba con mi hermana. Mis papás nos decían que no jugábamos rudo entre nosotros, nunca hacíamos caso, siempre salía uno de los dos llorando por algo que le hizo el otro. Al estar enfrente de la puerta no nos percatamos que ninguno de los dos teníamos una llave, mi mano tocó la manija y un sonido similar se escuchó. La puerta se abrió sin más.

Raúl por poco y comienza a llorar por la similar con su hogar, la pintura en las paredes era igual a las que tuvo su casa por más de quince años, desde que él comenzaba a caminar, la mesa del salón era igual, las sillas aunque nuevas el diseño era el mismo a las de su casa, las cuales le había regalado su abuela a su padre antes de que partieran a la capital, el único recuerdo de su padre. Todo era igual excepto una puerta de acero negra. Era motivo para Raul, sabía que todos esos recuerdos pasarían a segundo plano en cuanto abriera esa puerta. Fue doloroso mover su mano hasta la cerradura, el sonido se escuchó por segunda vez en esa casa y el rechinar de la gruesa puerta de acero fue todo. Armamento esta vez exclusivo del ejército, uniformes de soldados, marinos, antitanque y muchas granadas estaban en las paredes. Toda la atención se depositó en la mesa de centro con otro tanto de papeles y una computadora bastante antigua en el fondo de la habitación con un sobre pegado en la pantalla del Adrianator.

Con mucho cuidado, Raul sostuvo con los dedos la carta, leyó su nombre escrito en el sobre y de inmediato la quitó para abrirla.

Para Raul.

Si estás leyendo esta carta significa que perdimos, confió firmemente que esta carta llegue a tus manos al igual que confió con todo mi corazón que cuidaras de tu hermana menor ante todos los problemas que se les presentarán. Eres el mejor hijo que alguien pudo tener, no tengo ninguna queja de ti, espero que yo haya sido un buen padre para ti. Creo que tuve muchos errores como padre, uno de ellos es no decirte te amo más a menudo. No tengas duda hijo mío que te amo desde el momento en que me dijeron que iba a ser padre, nunca pasó por mi mente el que estuvieras lejos de mí, ahora que eres todo un hombre solo estaba esperando paciente en unos años la noticia que iba a ser abuelo, no te apresures hijo y si lo haces está bien. Ama a tus hijos aún más que como yo te amo, siempre has sido mejor que yo en cada cosa, desde pequeño cuando te observaba lo rápido que aprendías me di cuenta de lo lejos que llegarías, te amo hijo. Serás un gran hombre, incluso más grande de lo que yo fui…

Raul no pudo retener más las lágrimas, sus ojos quedaron completamente humedecidos con un color rojizo. Leonardo no sabía lo que estaba sucediendo, observaba los planos y los recortes de periódico en el escritorio mientras veía a su amigo llorando enfrente de la computadora con un sobre y algunas páginas en la mano. Pensó por algunos momentos en dejarlo sólo, fue a la cocina por agua y nos lavó los vasos, volvió a la habitación colocando un vaso de agua a un lado de Raul quien tenía una mano cubriendo sus ojos y parte de la boca. Salió por segunda vez por papel y de igual forma de una manera sigilosa colocó el papel. No quiso dejar solo a su amigo así que disimuló leer documentos.

Para Raul el tiempo paso entre una reflexión, seguir leyendo la carta o dejarla, mientras Leonardo revisaba el armamento y los nuevos documentos. Después de varias noches mientras atardecía se escuchó la puerta tocar y el mecanismo de la cerradura abrirse, el tío de Raul con quien había hablado entró muy nervioso y pálido. En cuanto volvió a ver a Raul lo abrazó.

—Nunca creí que te volvería a ver hijo.

Raul se reservó mientras su tío lo abrazaba.

—Cuando me dijeron que mi hermano y toda su familia murieron no lo podía creer.

—¿Quién se lo dijo tío?

—Leticia, ella me lo dijo, ella en persona trajo sus ataúdes.

Esa noticia fue un gran golpe para los dos amigos.

—No podía creer lo que pasaba en las noticias, dijeron que fue un intento de golpe de estado que estaban planeando células rebeldes contra el presidente, se les ordenó que dispararon a toda la población que se encontraba manifestándose. Nunca lo creí, jamás lo creería, pero no muchos pensaban lo mismo, algunos hasta me tacharon de mentirosos. Ella llegó hace dos semanas entregando los cuerpos, sólo los vi una vez y pidió que fuera ataúd cerrado.

—¿Quiénes?, ¿ataúd de quiénes?

El tío de Raul no les daba tregua a las palabras de Raul, como si diera tregua a lo que le contestaban.

—Es tu funeral Raul, el de tus padres y el de tu hermana menor. Siempre creí que algo malo pasaría en cuanto comenzamos la construcción de esta casa, cuando tu padre fue convencido por Leticia.

Raúl trató de sostenerse de donde pudo, trató de no moverse ni un milímetro, trató de mantenerse en su lugar. Tratando de no desmayarse

—¿A qué se refiere tío?

—En los ochenta tu padre se fue para la capital, era un poco más joven que tú, yo apenas un niño que podía leer. Tardó varios años en regresar, desde que llegó al capital trabajo todos los días, para que ni una sola semana le haga falta un pequeño gasto, aunque sea, a mi mamá, tu abuela. La única vez que no llegó un gasto fue cuando regresó, él estaba muy cambiado, tenía idea de igualdad y libertad, típicas de un idealista. Lo lamento Raul, lo lamento tanto, si no fuera porque yo le di toda mi ayuda, esto nunca hubiera pasado, no hubieran muerto. Yo lo supe en el momento que expuso a sus hijos, cuando les dio esa extraña medicina, cuando vi las armas entrar a esta casa y cuando tu padre me decía que ya no llamara por miedo a que escucharan nuestras conversaciones.

—¿Qué fue lo que nos pasó? —susurró Raul mientras observaba a su tío al borde del llanto.

—Fueron sus padres Raul, ellos les dieron todo esto, les dieron su legado, tal vez tú lo recuerdes, viste todo a los cinco años. Yo nunca lo podré olvidar, ahora lo tengo muy presente. Un día de tormenta salí con tus padres, te llevaron a una clínica por una vacuna faltante y fue cuando vi a Leticia, años atrás me la había presentado tu padre. En cuanto los doctores te tomaron de los brazos de tus padres mi corazón se encogió de angustia. Trate de tomarte, pero un grupo de policías me detuvo, le grite que a donde te llevaban, pero mi única respuesta fue una risa de tu padre, que no me preocupara. Horas después regresaste llorando, decías que te dolía mucho el brazo, te abrace y te revise completamente, estabas a salvo. Por un instante volví a respirar. Desde entonces le dije a tu papá que ya no lo ayudaría, tal vez era demasiado tarde, pero no soportaría sentir esa misma sensación en mi corazón.

Raul comenzaba a notar los brazos alrededor de su cuerpo, era su tío quien lo sostenía. Raul trataba de recordar el día que su tío le dice, lo que sucedió en ese entonces. Muchas veces fue al hospital, siempre ha sido un chico con alergias de cualquier tipo en el pasado.

—Es todo lo que sé Raul, tu padre cambió mucho los últimos años de su vida, no lo juzgues por lo que hizo de joven, lo hizo de manera muy ingenua.

Raul se levantó con fuerza, comenzaba a escucharse una inmensidad de disparos de arma de fuego, camino a la salida abriendo la puerta. Observó un más de balas de fuego ser disparadas al cielo, iluminando su camino. Por un momento pensó que era una lluvia de estrellas completamente invertida, donde los fragmentos incandescentes se elevaban del suelo a los cielos. El tío de Raul se acercó a él mientras observaba el paisaje.

—Tus padres tenían muchos amigos, de aquí hasta la capital, serán recordados. Pero hay pocas respuestas aquí.

—Leticia, ¿Dónde está?

—Me dijo que se está preparando para una guerra, vino aquí para pedir la ayuda de quien fuera, mucha gente se quedó conmovida cuando hablo de tus padres, ella dice que murieron por su intención de salvar a las personas. Sus palabras fueron precisas para describir a tus padres o bueno a tus padres de hace veinte años, pero escúchame bien, Raúl, tú padre cambió completamente cuando comenzó a ser padre, cuando dejó a un lado su deber como un ciudadano.

El sonido de los disparos apenas dejaba escuchar sus palabras. Mientras el sonido de los disparos se extendía hasta perderse en la nada. Hasta que el último disparo fue dado la conversación continua.

—¿Qué guerra?

—No lo sé, me dijo que tuviera listo todo el equipo. Siempre ha estado listo.

Raul se tranquilizó poco a poco. Su tío le explicó la hora y el lugar donde se haría el entierro. Lo abrazó por última vez para dejarlos solos.

—Raul.

—Estoy bien Leonardo—. Raul trataba de medir sus palabras.

—Sólo no quiero estar aquí.

—Apenas llegamos, tardamos días en llegar aquí.

—¡Será en tres días!, el entierro de mis padres será en tres días. Nos iremos antes, no podría, por más que me mentalizo la idea de estar presente. No puedo pensar cómo es que deba de estar ahí, no puedo enterrarlos.

—Tal vez te arrepientas Leonardo, no he estado en una situación así, pero con las pruebas tal vez no tarde mucho en que suceda.

—¡Sólo, déjame sólo!

Leonardo no pudo decir nada, vio a su amigo como se movía entre los papeles arriba del escritorio. Sin pensarlo dos veces se alejó. Exploró la casa, una imitación exacta de la casa de Raúl en la ciudad de México, fue hasta la cocina, en anteriores ocasiones había ido a la casa por cuestiones de trabajos en equipo o simplemente para jugar X Box. Incluso los trastes se encontraban en el mismo lugar, se sirvió agua y tomó asiento, recordando las veces que no quiso llegar a su casa por los problemas en ella, ahora tan pequeños.

Los siguientes días Raul se preparó por todos los medios posibles. Los archivos estaban censurados. Era difícil saber lo que era una verdad de una mentira, noticias de asesinatos en transporte público de los periódicos amarillistas de la capital tenían en primera plana un chiste de mal gusto mostrando la sangre de los muertos, justo por debajo de la nota se encontraba un informe detallado de quien había muerto; no lo mataron por un simple celular, había sido seleccionado para darle un mensaje a sus familiares, una simple extorsión término en la muerte de un joven de 15 años. Las historias se repetían, los periódicos no tenían ningún tipo de seguimiento, solo era la nota del día. Estos informes eran lo contrario, todos firmados con seudónimos, posiblemente era la misma persona que entregaba informes a instituciones diferentes.

Acto 5

A la mañana del tercer día el tío de Raul entró por la puerta principal, asustando a los dos chicos dentro de la casa. Se dirigió a un viejo televisor que aún utilizaba bulbos, al encenderlos se escuchó el típico ruido que hacen estos televisores. Raul y Leonardo se encontraban lo bastante cerca para observar con mucha atención las primeras imágenes, el rostro de Victoria se observó con claridad, había sido grabada en un levantamiento armado con ayuda de un celular.

—Es Victoria. ¿Qué se supone que está haciendo? —dijo Raul.

—Está siendo Victoria, no tardó mucho en hacerlo.

"…Aquí podemos observar como las calles de Veracruz están siendo un campo de batalla, lo que comenzó con una marcha pacífica se está convirtiendo en un revuelo, algunas autoridades están publicado su total desacuerdo contra lo que en las palabras del gobernador de Veracruz: un grupo de terroristas. Tan sólo hace dos horas el presidente vincula este grupo armado con lo sucedido en la capital…"

—¿Terroristas? —se sorprendió Raul.

—Es natural hijo, en México cada medio de comunicación como la televisión y la radio tiene solo un jefe; el gobierno paga el 60% de todos los comerciales de la programación. No pueden hablar con su jefe, a menos que quieran que los corran.

—¿Qué es lo que vamos a hacer? —dijo Leonardo con mucho pesimismo.

—Huir, eso es lo que van a hacer. No te puedo decir que hacer Leonardo, casi eres un adulto y tendrás todo el derecho de elegir, pero como tío de Raul, lo llevaré al aeropuerto con sus demás primos para que pueda salir del país.

—¿Qué? —Raul se sorprendió con las palabras de su tío—, ¿Por qué?

—Esto es lo que quería para ti Raul, tus padres están muertos.

—No te consta, ¿qué tal si están atrapados en alguna prisión?

—No, pero a ti tan bien no te consta que estén vivos, de milagro tú estás vivo. Piénsalo, hijo, tu padre había preparado documentos nuevos, con una nueva nacionalidad para que salieras del país—. Estirando el brazo le entregó un pasaporte rojo en sus manos, al abrirlo estaba la foto de Raul. —Para ti y para tu hermana, Tal vez no pude salvar a los dos, pero al menos tú estarás

—Lo lamento tío, pero debo de hacer muchas más cosas. Mis padres querían que yo eligiera mi propio destino.

—¿Qué significa Raul? —preguntó el tío de Raúl con mucho temor.

—No me iré a ningún lado hasta encontrar a mis padres.

—Hijo, tus padres están muertos.

—La profesora Leticia te mintió, mírame a mí, yo estoy vivo y las personas en esos ataúdes tal vez se parezcan a mis padres, pero no son ellos.

—No lo entiendes muchacho, perdimos, tus padres perdieron, tu profesora Leticia perdió, no busques más muertos que encontrarás miles más. Esto no se trata de un bando contra otro, esto se trata de sobrevivir a lo que se avecine. Toma esta oportunidad, es tu última oportunidad, me llevaré a tu tía y a tus primos tan lejos como podamos. Trataré de que no se metan en esto y tomaré como ejemplo a tu padre.

—¿Qué quiere decir?

—No quiero que le pase nada a mi familia por mis malas decisiones, recapacita Raul. Después de que enterremos a tus padres nos iremos, si quieres venir con nosotros, estás más que bienvenido.

Raul se quedó inmóvil ante las últimas palabras de su tío, mientras este salía con velocidad. Leonardo de igual modo espero a que se moviera Raul para moverse del lugar en donde estaba, no sabía que decir en estas circunstancias, es por eso que no decía nada.

—Nos vamos en cuanto anochezca —dijo Raul.

—Raul, es una pésima idea. Viajar de noche nos dejaría muy expuestos, que te parece si mejor nos vamos a primera hora mañana —dijo Leonardo.

—No quiero oír los rezos del velorio de mis padres.

Por un momento los dos amigos se miraron a los ojos para ver la verdad en las palabras de cada uno.

—A tus padres no les hubiera gustado que fueras tan impulsivo —dijo Leonardo tratando de convencerlo.

—Ellos ya no están.

—Entonces honra su memoria. En el cuarto del pánico no se oirán los rezos, quedémonos para descansar del viaje y mañana en la mañana nos iremos si es tu voluntad.

Los sonidos en la casa se hacían más intensos en el silencio de los dos amigos, sin saber que les deparaba más allá de la puerta. Raul entró al cuarto de pánico tan solo oscureciera, Leonardo en cambio revisó toda la casa, no había mucho, toda la comida y la ropa se encontraba en la habitación del pánico. No tardaría en llevar cobijas y almohadas enfrente de la gran puerta de metal, tocar y esperar que Raul abriera la puerta. En cuanto supo que estaba tocando le abrió. Sin decir una palabra se acomodaron en dos extremos de la habitación, Raul estaba puliendo la misma pistola que llevaba cargando desde el inicio de la travesía.

—¿Crees que la usemos? —preguntó Leonardo.

—No lo sé, tal vez, solo quiero estar preparado cuando la necesitemos.

—Veo que lograste encender las computadoras.

—Si, son bastante obsoletas, la más nueva es un modelo del 98. No tienen ni un solo documento, ni un registro en el explorador, a diferencia de las de la casa de Victoria tan poco tienen un video, solamente tienen un viejo sistema de grabación que solamente guarda los últimos 15 minutos atrás, ya lo modifiqué para que hiciera videos de 24 horas y los borrara para cuando no tienen espacio.

—Veo que te has mantenido ocupado.

—Si, ¿y tú que has hecho?

—Yo estaba viendo cual blanqueador de piso es mejor, ja.

Las risas de Raul se escuchan por todo el cuarto.

—¿Cuál es la mejor? —preguntó mientras mantenía la risa.

—Creo que Maestro Limpio es muy superior a cualquiera, incluso al cloro.

—Fascinante, de ahora en adelante usaré maestro limpio para limpiar.

Leonardo se levantó de su colchón y busco unas latas de comida, había de todo tipo, desde unos sencillos chícharos enlatados hasta un Salmón enlatado.

—¿Qué quieres para cenar?

—Ten, te tardas en elegir.

Leonardo le arrojó a Raul una lata de elotes y una de Salmon, de igual forma toda su porción. No podía faltar abrir una lata de rajas para acompañar en la cena. Se arrojaban la lata de un extremo a otro para combinarla con alguno de los dos platillos.

—Sé que te afectó Raul, igual que a mí.

—No digas que me afectó Leonardo, hasta que veas a tus padres en un atún.

Leonardo se quedó callado, bajo ambas latas y se preparó para dormir.

—Tal vez tengas razón, espero que yo tan bien pueda darle una cultura correcta.

Minutos más tarde Raul de igual forma pensando antes de dormir las palabras que le dijo a sí amigo.

El autobús marchaba en calma mientras nos alejábamos de la capital de Sinaloa, no me atreví a ver a mi tío en lo que quedaba del tiempo en esa casa, seguramente para estar alturas ya está en un vuelo lo más lejano posible que puede, aunque no quiero pensar en él hubiera tal vez sería la mejor opción, huir lo más rápido posible del país, nunca me sentí con una ocupación verdaderamente legítima con este país. Le debo todo a mis padres, incluso si ya no están conmigo, aún hay una posiblemente de encontrar a mi hermana, yo soy la prueba de ello, le dije a Leonardo que regresáramos a la ciudad, estaba a punto de ceder cuando me dijo que tenía que ir a Puebla, tenía que averiguar quiénes lo había logrado y así buscar a los demás en la capital. El autobús en donde íbamos frenó en un momento, el caos se apoderó de todos mientras las mochilas caen por todas partes, el chofer abre la puerta y un soldado con los colores verde sube junto con un compañero, ambos con metralletas exclusivas. Pide que todos los hombres bajen del camión, mis nervios están a punto de colapsar. En el momento que toco el suelo un perro policía me ladra, mientras veo a mis compañeros pasajeros, ser arrodillados junto al camión. A lo lejos escuchó disparos, mientras gritos de una multitud empiezan a sonar por todas partes, esto no es un simple chequeo, esto es una ejecución.

—Por mandato presidencial, bajo la orden 12-12-12, el máximo poder militar está bajo el presidente en estos momentos, ustedes han sido culpables de ayudar a grupos rebeldes de terroristas que planean un golpe inminente al estado. Eso me da la facultad de encontrarlos culpables, son culpables de cometer el cargo de "traición a la patria"; un castigo que se paga con la muerte.

Por unos momentos Raul comenzó a ver la cara de quien estaba a su lado, Leonardo no había sido seleccionado para el cateo. El hombre a la derecha de Raul comenzaba a orinarse en sus pantalones mientras lloraba suplicando piedad. El arma que había elegido para una situación como esta se encontraba en el maletero, no sabía si lo observaba y aun así estaba muy lejos como para pedir ayuda. "¿Mi padre qué estaba pensando mientras le apuntaba?" se preguntó mientras los gritos de un niño, "se escucha como de nuevo años" pensó.

Cerca de la llanta trasera del autobús un soldado estaba obligando a un niño que no se levantaba, era el primer viaje de ese niño, recorrió la costa oeste junto a sus padres, había tomado muchas fotos con una vieja cámara de su papá, había tomado más de cien fotos con dos rollos de película. Le había dicho su madre que por nada del mundo podía perder de vista esa cámara, así que siempre la trajo en su cuello, incluso en el momento que lo bajaron del autobús.

—Suéltala —gritó un soldado que sostenía la cámara atada en el cuello de niño.

—¡No, por favor, por favor! —gritaba el niño mientras lo levantaban por los cielos— es de mi papá,

"El niño defiende lo que es suyo" —pensó Raul—. "todos de rodillas y tan solo un niño es el que defiende su más primordial derecho a defender lo que quiere".

Mientras la cólera recorría desde el talón de sus pies hasta su cabeza, había siete soldados enfrente de él apuntando a la cabeza, mientras que dos se entretenían con el niño y dos soldados más adentro del autobús.

Dos detonaciones se escucharon dentro del autobús, la mirada de Raul se nubló por unos momentos, sus ojos se pusieron rojos, las venas alrededor de los párpados se marcaron, el mundo pareció ir más lento y una rabia incontrolable de emergió de entre sus brazos, el soldado enfrente de él se desplomó con un cuchillo clavado en el pecho. Raul cogió el arma de respaldo del soldado disparando cinco detonaciones a la derecha cayendo con un disparo en la cabeza. El soldado restante apuntó a la cabeza de Raul mientras él trataba de moverse, un sonido seco se escuchó y el último soldado cayó. Una sombra ocultaba las luces del autobús con cada paso, un pequeño agujero en la ventana de donde emanaba un pequeño hilo de humo donde emanaba una luz, Raul se acercó y la luz mostró el rostro de Raul, la sombra de igual forma ocultó la luz. Los latidos de Raul se desbordaban al cielo mientras un cuerpo golpeaba la puerta del autobús abriéndole, su amigo bajó las escaleras mientras observaba a su alrededor, sus del mismo tono escarlata. Él niño sorprendido al ver lo que sucedió tomó una foto, mientras los dos amigos se observaban fijamente y algo en su interior hizo que estuvieran alertas.

"No fue hace mucho que comenzó esto y ya hemos matado a una persona" se decía Raul. Más detonaciones a la distancia se escucharon, algunos sonidos de helicópteros sabían que, aunque justificaran legítima defensa ya no podían dar marcha atrás, habían matado a nueve soldados. Sus ojos volvieron a la normalidad mientras los demás pasajeros se recuperaban de la impresión.

—Corran, corran —decía el hombre que estaba al lado de Raul—, sálvense mientras puedan. Ellos nunca sabrán quién fue si ustedes corren ahora, les diremos que fueron criminales los que atacaron a los soldados, pero corran, lo más lejos que puedan.

Sin pensarlo dos veces ambos chicos se adentraron en las montañas, a unos cuantos metros de donde habían dejado el autobús, un pequeño poblado tenía varias camionetas y camiones tanto militares como instituciones policíacas, posiblemente creyeron que éramos parte del poblado. A la distancia aún se podía observar pancartas de manifestantes exigiendo el regreso de los ríos a sus comunidades, algunos símbolos de marcas refresqueras, cerveceras y mineras canadienses marcados con un cráneo. Los policías mismos encendieron una de sus patrullas, para cuando llegaron los reporteros sólo podían grabar cenizas.

Los chicos corrieron lo más rápido posible, tratando de no mirar atrás, sintiendo como los pulmones les explotaba y con cada nueva inhalación sentían como sus pulmones se expanden hasta la agonía.

Capítulo 3 Y lo peor de todo, para que yo viviera /Pedro

18 de marzo

Las tormentas atípicas eran una constante de la ciudad de México, cada vez la temporada de lluvia modifica su aparición, los chicos agradecieron cada gota de agua ya que los ocultó de sus perseguidores. Lograron llegar hasta la casa de seguridad en el sur de la ciudad de los padres de Victoria. La programación habitual era interrumpida con comerciales pidiendo información del paradero de alguno de los estudiantes. Pedro observaba las habitaciones, recordaba las palabras de los padres de Victoria "siempre serás un invitado en esta casa".

Ximena fue la primera en ver a la profesora Leticia, no lo podía creer, sin ningún tipo de seguridad abrió la puerta y justo cuando la observó ella les dedicó unas palabras.

—Hola muchachos.

Adriana no lo podía creer, Sofía de inmediato al verla se molestó, pero Ximena corrió con ella, la abrazó y comenzó a llorar. La profesora comenzó a abrazarla de igual forma, su calidez se podía sentir. Pedro recordó la sensación de un abrazo siempre tomando su distancia.

—¿Cómo han estado? —dijo la profesora Leticia.

—¿Qué sucedió profesora?, estábamos ahí caminando y después todo fue un caos —dijo Ximena.

—Lo sé Ximena, lo sé.

—¿Qué sucedió? —insistió Ximena.

—Hablemos adentro Ximena, hablemos adentro.

La profesora Leticia caminaba más lento de lo normal, estaba lastimada, tenía un bastón. Entró como si conociera toda la casa, observando las paredes como si recordara cuando las construyera. Se dirigió a la mesa, con calma los observó uno a uno detrás de los cristales de sus lentes.

—Al parecer no les ha ido bien en estos últimos días chicos, ha sido bastante increíble cómo han sobrevivido a todo. Me gustaría escuchar su historia.

—Habla como si hubiera sido un simple paseo por el parque profesora —habló Pedro con mucho enojo mientras cruzaba los brazos.

—Lo sé Pedro, pero creo que a nadie le ha ido bien en los últimos meses, incluso los próximos meses serán difíciles y lo único que va a ser, es empeorar.

—¿Qué está haciendo aquí profesora? —preguntó Sofía bajando la voz.

—Vengo a ayudarles chicos.

—¿A qué? —preguntó Pedro con muchos ánimos.

—A lo que se viene encima, me imagino que han visto las noticias o han escuchado la radio, ha estado por todas partes, incluso una foto está rondando de Victoria— dijo Leticia. Los muchachos fijaron su atención en la profesora mientras esta decía más lenta las palabras—. Ella ha entrado en un conflicto que se convertirá en una guerra próximamente.

—¿Contra quién? —preguntó Sofía con rapidez.

—Todos contra todos, escúchenme chicos. No se necesita mucha inteligencia para saber que los diputados en la cámara son unos ladrones y en el mejor de los casos son unos estafadores, pero se necesita ser lo bastante estúpido como para creer en que si votan por una sola persona se resolverán todos tus problemas. Teniendo en claro esto, yo era a su edad de las primeras y las segundas clases de personas. Al igual que sus padres creía en una persona, antes de que ustedes habían nacido. Sus fuertes ideales y su manera de proyectarlas se habían ganada todo mi respeto, lo conocíamos como Atlas, él debía ser la persona encargada de hacer un cambio para bien en México, al igual que yo, sus padres creían en esa persona, cuando murió todas las esperanzas de sus padres murió con él. Yo no podía simplemente rendirme, aunque me amenazaron por años, nunca desistí, me aleje de sus padres para que no los usaran en contra mía, aun así, ellos no salieron del todo y siempre fui una invitada de honor en sus hogares.

La profesora Leticia tomo un gran respiro y la habitación quedo en completo silencio.

—Me hicieron prometer que no me metería en la vida de sus hijos, hasta que llegaron esas cartas a mi despacho.

—¿Qué cartas profesora? —preguntó Ximena mientras se calmaba.

—Una orden ejecutiva donde le permitía al poder legislativo (el presidente), un control total sobre el ejército en el caso de un atentado ya sea contra civil o presidencial. Fue nombrada como la orden 12—12—12, le daría al presidente un poder que nadie más tendría, no solamente sobre el estado mayor presidencial; ¿saben que es el estado mayor presidencial?

Ximena, Pedro y Adriana asintieron con la cabeza mientras Sofía la negaba, cuando vio que sus compañeros, se ruborizó un poco e intentó cambiar su respuesta.

—En esencia son los soldados mejor capacitados a las órdenes del presidente, en la práctica son el verdugo privado del presidente; imagínense un grupo altamente especializado en el asesinato, al igual que en las áreas médicas, veinticuatro de ellos son seleccionados de una lista con más de tres mil activos. Encomendados a este departamento; seleccionados a partir del tipo de sangre del presidente, para que en el mejor de los casos sea cualquiera de esos soldados le donaría sangre al presidente. Todos ellos tienen un juramento que no pueden quebrantar, no tienen familia; ni pareja, ni hijos que les estorbe en su misión.

Las palabras de la profesora retumbaron fuertemente en la mente de Sofía al igual que la de Ximena, no podían dar lugar a personas así en el mundo.

—Nosotros a qué venimos en esa historia profesora —preguntó Sofía tratando de sobrellevar lo demás.

—Ustedes, nada. A sus padres todo lo que les ha pasado desde hace unos meses, es por ellos.

—¿Qué tienen que ver nuestros padres?

—Ellos eran grandes políticos desde antes que ustedes nacieran, su influencia aún es recordada por muchos, incluso por quienes aún creen que son amenazas para sus propósitos.

—¿Qué propósitos? —preguntó Sofía.

—Petróleo, minerales, contratos con particulares, contratos militares o concesiones de cualquier tipo. Antes sus padres frenaban todo aquello que oliera tan solo un poco mal, siempre trataron de buscar el bien para la mayoría, incluso cuando eso significaba que les perjudicaba, sin importar que, ellos trataban de ser rectos ante cualquier condición.

—Mis padres no podían haber hecho eso, mi papá trabaja como albañil y mi mamá limpiando la casa. Ellos no son a quien se refiere —dijo Sofía tratando de controlarse.

—No conociste a tus padres Sofía, no como yo los conocí.

A pesar de todo lo que habían visto, el regaño de la observación comenzó a penetrar su mente.

—Hay muchas cosas que quiero decirles, tengo poco tiempo para poder decírselo. —Los chicos guardaron silencio con la mirada fija en el rostro de la profesora—. Durante años ha existido reuniones ocultas de muchos representantes de la cámara de diputado, moviendo hilos a través de todos sus títere, cuando lo descubrí no pude difundirlo, trate de enseñarlo a todos a partir de cuentos cortos, oculte mi verdadero nombre y autoría para no arriesgarme, en ese punto nace Neltiliztli la verdad personificada, no tarde mucho en hacerme de enemigos y mucho menos en los primeros intentos de descubrir quién soy, suspendí esas actividades hasta hace unos meses donde sale el penúltimo de mis libros. Ahora mi vida no importa, en comparación no significa nada cuando todos esos estudiantes murieron, ya no lo soporte, es por eso que estoy en una rebeldía anónima, me muevo en las sombras ayudando a pocos. Y muchas personas dependen de esp.

—Nosotros no necesitamos su ayuda —dijo Pedro enojado.

—No Pedro, ustedes están a salvo detrás de estas paredes. No me refiero a ustedes, me refiero a Victoria, ella es la que necesita de ustedes, necesita su ayuda.

—¿Qué sabe de Victoria?—. Pedro se calmó y prestó atención.

—Tranquilo Pedro, ella está bien. Está mejor que nunca, ella está liderando un pequeño revuelto en Veracruz. Leonardo y Raul están en camino para ayudarla. La pregunta ahora es ¿si ustedes irán a ayudarla?

Los recuerdos de la Victoria de hace unos años pasaban por la mente de Pedro, siempre han sido amigos.

—¿Cómo podemos ayudar a Victoria?—. Los latidos del corazón de Ximena eran fuertes, casi interrumpió el sonido de su voz.

—Victoria en estos momentos posee habilidades inimaginables, gracias a la ayuda de sus padres. Es algo tan sencillo como una vacuna, simplemente es usar un suero que diseñaron unos doctores hace mucho tiempo. Claro, eso es tan sólo el principio.

—¿Qué sigue después? —preguntó Sofía mientras movía sus dos manos sobre sus rodillas.

—Desde que eran unos niños siempre les he dicho que hagan lo que más les gusta. Sin importar que tanto les digan que no sirve, esas habilidades ahora son cruciales, todas las demás pueden ser obtenidas con facilidad.

—¿Qué otras habilidades... —continuó Sofía—, muy nerviosa?

La profesora Leticia se levantó sin decir una palabra, les indico con la cabeza que la siguieran hasta llegar a la puerta negra de la sala, en ese lugar tocó la perilla, un sonido extraño se generó y una luz azul emana del pomo.

—La guerra. Todo lo que deben de aprender ahora es la guerra en sí misma.

Los chicos entraron a la habitación, todas las paredes estaban cubiertas de armas y equipo táctico, una computadora bastante antigua estaba en el fondo de la habitación, su color era amarillenta y una fina capa de polvo lo cubría todo.

—El padre de Victoria nunca creyó realmente que se podía salir de esto, él creía que solo se podía tomar medidas para el peor de los resultados.

—¿Armas?, no es bastante malo con lo que pasa afuera como para comprar algo que lo empeore —dijo Ximena.

—Te das mucho crédito Ximena, tú no has comprado nada en tu vida como esto. De cierta forma es lo que un padre haría, claro lo sabrías—. En ese momento la profesora midió sus palabras, su intención no era lastimar a su alumna.

—El padre de Victoria nunca hubiera aceptado esto, él no creía en la violencia como resultado —dijo Pedro furioso.

—Sus acciones eran todo lo contrario a lo que una vez quiso, pero en cuanto tuvo a su hija en sus brazos él recapacitó, junto con el padre de Raul construyeron casas de seguridad en todo el país y trataron de convencer a sus padres, sólo lograron convencer a los padres de Gabriel y Leonardo. Para el final.

"para el final", Pedro quería preguntar con todas sus fuerzas ¿Qué les pasó a sus padres?, si seguían vivos o murieron.

—¿Dónde están nuestros padres?, profesora —preguntó Adriana.

—Muchos están muertos Adriana, lo lamento mucho—. Sabía que no podía decirle de otra manera, Adriana conocía a la profesora muy bien.

Los chicos sintieron un profundo vacío en el estómago, Ximena sentía moverse los pies mientras buscaba en donde sentarse.Pedro trataba de mantener, pero un nuevo en la garganta evitaba decir palabra alguna.

—Trate de encontrarlos primero, pero se me adelantaron. Tus hermanos están en prisiones correctivas al igual que los de Sofía, los padres de Leonardo, Gabriel y Raul están muertos. Los de ustedes aún no los he confirmado, he tratado de encontrarlos por todos los medios posibles, pero no puedo encontrarlos, llegaron a mí archivos de algunas prisiones, sus apellidos destacaron de inmediato —pronuncia con lentitud cada palabra.

—¿Y luego?, ¿Qué es lo que podemos hacer por Victoria? —preguntó Sofía.

—¿Qué se creyó usted al decirnos esto?, no sabe si están vivos o no, puede que estén vivos. Debemos de buscarlos —dijo Pedro con todas sus fuerzas, jadeando en las últimas palabras.

La profesora no podía verlos a los ojos, estaba buscando una pequeña caja en su saco y la colocó en la mesa. Camino hacia el equipo, desempolvo una pistola, la reviso y la cargo. Retrocedió el martillo a la poción de disparo provocando un clic, haciendo retroceder a las chicas.

—¿Enserio quieren buscar a sus padres? —preguntó Leticia mientras colocaba la pistola enfrente de ella.

—Si —dijo Pedro.

Las chicas afirmaron con la cabeza. Siempre con la mirada fija en el arma.

—Muy bien, sé que esto puede ser difícil para ustedes. Puedo ayudarles a buscarlos, sin la promesa de que los encontraran. ¿Qué esperan cuando los encuentren?

—Salir de esta pesadilla —respondió Pedro.

—Espero que encuentren lo que están buscando, mañana vendré a la misma hora para traerles ayuda.

Leticia salió de la casa dejando la caja y el arma en la mesa. Los chicos salieron de esa habitación en completo silencio.

Adriana lloró en su habitación hasta quedar dormida, Sofía permaneció en un sueño profundo como si la noticia la hubiera noqueado, Ximena observó la pared mientras pensaba en su madre y Pedro no podía dormir. A la mañana siguiente nadie pudo decir una palabra, esperaban con ansias la llegada nuevamente de la profesora Leticia. Esta vez con mucha precaución observaron a los cuatro como llegaba con tres personas más.

—Hola muchachos —dijo la profesora Leticia.

Fue la primera en entrar, después una mujer más joven y luego dos figuras con máscaras de madera.

—Déjenme presentarles a la señora Gomez, nos ayudará junto con estas dos personitas a buscar a sus padres.

La señora Gomez extendió su mano para saludar, las tres chicas correspondiendo el saludo mientras Pedro se quedó distante.

—¿Cómo piensa ayudarnos? —preguntó Pedro.

—Primero que nada chicos, quisiera decirles que estoy con ustedes, sé lo que se siente perder a alguien, así que lo vamos a buscar juntos, la profesora Leticia me hizo el favor de mandarme los expedientes de sus padres, así que podremos encontrarlos con esa información, también estoy al tanto de que esto debe ser un secreto entre los todos nosotros.

—Usted no sabe cómo nos sentimos —gritó Jóse.

—¡Pedro!, tal vez no quieras creerlo, pero tus padres me pidieron que cuidara de ti si ellos no estaban, pero eso no te da ningún derecho a nada.

Pedro no quiso escuchar, se marchó a la planta alta para entrar en la primera habitación, cerrando la puerta para escuchar.

—Muy bien, dejemos a Pedro solo por unos minutos.

Leticia se acercó con Adriana, Ximena y Sofía para abrazarlas.

—Las noticias están llenas de fotografías de los estudiantes que estuvieron en la manifestación, pronto aparecerán sus rostros en televisión y cualquier medio visual. Debemos ser precavidos, vendrá una camioneta por ustedes, para poder buscar a sus padres en las mañanas, mientras mis dos amigos vigilan los alrededores, son muy callados, pero cuando les digan que tiene que hacer algo lo deben de hacer sin titubear, están para protegerlas. Deben de tener mucho cuidado, ¿entendido?

Las tres chicas asintieron. Mientras Pedro esperaba en la habitación recordaba los días cuando iba al kinder, fue cuando conoció a todos sus amigos. Justo cada mañana lo levantaba su madre con un ligero movimiento en el hombro, recordaba como ninguna de las ocasiones se quería levantar, hubo algunas veces que no quería ni siquiera ver a su madre y quedarse dormido todo el tiempo. Al final lograba convencerlo con la promesa del desayuno más delicioso, pensó que pronto podría pedir ese desayuno.

La profesora Leticia se quedó mucho más tiempo de lo esperado, pero Pedro se negaba a entrar, permaneció en su habitación, incluso cuando las chicas fueron por él para comer o cenar, él se negó. Pronto tendré una verdadera comida, pensó Pedro. A la mañana siguiente justo antes del amanecer los golpes en la puerta despertaron a Pedro, las chicas estaban listas para salir, él no se molestó en cambiarse la ropa, simplemente bajó a donde estaba la camioneta.

La camioneta estaba casi completamente llena, varias mujeres y hombres esperaban dormitando en los asientos. Todos tenían la misma playera y la misma gorra color rosa, Adriana le entregó un juego a Pedro y se sentaron juntos.

—¿Cómo está? —preguntó Adriana.

—Bien, no sé qué hacemos aquí, es una pérdida de tiempo.

—Ayer la profesora Leticia nos explicó que debíamos ir siempre en grupos grandes, ya que no están revisando las carreteras, pero aún así.

—¿A dónde vamos?

—No lo sé —respondió Adriana.

La camioneta se movía muy lento, Pedro comenzó a notar el equipo que traían, algunas láminas de manera, un extraño aparato con dos ruedas como si fuera una podadora y varias computadoras. Algunas chicas revisaban las computadoras y al parecer fallaban constantemente, el olor a gasolina de la camioneta daba la impresión de que ya estaba fallando.

Al llegar al lugar aún permanecía húmeda de la lluvia, el calor era intenso y la humedad bochornosa. Comenzaron a descargar el equipo, medir el terreno Gabriel y acomodar el equipo de computo. Pedro buscaba por todos lados un pequeño rastro de alguna pisada, el recuerdo de algún comentario sobre ese lugar o algún despojo de ropa. Le dijeron a donde mover la ladera y él la movía, a donde atrás esa máquina con dos ruedas y él lo hacía. Esto es una pérdida de tiempo pensó Pedro. Se imaginó llegar a todas las estaciones de policías, mientras que se preguntó ¿podré preguntar en hospitales?, recordaba el número telefónico de sus padres, en cada ocasión de distintos puntos le había marcado, pero todo era inútil. Igual de inútil arrastrar esas tonta máquina, debía procurar que no pisara tierra o alguna piedra porque decían que era frágil, ¿para que la usan aquí si es frágil?, pensaba mientras la seguía moviendo.

Pronto se cansó, decidió parar y una mujer lo sustituyó. Pedro no quería seguir, sus brazos le acalambraron, el calor se le hacía insoportable y fue cuando vio a esa mujer, una segunda camioneta había llegado. La señora Gomez había llegado, observaba el avance y algunas zonas que habían comenzado a escarbar. Pedro se acercó mientras ella se alejaba a un punto más profundo de ese baldío donde comenzaban los árboles.

—¿Oigan que estamos haciendo en este día de campo? —gritó Pedro.

La mujer se quedó petrificada al escuchar al chico decir eso.

—Esto no es ningún día de campo pendejo, y creó que debes ser más respetuoso.

—¿Con quien? —dijo Pedro.

—La profesora Leticia me había advertido de ti, me dijo que tuviera paciencia con un niño como tú.

—¿A quién le dices niño? —preguntó Pedro ofendido.

—A ti, porque si no te hubieras ido el día de ayer sabrías a qué venimos aquí.

—¿A que se supone?

—A buscar a tus padres —dijo la señora Gomez rápidamente—, informantes de la profesora Leticia nos dijeron que habían enterrado cuerpos en esta zona en los últimos días, al igual que en muchos puntos cercanos a la ciudad.

—Mis padres no están muertos —dijo entrecerrando la voz Pedro.

—No lo sabemos, y si tuvieras tantita madre sabrías que todos aquí queremos crees lo mismo. Yo perdí a mi hija hace varios años, ¿tu crees que te sientes mal?, he encontrado tantos cuerpos que he perdido la cuenta, esperando que alguna de ellas fuera mi hija, esperando. Nunca estuve tan cerca como lo estás tú de encontrarlos.

—¡No!, ellos no pueden estar muertos —dijo Pedro mientras levantaba la mano para golpear a la señora Gloria.

Pedro se detuvo en el momento que vio como la señora Gloria no se movió, incluso se acercó retadoramente.

—Tu niño asustado no me asustas, he vivido con amenazas de muerte cada día desde que comencé a buscar a mi hija y nada me ha detenido. Ni las golpizas, ni nada van a evitar que busque a mi hija.

Pedro se acercó lentamente, recordando a su madre y a su padre. Incapaz de llevar a su mente algún recuerdo de la última vez que los abracé. La señora Gomez se acercó extendiendo sus brazos para darle un poco de apoyo, mientras los llantos de Pedro intentaron frenarlos, no quería llorar. Se mantuvo por mucho tiempo así.

—Tranquilo hijo, intenta llorar, sácalo —dijo la señora Gonzales.

—No, no quiero —respondió Pedro—, debo encontrarlos, debo buscarlos, tal vez no están aquí, tal vez están en otro lado.

—Tranquilo hijo, que las lágrimas son el primer paso, cuando no me dijeron donde estaba mi hija y me dijeron que no podían hacer nada. Lloré por mucho tiempo hasta que decidí buscarla yo misma, pero tú no debes de estar sólo, aquí estamos.

Se quedaron durante varios minutos, Pedro respiraba profundamente mientras la señora Gonzales lo abrazaba. Escucharon las lágrimas desde varios puntos, la señora que tenía el encargo de sustituir a Pedro continuó con más perseverancia. Las horas pasaron, Pedro continuó trabajando hasta que apagaron todas las computadoras, la noche lo consumió todo y cada una de las personas estaban agotadas. Al día siguiente continuó con la misma labor, el sol era aún más intenso y el respirar era difícil. Pedro continuaba, igual que al día siguiente durante una semana, dejó de comer y beber agua hasta que su cuerpo colapsó. En cuanto se levantó tenía un catéter en el brazo derecho, estaba desorientado y deslumbrado por la luz de una fogata.

—Tranquilo —dijo la señora Gonzales.

Pedro trató de quitarse el catéter, pero uno de los enmascarados lo evitó, por un instante sintió la fuerza de sus manos detenerlo hasta provocarle dolor.

—Es para hidratarte mejor, es común lo que sientes Pedro, por un momento seguí tu camino de furia y lo entiendo. No comía, no bebía y no descansaba buscando justicia para mi hija.

—Usted no lo entiende, si yo hubiera estado con ellos hubiera pasado otra cosa, hubiera ayudado a mis padres.

—Claro que sí hijo —dijo la señora Gonzales—, eres joven, no todos tenemos tu fuerza. Esos pensamientos te atormentaran por mucho tiempo,

—Esos recuerdos te atormentan si no los manejas.

—¿Cómo perdió a su hija? —preguntó Pedro después de varios minutos de silencio.

—Yo no perdí a mi hija, ella fue arrebatada de mis brazos —dijo la señora Gonzales lentamente—, policías entraron a mi casa en la noche, buscaron a mi hija mientras mi nieta estaba llorando. Siempre la persignaba cuando salía de casa, esa fue la única vez que no lo hice, me sometieron con una llave en el suelo, sólo pude ver sus píes junto a la de las botas. Decían que era un cateo, pero nunca me mostraron la orden del juez.

—¿Por qué se la llevaron? —continuó Pedro después de algunos segundos.
—Por su belleza tal vez, ella le gustaba a un policía, un niño consentido cuyo padre era el jefe de policías de nuestro municipio. Se llevaron a mi niña, me duele el corazón cuando recuerdo como era de niña, tan pequeña y linda, le compraba vestidos nada más para que jugara dentro de la casa, siempre me decía "¿por qué no puedo salir a jugar con mi vestido?", por que es muy peligroso, le respondía. La he buscado por todas partes y la seguiré buscando.
Pedro tenía mucho frío, las palabras de la señora González fueron escritas a fuego en su mente. Sintió la cobija alrededor y observó la oscuridad del cielo.
—Hay noches que puedo jurar que cuando llegue a casa la volveré a ver—dijo la señora Gonzales—, hoy encontramos algo que no podía esperar hasta mañana, nos quedamos trabajando y decidimos que te quedaras.
—¿Quién decidió eso? —preguntó Pedro.
—Tus amigas y yo.
Pedro observó con recelo la máscara y a los ojos detrás de la máscara.
—Se llama Tecolote por si te lo preguntas, le decimos Teco de cariño.
—Mucho gusto en conocerte Tecolote —dijo Pedro.
Después de tanto prestarle atención, la máscara de madera tenía tallados unos grandes ojos, unas orejas levemente proyectadas y un pico afilado. Los rasgos marcados y la luz de la fogata la hacían parecer intimidada. Pedro noto como la oreja de la máscara se movió a una dirección diferente a la cabeza y se talló los ojos para quitar cualquier posible basura.
—Estoy muy cansado—dijo Pedro.
—Ya lo creó, será mejor que duermas, mañana nos iremos a otro punto, aquí ya hemos terminado.
Sin revisar otra vez la máscara Pedro se acostó, la luz del fuego marcaba ondulaciones extrañas en su cobija, pero le daba una

cierta calidez, quiso observar la luz de la fogata, noto como los troncos de madera tenía zonas oscuras que aparecían y desaparecían al ritmo del viento, extendiendo cada vez más un rojo por la leña, dejando completamente en tizne la madera consumida en su totalidad. Llegó a percibir que esas zonas oscuras comienzan a aparecer al ritmo de su corazón y se expanden al mismo tiempo que sus inhalaciones. El frío comenzaba a percibirse en sus extremidades lo que hizo que se encogiera entre la cobija. Tan solo bastaron un pestañeo para quedarme profundamente dormido.

Acto 3

A la mañana siguiente Pedro regresó a su habitación, estaba muy cansado y no le dirigió palabra alguna a sus amigas. Ellas le preguntaron ¿cómo estaba?, ¿cómo había pasado la noche? y ¿cómo se sentía?. No quería hablar con nadie, no quería hacer nada y a la mañana siguiente se rehusó a salir. La señora Gonzales intervino para que ninguna máscara fuera a molestarlo, los siguientes días continuó observando la oscuridad de una habitación que no le pertenecía y una vida aparentemente inútil. Después de tres días y ya no necesitar el suero se levantó para ir al siguiente punto de análisis. No hablé con nadie aunque Adriana, Ximena y Sofía insistieron. Al llegar Teco le entregó un papel a la señora Gonzales, lo observó rápidamente para después acercarse a los chicos para informarles.

—Debemos de ir muy lejos —dijo la señora Gonzales .

—¿A dónde? —preguntó Pedro.

—Al sur, nos acaba de llegar información de un informante.

Solamente eligió a dos: a Teco y a Pedro. Caminaron más allá del inicio del bosque hasta sobrepasar un pequeño páramo desértico y continuaron hasta que el calor aumentara hasta niveles insoportables. La señora Gonzales cargaba un gran sombrero, una playera de manga larga y unos pantalones de mezclilla útiles para este tipo de clima, por otro lado Pedro observó la vestimenta de

Teco, botas negras, pantalones militares, una chamarra negra y una máscara de madera, siempre ocultando sus armas.

Sin importar a donde vieran Pedro se sentía caminar a ningún lugar, continuó por mero instinto los pasos de la señora González sin importar el sol o el calor, no trato de ocultarse ni de hacer un poco de sombra. El calor era algo nuevo después de tantos días dentro de la casa.

—¿Qué te pasa? —preguntó la señora Gonzales.

—Es…¿es en serio? —preguntó Pedro—, tal vez mis padres están muertos. No he pensado en otra cosa.

—Claro que si has pensando en otra cosa, has pensado en todas las veces que debiste abrazarlos o las veces que querían estar contigo y tu no quisiste.

—No, no he pensando en eso —dijo de inmediato Pedro.

—Yo suelo pensar en eso, a veces pienso en los errores que tuve con ella, sin importar en donde esté quiero encontrarla.

—¿Incluso si estuviera muerta?, ¿qué caso tendría?

—Todo, tendría todo el caso y la importancia, si la encontrara muerta le daría una verdadera sepultura, por fin encontraría paz y si sigue viva quisiera sacarla del infierno en el que está.

El sol comenzaba a consumir las fuerzas de Pedro, se hacía lento y sentía su cuerpo pesado.

—¿Y bien?—. Insistió la señora Gonzales.

—No he pensado en ellos, simplemente no he pensado en ellos.

—Desde que los empezamos a buscar ¿no has pensado en ellos?

Pedro se quedó callado, siguió caminando con un paso más lento.

—¿Cuánto falta para que lleguemos? —preguntó Pedro.

—No mucho, llegaremos a esos árboles y después nos dijeron que cien metros adentro.

Esos árboles están como a mil metros, pensó Pedro mientras acentuaba el paso.

—Yo solía recordar mucho a mi hija, veía sus fotos de niña por horas e incluso llegué a llorar cada vez que veía una foto. Pero decidí dejar de llorar, lo suficiente para ir a buscarla, para ponerme una playera con su rostro y seguir por ella. Tal vez no pude ayudarla, pero ahora puedo buscarla sin descanso.

Jospe trato de ignorarla, trato de no recordar las fotografías con sus padres, las navidades junto a ellos y la gran felicidad que era abrir los regalos de reyes. Trato de ignorar todas las veces que renegaba de la falta de dinero y que cuando busco trabajo se enfadó con su mamá porque quería más cosas. Sin darse cuenta se perdió en muchos más recuerdos hasta que llegaron al bosque e incluso no noto cuando pasaron los cien metros. No fue sino hasta que Teco lo empujó al suelo para que bajara la cabeza.

Tardaron algunos segundos sin decir nada, Pedro quería decir algo justamente antes de escuchar el motor de un vehículo. Teco movía sus orejas para escuchar mejor y por fin Pedro notaba con claridad sus movimientos. La mirada de la señora González se movía en todas direcciones hasta que el ruido se canalizó en un punto donde las orejas de Teco se detuvieron mostrando el camino. Mientras el ruido desaparecía las orejas de Teco se movían en la misma dirección, hasta que el sonido inconfundible de un disparo llenaron con su estruendo los oídos de todos. Así consecutivamente llegó otro y otro.

—Es una ejecución —se escuchó la voz aguda de Teco.

—Debes de ir a ver —dijo la señora Gonzales.

—Aunque mi misión es cuidarlos, en el mejor de los casos expondría la posición de todos.

—Nuestras vidas siempre están en peligro, intenta ayudar a alguien —dijo la señora Gonzales.

Teco observó el rostro pálido de Pedro, se acercó y le sostuvo sus manos temblorosas para darle una pistola.

—No puedo —respondió Pedro.

—No busques apuntar y mucho menos matar, debes de distraerlos se acercan. Yo me encargaré del resto del trabajo —dijo Teco.

La respiración de Pedro se agitó, un dolor muy fuerte en su cabeza comenzaba a molestarlo para escuchar y el peso del arma era insostenible.

—Tranquilo —dijo la señora Gonzales.

Teco salió corriendo hasta donde estaban los disparos, el fuego cruzado no tardó en escucharse, los gritos de hombres y mujeres desgarraron el silencio. Pedro observaba el cielo azul, ni una sola nube que bloqueara la vista mientras las súplicas se transformaban a sonidos inteligibles. El silencio seguido fue algo insoportable para Pedro. Toda su atención se concentró en los sonidos siguientes, el crujir de las hojas y las ramas de unos pasos acercándose, si corrían no podrían ni siquiera intentar defenderse así que esperaron la llegada de su muerte buscando un momento para protegerse.

—Ya no hay moros en la costa —dijo Teco cuando regresó—, Pedro será mejor que vayas por los demás, no creó que lleguen refuerzos. Señora Gonzales encontré lo que buscábamos, llame a su equipo, yo informaré a la profesora Leticia.

—Señora Gonzales

Pedro intentó caminar como se lo habían dicho, pero una pequeña ráfaga de viento hizo que percibiera el más penetrarte de los aromas fétidos, pudo asociarlo al olor de cuando aquella vez se perdió en el camino junto a sus amigos y vieron un perro en la orilla de la carretera. Rodeando el camino donde estaban la señora Gonzales y Teco. Corrió desesperadamente hacia el olor, esquivó árboles, subió y bajó hasta que fue tacleado por la máscara de madera, Teco lo había encontrado.

—Te dijimos que regresaras —dijo Teco mientras le hacía una llave en el piso.

—¿Por qué no quieren que vaya?, ¿qué están escondiendo? —preguntó Pedro mientras trataba de respirar.

—No estás listo—dijo Teco.

Después de unos segundos la señora González llegó, los dos aún forcejeaban.

—Tranquilisate Pedro, está bien que quieras saber ¿que hay detrás de la colina?, pero creó que no estás preparado —respondió la señora Gonzales.

—Claro que sí, soy muy fuerte, tengo que ver —dijo Pedro.

—En un momento le diré a Teco que te suelte, podrás ver lo que hay detrás de la colina, pero primero debes jurar que me vas a escuchar, ¿entendido?

Pedro asintió y apenas se escuchó el "si". Teco lo soltó y este se sentó, estaba cubierto de tierra por completo.

—Muy bien, puedes ir, pero quiero que sepas primero que no estás solo, después quiero que sepas que uno de mis más grande miedos, solo escuchame.

Pedro ahora integrado volvió a asentir.

—Uno de mis más grandes miedos es encontrar a mi hija, sin importar que tanto me esfuerce ni que tanto trate de controlarme. Sé que no lo resistiré, espero no morir al volver a encontrar a mi hija. Es por eso que no hago todo esto sola, es por eso que ayudó a los demás y es por esto que te digo que debes dejarnos ayudarte. Solo tienes que dar media vuelta y esperar ¿Qué dices?

Pedro se levantó por completo, observó con furia a Teco quien estaba inmutable. Siguió su camino dejando atrás a la señora Gonzales y olvidando las palabras que le habían dicho.

Avanzó hasta sobrepasar el montículo de tierra que le obstruía su vista para ver por completo pilas de cadáveres, en ese punto se podía percibir el aroma de cientos de cadáveres en putrefacción al grado de inducir un vómito intratable, pero aún así siguió adelante. La mayoría de los cuerpos tenían muchas heridas de bala, algunos estaban desmembrados, otros no tenían cabeza y mientras más se adentraba le era muy difícil no pisar intestinos humanos. Continuó por un presentimiento que lo llevó al cúmulo de cuerpos más grande, podría considerarse como una pequeña montaña donde sobresalía un rostro conocido, subió a través de toda esa masa de carne humana en putrefacción donde el olor era insoportable. Las lágrimas comenzaron a brotar mientras retiraba los cuerpos encima de ese rostro, reconoció la ropa desgarrada hasta llegar a ser unos trapos con facilidad, era la misma de la última vez que la había visto. Abrazo el cuerpo con toda la ternura posible hasta que se quebró por completo en un grito gutural inhumano, su voz se lesionó lo suficiente para dejarlo afónico por unos segundos. Tardó varios minutos en decirlo.

—¡Mamá!—. Fue su grito de desesperación como si tratara de revivir.

La sombra oscura cuyo rostro era una máscara de madera se movía fantasmalmente entre las pilas de cuerpos, observando algunos rostros desfigurados, rupturas de muñecas y marcas en los tobillos. Indicios de torturas e incontables horrores más. Continuó con mucha precaución en donde se encontraban los restos de niñas con el rostro desollado y cientos de marcas en el cuerpo. Prestaba atención y trataba de recordar las
cientos de fichas de desaparecidas. Sus orejas comenzaron a moverse en todas direcciones, sacó sus pistolas, apuntó al cielo disparando siete veces y cayeron siete cuervos.

La señora González camino con mucho cuidado hasta que llegó con Pedro, trató de decir algo. Pero las lágrimas y el llanto del muchacho no podían mostrar una mayor desesperación. Lo observó hasta que llegó todo el equipo de investigación, comenzaron a llamar por teléfono a decenas de morgues particulares, velatorios y a cualquiera que les prestará un refrigerador.

—Pedro, necesito que traigas a tu madre, necesita que la llevemos a un lugar mejor.

Pedro se había quedado afónico, no podía moverse y únicamente observaba al cielo.

La señora Gonzales habló con las dos máscaras de madera. Las dos subieron lentamente, una llevaba una jeringa y la otra un arma. Teco inyectó un poderoso calmante a Pedro quien no ofreció mucha resistencia. La otra máscara de madera sostuvo y cargó el cuerpo sin vida mientras Teco cargaba a Pedro.

—Llevenlo hasta su casa, al cuerpo le necesitamos hacerle estudios.

—No podemos quedarnos mucho tiempo —dijo Teco—, pronto se darán cuenta que no han llegado sus centinelas.

—Debemos dar a conocer a todos este lugar —dijo la señora Gonzales.

—Sabe que eso únicamente aumentará la probabilidad de que intenten destruir este lugar —dijo Teco.

—Lo sé, pero al menos podremos rescatar algunos cuerpos para encontrarle paz a algunas familias —respondió la señora Gonzales.

»Treinta minutos después de que llegarán, en todos los noticiero comenzaron a transmitir las imágenes, varios helicópteros llegaron minutos después. Cuando pasará una hora del anuncio grupos armados en camionetas llenas de gasolina. Se sabe que la organización civil que había dado el anuncio se marchó en cuanto llegaron estos grupos que comenzaron a rociar la gasolina y es esto lo que está pasando. Lleva tres horas consumiendo los cuerpos y toda prueba para su identificación. Ningúna autoridad ya sea policíaca o militar han llegado para repeler este ataque.

La primera plana del periódico contaba con una fotografía del incendio y las palabras de un periodista que cubría la nota en tiempo real.

—Siempre te ha gustado abarcar la primera plana —dijo Leticia.

—Yo diría que siempre has querido que otros tomen los reflectores —respondió la señora Gonzales.

Leticia no pudo evitar hacer muecas de desagrado.

—En eso siempre habíamos quedado —respondió lentamente—, ¿qué tal respondieron las unidades al ataque de los mercenarios?

—Yo diría que letales, como siempre.

Acto 4.

—Su propósito no es ser carne de cañón —dijo Leticia—, son una unidad para protegerte y a toda tu gente.
—Y siempre se te agradecerá —dijo la señora Gonzales.
—¿Cómo sigue Pedro? —preguntó Leticia.
—Apenas funcionó el anestésico —dijo la señora Gonzales—, es un buen chico. Pero muy impulsivo, traté de convencerlo para que no fuera y le dije que estábamos con él. Lamento haber fallado.

Leticia no dijo nada, solo se enfocó en el periódico y en cada palabra de la señora Gonzales.

—¿Cuántos cuerpos lograron custodiar?
—100 cuerpos—dijo la señora Gonzales—, les tomamos fotografías, análisis de ADN y huellas digitales, los estamos comparando con la base de datos y esperamos resultados en un par de días.

La profesora Leticia observó en dirección a la habitación de Pedro. Se escucharon algunos ruidos y las dos fueron a inspeccionar, el chico se encontraba observando el techo.

—Me da mucho gusto verte Pedro —dijo la profesora Leticia mientras entraba lentamente.
—Espero que hayas dormido muy bien Pedro —dijo la señora Gonzales.

Los ojos de Pedro no se abrían por completo. Intentaba mover sus manos para limpiar su mirada, pero estos no les respondía muy bien, su mano izquierda fue la primera en llegar a su rostro, logró limpiar su mirada con la mano derecha.

—¿Dónde está mi mamá? —preguntó Pedro preocupado.
—El cuerpo de tu madre está recibiendo toda la atención necesaria, pronto estarán los preparativos para velar y se está buscando un lugar para enterrarla—dijo la señora Gonzales.

—Ella siempre decía que le gustaría ser enterrada en el pueblo de mis abuelitos —respondió Pedro fatigado—, señora González, profesora Leticia, me siento muy débil, ¿qué me está pasando?

La profesora Leticia frunció las cejas, lo miró con un poco de culpa.

—Son algunos efectos secundarios de un calmante que usaron en ti. Al verte tan mal. Estarás bien en un par de días.

—¿Qué pasó? —preguntó Pedro.

—Logramos rescatar muchos cuerpos —dijo la señora Gonzales—, pero llegaron hombres armados y tuvimos que irnos. Lo quemaron todo, o al menos eso creen. Se abrirá una investigación y peritos especializados podrán inspeccionar los restos.

—No lo puedo olvidar —continuó Pedro—, no puedo olvidar el olor, las caras, como se sentía pisar la carne de todas esas personas. ¿Quienes fueron los que hicieron todo eso?

La profesora Leticia y la señora González se miraron fijamente la una de la otra.

—No lo sabemos Pedro —dijo la profesora Leticia—, hemos tratado de investigar por todos los medios posibles. Pero no lo hemos logrado, tanto la señora González ha recolectado información en todas partes, como yo he tratado de buscar más colaboradores que nos ayuden.

—¿Qué clase de ayuda? —dijo un Pedro, prestando toda su atención.

—De todo tipo, desde forenses, velatorios hasta…

Leticia no pudo terminar la frase.

—…paramilitares —dijo Pedro terminando la frase.

—Claro que no Pedro —dijo la profesora Leticia—, los que nos ayudan a proteger a los demás no pueden ser llamados así.

—El trabajo de todos es necesario Pedro, no podemos resolver todos los problemas con violencia, necesitamos apoyarnos que es lo realmente importante —dijo la señora Gonzales observándose a los ojos.

—¿Usted qué me dice profesora Leticia? —preguntó Pedro tratando de integrarse con mucho esfuerzo.
—Pedro, ya te había dicho mi postura. Ya había ofrecido mi ayuda. Sé que eres un chico muy listo, que está buscando alguna solución a un problema muy grande, yo era igual que tu cuando tenía tu edad. Respeto la devoción con que proteges tus ideales. Se que lo que hago puede ser cuestionable, porque yo me encargo que la violencia sea utilizada para el bien como lo hace Gonzales usando su fuerza con su equipo.
—¿A que se refiere profesora Leticia?, ¿a qué bien se refiere con tanta mierda?
—Me refiero a la justicia hijo. No hay otro camino.
—No hay nada de justo en esto profesora —dijo Pedro con la voz entrecortada.
—No hijo, no hay nada de justo en esto —dijo la señora Gonzales—, si encontramos a los culpables, porque los vamos a encontrar, no podrán resarcir todo esto, pero nos aseguraremos que no vuelva a pasar.
—¿Cómo evitarán que vuelva a pasar? —insistió Pedro.
—Debemos de llevar a todos ellos ante la justicia —respondió la señora Gonzales.
—Los abogados, jueces y hasta gobernadores son corruptos.
La señora González no pudo responder, apareció un silencio que permitió que toda la atención estuviera en los hombros de la profesora Leticia.
—Ese también es mi trabajo Pedro —respondió lento—, encontrar a las personas correctas para lograr ese cambio.
—No existen —dijo Pedro.
—Claro que existen —respondió rápidamente Pedro—, siempre han existido. Son muchos y simplemente están esperando una oportunidad.
—No son muchos, los otros son más —dijo Pedro furioso.
—Dime Pedro, ¿Tú crees que los criminales necesitan armas automáticas, chalecos antibalas o un complejo sistema de

vigilancia si fueran la mayoría?, claro que no. Lo hacen porque qué oposición a ellos es inmensa —dijo Leticia sin esperar que respondiera—, lamento lo que me pasó a tus padres, lo que le pasó a todas esas personas, me llena de una profunda impotencia el que no hice nada para cuidarla. Todo eso lo llevó a lo que sí puedo hacer, y si le puedo dar a su hijo una posibilidad de que esté bien, se la daré.

Pedro se había incorporado apenas en la orilla de su cama, tratando de levantarse, pero con cada intento era vencido por su propio peso. Se quedó callado hasta que terminó de hablar la profesora Leticia, sin palabras permaneció quieto por algunos minutos.

—Tal vez no tengamos mucha injerencia por los acontecimientos en el mundo, eso lo aprendí muy bien de las maneras más difíciles. Solo me queda hacer todo lo que esté en mi poder para lograr un cambio positivo y demostrar que se puede hacer.

Cuando terminó de hablar la profesora Leticia salió de la habitación, la señora Gonzales revisó a Pedro para que regresará a descansar acomodando sus pies. Reviso antes de salir el suero conectado a Pedro, despidiéndose.

Pedro cerró los ojos para descansar unos segundos. Al abrirlos pensó que habían pasado varios días dormido, el reloj principal de la sala indicaba las 5 de la mañana. No quería permanecer más tiempo acostado así que trato de llevar sus pies al suelo, con facilidad de integrar y deambulo por la casa hasta llegar a la cocina. Tomó un vaso de leche y un pedazo de pan, siguió su camino hasta llegar a la armería, no había estado en ese lugar desde que se lo mostró la profesora Leticia. Contempló la pequeña caja que había traído con sigo, observó el arma de mano justo a un lado, abrió la pequeña caja y observó las cinco jeringas con un líquido extraño, muy viscoso. La dejó abierta en su lugar, continuó observándola «¿desde hace cuanto tiempo estaba mi mamá en ese lugar?, ¿pude salvarla?», se preguntaba.

—Hola —se escuchó un susurro.
Pedro gira sobre sí mismo asustado y se impacta cuando ve una figura.
—Soy Adriana, no fue mi intención asustarte.
—oh, hola Adriana —responde muy apenado.
—Enserio lamento mucho de tu mamá —dijo Adriana rápidamente.
—Gracias —respondió Pedro evitando verla al girar sus cabeza hacia un lado.
—¿No puedes dormir?
—Ya no aguanto la cama —dijo Pedro.
—Está bien, ¿qué haces aquí?
Adriana reservó la pregunta de cómo estaba por la situación, no le parecía correcto recordarle tan apresuradamente.
—Me acordé de la caja que trajo la profesora Leticia —dijo Pedro—, nos había dicho que era una opción.
—Estuviste un poco distante, la profesora nos dijo los posibles resultados de esas jeringas. Muchos son muy poco alentadores.
—Lamento haberme distanciado tanto de ustedes —dijo Pedro.
—Aceptó tus disculpas —dijo Adriana mientras le sonreía—, todos lo tomamos de maneras diferentes. Ximena cuando se enteró de que encontraron a tu madre comenzó a llorar. No se si encuentre a mis padres o como están, pero sabes que todos nos apoyamos. ¿Por qué no lo sabes?
Pedro quería abrazarla, pero sabía que si lo hacía no podría contener sus lágrimas.
—Lo sé y muchas gracias —dijo tranquilamente Pedro—, ¿qué les había dicho la profesora Leticia?
Adriana estaba sorprendida de las palabras de Pedro, trató de concentrarse y recordar.
—El suero ayuda al cuerpo a mejorar sus procesos naturales, te ayuda a que sean mejores y más eficientes. Nos explicó que ese suero fue llamado como ojos rojos, por uno de sus efectos

secundarios. Nos dijo que los ojos rojos también se le llamó al primer paso de asimilación del suero, pero que puede mejorar muchas más cosas. También nos dijo que lo usó Teco y sus amigos para ser considerados como guardaespaldas. Pedro recordó como Teco lo derribó y lo levantó como si no fuera nada.

—¿Ustedes piensan usarlos? —preguntó Pedro.

—No lo sé —respondió Adriana—, yo no quiero meterme en todo esto, solo quiero encontrar a mis padres e irnos lo más lejos que se pueda.

Por más que no quisiera aceptarlo Pedro quería lo mismo, estar con sus padres y no volver a saber más de esto.

—Yo igual —respondió Ximena.

Pedro y Adriana se voltearon para ver. Sofía la acompañaba y de igual forma asentía con la cabeza.

—Buenas noches chicas —dijo Pedro.

Sofía se acercó para abrazarlo, después le dio el pésame, Ximena hizo lo mismo y después Adriana. Pedro trató de que no se le notarán las lágrimas, las limpió rápidamente.

—¿Qué están haciendo aquí? —preguntó Sofía después de ver la caja abierta con las jeringas.

—Nada —respondió Pedro.

—Están hablando de si deben usar la jeringa o no —afirmó Ximena.

Pedro observó a Adriana tratando de pensar claramente.

—Creo que sería lo mejor que la usará mientras ustedes se quedan con la señora Gonzales —dijo Pedro.

—¿Por qué? —preguntó rápidamente Sofía.

—Es lo mejor para ustedes, sus padres aún podrían estar con vida y deben buscarlos —dijo Pedro.

—¿Y si no lo están? —dijo Adriana, todo quedó en silencio.

—Creo que no puedes tomar esa decisión Pedro —dijo Ximena.

—Trató de cuidarlas —dijo Pedro.

—No puedes —respondió Ximena—, nosotras tratamos de cuidarte y darte todos los ánimos, pero eso no funcionó. No funcionó nada.

—Si usan la jeringa y se meten más en esto posiblemente las maten —dijo Pedro.

—Creó que lo intentarán y cosas peores sin importar lo que hagamos —dijo Ximena.

—La profesora Leticia nos dio esa opción a todos aquí —dijo Adriana—, nadie ha tomado su decisión aún. Pero sin importar que estamos todos para ayudarnos. Tomemos o no la decisión de la jeringa.

—Ustedes estarán a salvo aquí con la señora Gonzales y Teco—dijo Pedro.

—Lo sabemos —dijo Adriana—, igual que tu. Pero está decisión no te corresponde. No quiero tomar una decisión ahora así que regresaré a dormir. Descansen lo que más puedan y nos vemos luego.

Adriana salió de la habitación, después Sofía e Ximena. Pedro permaneció algunos minutos más viendo las armas y el suero. Cerró la caja y salió. Justo detrás de la puerta salió Adriana para abrazarlo de espalda.

—Solo quiero que sepas —susurro Adriana—, que siempre podrás contar conmigo.

—Gracias —dijo Pedro.

Adriana creyó sentir una indiferencia, Pedro no se había movido ni un centímetros, siempre dándole la espalda incluso cuando se despidieron. Cuando Pedro llegó a su habitación se sentó en el suelo, su respiración era agitada y comenzó a llorar. Una cascada de lágrimas invadió su rostro, procuraba no jadear ni evitar llorar, solo dejó que fluyera, se habían terminado el suero que le habían inyectado. Todos los recuerdos le llegaron como un golpe a su mente, el aroma fétido, los rostros desfigurados, la masa de tejidos humanos irreconocible y sobre todo el cuerpo sin vida de su madre. Se preguntaba qué había provocado ese efecto tan devastador, recordaba cómo le ayudaba a su padre en trabajos de albañilería, como le encantaba ir con su padre a trabajar y la alegría con que los recibía su madre.

Acto 5.

Horas después todos se levantaron para desayunar, Pedro permanecía en el mismo punto sentado, apoyándose en la puerta y pensando en sucesos en el pasado. Los días siguientes logró conversar con sus amigas, estar al tanto de las excavaciones de la señora Gonzales y no perdía ni una oportunidad para escuchar a la profesora Leticia, quien ocupaba el estudio de la casa en todas sus visitas. En una de esas ocasiones Pedro tocó la puerta del estudio.

—Adelante.

—Hola profesora, espero que se encuentre bien.

— Eres muy amable Pedro, aunque yo debería decir eso.

—¿Está muy ocupada?, podría regresar después.

—Claro que no, pasa y siéntate.

Pedro atravesó el portal y se sentó enfrente de la doctora.

—No sé cómo decirlo y espero no sonar hipócrita. Pero quiero usar la jeringa que nos ofreció.

La profesora Leticia se recargo por completo en su respaldo olvidando los papeles que estaba inspeccionando.

—Entiendo que estés confundido Pedro —dijo la profesora Leticia—, reafirmó la decisión que tome al ofrecerles el suero. Creo que ya te habrán contado algunas de sus funciones y algunos de sus efectos secundarios. No pretendo negarlo, pero quiero saber ¿Por qué lo quieres?

—Quiero ayudar —respondió Pedro rápidamente.

—Hay muchas otras formas de ayudar y el suero no se los ofrecí con esa intención —dijo la profesora Leticia.

—¿Entonces para qué? —preguntó Pedro.

—Pará qué pudieran huir lo más rápido de este lugar. Pará qué no les encuentren tan fácil y menos sean vulnerables, por eso les ofrecí el suero.

—¿No los ofreció para que pelearemos?

—Se los ofrecí como última opción para que ganarán una pelea que no lo lograrían en condiciones comunes. No para que lo utilizarán en combate.

—No entiendo —dijo Pedro—, después de todo lo que ha visto usted me pide como mis amigas a que no haga nada.

—Sobrevivir —dijo la profesora Leticia levantando la voz—, ver un día más y que sus padres estuvieran contentos de que están a salvo.

—Hasta donde es profesora. Yo ya no tengo padres.

La profesora Leticia lo observó en silencio por algunos segundos, su rostro estaba demacrado, amarillento y sus ojos lesionados.

—Entonces ¿qué es lo que quieres? —preguntó Leticia.

—Quiero ayudarla—respondió.

—¿Cómo piensas ayudarme? —preguntó Leticia.

—Seré como Teco y los otros, le ayudaré cuidando a los demás y si no es mucha molestia quisiera pedirle un favor —dijo Pedro.

—¿Qué favor? —preguntó Leticia intrigada.

—Quiero que no le de los ojos rojos a las chicas. Quiero protegerlas también, nos conocemos desde niños y no quiero que nada les pase.

—¿Y si no puedes hacerlo, si ni siquiera logras proteger a tus amigas? —preguntó Leticia.

Pedro se quedó callado, pensando en una respuesta.

—Quiero protegerlas a ellas también y que no vuelva a pasar esto —dijo Pedro.

—Hay que quiero que recuerdes Pedro y son justamente las palabras que dijiste ahora. Que siempre sea tu brújula y si en algún momento te equivocas te vuelvas sabio para remediarlo.

La profesora Leticia se levantó del escritorio, se dirigió a un escritorio y sacó un libro antiguo.

—Siempre me ha encantado la colección de libros de las bibliotecas, déjame mostrarte algo.

La profesora Leticia colocó el libro extendido enfrente de Pedro para que lo pudiera leer, una extraña persona se encontraba en esa página, su rostro era humano con rasgos animales y poseía una máscara similar a la de Teco.

—Hasta donde se tiene registro el suero de los ojos rojos es una muestra sintética de una criatura completamente diferente, un ser capaz de rivalizar contra un ejército que tuvo una guerra hace décadas. Muchos han asegurado que fue una anomalía irrepetible. Pero mientras más investigó encuentro pruebas de que no lo es. Mira, lee esta parte.

La profesora Leticia señaló un pequeño párrafo que Pedro comenzó a leer.

—Entre las numerosas cantidades de criaturas en todo el mundo, la humana es una de las más cambiantes, desde las antiguas culturas originarias y hasta la más reciente cultura azteca, se ha mencionado numerosas veces la descripción de un ser capaz de romper las limitaciones humanas para convertirse en algo más. Siendo el hombre la cuerda para llegar a ese algo más y que llamaron como NAHUAL…

Pedro se detuvo cuando leyó ese nombre.

—¿Por qué no continuas? —preguntó Leticia.

—No puedo perder mi tiempo en leer esto —dijo Pedro—, ¿qué tiene que ver esto con nosotros?

—Más de lo que puedas imaginar.

—No puedo creer que haya invertido su tiempo en esto, no puedo creerlo.

—No es necesario que pruebes tu ingenua fe en esto —dijo la profesora Leticia—, fuiste salvado por uno no hace mucho y eso es lo que necesitas.

—¿Por quién?

—Teco, ven aquí.
El susurro de la profesora apenas lo entendió Pedro.
—Ella no puede escucharla, profesora —dijo Pedro.
La profesora se reservó a no decir nada, esperaron en silencio mientras, hasta que se escucharon algunos golpes en la puerta.
—Adelante, puedes entrar —dijo la profesora Leticia.
Teco entró por la puerta con sus armas ocultas y su típica máscara.
—Podrías acercarte un poco más y quitarte la máscara por favor.
Teco avanzó hasta lo suficiente. Se quito la máscara dejando ver unos enormes ojos tan negros como la noche, una nariz afilada uniéndose levemente con el maxilar y la mandíbula que tenían láminas córneas diverjiendo en un pico. Pedro observó con asombro, la belleza de su rostro resaltaba sus facciones humanas delicadas.
—Gracias cariño, puedes retirarte —dijo la profesora Leticia.
La chica salió de la habitación después de colocarse su máscara.
—Escúchame Pedro, estamos inmersos en un conflicto que tiene muchos más años que cualquiera de nosotros y no es fácil creer. Así que te pido que no lo hagas, solo mira los hechos y toma tu decisión. Porque se necesita más que un hombre para enfrentarse a lo que tal vez está por venir.
Pedro tardó en reaccionar, su mente estaba recordando las facciones del rostro de Teco como si no pudieran concordar todas las ideas.
—¿Qué está por venir? —preguntó Pedro.
—Muchas desgracias, si no logramos detenerlas.
—Si quieres los ojos rojos son tuyos, pero si quieres ayudarme a proteger a los demás tengo que decirte que será muy difícil y que deberás de pelear muchas veces. La mayoría simplemente por tu vida.
Pedro se quedó callado, respiro profundamente y vio a la profesora Leticia.

—Si profesora, quiero proteger a los demás —respondió con firmeza Pedro.

—Muy bien, irás a entrenarte con un grupo nuevo de novatos, los ojos rojos, estarán bajo la tutela de Teco hasta que aprendan a ser independientes. Se marcharán en unos días hacia el norte, mientras tanto te recomiendo que practiques con tu equipo.

—¿quiénes serán mis compañeros? —preguntó Pedro.

—Serán Ximena, Sofía y Adriana.

—Le dije que no las metiera en esto —respondió Pedro furioso—, ellas no pueden arriesgarse por mí.

—Ella tomó la misma decisión que tú hace días, llegaron a esta oficina y me pidieron no solamente los ojos rojos, sino la oportunidad de ser parte de esto y proteger a los demás.

Pedro se quedó petrificado. Pensando que tal vez era su culpa por decirles antes de venir con la profesora Leticia.

—Pedro mírame, ellas tomaron su propia decisión individual. Les pregunté por qué querían esto y cada una tiene sus razones. No puedo interponerme en lo que decidieron, ni tú tampoco. No las convenzas para que cambien su opinión, apoyarlas, ayudarlas y sobre todo protegerlas si es posible.

Pedro asintió, se levantó, le dio la mano a su profesora y se retiró. Al momento de salir las chicas estaban viendo la televisión, un programa de comedia, tenían mucho tiempo que no sonreían por las ocurrencias de un monólogo. Él no podía decir nada así que se sentó, después de tantas semanas esa sala se convirtió en un pequeño respiro para todos, se rieron, crearon sus propios chistes y por poco olvidaron todas las cosas.

Días después Teco los ataba en cada una de sus camas, le colocaba una solución intravenosa y monitorear sus signos vitales. La caja que contenía las cuatro jeringas fue llevada a cada una de las habitaciones para colocar una dosis en cada solución.

—Te dolerá poco —decía Teco justo en el momento antes de salir de la habitación.

Cuando se mezcló una sensación de ardor comenzó a esparcirse por cada vena, los cuatro chicos comenzaron a gritar, Teco les ofreció una mordedera que aceptaron. Los músculos ardían como si estuvieran en llamas. El dolor fue insoportable los primeros minutos, perdiendo la conciencia después. Los cuerpos fatigados por los bruscos movimientos se relajaron en un profundo sueño plácido de cuando eran más jóvenes. Recordando cómo volvían a jugar y a sonreír en los pasillos de la casa de Victoria, años atrás cuando las habitaciones eran enormes y un pequeño estanque era un lago con cientos de animales por descubrir. A la mañana siguiente sus cuerpos lastimados y adoloridos perciben los últimos mililitros de suero.

—Los llevarás al norte —dijo la profesora Leticia.

—Si—respondió Teco—, iremos por las carreteras secundarias.

—No, ya no son seguras. Ya están sospechando, enviaron chicas de reconocimiento en cada bloqueo de aquí hasta Río Bravo. Deberás llevarlos en alguna caravana migrante, si es posible deberás de llevarlos en la bestia.

—No están preparados para recorrer esa ruta—dijo Teco.

—Hombres y mujeres con muchos menos recursos han sobrevivido a eso—respondió la profesora Leticia—, que sea su primera prueba. Informar a todos los grupos que ya soltaron cientos de afiches, ya no es seguro salir con ninguno que estuvo en la marcha.

—¿quien los entregó?— preguntó Teco.

—No lo sé —dijo la profesora Leticia—, se abrió una carpeta de investigación sobre las matanzas de reforma, pero la llamaron como el incidente cero. Están buscando algo, o mejor dicho están buscando a quien echarle la culpa.

—¿Saben de usted? —preguntó Teco.

—Hasta donde sé no, pero tengo que detener esa investigación, tarde o temprano encontrarán la forma de culparme.

—No puede arriesgarse de esa manera, podría morir.

—Eso no importa ahora Teco, si me descubren no les serviré de nada a nadie y pronto darían con todos ustedes. Muchos pagarían por mis equivocaciones.
—Su vida es más importante que eso.
La profesora Leticia le sonrió a Teco como si hubiera dicho un chiste, sin embargo el rostro de seriedad de Teco detuvo la sonrisa.
—Creo que será mejor que descanses, duerme un poco para el entrenamiento de mañana, delega la vigilancia a alguien más.
Teco se retiró de la habitación donde se encontraba Leticia. El entrenamiento duró tres semanas donde Teco les mostró cómo dominar sus sentidos únicamente. En la mañana de su partida la profesora Leticia se encontraba en la misma habitación, despidiéndose con la mano de los cinco chicos.
Tardaron dos días en llegar al primer punto donde se encontraban las vías de la bestia, esperaron hasta la mañana siguiente para subir mientras estaba en movimiento, subieron con facilidad, observaron cómo comenzaron a aparecer cientos de hombres y mujeres desde los arbustos en los costados de las vías. La bestia implacable no notaba el ascenso de ninguno, su movimiento era continuo.
—Muy bien—dijo Teco—, esta es su primera misión. Se de antemano que no están en su mejor forma así que les resumiré las reglas. Yo digo que hacer, y ustedes lo hacen. No quiero que tomen ni la más insignificante decisión por ustedes mismos. ¿Entendido?
Los cuatro chicos asintieron. Se acomodaron en los mejores lugares posible. Sofía observaba cómo subían y bajaban personas. Una familia llamó su atención, una pareja con dos hijos, una niña aparentemente de doce y un niño de ocho. La primera en subir fue la madre seguido de los niños ayudados por su padre, quien no logró subir a la bestia por el cansancio.
—¡Los encontraré en donde ustedes saben! —grito el hombre, mientras sus hijos lloraban.

Capítulo 4: Tuve que matar / Sofía

Sofía se había quedado completamente dormida en la lámina caliente de la bestia, a su alrededor se encontraban sus amigos cuidando en todas direcciones que estuviera a salvo. Al levantarse observó cómo la familia de la mujer y sus dos hijos estaban muy juntos debajo de una cobija delgada.

—¿En dónde estamos? —preguntó Sofía.

—Pronto llegaremos al primer punto de revisión y será donde tendremos que bajarnos. Habrá policías por todas partes, pero tranquilos, siempre y cuando no sean sicarios de algún jefe todo estará bien —dijo Teco.

El rostro de Teco ya no tenía la máscara, tenía muchos trapos que ocultaban su rostro casi por completo. Justo antes de llegar al primer punto de revisión un grupo de policías custodiaban los costados de la vía de la bestia, en partícula una patrulla se encontraba dándole la espalda para que un decodificador facial inspeccionará todos los rostros posibles, justo del otro lado se encontraba la misma máquina. Al pasar el tres la información recabada no se le entregaba a los policías, llegaba justo al centro de inteligencia donde comparaba los rostros con la base de datos. Justo cuando pasaron por ese punto el rostro de Pedro fue captado claramente por las dos máquinas, tardando sólo treinta segundos en ser reportado.

—Sea encontrado 1 correspondencia urgente —dijo una secretaria a su superior.

—Mandala a la central de actividades.

La central de actividades era la encargada de enviar los efectivos necesarios para cualquier situación. Se revisó el caso y se mandó la orden para que un grupo de tres integrantes del cuerpo Kaibil fueran. A los treinta minutos de pasar por el punto de inspección digital estaban saliendo de una base militar con una orden de arresto inmediato.

Pará cuando Teco estaba buscando un lugar donde descansar los grupos armados con camiones aparecieron, no eran militares, eran reclutadores de la muerte, unidades de grupos militares de algún cartel ofreciendo trabajo, haciendo secuestros o buscando a un desertor. Se alejaron lo más que pudieron entre la vegetación del lugar y algunas casas abandonadas.

—¿Cómo se encuentran? —preguntó Teco.

—Muy bien —respondió Adriana.

Los demás sofocados por la persecución apenas podían respirar.

—Tranquilícense, los efectos secundarios del suero tardarán mucho tiempo en eliminarse—dijo Teco

—¿Cuánto tiempo tardará esto? —preguntó Pedro mientras inhalaba con dificultad.

—Hasta que tengan un proceso de transición, espero que lleguemos a nuestro objetivo para antes de eso.

—¿Qué pasará cuando llegué ese momento? —preguntó Adriana.

Teco respiró profundamente, observó a los cuatro y luego retiró la mirada.

—Aumento de velocidad, fuerza y resistencia —dijo Teco alejándose del grupo.

—¿Qué más?— dijo Adriana notando la intención de Teco por alejarse.

—Hay efectos secundarios, los cambios notables en los neurotransmisores los vuelven muy difíciles de predecir.

—¿Qué te pasó a tí? —preguntó Adriana.

—Enfocate en llegar a nuestro objetivo —dijo Teco.

No entendían muy bien a Teco, los cuatro pensaron en las respuestas obtenidas y se quedaron callados. Se quedaron callados, caminando hacia el punto donde la bestia volvía a estar sola y sin resguardo de la policía. Al subirse Sofía notó a la mujer con sus dos hijos, "ya no es una familia" pensó Sofía, "si falta uno, ya no puede ser una familia".

La bestia nunca se detuvo, no se detiene por nadie, todos trataban de subir desesperadamente por sus paredes de acero, quemándose las manos y aferrándose a sus extremidades para no morir. Cerca de su cabeza, un par de vagones atrás de su combustible un hombre salta para sostenerse, resbalando en el proceso por la culpa de un aumento de velocidad, cayendo a las vías de la bestia, su cuerpo fue destrozado quedando irreconocible. La sangre manchó a la bestia, algunos observadores dijeron.

—Lo quería la bestia, es el precio porque todos subamos.

Los chicos observaron como una mancha escarlata estaba en los suelos sin mayor interés. Teco noto el olor a sangre humana de inmediato, pero decidió no comentarle nada a los chicos, se reservó a decir.

—Sostengase bien, si caen procuren empujar su cuerpo lo más lejos de la vía.

Los chicos imaginaron las formas y el esfuerzo que debían de hacer para realizar algo así.

Sofía observó los campos de sembradíos alrededor de la bestia en un punto, donde lucían cerros, el cielo azul y nubes blancas en el horizonte. Su padre había trabajado toda su juventud en los campos de Oaxaca, ya muy lejos para ella, todas las vacaciones iba junto con sus hermanos a visitar a sus abuelos. A veces los acompañaban para cosechar las tierras de donde emanaba verduras y legumbres de todo tipo. Las horas pasaron de esa forma, recordando esos campos que desaparecieron en un abrir y cerrar de ojos.

—Llegamos —dijo Teco.

La velocidad de la bestia comenzó a reducirse, la noche permitía ver las pequeñas luces de algunas casas. Los chicos saltaron, Teco los llevó hasta una casa aparentemente abandonada, las puertas y ventanas estaban selladas con placas de acero. Abrió la puerta con una llave que tenía en su cintura, entraron, Teco se movió con naturalidad mientras sus acompañantes tropezaban con sus propios pies. Teco encendió una vela que dejó en el centro de la habitación.

—Ahora podemos hablar con naturalidad —dijo mientras se vendaba los ojos.

—¿Cuanto más nos falta? —preguntó Pedro.

—No mucho —respondió Teco acercándose unas cartas—, estas cartas las envía la profesora Leticia.

Las tres cartas informaban del estado de completa desaparición de sus padres para Sofía, Imperó y Adriana. Pará Pedro que los preparativos para la sepultura de su madre y la completa desaparición de sus padres. Que tanto fueran prófugos no podían declarar una desaparición oficial antes las autoridades competentes.

—Esta es una carta para los tres —dijo Teco cuando vio el rostro de desilusión de los tres.

Adriana abrió rápidamente la carta cuando reconoció el tipo de letra.

«Hola amigos, no hace mucho me enteré que ustedes se habían integrado a esto. No sé ni qué escribir ahora, los extraño mucho, me han hecho mucha falta estos últimos meses, tengo muchas cosas que contarles, pero me dicen que las cartas deben ser cortas y no deben revelar nada importante. Pero lo bueno es que los sentimientos no son importantes. Espero verlos pronto, aunque sea un ratito, ja. No sé si me vuelva repetitiva con esto, pero los extraño mucho. La profesora Leticia me ha ayudado en lo que ha podido, pero aún tengo un enorme dolor que no sé cuando terminará o si quiera que terminará algún día. Los quiere mucho Month.

—¿Dónde está Victoria? —preguntó Pedro.

—Hasta donde sé, estaba siendo entrenado en Veracruz igual que ustedes.

—¿Ella también aceptó el suero? —dijo Pedro.

—Fue la primera —dijo Teco—, no sólo aceptó el suero, fue entrenada por la profesora Leticia. En cuanto supo en dónde estaban ustedes dejó a Victoria en una misión en Veracruz, todo salió mal y hubieron muchas represalias.

—¿Podemos ir con ella? —preguntó Pedro.

—Aún no —dijo Teco—, no hemos ni terminado la primera misión y mucho menos ustedes controlan los ojos rojos.

Los chicos se quedaron callados, Teco buscaba entre la multitud de cosas algunos objetos, los acercó al centro y logró prender fuego en una extraña parrilla.

—¿Cómo podemos controlar los ojos rojos? —preguntó Sofía.

—Deben despejar su mente por completo —dijo Teco—, cuando los ojos rojos se activen comenzará a darle un impulso a los pensamientos que tengan.

—¿No decías que era incontrolable? —preguntó Adriana.

—Lo es —dijo Teco—, cuando los ojos rojos se activan impulsan al extremo los sentimientos que tengan en ese momento. Los resultados van a variar, porque todos manejamos cada sentimiento de una manera diferente, puede haber constantes como los que están enojados en ese momento, aparecen cuadros de furia incontrolables capaces de llevar a desatar una violencia dirigida al más mínimo impulso.

—¿Cómo fue tu experiencia? —preguntó Ximena.

—Creo que deberían de preocuparse más por su experiencia que por la mía —dijo Teco en un tono molesto—, deben de lidiar con sus propios fantasmas o si no ellos acabaran con ustedes. Quiero que descansen, mañana nos iremos a primera hora.

Los chicos recibieron varias bolsas de dormir de Teco y se acomodaron en círculo. Sofía tenía frío, pero estaba más cansada, se acomodó y cerró los ojos. El silencio de Sofía fue interrumpido por lágrimas, llantos y gemidos provenientes del exterior. No alcanzaba a distinguirlos entre una docena de ruidos más, esa sensación provocaba una asfixia en ella. Mientras entraba a un sueño más profundo los ruidos comenzaron a desaparecer hasta llegar a un recuerdo muy profundo de su mente. Su padre había llegado de trabajar, tenía tierra y material de construcción por todo su cuerpo. Había calentado una cubeta de agua para que su padre se bañara, mientras ella le preparaba de comer, le sirvió un plato de sopa, un vaso de agua, tortillas recién calentadas y un guisado. Mientras lo veía comer el cabello de su padre se tornó blanco, su rostro se llenó de arrugas y su frente se apoyó en la mesa. Sofía trató de despertarlo, pero fue inútil, la oscuridad absorbió toda la habitación dejándola completamente sola.

—Despierta —escuchó Sofía sin reconocer la voz.

Los gritos que agitaban su cuerpo la despertó. Observó primero a Teco y luego a sus amigos espantados.

—Tuviste una pesadilla —dijo Adriana mientras se acercaba con un vaso de agua.

—Es hora de irnos —dijo Teco—, comenzaron muy pronto a alimentar a la bestia.

Los cinco chicos salieron de la habitación, las cartas que habían recibido fueron quemadas por seguridad, con excepción de una que Sofía escondió entre sus cosas. Cuando saltaron para subir a la bestia la madre con sus dos hijos suplicaba que le ayudarán, Sofía extendió su mano y logró levantar a los tres. Los hombres alrededor observaron recelosos ese acto, no por su bondad sino por la fuerza que se necesitaba. Cuando Sofía se acercó con sus amigos a un lugar muy similar que él de la última vez, Teco se acercó con cautela.

—No vuelvas a hacer algo tan estupido sin mi permiso —dijo Teco.

Teco empujó a Sofía al centro del grupo. Sus tres amigos desaprobaron eso. Se sentaron tratando de alejarse de Teco mientras ella únicamente los observaba.

En el punto de control y observación el polvo se levantaba por todas partes, despejando la mirada únicamente para mostrar cuatro camiones negras sin ningún símbolo. Los policías sabían entre un número de posibilidades que podían ser criminales, narcotraficantes o algún sicario. Encontraron las armas y apuntaron, en la radio se les pidió que bajaran las armas, pero ellos desconfiados no lo hicieron. En cuanto se abrió la primera puerta la tensión subió, una mano se algo mostrando su uniforme y un guante de piel rojo, los policías bajaron las armas cuando lo observaron.

—¿quién está a cargo? —dijo el hombre con el guante rojo.

—Sargento Ramírez —dijo el hombre a cargo.

El hombre con el guante rojo salió de la camioneta, su uniforme con la característica boina roja era indiscutible, es un kaibil. Dos hombres más salieron con un uniforme similar, otros más con un uniforme color verde.

—Tengo una orden, que me faculta para obtener información de este punto de control de lo sucedido los últimos días —dijo el guante rojo casi gritando.

El sargento Ramírez observó la hoja, tenía todos los sellos, las firmas y aún más. Entrando en completa legalidad para proceder. En cuanto recabaron subieron a las camionetas, no hablaron más que no absolutamente necesario.

—Manejen al siguiente punto de control —dijo el guante rojo—, a diez kilómetros bajen la velocidad sin detenerse. Escuadrón Brabo, prepárense para el rastreo.

Los tres Kaibiles prepararon sus armas, enlistan municiones y justo a los diez kilómetros saltaron. Corrieron hacia las vías de la bestia, olfateando todo a su alrededor, sus extremidades ya no tenían manos sino garras, su vista había aumentado y su boca se llenaba de afilados colmillos. Corrieron sin detenerse hasta encontrarse con una mancha roja en el suelo, la olfatearon y siguieron su camino. En los poblados se ocultaban entre los árboles, entre la maleza o incluso entre la luz del sol para que nadie los viera. Observaron algunos grupos armados, pero no hicieron nada para interponerse, no era su misión, su misión era encontrar a la dueña de ese rostro y preguntar a quien había visto. Descansaban puntualmente para tomar agua, para identificar olores y replantear su camino.

—Hay un extraño aroma —dijo el guante rojo.
—Si, extraño, muy extraño, ¿pero que es?
Los otros dos respondieron al unísono.
—Está en la bestia.

A pesar de su olfato, no podían contra la bestia, sus olores se mezclaban desde personas que habían subido a él hace una hora hasta los restos humanos que aún permanecían entre sus incontables partes. Siguieron corriendo en el sol, inspeccionando cada cosa y en el proceso ocultándose. Si alguna vez fueron vistos, únicamente sería por algún niño atento a su alrededor, pero ante miradas distraídas eran invisibles. La bestia aún se encontraba lejos, siendo alimentada hasta el cansancio por algunos seres humanos, quien a pesar de las altas temperaturas en el exterior, el interior de la bestia era un fragmento indetenible del infierno.

Teco observó al grupo a la distancia mientras se acercaban cada vez más al siguiente punto de vigilancia, en esta ocasión los policías se movían por todos lados, revisando agendas, papeles y dándole documentación a policías que habían llegado.

—Es hora de moverse —dijo Teco al grupo—, en la siguiente parada alguien los estará esperando, es un pollero, deberán ir con él en camioneta saltando algunos puntos de revisión. Deberán saltar antes de que lleguemos al siguiente poblado, yo trataré de alcanzarlos lo más pronto posible.

—¿A dónde irás tú? —preguntó Pedro.
—Nos están siguiendo, debo de alejarlos de ustedes lo más rápido posible y así poder ganar tiempo.

Los chicos confundidos acomodaron sus cosas. Teco se acercó a Pedro, le dio un papel, dos bolsas negras y le dijo varias cosas al oído.

—Cuando yo les diga que salten, saltan. Sin preguntas esta vez. La bestia seguía sin disminuir la velocidad a través del ardiente acero que marcaba su paso. Teco observó a lo lejos el punto donde debería saltar.

—Prepárense —dijo teco.

El camino de la bestia consumía todo su alrededor, no parecía detenerse por nada y justo cuando la velocidad disminuye lo suficiente para llegar a una parada determinada.

—Salten —dijo Teco.

Pedro sostuvo la mano de sus amigas para saltar, Sofía observó la figura de Teco alejarse mientras se colocaba su máscara de madera. Los tres chicos cayeron en un grueso campo de vegetación.

—¿Cómo se encuentran? —dijo Pedro.

—Estoy bien, mi espalda se raspó con tantas plantas, pero de ahí en fuera todo bien —dijo Adriana.

—Estoy bien, tranquilos —dijo Sofía.

—Muy bien, tenemos que encontrar al pollero a las afueras del siguiente pueblo.

Comenzaron a caminar los tres, sus mochilas en hombros y una gorra confundida entre algunas personas más. Se preguntaron la razón de su salto, pero los ignoraron de inmediato. Mientras caminaban Sofía recordó las palabras de la profesora Leticia como si la estuviera escuchando.

—No siempre fue así, escúchenme con atención, sus padres eran más similares a ustedes como lo son ustedes ahora que como lo eran en sus tiempos de juventud. Tu padre Sofía estaba a favor de principios tan viejos como "la tierra es de quien la trabaja", tu padre era un estudiado de la política a favor del campesino, cuando lo conocí tenía el ideal de una metrópolis del campesino. Pero no crean que es fácil seguir adelante cuando has tenido una voz, un lugar donde todos preguntan consejos, donde piensas que haces un cambio y terminas en donde los hombres no piensan en una más allá del mañana. Fue difícil adaptarse, olvidar esas ideas para convertirse en lo que es ahora tu padre, en la persona que necesitabas. Tal vez fracaso, tal vez olvido como transmitirles a las personas su interés, en ellos me refiero a ti y a todos tus hermanos. Puedes compadecerte si eso es lo que quieres o puedes seguir adelante buscando todo lo que te mereces.

El camino fue corto ante la percepción de Sofía, mientras repetía las palabras de la profesora Leticia tratando de descubrir algo. Tratando de recordar las pláticas de su padre y cada momento en el que convivieron. Los momentos de cuando la llevaba junto con sus hermanos a comer un helado, sus cumpleaños y la sonrisa de verlos crecer. Pronto se dio cuenta de las conversaciones con su padre, nunca le había preguntado cómo era su vida antes de casarse o cómo enamoró a su mamá. Cada plática del pasado se repetía en las navidades, donde nunca ponía atención. Recordó a su madre llegar del trabajo incontables veces sólo para ayudarle con su tarea.

Al llegar al pueblo Pedro eligió el camino más rápido para llegar con el pollero, y la mente de Sofía debió de concentrarse en las precauciones de revisar cada esquina de la calle y tratar de recordar los rostros.

—Ahí está —dijo Pedro.

Se acercaron con cuidado. El hombre los inspeccionó, dejando notar una mirada lasciva en especial con Sofía. Tratando de llamar su atención le dio una bolsa negra. El pollero asintió y pidió que lo siguieran hasta donde se encontraba una camioneta. Les dijo que se subieran y comenzaron a moverse.

—¿hasta dónde nos llevará? —preguntó Adriana.

—Hasta el siguiente punto de control —respondió Pedro.

Las chicas observaron como su ropa igual a la de un hombre a la distancia les había ayudado a no llamar la atención la mayor parte del viaje. Sofía comenzó a aislarse en las pláticas tratando de recordar más sobre sus padres, creyendo que si no lo recuerda ahora lo olvidaría para siempre.

—Sofía —dijo Ximena con fuerza.

—¿Qué pasó? —respondió rápidamente.

—Te estamos hablando, debes de poner atención en esto —dijo Pedro—, la profesora Leticia solo usa esta ruta en emergencias, nos moveremos así por varios días hasta que las cosas se calmen. En donde bajemos deberemos de ir a un refugio preparado, sin llamar mucho la atención. En algunas partes estaremos solos y en otras acompañados, recuerden no hablar con nadie.

Sofía trataba de recordar con claridad todo lo que decía Pedro, pero no lo lograba, le preguntó varias veces a las chicas las indicaciones. Mientras el chófer trataba de escuchar algo de esa conversación mientras los vigilaba con ayuda del retrovisor.

Los primeros días transcurrieron sin problemas entre una gran cantidad de personas, muchas subían desde pueblos muy aislados hasta las vías de la bestia esperando abordar sin mayor problema. Pero ellos se quedaban, Sofía observó a otra chica de una edad igual a ella cargar con un bebé que constantemente le daba pecho aunque ella no comió nada en todo el trayecto, «¿así me vería yo con un bebés?» pensó Sofía mientras la veía bajar. En cada bajada procuraban llegar al refugio, en algunas ocasiones debían de dormir en la casa de acampar y hacer guardias para que nadie los sorprenderá mientras descansaban.

A varios kilómetros más adelante, donde la bestia se había detenido, un grupo de tres seres avanzaba entre la oscuridad, olfateando cada centímetro del lugar y observando a cada individuo.

—Está dejando muchos rastros.

—Si, está siendo muy descuidada. La encontraremos rápido.

—Callense, si fuera fácil no estaríamos aquí.

Sus uniformes limpios y pulcros se confunden entre la maleza, sus colmillos se proyectaban de su rostro y sus ojos parecían más a la de un felino. Sus manos deformes apenas y podían sostener las armas.

Rodearon una casa donde en medio una silueta cambiaba de forma y se transformaba en figuras indistinguibles. Su equipo nocturno le era inútil, avanzaron con sigilo sin darse cuenta de los cientos de pequeños movimientos que hacían las orejas casi invisibles de la máscara. El primero en mostrar su boina roja llamó toda la atención de una de sus orejas, la otra se movía de izquierda a derecha.

—No hagas esto más difícil para ti, estás arrestada.

—No eres un policía —dijo Teco mientras avivaba el fuego en el centro.

—Estás rodeada.

Teco arrojó una botella al fuego, explotando y deslumbrando a los tres. Corrió por las escaleras subiendo al primer nivel y después al segundo. Al recuperar la vista la siguieron, cada uno quedándose en un nivel resguardando el área. Los tres llegaron hasta la azotea donde Teco se encontraba en la esquina de casa al borde.

—No te hagas la lista, niña, cualquier cosa es mejor que morir de una caída desde este piso. Si no mueres sufrirás por mucho tiempo antes de que alguien te encuentre y aun así no esperes que seamos piadosos lo que quede.

—¿Quién es tu jefe? —preguntó Teco.

Al bajar el arma y subir las manos se acercó a Teco.

—No queremos que nadie muera esta noche, solo queremos la ubicación de una persona.

—Traen armas de fuego exclusivas del ejército —dijo Teco—, no tienen nada que los identifique como alguna fuerza federal o estatal.

Estamos encubiertos.

—Muestra tu rostro e identifícate —gritó Teco mientras suspendía uno de sus pies.

El soldado bajó sus armas, su rostro comenzó a recuperar su forma humana y avanzó dos pasos con las manos levantadas.

—Soy el general a cargo de esta operación, no puedo revelar mi nombre por cuestiones de seguridad.

—¿Qué es lo que quieres? —dijo Teco.

—Solo queremos información de un chico que se vio junto a ti.
—¿Para qué quieren a ese chico? —preguntó Teco.
—Sabemos que el jefe del chico es uno de los más peligrosos criminales del país.

Teco no pudo ocultar su furia detrás de la máscara, sus músculos se tensaron y su pose cambió. Los tres notaron eso y comenzaron a tensar sus gatillos. El fuego a sus pies era incontrolable, lo consumía todo y en cuanto llegaba a una habitación lo alimentaba de un depósito de gasolina. Los castillos y los muros comenzaron a debilitarse hasta tambalearse.

—Este edificio no resistirá mucho tiempo, deme la mano para que podamos ayudarle a ponerla a salvo.

Teco extendió su mano derecha y el general extendió la suya con cuidado. Con la mano izquierda oprimió un botón el cual destruye los castillos y parte de los cimientos. El general trató de cambiar su forma, pero no lo logró, sólo pudo observar la máscara de madera, como se extendían unas alas, noto que este era el edificio más alto de la zona, «sabía que llegaríamos» pensó mientras se precipitaba entre la construcción en llamas. Los tres fueron consumidos por las llamas de la explosión mientras Teco planeaba alejarse de la destrucción.

Al pisar suelo firme comenzó a correr, llegó hasta una casa de seguridad la cual estaba protegida por muros reforzados y puertas de contención. Al entrar se dirigió al papel y la pluma. Escribió con cautela cada palabra.

»Profesora, me he tendió que separar del grupo para interceptar a un grupo kaibil de tres integrantes, no creo poder matarlos yo sola, no se soprenda si ya no encuentra nada de mi, lo más seguro es que me hayan atrapado y yo cometiria suicidio antes de someterme a ellos. Ese grupo kaibil mostró gran importancia en encontrarla a usted, debe ser más precavida para poder estar en sus movimientos. Temo por su seguridad y espero sea precavida.

Teco recogió la carta, la colocó en un sobre, la selló con laca y el símbolo de su máscara. Camino aún cobijada por el manto de la noche hasta llegar a un punto de reunión donde entregó su carta.

La noche era fría, el aire que inhalaba era como cuchillos en la garganta, su piel comenzó a cambiar dejando ver un fino plumaje plateado donde su uniforme no la cubrirá. Dejó de sentir frío y comenzó a recorrer los lugares donde debían de pasar su grupo, debía de encontrarlos para cambiar su ruta, «si alguien más nos está siguiendo sabe a dónde nos dirigimos» pensó mientras corría. Justo antes del amanecer llegó a un refugio, nada había sido tocado, decidió descansar por la fatiga de correr, sus piernas no habían sido creadas para correr.

Se acostó en un colchón, ese momento de descanso hizo que notará el olor a humo, se levantó una vez más, se quitó la ropa, las plumas se habían ido y únicamente quedaba una piel llena de cortaduras, quemaduras y algunos moretones. Uso una cubeta de agua para bañarse, para quitarse cualquier aroma a humo y después hundió su ropa en una solución. Nadia podría encontrarla ahora por el aroma, se aseguró de rociar gasolina en todo el edificio para poder eliminar cualquier rastro y explosivos para destruir toda la construcción.

Revisó si había alguna carta, solo una pertenecientes a Sofía, la guardo con mucho cuidado. Esperé hasta el medio día, confirmando que nadie llegaría, «están trazados» pensó Teco. Salió con cuidado hacia el refugio anterior, llegaría más allá de la media noche si se daba prisa.

Acto 3

Nos acercamos al norte, la temperatura disminuye rápidamente y el viento empieza a aumentar. Tal vez sea mala idea separarnos, nosotros en el norte y hasta donde sabemos los demás se encuentra en algún lugar en el sur. Aun me sigue doliendo la cabeza desde que me inyectaron esa cosa, no sé en qué estaba pensando en aceptar, pensó Sofía.

—Casi llegamos, estén preparadas muchachas —dijo Pedro.

Pedro pasó de un amigo a casi un papá, siempre preocupándose por todo, no sé qué le picó, este maldito calor me está hartando, se reflexio Sofía.

—¿Cómo está la carga? —pregunta Pedro mientras trato de distinguir las cosas en la oscuridad de la caja del camión. Aun no me acostumbro al fétido olor de nuestro popo y nuestra orina, dicen que no podemos bajar y si bajamos solo será en un paraje desolado en la carretera mientras nos oculta la oscuridad.

—¿Cuándo bajaremos? —pregunta Ximena mientras se levanta de los costales.

—Después de pasar la ciudad en cuanto estemos en la carretera—. Sin sorpresas, Pedro gritaba desde la cabina del conductor.

Estoy dormitando mientras por fin me quedo dormida. No sé cuánto tiempo permanecí así, sólo que odio por completo la voz de Jo´se en cuanto me levanto.

—¿Qué quieres? —preguntó Sofía.

—Rápido ya salte del camión Sofía —dijo Pedro.

El calor al bajar del camión era casi la misma de adentro del camión.

—¿A dónde estamos?

—A unos kilómetros de la frontera, ¿ves?—. Pedro señaló con el dedo una cerca enorme que terminaba en un río.

—Es hora, pónganse esto muchachos —la voz de Ximena despejo la mirada de Pedro.

La pesada maleta que cargaba en el hombro se desplomó en el suelo, estaba completamente llena de armas y ropa especial, oculta en la parte de abajo del camión.

Me cambié lo más rápido que pude, Pedro fue muy amable en voltearse mientras me quitaba la ropa, aunque el pinche chofer del camión se nos quedó viendo mientras nos quitamos todo. Ximena se cambió primero, se le quedó viendo al chofer mientras recargaba su pistola lo que lo incomodó al grado de irse.

—Gracias —dijo Sofía.

—Pinche viejo rabo verde —contestó Ximena mientras tenía lista su arma.

No pude resistir la risa en cuanto lo dijo, al igual que Adriana y Pedro quienes escucharon a lo lejos, con estas habilidades la privacidad ya no es parte del día a día. La gruesa ropa olía mucho peor que el camión, la putrefacción es casi insoportable. Lo único bueno es que ahora me siento más fresca. Las tres subimos con las armas al techo de la caja, el calor estaba en su máxima intensidad. Mi cerebro parecía un caldo de sopa mientras la pequeña línea se hacía más y más grande. Unos pequeños puntos se hicieron tan grandes hasta llegar al tamaño de una persona. Eran solamente veinte hombres, todos armados hasta los dientes, tenían unas letras en algunos de sus brazos.

Podía sentir el aire tan tenso mientras la barrera se inclinaba hasta bajar por completo, un camión exactamente igual al nuestro aparecía entre las dunas de arena. Custodiado por otros diez hombres, el conductor salió de las cabina en cuanto uno de esos hombres le pidió que se detuviera, hablaron por unos momentos y movieron los brazos, un grupo de cinco hombres rodio nuestro camión mientras el conductor se dirigía atrás, abrió las puertas y un perro comenzó a ladrar, el hombre que estaba enfrente de nuestro camión sin una arma observó las sellas, cogió un teléfono y marcó, unos minutos después movió la mano y todos los demás hombres se dirigieron al camión.

—Vámonos en el otro —dijo el camionero.

En cuanto subimos al nuevo camión el nuestro se adentra en tierra norteamericana, ambos en direcciones contrarias se alejaron hasta perderse de vista. Las tres chicas observaban el desolado paisaje mientras se acercaban a la carretera.

—¿A dónde vamos ahora? —dijo Sofía con velocidad.

—A la capital, pero debemos ir de otro modo —contestó Ximena—, no podemos viajar en este camión, iremos a pie y de otra manera.

Mientras tanto Sofía levantaba la mirada, a lo lejos se escuchaba un tren, el sonido continuo de los roses de cada rueda con la vía que lo transportaba. Se detuvieron justo a mientras pasaba en un cruce.

—Bien, es aquí.

—¿Dónde pregunta Sofía?

—Veremos a alguien muy cerca de aquí, nos ayudará en el viaje de vuelta.

Las tres chicas saltaron del camión mientras se escuchaba la puerta abrir y cerrar. Caminaron en dirección contraria a donde iba dirigido el tren. Por años había sido un éxodo el movimiento de Americanos del Sur hacia América del Norte, siendo muy raro el regreso de alguien por la misma ruta. Mientras caminaban observaban el rostro de su amiga Victoria pintado en algunas paredes, tardaron poco en llegar a una pequeña comunidad. Pedro observaba el reloj que le había dado la profesora Leticia, era un GPS seguro, encargado de llevarlos a los puntos de encuentro. El punto de encuentro se encontraba en otro cruce, donde algunos bajones estaban inmóviles y otros tantos parecían abandonados. El tren al detenerse por completo, decenas de indocumentados bajaron, Sofía observaba la pequeña caravana, hombres, mujeres, algunos niños, los miraba con cuidado en especial a uno de ellos que caminaba con un palo como si fuera muleta, el color rojo de sus vendajes improvisados con una playera blanca. Escuché como un hombre les decía órdenes para ocultarse en los arbustos.

—Vaya, vaya —gritó el hombre desde lo lejos en nuestra dirección—, la vieja Leticia está cada vez más loca, nunca había escuchado a alguien querer ir a Sudamérica por esta ruta. Es muy raro, pero no es la primera vez que lo escucho. Yo soy Don Miguel, su coyote. Se que no debe de haber retrasos así que encargué a mi grupo, nos iremos en exactamente—. El sonido de otro tren a lo lejos se escuchaba. —En tres minutos, viene atrasado, miren, disminuirá su velocidad hasta aproximadamente veinte kilómetros por hora, tiene que tomar una curva muy angosta, comenzará a detenerse justo en esa parada.

A todos se les erizó la piel, mientras la locomotora seguía en marcha, con un peso de ciento treinta y un toneladas, más todo lo que transporta en sus interminables vagones, popularmente llamado la bestia, un ser que se alimenta de fuego y en cuanto comienza a caminar no hay fuerza humana capaz de detenerlo, justamente comenzó a tenerse mientras cruzaba el paso.

—Corran, corran.

Pedro salió corriendo, Ximena en segundo lugar y Adriana en tercer lugar en tercer lugar. Sofía se quedó observando mientras se movían las vías del tren, el sonido continuo de la poca fricción que generaba parecía igual al gruñido de un estómago hambriento, mientras corría solo podía pensar en el hombre que acababa de ver. Pedro fue el primero el subir, se sostuvo de una escalera y comenzó su ascenso, a lo que siguió Ximena mientras sostenía la mano de su amigo logró pasar la otra a la barra de la escalera, el intenso calor que sintió en otras ocasiones la hubiera obligado a soltar, sus pies volaron por algunos segundos mientras Pedro la seguía jalando, continuo hasta llegar al techo, mientras Adriana le daba la mano a Pedro, de igual forma subió.

—Vamos Sofía —gritó Ximena desde el techo—, corre.

La distancia de Sofía a donde estaban sus amigos no hacía otra cosa que aumentar, Ximena decidió correr en su dirección, tratando de no perder el equilibrio en el camino. Sofía de igual forma esquivaba todo lo que podía, tratando de correr en el abrasador calor del sol, llegó el punto en donde Sofía estaba a unos metros atrás del vagón, tratando de correr, mientras corría llegó por mente la tenebrosa posibilidad de no llegar a tiempo, de quedarse atrás o peor aún obligar a sus amigos a bajar del tren, un aliento malotiente llegó a ella en cuanto observó una playera blanca en los árboles del camino. Llegando hasta el roce de los dedos de Ximena que se estiraba todo lo que podía sostenida de una escalera, llegaron en una ocasión a tomarse la mano, pero el

sudor el hizo resbalar, no fue hasta la tercera ocasión que por fin Ximena logró sostenerla lo suficiente para llevarla hasta las escaleras. Pedro y Adriana recibieron con júbilo a su amiga. *
Mientras los amigos gritaban y aporreaban con gritos de alegría a su amiga, el coyote no podía creerlo, cómo alguien se había esforzado tanto porque estuviera en el mismo tren, su mirada, aunque discreta, más allá de una mueca forzada en su sonrisa había un gesto de desagrado ante lo que había sucedido. Había sido la más grande victoria del día, más allá de toda complicación seguían juntos.
Los paisajes desde lo alto de la bestia eran inimaginablemente hermosos, las llanuras se extendían por kilómetros en un amarillo ocre, mientras algunos puntos verdes se encontraban aislados a la distancia, no había ni una sola comunidad a kilómetros, los cerros se observan pequeños a todas direcciones, el calor era insoportable, agradeciendo la briza que de vez en cuando atraía a un mosquito.
La noche llegó después de un extenso día, el coyote quien se había pasado la mayor parte del tiempo durmiendo debajo de su sombrero se levantó en cuanto el atardecer estaba en sus últimos rayos del sol.
—Despierten —gritó espantado el coyote—, pronto llegaremos. Nos bajaremos cuando yo les diga, se quedarán en donde puedan, mañana a las cinco de la mañana.
—¿A dónde nos quedaremos? —preguntó Sofía inquieta, mientras notaba que la bestia se detenía.
—No te preocupes, sé en donde quedarnos —dijo Pedro.
La bestia por fin se detuvo, el sonido de los metales en contacto dejó paso a un silencio abrumador, los cuatro amigos se bajaron mientras el coyote observaba con cuidado a los alrededores. La noche llegó al fin consumiéndose todo, las luces de algunas calles iluminaban caminos solos, mientras indocumentados se adentraban en un pequeño pueblo que rodeaba las vías del tren, donde no había ningún gobernante y

solamente algunos policías patrullaban muy lejos de donde se encontraban.

—¿Qué opinas de él? —dijo Ximena a Pedro mientras guiaba.

—Dice una verdad a medias. —respondió velozmente.

—Hasta ahora se escucha que dice la verdad.

—El mentir y el decir una verdad a medias son dos cosas diferentes.

—¿A dónde habrá ido?

—Lo más seguro es que tenía otros asuntos pendientes.

—¿Sabes a dónde vamos?

—Claro que sí —dijo Pedro mientras levantaba su mano izquierda.

—¿A dónde?

—Hay una casa abandonada a unos metros de aquí, pasaremos desapercibido y sólo dormiremos unas cuantas horas.

—Está bien.

Alejándose de las luces del pueblo entraron a lo que parecía una casa abandonada, sin ventanas, sin pintura y sin ninguna luz, entraron mientras percibían un olor a excremento, buscaron con cuidado hasta que Pedro observó una L, golpearon un poco la puerta mientras notaba el extraño dibujo de una mujer con las piernas abiertas, creando un vértice en donde está un pequeño agujero, imposible de encontrarlo si no lo estás buscando, la pared se movió como una puerta corrediza en cuando introdujo la llave.

Los cuatro chicos se adentraron a una pequeña habitación de tan solo tres metros por tres metros, con algunas cobijas, comida enlatada y tres pequeños cojines. Pedro se apresuró a encender una lámpara de gasolina, observando así el rostro de sus amigas, tranquilo porque ese pequeño lugar ahora era su refugio de lo que estaba pasando afuera, pronto Ximena sacó una sopa y la comenzó a calentar arriba de la lámpara de gasolina.

—Pronto vamos a comer chicos, no se angustien.

La caliente taza de sopa en las manos de Adriana, el descenso de la temperatura era difícil, trataba de inspirar el cálido vapor de su tasa mientras escuchaba que los demás le soplaban para enfriar, lento y con cuidado el cálido líquido recorre su garganta hasta llegar a su estómago vacío. No había otra cosa más que sonreír mientras terminaban su comida. A la hora de elegir quién cuidaría de ellos en la primera guardia por unanimidad Pedro fue descartado, él sería quien dormiría las cuatro horas que restaban antes de irse.

Acto 4.

Sofía en la primera guardia cuidaba con un arma pequeña la entrada mientras la flama de la lámpara se movía en un hipnotizante baile, había encontrado un pequeño sobre de café que había puesto en su taza, procurando que le durará solamente le daba pequeños sorbos. Tratando de ponerle atención a cada ruido más allá de la puerta noto el paso de un perro, el sonido del viento en los árboles y de pronto el llanto de una niña, creyendo que solamente era su imaginación término de un tiro todo el contenido de la tasa, pero lo escucho de nuevo. Pronto dejó de creer que era un ruido.

—Me encantan los coños como el tuyo —dijo un hombre— ¿de dónde es? —gritó al otro hombre en la habitación contigua.

—guatemalteca —gritó un hombre en otra habitación.

—Me gusta que lloren, pero contigo me he ganado el premio gordo.

En la habitación al lado había dos hombres jugando cartas en una mesa debajo de la luz de un foco, ocho niñas de pie estaban murmurando en el otro extremo de la habitación, mientras tres niñas no mayores a seis años estaban sangrando, sentadas en cuclillas tapándose los oídos para no escuchar a niña en la habitación contigua,

—¿Lo estás disfrutando? —gritaba el hombre, al escuchar los gemidos junto con el llanto.

—No por favor—. Se alcanzaba a escuchar entre llanto, una voz cortada por todo el tiempo que ha estado llorando, que ha estado implorando.

La mayor de las ocho niñas tenía apenas dieciséis años, estaba de pie tratando de que su hermana de tan solo nueve años no escuchara.

—¡Siéntela!¡como entra y sale!¡lo estás gozando!

—Fanfarrón —dijo el hombre mientras cambiaba una de sus cartas—, no sé porque nos obliga estar en esta pocilga, a mí solamente me hubieran dado el dinero y una dirección para entregar la mercancía.

—Eso no es su estilo, a él le gusta que lo escuchen.

—Si, ¿tú eres su sirviente?, ¿pero yo?

—Flor imperial amigo, creo que deberías estar más concentrado en el juego.

El hombre avienta las cartas al aire al mismo tiempo que los géminos de la niña cesaron por unos momentos, solamente se escuchaba un llanto.

—Levántate —dijo el hombro—. ¡Te he dicho que te levantes!

El golpe no se escuchó, la niña cambió su llanto por completo a uno casi afónico.

—Creo que alguien debe de enseñarle modales a esa niña—. El hombre de la otra habitación sale con la niña en un brazo, la luz deja ver su verga manchada de sangre mientras la niña trata de cubrirse. —¿Quién es la que sigue?—. En la otra mano un palo de madera.

Todas las niñas de pie retrocedieron, las que estaban sentadas se cubrieron el rostro para ya no ver. La mayor trataba de ahogar su grito con su mano en la boca. Dejó caer a la niña que tenía en la mano mientras se acercaba a las demás, los dos hombres sentados prestaban toda su atención al juego de cartas. Mientras señalaba con la vara de un lado para el otro observaba con la mirada todos y cada uno de sus rostros. La vara se detuvo en la niña mayor, la mirada de locura en sus ojos no pudo reflejar más dolor.

—Huele—. La vara estaba a milímetros de la nariz. —Así es como huele tu interior, pronto lo sentirá tu hermana.

—No…no…no…no…—. Negando con la cabeza mientras sostenía con las dos manos a su pequeña hermana—. Por favor, a ella no, a mí sí, pero a ella no.

—Te doy dos opciones; me das a tu hermanita o te la quito y obliga a que la veas.

—No…por favor, a ella no.

—No lo entiendes, ¿verdad?, son mías. A ti te estoy guardando para el final.

—Sostén a la mayor, y hazla que vea.

—Bueno don g, es hora de trabajar, váyase por un cigarrito.

—Se empieza el juego cuando regrese —contestó mientras movía su corpulento cuerpo.

El hombre con una camisa morada, pantalón de vestir y zapatos tan brillantes que podían reflejar la luz de la habitación. Se movió con agilidad separando a las dos niñas. El hombre desnudo hizo que la hermana menor observará a su hermana mientras lloraba.

—Mírala, es ella la culpable de lo que te va a pasar.

El hombre con una mano la levantó con una sola mano mientras que con la otra le quitaba el pantalón y mientras veía a la hermana mayor le quitaba las pequeñas bragas que tenía la niña, el olió la prenda, colocó a la niña con las manos en la pared mientras se separaba las piernas dijo.

—Delicioso.

El hombre de morado sonreía mientras una sombra debajo de una gruesa capa de cabello negro se acercaba tambaleándose, apoyándose en la pared, a la luz el cuerpo fémina de la sombra notaba una piel morena.

—Mira a quien tenían escondida, ese culo y esas tetas son de mi estilo—dijo el hombre de la camisa morada sonriendo.

—Nunca te entenderé —contestó mientras empujaba a la hermana menor como si nada—, tus gustos tan sencillos.

El hombre se colocó enfrente de la figura, levantó su brazo, lo dejó caer rápidamente mientras se escuchaba que cortaba el viento impactando la vara con el antebrazo de la mujer.

—Golpeas como niña, no le hiciste nada —dijo el hombre con la camisa morada.

Incrédulo vuelve a golpear una, después dos, las niñas se voltean para no ver, pero a la quinta comienzan a fijar su mirada calmada a esa figura. La figura comienza a caminar completamente equilibrada y con gracia mientras el hombre desnudo retrocede, la mirada de la mujer se despeja con un movimiento de su mano dejándole mostrar su ojos tan rojos y oscuros. La mujer observó los ojos claros, el cabello y la barba rojas, mientras la erección del hombre se desvanecía. El hombre una vez más trata de golpearla, pero en esta ocasión detiene el golpe, le quita la vara y la parte en dos en la pierna del hombre, este da un grito agudo como el de una mujer. El hombre de la camisa morada empuja a la chica enfrente de sí, mueve su mano hacia donde tenía un arma en su espalda y antes de que lograra sacarla la mujer atraviesa desde su estómago hasta sus pulmones con el pedazo de la vara artillada, él sólo puede ver unos ojos y una sonrisa de goce. Regresa a donde estaba el hombre desnudo, lo levanta y lo coloca en la mesa, va por el otro pedazo de vara mientras el hombre dice.

—Por favor, por favor.

La mujer abre las nalgas del hombre para introducir el pedazo de vara astillada, el hombre grita y hace que el hombre afuera entre, en el momento que los ve trata de desenfunda, pero la mujer sin mover la cabeza dispara a la puerta matándolo con un solo tiro.

—Delicioso—. La mujer se inclina para decirlo a los oídos.

Todas las niñas observaban la escena, el hombre tendido en la mesa sangraba. La luz comenzaba a parpadear y enfrente de sus ojos la silueta de la mujer desapareció. Las niñas, aunque perplejas, el miedo a esa criatura les calaba los huesos, una de ellas aseguraba que seguía ahí, enfrente, observandolas, pero la criatura se había ido físicamente mientras la idea de su sola existencia se quedaba en la mente, creciendo y atravesando todo pensamiento.

Lentamente se retiraron de la habitación dejando al hombre en agonía, la mayor pensando que es lo que seguía, ¿A dónde ir cuando amaneciera?, ¿la jugosa idea de ir a los Estados Unidos aún pasaba por su mente?, mientras camina con el grupo de las niñas, recuerda lo que le había dicho una prima; Estados Unidos tiene las calles completamente asfaltadas, de noche todo está iluminado y te pagan con dólares. Mientras escuchaba el sonido de las patrullas a la distancia, las piedras cortaban sus pies a cada paso en esa profunda oscuridad. Sabía que no debía de ir con un policía, ella esa misma mañana había sido violada por uno en cuanto encontró la camioneta de sus secuestradores.

El sol estaba aún muy lejos de aparecer, solamente una luz azul permitía ver las cosas, puntuales los cuatro amigos estaban esperando al coyote, tan sólo a unos minutos de la hora acordada el tren ya estaba llegando, el coyote les gritó desde lo más alto que subieran, esta vez subieron uno tras otro sin ninguna dificultad. La próxima vez que descendieran estarían en la capital.

El fuego aún estaba brillando, dándole un poco de calor a los chicos mientras una sombra se acercaba, los observo a todos y justo donde estaba Ximena dormida. Acercó su mano para moverla ligeramente.

—¿Dónde está Sofía? —preguntó Teco.

—Ella estaba de guardia —dijo Ximena tratando de buscarla.

El sonido de varias patrullas se escucharon a lo lejos, Teco observó a todos lados, tratando de pensar cuál sería el siguiente paso para moverse. Trató de tranquilizarse y fue cuando un pensamiento de tristeza comenzó a consumirla.

—Papá —dijo Teco mientras su mirada se perdía entre las llamas—, llevarse todas sus cosas. Traten de estar todo el tiempo juntos y cuando escuchen a alguien gritar solamente deben de correr a la dirección contraria. Iré por Sofía.

Teco comenzó a correr, se perdió entre la maleza y las luces del poblado. Los gritos comenzaron a escucharse, primero en el centro, después alejándose a la periferia hasta llegar a los árboles Algunos niños lo habían visto con claridad, mientras los hombres discutían que hacer las mujeres se refugiaron con su familia. Pronto el olor inundó el olfato de Teco y supo donde estaba, no perdió el tiempo corriendo, extendió sus alas hasta volar sobre la criatura. Los niños observaron la silueta plateada de Teco, apuntaron con sus dedos y algunos incluso dijeron "bruja", pero sus palabras fueron ignoradas.

—Te veo —se escuchó mientras corría.

La criatura se detuvo y observó a todos lados buscando el origen de ese sonido. Hasta que escuchó arriba de su cabeza, levantó la mirada y la observó: su pico afilado, sus alas plateadas, colgando dos armas de fuego y sus enormes ojos que no hacían otra cosa que aumentar de tamaño. El firmamento estrellado se reflejó en aquellos ojos, con más estrellas en colisión, con más luz, con más galaxias hasta que las consumió a las dos.

—Hola—. Fue lo único que se escuchó.

Teco ya no tenía sus alas, sus orejas, su pico ni su máscara. Las pisadas de una niña descalza comenzaron a escucharse, el eco no permitía localizarla.

—¿Hay alguien ahí? —preguntó Teco.

El sonido de las pisadas se volvió a escuchar, Teco trató de alcanzarla, se movió tan rápido como sus piernas se lo permitían. El silencio volvió y se quedó quieta. Se escucharon las pisadas y se movió una vez más. Hasta que acercó su mano a un pequeño antebrazo y logró sostenerlo.

—Te atrape —dijo Teco con una dulce voz.

—No, no me toques, no me gusta que me toquen, suéltame.

Al reconocer la voz de una niña Teco colocar su antebrazo en su espalda para abrazarla.

—Te prometo que te soltaré si no sales corriendo, tengo miedo de este lugar.

La niña asintió con la cabeza y en cuanto la soltaron observó a Teco.

—¿Qué te ha pasado en el rostro? —preguntó la niña

—Me he peleado con unos chicos malos. Lamento el sostenerte sin tu permiso, dime ¿como te llamas?

—Me llamo Sofía —respondió la niña.

—¿Sofía? —dijo Teco—, es un nombre muy hermoso. ¿Cómo te sientes Sofía?

—Me siento muy sola, no están mis papás —dijo Sofía—, he corrido todos los días buscándolos, no los puedo encontrar.

—Yo también perdí a mis padres Sofía —dijo Teco—, hace mucho tiempo. Tal vez podamos encontrarlos juntos, yo te ayudo y tu me ayudas. ¿Qué te parece?

—¿Me ayudarías a encontrarlos? —preguntó Sofía.

El cuerpo de Sofía se desplomó en el suelo, sus músculos estaban fatigados, su boca con el amargo sabor de la sangre seca y sus manos aún temblorosas.

Acto 5

Teco rodeo con sus alas el cuerpo de Sofía, lo levantó con cuidado observando el cuerpo con muchas heridas. Su ropa está completamente destrozada. La luz del día comenzaba a tocar su cuerpo mientras era cargado por Teco hasta donde estaban sus amigos. Adriana, Ximena y Pedro corrieron hasta sostener a su amiga.

—¿Qué pasó? —preguntó Ximena.

—Una de mis peores noches —contestó Teco.

Sofía se despertó dentro de una tina llena de agua tibia, su cuerpo era sostenido por Ximena mientras Adriana lavaba su cabello. Enfrente de ella estaba Teco con su máscara.

—¿Dónde estoy? —preguntó Sofía.

—Estás a salvo —dijo Teco.

—Nos asustaste mucho Sofía, ¿dónde te metiste? —preguntó Ximena.

—No lo sé, estaba sola, y luego apareció un rostro y dijo que…

Teco concentró sus orejas a las palabras de Sofía.

—...¿dónde está Pedro?

—Está afuera —dijo Teco—, está vigilando el área, le pedí que nos cuidara. No les he dicho nada sobre lo que pasó ayer.

Sofía observó el agua, tenía un tono café y pequeños fragmentos de un rojo extraño. Teco acercó sola una tina de agua cristalina, le pidió a Ximena y Adriana que la pusieran en esa tina. Mientras lo hacían Zur quiso moverse, pero sus músculos no los podía mover.

—Tranquila —dijo Teco—, estarás así por unos días.

—¿Cómo así? —dijo Sofía.

—Experimentaste algo que casi te consume, fuiste un Nahual por un breve periodo de tiempo.

—¿Un Nahualt? —preguntó Adriana.

—Las antiguas culturas registraron en textos llamados códices, escritos por lo que ellos los primeros Nahuales, los sabios y expertos de las culturas, cuidaban los conocimientos de medicina, arquitectura, física, biología, matemáticas y químicas. Fueron perseguidos por los reyes y la Santa Inquisición. Creando historias de brujos y brujas que se convertían en búhos y perros xoloitzcuintles destruyendo la flora y la fauna de todos los territorios. Lo que queda de su conocimiento es resguardado por solo un puñado de personas.

»Aunque un Nahual es aquel que sea hijo de los llamados indios, también puede ser aquellos que eligieron la senda de las antiguas enseñanzas. De mi parte sería inútil decirles sobre las diferencias entre un Nahualt de lo que es la ciudad de México, con lo que son en los pueblos del sur o del norte. Los extranjeros llamaron a todo aquel que practicará antiquísimas tradiciones como Nahuales. Entre sus enseñanzas estaba la conexión con el animal interior, dándole al anfitrión sus habilidades por cortos períodos de tiempo y con el dominio de este ser uno con esa parte animal. El día de ayer Sofía tuvo un breve período de conexión con ese animal interior, pero también se conectó con partes de sí misma que no estaba preparada para enfrentar.

—¿Con qué conexión? —preguntó Sofía.

—Quiero que sepas que el estado Nahual enfatiza muchas de las habilidades naturales de las personas, pero también del psique de la persona. Incluso para una persona con la mente despejada es difícil controlar su Nahualt la primera vez, para ustedes muchachas es incluso muy peligroso. Han pasado por cosas horribles y cualquier pequeño detonante puede causar un shock tremendo. Conectaste con un recuerdo del pasado que afecta el presente, a veces los recuerdos felices del pasado vuelven para crear una herida profunda en nuestro presente.

—¿Cómo podemos controlar al Nahual? —preguntó Sofía.

—Primero debemos de controlarnos a nosotros mismos—dijo Teco—, creo que es lo más difícil. Conocerte a ti mismo y tratar con tu pasado.

—¿Por qué nos inyectaron eso? —preguntó Adriana.

—Lo que les inyectaron les ayudará en momentos de crisis donde sus vidas corren riesgos —dijo Teco.

Las chicas escucharon con calma, observaban sus manos como si no les pertenecieran.

—¿contra qué está peleando la profesora Leticia? —preguntó Adriana.

Teco respiro profundamente.

—Contra mercenarios, ángeles, deAdrianaos y muchos horrores más —dijo Teco—, y cada día ella está perdiendo una batalla.

Teco se levantó, las chicas seguían pensando en sus palabras mientras ayudaban a Sofía a levantarse para secar su cuerpo, las heridas habían desaparecido y se convirtieron en cicatrices visibles.

—Espera —dijo Sofía.

—¿Qué pasa? —dijo Teco.

—Creo que estaba soñando, estaba corriendo buscando a alguien y luego me encontré a una mujer. Me dijo cosas que ya no recuerdo y antes de eso mientras corría podía verme a mi. Pero a través de otros ojos…

Sofía no podía levantarse con sus propias fuerzas.

—Descansa Sofía —dijo Teco—, tienes que recuperar fuerzas. Nuestro camino aún es muy largo y no estamos seguros en este lugar. Alguien nos está buscando y está más que preparado para hacernos mucho daño. Le diré a Pedro sobre este tema, también debe de enterarse.

Teco salió de la habitación. Pedro se encontraba muy lejos haciendo un perímetro improvisado.

—Si te viera el enemigo ya te hubiera disparado —dijo Teco cuando llegó con Pedro.

—¿Cómo está Sofía?

—Estará tan bien como todos ustedes, tengo que decirte algo sobre todo esto

Teco le explicó a Pedro lo mismo que las chicas. Sobre las características del Nahual y sobre sus posibles consecuencias.

Los siguientes días estuvieron concentrados en los cuidados de Sofía, tratando de que no le faltara nada. La mayoría de los alimentos provenían de pequeñas latas rojas, algunas tenían frijoles, otras verduras y no podía faltar una pequeña lata de chiles en almíbar. Las personas comenzaron a notar la presencia de Teco y Pedro cada vez que iban por la comida. Las historias comenzaron a expandirse sobre dos criaturas monstruosas en un pueblo alejado, capaces de entrar en la mente.

—Creencias de gente pendeja —dijo Teco, cuando le mencionaron el tema.

Pedro únicamente apuró el paso y decidió que Teco no volvería a salir por algún mandado. Mientras tanto Sofía trataba de mejorar, se esforzaba en comer más y en caminar más cada día. Teco observaba el crecimiento de los músculos de Sofía y trataba de remediar el dolor articular. Ya estaba lista físicamente para seguir el camino, pero los constantes mareos no permitían que caminara por mucho tiempo.

—¿Qué te preocupa Sofía? —dijo Teco una mañana.

—Los recuerdos de ese día —dijo Sofía.

—No quiero preguntarte Sofía —continuó Teco—, porque sentiría que te estuviera forzando a hablar de algo que no estás preparada a hablar. Sé que te sientes muy lejos de tu familia y sus recuerdos aparecen constantemente. Yo me sentía igual que tu hace mucho tiempo. Pero encontré a amigos muy parecidos a los tuyos, que siempre estaban para ayudar. Sé que tienes miedo y hasta enojo de lo que te dio la profesora Leticia, pero ella únicamente les quería dar una oportunidad.

Sofía observó la máscara de Teco, tratando de ver sus ojos.

—¿Has hecho tus ejercicios? —preguntó Teco.

—Si, diario con mis amigas.

—Yo te daré una pequeña terapia en las tardes. Comenzando hoy.

Teco sostuvo las manos de Sofía, le pidió que se levantará y diera unos pasos.

—Concéntrate sólo en un paso, y así sucesivamente.

Las terapias siguieron los días siguientes, cada día podía ir un paso más allá, pero se sentía igual, siguió hablando con sus amigos que era lo que más le gustaba, platicaban de todas esas veces que fueron a un balneario y se peleaban por el agua caliente. Sofía en los días siguientes comenzó a correr, a saltar e incluso a escalar. Aún con los malos recuerdos.

La información que le llegaba a Teco era a cuenta gotas, sólo algunos mapas de zonas a evitar y que en las siguientes elecciones tendrían un conflicto. El mapa también tenía la posible localización de algunos grupos de choques que se encargaban de eliminar algún político que no quisiera cooperar con ellos. Algunas cartas sobre el avance de su equipo. Más que nada preguntas de la profesora Leticia sobre el entrenamiento de los cuatro, que si bien no había avanzado nada, las técnicas de supervivencia fueron aprobadas.

Al cabo de un mes salieron de ese refugio, las personas notaron su ausencia, pero las agregaron a una larga lista de gente que venía y se iba. Teco había cumplido en llevarlos hasta Monterrey donde serían atendidos y enseñados por otros Nahuales. En cuanto llegaron al nuevo refugio ya los estaban esperando, docenas de máscaras de madera con figuras de todo tipo los observaban. Algunas tenían armas y otras se ocultaban entre las ventanas. Sofía fue a parar directo al área médica donde comenzaron a revisar, los demás fueron directo a las duchas ya que en todo ese tiempo solo pudieron bañar a Sofía.

Teco se dirigió a un habitación en el subsuelo, donde nadie podía entrar o salir sin que se dieran cuenta. Ahí se encontraba un hombre muy anciano, tenía una pluma colocada cuidadosamente en su cabellos blanco.

—Me imagino que fue un largo camino Teco.

—Lo fue —dijo Teco mientras le hacía una reverencia.

—Algunos exploradores informaron sobre la presencia de Kaibiles en la ruta que tomaron. Se acercaron mucho a ustedes.

—Me enfrente a tres —respondió Teco—, ellos saben de la profesora Leticia o al menos sospechan algo. Lograron detectar y reconocer a uno de los chicos, no se a quien.

—Tus acciones fueron arriesgadas, por poco y pones en riesgo a tu grupo.

—Lo hice para protegerlos.

—Si te hubieran asesinado —dijo en anciano con firmeza—, nadie podría haber. Pero debo de reconocer que no cualquiera puede enfrentarse a dos kaibiles y vivir para contarlo. En nuestro último reporte informan que tres ambulancias llegaron hasta el hospital militar muy cerca de donde hubo un incendio. Así que al menos uno está herido de gravedad. También quiero informarte que la profesora Leticia mandó una carta de urgencia, llegó hace tres días pidiendo un grupo para buscarte, me negué naturalmente, quería confiar en ti, así que me alegro de tu llegada.

El hombre que de pie no sobrepasaba el hombro de Teco se acercó para darle un abrazo, ella se inclinó un poco.

—Me alegra que hayas llegado con bien, ve con tu nuevo equipo. Trata de hacerlos sentir como en casa y espera órdenes. Le informaré a Leticia de tu llegada.

—Por cierto ¿Cómo se encuentra la profesora?

—En la capital hay muchos movimientos, aparición del ejército en las calles y ataque a civiles inocentes. Sí estoy seguro de algo es que no saben lo que están buscando.

—¿Dónde está pasando esto?

—Al oriente de la ciudad, si siguen así la gente sufrirá mucho. Han comenzado a limitar el agua que ya era escasa. A unos días de las votaciones, podría ser algo decisivo.

Teco salió de la habitación para dirigirse al área médica, la única cama ocupada era la de Sofía, quien al verla se sentó.

—No te levantes —dijo Teco—, descansa. Pará ser tus primeros días corriendo lo has hecho bien, pero no quiero que te sobre esfuerces.

Sofía se rió, era la primera vez en todo el viaje que había hecho eso.

—Los chicos dijeron que vendrían a verme, pero ¿qué es esto?

—Es una casa hogar, antes era un lugar abandonado que usaban algunas fundaciones para cuidar a mujeres golpeadas y a sus hijos. Pero siempre llegaban buscapleitos, la profesora Leticia les dijo que alejaría a todos si dejaban que se quedaran todos. Desde entonces es un refugio para la gente, que trata de huir de la violencia.

Las chicas entraron por la puerta después de la explicación, fueron hasta la televisión para encenderla y los cinco observaron una cara conocida. Victoria en primer plano siendo buscada por disturbios realizados en Veracruz, una protesta pacífica se tornó en un baño de sangre por los policías que detuvieron a las personas.

—No se sabe quien sea esta chica, pero la fiscaliza la acusa de ser la artífice y planear un golpe hacia las autoridades. Si tiene información que pudiera llevar a la captura de esta chica denominada como sospechosa V1, hay fuertes cantidades de recompensa que va desde información útil hasta la captura con vida de la sospechosa V1. De mi parte le mando mis condolencias a las familias de los policías, víctimas mientras hacían su labor.

Capítulo 5: La parte que más te necesitaba/ Gabriel

La oscuridad provocada por una gigantesca nube oculta en la niebla el camión de Gabriel mientras se adentra en el bosque, todos en el autobús se engulle en una pared de ruido sin percatarse ni poner atención en el otro, le da un momento de debilidad el cual en su fatigado cuerpo le da una señal de dormir. Mientras que la voz en su oído solo dice calmadamente que se ha presentado un canal de baja presión con posibilidad de lluvia, revisando la hora en el reloj de su muñeca, siendo lo último que hace y sin darse cuenta Gabriel se quedó dormido.

    El golpe del autobús contra un árbol lo despierta, todos a su alrededor estaban callados, mientras tocaba la hora en el reloj de su mano izquierda, tan solo habían pasado cinco horas desde la última vez. Las personas dormidas mientras aún tienen los aparatos en sus manos son incapaces de percatarse de su alrededor, Gabriel camina entre el pasillo hasta llegar a donde debería estar el conductor del camión, revisó el volante y noto que no estaban las llaves del camión al girar su mirada noto en la puerta mal cerrada con la marca de una mano bañada en sangre y los faros apuntando a un grueso pino. Regresa por el arma tratando de despertar con su voz a alguien sin ninguna señal en lo más mínimo.

Faltaban tan solo unas horas cuando darían el mensaje de quien ganaría las elecciones, aunque cansado e incapaz de votar por la idea de madurez que tiene la sociedad. Las grandes puertas se abren mientras Gabriel reciente usando su celular como lámpara en la gruesa niebla, observando que es el único vehículo hasta donde alcanzan su mirada. Mientras camino logra recibir una señal la cual manda una tartamuda voz al oído de Gabriel.

—Los últimos... reportes... nos indican... una serie... de desafortunados... incidentes... muchas comunidades a lo largo del país... presentan revueltos en todas las comunidades... gente armada está tachado de hipócrita estas elecciones... mientras que el principal contendiente a la derecha está siendo...

La señal se corta mientras avanza Gabriel, sólo llega a escuchar los latidos de su corazón mientras que apunta con el arma a donde la luz alcanza. Escucha como los latidos de su corazón se escuchan con más fuerza, mientras avanza, respira con profundidad para darse cuenta de que no era su corazón sino el sonido de tambores a lo lejos. Toda la lógica le indicaba que se debía de alejar de ahí, pero sin las llaves no iría a ningún lugar. Adentrándose en el bosque a donde se encontraba el sonido sus pasos comenzaron a escucharse menos, el armonioso ritmo de los tambores le causaba una intranquilidad exasperante al sincronizarse, llegando al punto de que los tambores sonaron con más velocidad provocando una ansiedad en él. El sonido de los pasos comenzaba a ser evidente mientras más y más se acercaba, los gritos de mujeres y hombres en un caos irreconocible se ponía los pelos de punta. En cuanto se detuvo para escuchar con mayor claridad noto que el sonido de sus pisadas se prolongaba aún más, continuó de nuevo y se detuvo mientras dos pisadas más se escucharon al hacer crujir hojas secas y algunas ramas. Caminando sin apartar la luz del camino, mientras con cuidado giraba su cabeza sobre sus hombros, percatándose que una sombra en esa oscuridad se movía entre los árboles, solo alcanzo a ver el tronco de un hombre, sin cabeza mientras que en la dirección de los tambores una luz se alcanzaba a ver más allá de una pequeña colina reflejando el los árboles la silueta que estaba detrás de él, abierto en dos partes el abdomen de ese ser mientras algunas gotas de sangre, dejando ver las costillas que se movían como los colmillos de un ser de pesadillas, Gabriel noto el ritmo que a simple vista se deja ver su corazón. Sin detenerse hasta la llegada a la colina observó cómo el sonido de una tala incesante de árboles comenzaba a aparecer a su alrededor, más sombras se hicieron notar al igual que más pasos llegando un momento cercano a la pequeña colina se detuvo y la creatura continúo siguiendo el rudo de los pasos que se dirigían al mismo lugar. Llegando a casi rozar el hombro de Gabriel, se quedó quieto, petrificado del miedo o de la concentración que causaba controlar su cuerpo. Las voces ahora causando ruidos infernales ante sus oídos más allá de lo gutural, creyendo por un instante que no podían ser causados por humanos hasta un silencio desolador donde la inmensidad de la oscuridad parecía ser la única presente, por fin noto una voz humana.

—Gracias por acudir en nuestra ayuda, gracias por darnos esta oportunidad—. Mientras Gabriel se ocultaba en el grueso de un árbol observando con cuidado el tumulto de seres encapuchados cuyo rostro no se dejaba ver en la oscuridad. —Ha llegado un momento para levantarse, para lo que alguna vez estuvo vivo renazca. Tan humildes nosotros.

La criatura que había visto Gabriel no era sino una de veinte seres que caminaban entre los presentes como si trataran de buscar algo. Mientras que a las espaldas de los encapuchados se encontraban una docena de hombres atados y cagados de miedo, Gabriel noto que en la última fila se encontraba el conductor del camión con la cara maltrecha mientras que su camisa manchada de sangre mostraba unas marcas de auto defensa. Mientras que la variedad de hombres y mujeres en esa doce de personas no se encontraban en las mejores condiciones.

—Traigan al primero —dijo esa voz, pareciera la de una mujer—, hemos llegado más allá del amanecer a donde la muerte y la destrucción le da forma. Hemos llegado a donde nos fue prometido. Liberados de todos nuestros perseguidores, se nos ha dado una segunda oportunidad. A lo cual debemos de dar gracias por ese enorme regalo—. Sacando de entre la capucha un extraño cuchillo que no reflejaba nada, era completamente negro con una forma finamente cuidad similar a un cono. —¡Gracias!

El cuchillo penetró al cuello de una mujer, cortando la carne como su fuer papel, después atravesó el pecho con tal felicidad mientras los hombres y mujeres encapuchados gritaban con júbilo, la mirada de Gabriel quedó inmóvil cuando el cuerpo sin vida fue arrojado a las llamas y estas se elevaron hasta casi llegar a las ramas de los árboles. En cuanto le quitaron la mordaza a la segunda persona su grito provocó la más profunda desesperación en el corazón de Gabriel, su mirada perdida en ese cuchillo se llenó de un rojo escarlata y una impotencia. Pasaron varios minutos, uno a uno fueron asesinados y consumidos por las llamas del fuego, hasta llegar al último que debía ser el conductor del autobús, los gritos de alegría fueron silenciados por la mujer de la capucha, mientras observaba la inexplicable ausencia del mismo.

—¡Búsquenlo, búsquenlo!—. Los gritos de la mujer fueron escuchados desde la carretera mientras Gabriel ayudaba al conductor a subir paso a paso el autobús.

Las criaturas sin cabeza fueron las primeras en correr y dejar atrás a todas las figuras encapuchadas, los putrefactos músculos se contraen una y otra vez hasta alcanzar una velocidad endemoniada. Mientras Gabriel notaba cada paso que daban esas criaturas trataba de que el conductor se apresurara. La mirada de Gabriel se oscurecía más y más hasta llegar ser indistinguible al negro. El primero de esas criaturas había por fin llegado, atravesando la ventana de un pasajero, Gabriel comenzó a forcejear mientras la fuerza del ser sobrenatural era comparable con la de Gabriel, los golpes infringidos los unos a los otros eran capaces de quebrantar las estructuras del autobús como si fueran de cartón. La velocidad de Gabriel muy superior le permite dar un disparo certero al corazón de la criatura y esta cae de rodillas.

—¡Vámonos! —gritó Gabriel, el conductor pisa a fondo, el ruido y el movimiento no le permiten sentir la presencia de las criaturas dejándolo a ciegas por la oscura carretera.

Las luces de diversos autos de igual forma iluminan el camino, mientras Gabriel mira por las ventanas los autos inmóviles con personas en ellos, se percata de uno con un hombre en el lugar del conductor y a un niño durmiendo en su sillón. La idea de que alguna mujer en ese lugar fuera la madre del niño al igual que algún pasajero de los autos que encontraban le resultaba algo verdaderamente doloroso para él.

El golpe a un costado del camión de la primera alarma, Gabriel llega a donde se encontraba una pequeña puerta, la abrió con cuidado apuntando con firmeza, mientras los pasos en el techo se escuchaban acercarse al conductor, Gabriel sale por esa puerta, hace un ruido con la mano para llamar la atención de la criatura, dándole la apertura para un disparo al corazón.

—Ayuda—. escucha al conductor.

Cuatro figuras a la distancia, al borde de la neblina donde se alcanzaba a ver un rayo de sol le hacían frente al autobús. Las costillas en sus vientres se movían de una manera lúgubre mientras hacían un sonido similar al de un hacha cuando corta la madera en perfecta sincronía haciéndose similar al de un reloj.

—Abre la puerta —dijo Gabriel mientras se acercaba,

—¿Estás loco?, puede haber otras de esas cosas allá afuera.

—Si no lo hace, las cosas adelante detendrán el camino, tiene la fuerza y otras de esas cosas podrán entrar pase lo que pase.

Gabriel colocó un pie en el escalón que daba a la puerta, fijó su mirada en esas cosas mientras relajaba su respiración, presionando el gatillo la primera bala salió directa cuando se abría el abdomen de la criatura, uno a uno las cuatro criaturas cayeron. Mientras que la velocidad del autobús aumentaba, al voltear su mirada hacia atrás notaba que otras diez figuras se acercaban al autobús. La neblina estaba terminando hasta que por fin salieron a la luz del sol dejando la oscuridad a su espalda. Las diez criaturas se detuvieron hasta donde la neblina llegaba.

Los grandes cerros que ahora comenzaban a alejarse estaban consumidos por una gruesa capa de neblina, donde algunas de sus partes eran de un color completamente oscuro. Todo estaba por fin terminando dijo Gabriel, mientras veía con una sonrisa como se alejaban. Los ojos de Gabriel volvieron a la normalidad quedando completamente estupefactos cuando noto la inmensidad de unas alas que salían y entraban de las nubes, empequeñeciendo los cerros que tanto esfuerzo había costado atravesarlo, fue en un periodo tan pequeño de tiempo lo suficiente como para dejar un vacío en todo su ser, no sabía lo que había sucedido dentro de esa oscuridad, pero sintió que una parte de él ya no lo acompañaba. Se alejó de la puerta mientras le decían al conductor que la cerrara, observó como todos los pasajeros despertaron y continuaban sus conversaciones, conectando a sus teléfonos celulares o a las pantallas sin saber el horror que había presenciado. Llegó a su haciendo mientras notaba el arma en su mano, nadie la había visto, abrió la ventana y la arrojó lo más fuerte que pudo. Los cerros fueron cambiados por campos de cultivo mientras se acercaba a un poblado, noto que un cartel decía "cuidado con la neblina", mientras se sentaba en su asiento una voz le decía al oído.

—No sé si aún me escuchan, este mensaje va dirigido a Gabriel, Raul, Sofía, Josè, Victoria, Ximena y Adrianaca. Traten de esconderse lo mejor que puedan, los están buscando y no descansaran...

La transmisión se corta con un sonido como si se cayera el micrófono de donde estaban grabando y se escuchan unos pasos, después el sonido de un arma de fuego. El teléfono que me dieron tiene poca señal. Pronto llega un mensaje de texto confirmando un paquete todo ilimitado. Decido abrir un buscador de noticias mientras mi mente trata de controlar el movimiento de mi mano, un ligero temblor, las noticias anuncian el ganador de las elecciones de la república, "la ultraderecha es la ganadora", "levantamientos armados en todo el país", "segunda revolución", "cuatrocientos muertos en estas primeras horas", "el ejército sale a las calles". Por un instante pienso en si es buena idea el entrar a mi correo electrónico, a mi Facebook, a mi twitter o algo. Pero mejor desisto, si me están buscando lo más seguro es que tengan mis redes interceptadas.

Por fin el autobús se detiene en donde estaba marcado mi boleto, bajo con cuidado mientras la fuerza que me queda me da la firmeza suficiente para levantar la mirada. A la distancia leo mi nombre en una pequeña cartulina.

—¿Qué tal tu viaje Gabriel? —escuchó Gabriel al bajar del autobús.

En cuanto levantó la mirada su rostro cambió por completo, una leve sonrisa surcaba su rostro.

—Horrible, ¿Sabía a dónde me estaba llevando? —dijo Gabriel mientras le daba un gran abrazo.

—Me informan por los satélites que una neblina bastante desconocida se atravesó por tu camino, pero veo que estás bien.

—No sé imagina los horrores que había.

—Ya estás a salvo Gabriel—. Una sonrisa en la profesora Leticia trató de aligerar el ambiente. —La neblina no volverá en un tiempo, así que podemos concentrarnos en algo más terrenal.

Gabriel se quedó observando el rostro de la profesora Leticia mientras trataba de no desmayarse. La profesora le llevo a donde estaba un taxi esperándolos, llegando a una casa cuya cada esquina estaba una cámara, la casa de un blanco deslumbrante y un zaguán negro. La entrada se abrió con dos hombres armados con armas de alto calibre.

—¿Cómo sigue su pierna profesora?, me contaron que le habían disparado.

—Se curó demasiado pronto, la medicina avanza a una gran velocidad. Tiene mucho tiempo que no nos vemos, debían de llegar a mi clase ese último día en la escuela. Ven, los ánimos están por los cielos.

—¿Qué ha pasado profesora?

—Han explotado conflictos por todas partes, la guerra se aproxima de una manera que nadie ha podido prevenir —dijo la profesora Leticia.

—¿Qué es usted profesora?

—Hay días que ni siquiera sé lo que soy. Dejémoslo en que soy solo un pequeño político en este país de grandes monstruos.

—Por cierto, lo que vive en esa carretera, es algo que nunca antes había visto, incluso si alguna vez he tenido pesadillas no creo que se le aproximen.

—Pronto habrá tiempo de lidiar con eso, pero por el momento te pido que descanses.

La profesora abrió una puerta, le mostró una habitación con una cama, un escritorio y una computadora.

—No, necesito hablar ya de lo que ha pasado —dijo Gabriel..

—Tranquilo Gabriel, necesitas descansar.

—La última vez que me quedé dormido el mundo se derrumbó y desperté en una maldita pesadilla —dijo Gabriel.

—Muy bien, hablemos. Toma asiento mientras voy por una silla.

La profesora no tardó mucho en regresar, la música a las afueras de la habitación se escuchó hasta que cerró la puerta quedando completamente en silencio. En una fracción de tiempo de lo que pensaba Gabriel explicó hasta el más íntimo detalle de las monstruosidades en la neblina.

—Los mataste con un disparo en el corazón, déjame decirte que eso tal vez los derrumbó, pero estoy segura de que siguen moviéndose —dijo la profesora Leticia.

—¿Cómo la sabe?

—He lidiado con ellos, hace mucho tiempo que no se presentaban, creí que todos estaban completamente extinguidos. Aunque las Alas que viste, no me puedo imaginar que eran, ni de algo lo bastante grande como para poseerlas —dijo la profesora Leticia cabizbaja.

—¿Entonces qué va a hacer?

—Mandaré a alguien para investigar, será un grupo pequeño, ahora estamos en una guerra Gabriel.

— ¿Qué guerra profesora? —preguntó Gabriel.

—Por la república claro está.

— ¿Dónde están los demás?

—Están repartidos en diversos lugares Gabriel —dijo la profesora Leticia—, pronto las verás. Solo que ahora debo de contarte algo muy importante que necesitas saber. Con anterioridad le había comentado a Adrianaca, Sofía, Pedro e Ximena si querían entrar en esto. Victoria aún sigue en Veracruz, me sorprendió que te fueras solo hasta aquí. ¿Qué sucedió?

—En Veracruz Victoria comenzó a actuar de una manera muy distinta—dijo Gabriel—, cuando llegamos a las manifestaciones, ella no pudo evitar actuar. Le dije que siguiéramos el plan, buscar a sus tíos, pero no me hizo caso, pasó lo mismo que en su casa. Sus ojos se tornaron rojos y no había nada que le pudiera decir.

Gabriel se quedó en silencio por unos minutos.

— ¿Qué es esto? —preguntó Gabriel.

—Es un bando Gabriel, no sé qué tanto sabes, pero alguna vez existió un grupo llamado la cúpula de París, con el tiempo nos hicimos de una enorme influencia sobre las grandes empresas y los políticos. Todo comenzó con tus abuelos y siguió hasta tus padres. En algún momento se daría el caso que te dirían si querías participar.

— ¿Participar en qué? —insistió Gabriel.

—En tratar de que no se fuera a la mierda este país Gabriel, mira cuando comenzó el milagro mexicano, las personas se animaron de más, la economía fracasó y después pasó lo que muchos temían, se comenzó a presionar a la gente, la más pobre. Te sorprendería cuanta maldad sale de los corazones de las personas cuando existe una necesidad. Muchos se enriquecieron, la estabilidad del país regresó y es cuando los diputados comenzaron no solo a venderse, sino a vender cada objeto que podían. Fue cuando la cúpula de París entró en acción. Tus padres, los de Victoria, Pedro, Sofía, los de todos tus amigos pertenecían a ese grupo. Entraron en política en movimientos estudiantiles, nuestro ascenso era increíble, teníamos muchos planes…

—Si lo sé, nos lo mostró un amigo del papá de Victoria, cuando nos entregó su cuaderno tenía una historia del papá de Victoria, tan bien muchos planos del subterráneo.

La profesora Leticia no dijo nada, guardó pacientemente hasta que Gabriel había acabado su pequeña interrupción.

—Me alegra que hayan descubierto algo por su parte. Justamente te iba a comentar sobre el cuaderno que les di en esa ocasión. En ese cuaderno mostraba la historia que pasó cuando descubrieron nuestros planes. Nos persiguieron peor que animales, entonces cuando habíamos llegado a un acuerdo nos cortaron todos los privilegios en el partido político que trabajamos, fuimos a prisiones políticas aisladas.

—¿Eso qué significa?

—Ante los ojos de todos seguían en el partido político, pero no podíamos dar nuestro voto a una iniciativa o dirigir recursos a algún lado, aislado entre personas cien por ciento, una especie de corderos llamados culos. Perdón, no se desde cuando me volví tan grosera

—Creo siempre ha sido así profesora, ja. Siempre desde sus primeras clases.

—Ja, creo que sí—. La sonrisa de la profesora fue interrumpida por una tos seca que la dejó colorada, Gabriel se levantó y le preguntó si podía ayudarla. —Estoy bien, creo que ya no soy tan joven para reír tanto, ja—. La toz volvió con igual de fuerza hasta pasado unos minutos regresó a la normalidad. —Lo que quiero darte a entender es que no importa que tanto intentamos ayudar a las personas siempre existía alguien lo bastante grande como para quitarnos de en medio con un simple movimiento.

—¿Quiénes? —preguntó Gabriel

—No lo sabemos, muchos fueron diputados, muchos otros fueron líderes de partidos políticos con un gran historial de desviaciones de recursos federales. Detuvimos algunas leyes contra la libertad de expresión, tala de árboles, destrucción de ecosistemas, pero siempre había alguien que estaba dispuesto a venderlos. Tiramos la toalla, bueno al menos eso creíamos, después de algunos años como reporteros, decidimos regresar. Cuando nacieron ustedes, sus padres dejaron el conflicto. Por los últimos dieciocho años he tratado de pensar una manera de vencer al sistema, de mandar a los criminales a la prisión y traer la luz de un nuevo día para todos. No hace falta decir mi enorme fracaso. No sabía qué hacer, trabajé en las sombras desde que asesinaron a los padres de Victoria.

La profesora Leticia se quedó en silencio cuando terminó la última frase, la idea de la muerte de los padres de Victoria por algún ajuste de cuenta político hirvió en sangre el cuerpo de Gabriel, por mucho tiempo creía que todo ese dolor había sido causado por el mismo destino. Se quedó callado esperando que siguiera.

—Siempre creí que era una advertencia para quien siguiera adelante —continuó la profesora—, los demás me dijeron que ya no querían saber nada de mí. Los tíos de Victoria me habían echado la culpa de la muerte de sus padres, no los culpo. Yo había contactado a Máximo cuando ocurrió el accidente, meses atrás le dije que había una manera de arreglarlo todo, pensé que podíamos solucionarlo.

—¿Cómo? —preguntó Gabriel.

—Con algo que nadie podía detener. Algo que iba más allá de todas las limitaciones que teníamos.

—¿Cuáles limitaciones?

—Las limitaciones físicas de cualquier ser humano, yo había interceptado diez sueros experimentales para la siguiente generación de soldados Norteamericanos. Algo tan arriesgado que se sacrificaron muchas vidas. Cuando se usaron nunca creímos que llegaría a tales niveles. Más allá de mi imaginación Gabriel, los he visto, he visto a Victoria no ser detenida por nadie.

—Eso no es cierto —dijo Gabriel—, usted la detuvo con facilidad.

—Si, en este punto de la historia te diré la verdad sobre mí, yo era de la división especial en el ejército mexicano, entrenada por militares, marinos y la fuerza aérea para que nada ni nadie me detuviera. Es algo que nadie sabe Gabriel, es algo que solamente te confió en ti. ¿Entiendes lo que quiero decir?, ¿cómo es que alguien sin ningún conocimiento militar se comparó a mí?, por años no hubo ni una sola señal de que el suero funciona, absolutamente nada. Luego aparece un bum que desató todas sus habilidades.

—Lo dices muy fácil, pero para los que vieron toda esa masacre no fue tan divertido como usted lo dice.

—Para mí fue tan divertido que me dispararon en la rodilla. Pero aquí estamos, no hemos muerto. La pregunta es ¿quieres seguir adelante?

—Aun no me ha dicho con qué.

—Cierto, discúlpame. Ahora estoy armando a grupos de revolucionarios en todo el país, para tratar de arreglar las cosas.

—¿Desde hace cuánto?

—Desde hace más de un año. Mira Gabriel, tal vez no te enteres o nunca te hayas enterado, pero las elecciones estaban más que pérdidas desde el año pasado. Justamente hace un año cuando ascendí en esta escalera que se llama política fue lo suficientemente de confianza para ver cómo llenaban las boletas de este año para que nada se saliera del control. Vi como las cuentas bancarias estaban moviendo cifras millonarias para dar una despensa, no quiere que culpes a esas personas por tratar de remediar el hambre que tienen, aunque las condene a un sufrimiento más prolongado. No quiere que las culpen de algo que gente como yo lo sabe y tan bien quiero que te mires en el espejo para ver a un culpable. Incluso si lo sabes es momento de actuar o de seguir callado.

—¿Qué puedo hacer yo?

—Solo ser tú, si no te has dado cuenta tienes habilidades que sobrepasan con creces las de un hombre común e incluso las de un hombre preparado para la guerra. Cargaste a un hombre por ¿Cuánto?, quinientos metros a donde estaba la salida o el camión, después le disparaste a cuatro criaturas desde un camión en movimiento.

—¿Qué fue lo que le inyectó a Victoria?

—No lo sé con exactitud, eran pruebas experimentales para soldados, tal vez nunca nadie se les ocurrió darlas como vacunas, pero he visto lo que ha sido capaz, en más de una ocasión te ha salvado la vida a alguno de tus amigos. Si quieres participar házmelo saber, ahora descansa.

—¿Qué tendría que hacer? —preguntó Gabriel.

—Ser parte de la cúpula, entrenarte por un tiempo y después salir al campo a defender a quien más lo necesita. Solamente eso. Pero ahora descansa.

—¿Eso creé que me ayude con las pesadillas?

La profesora Leticia observó a Gabriel.

—Los entrenamientos ayudan a calmar la mente Gabriel, ¿desde cuando tienes estas pesadillas?

—Desde que pasó eso —respondió Gabriel temeroso.

—¿Cómo son esas pesadillas? —preguntó la profesora Leticia.

Acto 3

—El día estaba tan soleado y despejado que no lo podía creer. Mientras recorro las mismas calles donde tan solo hace unos meses observe el río de sangre de cientos de hombres y mujeres, arrastrando la basura al igual que un bote de papel que observe tenía un niño mucho antes de que comenzara todo. Todo pasó tan rápido y a la vez con tanto miedo que solamente pude corre rogando que mis amigos me siguieran el paso sin percatarme que se encontraban delante de mí, los soldados decían una y otra vez "fuego, fuego, fuego" mientras las súplicas de hombres y los llantos de niños interrumpen por breves momentos. Trato de caminar lento mientras controlo mi mano, el temblor en ella mientras recuerdo la primera vez que levante un arma y después dispare a un soldado que tenía la misma edad que yo o al menos eso creo.

—Lo que vivimos fue algo horrible —dijo la profesora Leticia—, se perdieron muchas vidas y sé que no es fácil. Yo tengo pesadillas de horrores que nadie se imagina y no únicamente se trata de sobrellevarla, se trata de adaptarnos a situaciones adversas, aunque estas sean perturbadoras.

Las palabras de Leticia retumbaron con fuerza estremeciendo el corazón de Gabriel mientras cerraba la puerta, quedándose con la última palabra. Gabriel solamente tuvo que tocar la almohada para quedarse completamente en el mundo de los sueños. A la mañana siguiente Gabriel se levantó, volvió a todos lados observo la ventana cuya luz siempre tenía un tono uniforme, al momento de ponerse de pie se dirige con cautela a la ventana, atrás de las cortinas de plástico encuentra una pantalla pegada a la pared.

Salió en busca de alguien, bajó las escaleras grises mientras trataba de ver a alguien en los pasillos y en los cuartos. Gabriel levanta un poco la cabeza y se mueve de un lado al otro. Sentada en la mesa de cocina la Profesora con movimientos circulares mezcla los últimos ingredientes, tapa la olla mientras voltea la mirada para ver a Gabriel entrar.

—Me alegra que estés bien —dijo la profesora Leticia—, que hayas descansado.

La profesora recoge un plato, lo sirve con cuidado y lo coloca enfrente de Gabriel mientras toma asiento. Se alimenta en un instante levanta el plato para verte todo el contenido en su boca e ingerir torpemente, la profesora coloca una cuchara inservible ante lo ocurrido sobre la mesa.

—Creo que sería buen momento para tomar un paseo.

—Creo que sí profesora.

Gabriel estaba aún confundido y un vacío dentro de él había aparecido desde el día de ayer.

—¿Cuál es el origen de una revolución?—. A una distancia considerable de la casa la profesora Leticia comienza a hablar, dejando un espacio en silencio antes de seguir hablando. —Siempre me lo preguntaba cuando menos lo esperaba; mientras caminábamos, mientras descansamos y mientras escuchábamos música. Al final después de muchos años me respondió la experiencia; es el hambre, la historia muchas veces nos cuenta un lado romántico de las cosas, por ideales, por sueños, por derechos. La mayoría de las revoluciones es porque el pueblo no tiene que comer y los gobernantes se sambutan un chorizo en la boca todos los días, es el pensamiento del pueblo. El padre de Victoria siempre me lo preguntaba, en una ocasión le conteste; "me muero de hambre o me muero tratando de que ya haya más hambre". Eso es lo que hace una revolución, le dije, pero ¿qué hace una guerra civil?, maldita seas Max—. La profesora maldice como si le estuviera hablando en persona—. tantas veces para esa respuesta y me sale con otra pregunta. Seguí el juego, ¿Qué hace una guerra civil?, me contestó con calma "es simplemente el choque de dos ideales de cómo deben de ser las cosas", dos fuertes ideales de grupos poderosos para demostrar quien tiene el control de todo, de cómo deben de ser las cosas. No buscan la libertad, no buscan saciar el hambre, buscan manejar las cosas como ellos creen que sea la mejor manera. Al final ¿Qué puede ser mejor que esta mierda?

La mirada de Gabriel se ruborizó, sus manos comenzaron a sudar mientras trataba de ver a todos lados excepto el rostro de la profesora Leticia. Llegaron hasta una habitación alejada de las demás, la profesora Leticia abrió la puerta.

Al entrar aparecieron siluetas familiares. Tardó poco en entrar a una lluvia de abrazos por parte de cada una de las personas que lo esperaba. Ximena fue la primera presiono con tal fuerza que le saco el aire mientras reía, Raul y Leonardo le siguieron con su cordial saludo y un abrazo. La profesora Leticia los observaba con mucho cuidado, disfrutando este nuevo encuentro entre sus alumnos.

La profesora salió de la habitación. En cuanto estuvieron completamente solos los ocho comenzaron a reír por lo graciosos que hablaba, burlándose como de costumbre lo hacían con cada profesora cuando veían algo chistoso en ellos.

—¿Oye Gabriel en dónde estuviste? —preguntó Ximena con una sonrisa de oreja a oreja—, estábamos muy preocupados por ti que no aparecías, tardaste mucho en llegar.

—¿En serio? —habló Gabriel con mucha sorpresa—, si supieran lo que me encontré.

—Entonces creó que no fuimos los únicos —dijo Raul.

—Si Gabriel —dijo Leonardo.

Gabriel estaba nervioso, mientras poco a poco le comentaba con asombro lo que había visto.

—No maches Gabriel, ¿enserio viste todo eso? —dijo Ximena

—Sí Ximena —dijo Gabriel—, no lo puedo creer aún, ¿y qué pasó con ustedes?

—Muchas cosas Gabriel —dijo Raul—, yo vi cómo la policía estaba disparando a civiles en la carretera, debiste de verlo.

—No lo sabía —dijo Gabriel—, no había ninguna nota.

—No hay nada Gabriel —continuó Ximena—. No hay nada en ningún periódico, muchos ni siquiera están diciendo lo que está pasando.

—¿Qué más saben? —preguntó Gabriel.

Ximena buscó unas botellas mientras los amigos seguían hablando y riendo de cómo habían escapado hasta ahora, encontró una caja de botellas de cerveza fría. La llevó con sus amigos y le dio una a cada uno brindando por los amigos que aún quedaban, la cerveza recorrió su garganta con mucha delicia, mientras Leonardo reproducía música en una pequeña bocina para ponerse a bailar en una extraña danza poco coordinada y con la música que encontró.

—¿Tu Ximena? —preguntó Gabriel.
—¿Yo qué? —preguntó Ximena.
—¿Qué pasó contigo en todo este tiempo? —insistió Gabriel.
—Acepte el tratamiento que dio la profesora Leticia —dijo Ximena.
—¿Qué es eso? —preguntó Raul.

Ximena se acercó a su mochila y sacó una máscara de madera.

—El entrenamiento de Nahuales —dijo Ximena—, al principio fue algo horrible, la inyección me hizo mucho daño y a Sofía casi la cambia por completo. Mi nahual es el Yaguarundí.
—¿A Sofía? —preguntó Leonardo—, ¿qué le pasó?
—Atacó a un grupo de coyotes y un proxeneta al norte del país—dijo Ximena bajando la cabeza—, si no fuera por Teco, no sé lo que hubiera pasado.
—¿Quién es Teco? —preguntó Leonardo.
—Teco era nuestro cuidador —dijo Ximena—, debíamos de salir de la ciudad y ella fue la que nos guió hacia un refugio como este. Sofía se quedó entrenando con Teco, mientras que a mi me mandaron a entrenar a Yucatán y Pedro a Veracruz.
—¿Dónde está Victoria? —preguntó Raul.
—En Veracruz —dijo Gabriel—, nos peleamos cuando ella decidió actuar sola.
—A no más —dijo Ximena.
—¿Alguien sabe algo de todos los demás? —preguntó Gabriel.
—Se qué la profesora envió a muchos a Zacatecas —dijo Ximena—, pero no le he preguntado exactamente a quien.

—¿En qué consiste tu entrenamiento Ximena? —preguntó Gabriel.

—En mucha meditación, en reflexión y tratar de que mis recuerdos no me consuman —dijo Ximena en un tono silencioso.

—Orales —dijo Gabriel—, ¿que has conseguido?

El rostro de Ximena reflejaba una sonrisa mientras se colocaba la máscara, se podía observar con claridad como el color café y blanco de sus ojos cambiaba a un rojo carmesí. Sostuvo la mesa con una sola mano, la levantó con facilidad para dejarla en su lugar. El aliento de Ximena era agitado después de ese movimiento, se quitó la máscara y sus ojos volvieron a la normalidad.

—Aún no puedo dominarla por completo —dijo Ximena.

Tanto Gabriel, Leonardo y Raul sintieron miedo al ver sus ojos rojos, le recordó como Victoria los había atacado, se sintieron por unos segundo como la mesa que cargo Ximena.

—Impresionante —dijo Raul mientras se acercaba lentamente.

—Gracias—respondió Ximena mientras recuperaba la respiración.

—¿Qué más puedes hacer? —preguntó Gabriel.

—No mucho, aun debo de controlar los ojos rojos, Teco quien ya domina los pasos básicos puede correr más rápido, fuerza aumentada y sentido más agudos —dijo Ximena rápidamente, como si le faltara el aire—, la profesora nos dio la opción, en sí su objetivo era funcionar cuando estábamos en peligro o aprender a usarlos por completo.

—¿Aún hay más que eso? —preguntó Gabriel.

—No lo sé —respondió Ximena—, solo me dijeron que los ojos rojos eran el primer paso.

Gabriel ya no insistió más en el tema, continuaron olvidando y recordando entre risas, hasta caer en llanto por el incesante recuerdo de la familia que ya no está con ellos. Ximena fue la primera en irse porque debía de entrenar en la mañana del siguiente día.

—Oigan chicos —dijo Gabriel—, ¿a ustedes también les ofrecieron eso?

—Si —respondió Raul.

—Si, aunque yo no estoy seguro —dijo Leonardo—, mis padres nunca hubieran querido que me metiera en una guerra. Pero cuando fui hasta mi casa ese día, cuando vi la puerta destruida, creí que la guerra había llegado por nosotros. No he podido llegar a Puebla, cuando íbamos para allá un grupo de militares intercedieron el autobús, por poco y morimos si no fuera por el señor Gomez quien nos escondió en el monte por varios días. Nos dijo que era más seguro este lugar. ¿Has ido a buscar a tu familia?

—No —dijo Gabriel rápidamente—, no sé si sería bueno, vi un afiche mio y si llego hasta sus casas. Tal vez les lleve desgracia. No sé si quiero verlos así.

—Debes de buscarlos —dijo Raul—, si aún siguen vivos, debes intentar buscarlos.

Raul bebió de su botella, escurriendo por toda la cara, tratando de ahogarse en el líquido y cuando se terminó la cerveza ya no pudo disimular las lágrimas que fluían de su rostro. Se quedó en esa posición como si la botella aún le podía proporcionar un poco más, cuando creyó haber terminado la bajo y en cuando volvía a sentir ese dolor en el pecho que generaban esas lágrimas, volvía a beber, hasta que todo ese alcohol lo llevó a un plácido sueño imperturbable.

—Creó que aceptaría el trato con Leticia —dijo Leonardo.

—¿Y tú por qué no aceptas? —preguntó Gabriel.

—No lo sé —respondió Leonardo—, cuando vi a Victoria convertida en esa cosa por primera vez, sentí que todos mis miedos se volvían realidad. Por un momento su mirada lo consumió todo dentro de mi. Por lo que dice Ximena es muy útil si lo sabes manejar, tal vez sea ese también mi miedo, que si encuentro a mis padres en ese estado, ellos no puedan reconocerme. ¿Has escuchado cómo habla la profesora Leticia?, siempre hablando de una guerra. Si ahora no he podido encontrar a mi familia, en medio de una guerra no creo sea más fácil.

—Lo sé amigo —dijo Gabriel—, ¿por qué aceptaría Victoria en primer lugar usar el suero?

A la mañana siguiente Gabriel fue el primero en despertar por las pesadillas dentro de su mente, caminando entre la casa en silencio mientras la tenue respiración de sus amigos era lo único que podía escuchar.

— ¿Cuál es tu respuesta?

— ¿Tengo que tomarla ya?

—Lamento decirte esto Gabriel—. La mirada de Leticia tenía los ojos caídos. —Pero no puedo confiar en ti si no puedes tomar una decisión tan simple como esta.

Por unos momentos Gabriel noto el tranquilo silencio del campo, pensando la respuesta que le ayudaría a resolver.

—Me quedo. Le ayudaré con lo que me pide, seré parte de La Cúpula de París.

—Me alegra escuchar eso —dijo la profesora Leticia—, estarás junto a los nuevos novatos. Ven, acompáñame.

Acto 4

Gabriel se fue con la profesora Leticia hasta el área médica, la enfermera en el lugar estaba sentada y en cuanto los vio su mirada cambió.

—El proceso de los ojos rojos no es difícil —dijo la profesora Leticia—, es como una simple vacuna.

—¿Tiene efectos secundarios? —preguntó Gabriel.

—Caro que sí —dijo desanimada la profesora Leticia—, escucharas y veras cosas que no son reales, pero tu mente no sabrá la diferencia. Estamos aquí para ese momento, después cuando se activen los ojos rojos tendrás que controlarte.

La enfermera salió, tiempo después entró junto con dos máscaras de madera, con una caja negra entre las manos y se dirigió hasta donde estaban. Ataron a Gabriel a la camilla, él hizo varias preguntas sobre el proceso y la profesora Leticia respondió todas. La profesora Leticia abrió la caja donde se encontraba una jeringa, colocó lentamente el bisel en una vena del brazo derecho y lentamente introdujo el líquido hasta mezclarse con su sangre. La enfermera le colocó un suero. Gabriel se quedó profundamente dormido, al despertar solo observó a la profesora Leticia.

—¿Cuánto tiempo dormí? —preguntó Gabriel.

—Dos días —respondió la profesora Leticia—, tu cuerpo asimiló el suero de una manera inigualable.

Pasaron siete días antes de que Gabriel lograra caminar. A la mañana del octavo día la profesora Leticia fue desde temprano por él. Caminaron tranquilamente por el patio hasta llevarlo a través de un pasillo hacia una habitación oculta. Las marcas en la puerta estaban en un idioma desconocido para Gabriel, la profesora Leticia colocó su mano derecha en la puerta y comenzó a sentir el grabado de la madera.

—El padre de la gente: raíz y principio de linaje de hombres —dijo la profesora Leticia—. Bueno es su corazón, recibe las cosas, compasivo, se preocupa, de él es la previsión, es apoyo, con sus manos protege. Cría, educa a los niños, los enseña, los amonesta, les enseña a vivir. Les pone delante un gran espejo, un espejo agujereado por ambos lados, una gruesa tea que no ahúma, es lo primero que debes de saber.

—¿Qué es eso? —preguntó Gabriel.

—Antiguas enseñanzas —respondió la profesora Leticia—, para tiempos más civilizados.

La puerta se abrió, al entrar ya se encontraban Leonardo, Raul e Ximena. Observaron a Gabriel y sonrieron.

—Lamento esto Gabriel —dijo la profesora Leticia—, pero cada decisión debe de tomarse por sí mismo. En estas condiciones, es muy difícil, lo sé. Quiero decirles que sus padres significaron mucho para mi, fueron grandes amigos, así como lo son ustedes ahora. Estas enseñanzas les ayudarán a tener más control sobre sí mismos. Lo primero que deben de saber sobre los ojos rojos es que son un mecanismo de defensa ante niveles de estrés muy alto y puede ser controlado al tener la mente despejada. Así que para esta primera prueba deben de despejar su mente, entrarán a una habitación cerrada donde tendrán que soportar el mayor tiempo posible. Se les suministrará una dosis de adrenalina. Los ruidos dentro de las pequeñas habitaciones no tardaron mucho, los llantos y las maldiciones comenzaron. Tardaron un par de horas hasta quedar completamente fatigados, con las cuerdas bucales lastimadas y los músculos cansados de golpear las paredes. Cuando el efecto de la adrenalina pasó abrieron las puertas. Los cuerpos de los chicos se encontraban en las esquinas. Al revisarlos aún tenían los ojos de color rojo, llevaron camillas hasta el lugar y una enfermera reviso sus signos vitales.

—Se encuentran bien.

—Muchas gracias Marí.

—Por favor —dijo la profesora Leticia—, llevalos a la enfermería, que descansen.

Una máscara de madera se quedó en el lugar.

—Son muy jóvenes —dijo mientras veía las marcas en las paredes.

—Las pandillas reclutan niños —respondió la profesora Leticia.

—Y los niños en los pueblos quieren ser autodefensas —respondió la máscara de madera—, pero siempre creí que éramos diferentes.

—Yo también.

La enfermera colocó a los cuatro chicos en la enfermería, sus heridas comenzaron a sanar rápidamente mientras las más graves eran suturadas por la enfermera Marí. A la mañana siguiente los chicos aún seguían durmiendo. El primero en despertar fue Gabriel.

—Lo lamento mucho —dijo la profesora Leticia.

—¿Cómo nos fué? —preguntó Gabriel sin poderse mover.

—Les fue bien —respondió la profesora Leticia—, pero creó que fue algo muy avanzado para ustedes.

—Tan mal nos fue —dijo Gabriel con una sonrisa—, pero es lo que nosotros decidimos.
—Dime Manue, desde que llegaste aquí no has preguntado de tus familiares.
—Creó que es mejor así —dijo Gabriel—, no quiero preocuparlos. Solo quiero encontrar a mis padres.
—¿Qué harás cuando los encuentres? —preguntó la profesora Leticia.
—Preguntarles todas las cosas que nunca les pregunte.
La profesora Leticia no dijo nada más, salió de la enfermería con dirección a su habitación. Hundida en su pensamiento ni siquiera se despidió. Gabriel perdió la conciencia hasta
—Manel, Gabriel, oye, ¿estás despierto?
—Si —dijo Gabriel mientras aún no abría los ojos y no reconocía la voz.
La luz inundaba por completo la enfermería, Ximena intentaba hablar con Raul y Leonardo. Gabriel observaba sus manos, notaba algunas vendas alrededor y trataba de mover los dedos.
—¿Tuvieron algún sueño? —preguntó Ximena.
—Soñé que era un venado —dijo Leonardo.
—Yo soñé que veía a esos policías de la carretera y los atrapaba —dijo Raul.
—Que loco —dijo Ximena—, yo soñé que me peleaba con todo el mundo. ¿Y tú Gabriel que soñaste?
—Tuve solo una pesadilla frecuente —respondió Gabriel.
Sus heridas físicas sanaron con tan solo dos días en cuidado. Conversaron en todo ese tiempo de los días soleados en el Colegio Siglo XXI, pareciera que fue hace tantos años. En todo ese tiempo la profesora Leticia no los había visitado.
—Lamento que no haya podido llegar chicos, he estado muy ocupada. Quisiera decirles que hicieron un gran esfuerzo por controlarse y estoy orgullosa de ustedes. El entrenamiento no únicamente consiste en controlar los ojos rojos, también en estar siempre preparado para los inconvenientes.

—¿Eso qué significa profesora? —preguntó Ximena.

—Iremos a un viaje —dijo la profesora Leticia—, creó que el entrenamiento anterior es demasiado difícil. Para eso me acompañaran.

Los chicos asintieron con la cabeza mientras la profesora se levantó. Le preguntó a la enfermera de cómo se encontraban los chicos y le explicó a dónde quería llevarlos. La enfermera aceptó, le dio unas sencillas indicaciones y les dio de alta. Un grupo de máscaras de madera los estaban entregando con una camioneta blanca. Salieron de la ciudad de Guadalajara rodeando el bosque de la primavera y justo cuando estaban lejos de cualquier automóvil, los dejan aparentemente en medio de la nada.

—Iremos a un sitio dentro del bosque de la primavera —dijo la profesora Leticia—, les enseñaré algunas lecciones.

Ximena y Raul comenzaron a caminar juntos. Mientras la profesora Leticia revisaba un mapa y con una brújula comenzaba a guiar el camino. Los frondosos árboles ocultaban la luz del sol en algunos puntos, mientras en la mayoría los árboles estaban muy separados. El camino desigual fatigaba a los chicos mientras la profesora Leticia caminaba como si nada. Descansaron en varios puntos donde se dedicaron a observar los paisajes, olvidaron por esos cortos períodos todo lo demás.

—Diculpe profesora —dijo Gabriel—, tengo muchas preguntas.

—Siempre les dije en clases que hicieran las preguntas que quisieran, adelante Gabriel.

—¿Qué es la cúpula París? —preguntó Gabriel.

—La cúpula de París fue una organización creada por sus padres y yo. Queríamos hacer un cambio a nuestro alrededor, pero ahora creo que soy la única que sigue en pie de lucha.

—¿Es por eso qué fueron por nuestros padres? —preguntó Gabriel.

—Es lo más seguro —dijo la profesora Leticia—, no sólo atacaron a sus padres, atacaran a muchos pequeños líderes acusándolos de algún crimen inventado.

—¿Por qué nunca me lo dijeron mis padres? —preguntó Gabriel.

—No lo sé —respondió la profesora Leticia—, tal vez no querían meterlos en problemas, incluso si les hubieran dicho algo eso no hubiera significado nada.

—Si, pero ¿Por qué lo ocultaron? —dijo Gabriel.

—A veces no estamos orgullosos de nuestro pasado o simplemente no le damos el reconocimiento que merece. Es por eso que no lo platicamos.

—Pero si ellos eran como héroes —dijo Gabriel.

—No sé si fueron héroes. Pero ellos dieron todo en voz de hacer algo mejor. No lo lograron, y tal vez lo sintieron como una derrota.

Gabriel continuó caminando junto a la profesora Leticia, observando el bosque con la luz del sol, sin ningún miedo, siendo involucrados por los sonidos de cientos de animales irreconocibles, pero en armonía. El sonido del río se escuchó con cada paso hasta convertirse en un camino más, siguieron por ese río arriba hasta llegar a una cascada. El agua cristalina permite ver su fondo, lleno de vegetación y algunos peces. Los chicos quedaron fascinados, queriendo nada en el agua y Gabriel los observaba. Se acercaron hasta sentir las pequeñas gotas de la caída del agua.

—Hemos llegado —dijo la profesora Leticia.

—¿Qué es este lugar? —preguntó Ximena.

—Es un lugar tan común como los demás y tan único como todos los demás. A veces no se necesita más para saber la importancia del ser en un día así. Descansen, tomen asiento.

Los chicos soltaron las pesadas mochilas y comenzaron a sentarse junto a la profesora.

—En la puerta del entrenamiento hay una inscripción —dijo la profesora Leticia—, esa inscripción está constituida por cuatro fundamentos antiguos. Se que esto es difícil, pero necesario. El controlarse a sí mismos va de la mano con conocerse a sí mismos. Lo primero es saber cuales son sus miedos más profundos y cómo eso afecta las decisiones que toman. deben de hacerse esa pregunta, porque es la que desencadenara los ojos rojos.

La profesora Leticia respiró hondo, lo observó por última vez antes de cerrar los ojos. Al abrir los ojos se tornaron completamente carmesí. Raul, Leonardo y Gabriel no pudieron evitar moverse hacia atrás por instinto. Colocó una bolsa negra enfrente de ella.

—El incremento de fuerza, velocidad y resistencia les servirá para huir o enfrentarse a una amenaza inmediata. Pero de igual forma si ceden ante sus miedos podría generar en un ataque de ira incontrolable que desencadenaría una violencia contra todo su entorno.

La profesora Leticia sacó una máscara de madera con forma de jaguar de la bolsa negra.

—Esta máscara fue tallada en madera proveniente de un árbol que acababa de caer. Lo talle yo misma cuando vi por un instante la figura de un jaguar. Pasaron muchos años hasta que por fin domine el Nahual que llevaba dentro de mi.

El rostro de la profesora Leticia comenzó a cambiar, los colmillos se proyectaron, sus orejas crecieron y se afilaron, mientras su nariz se ensanchó, el iris de sus ojos se oscureció y el rojo carmesí pasó a ser un halo.

—Los sentidos se agudizan —dijo la profesora Leticia—, algunos dicen que aparecen nuevos sentidos como en los animales que apenas llegamos a comprender. Primero tomarán la forma de su animal guía y después podrán tomar la forma de otros animales. La máscara les servirá para controlarlo en sus primeras etapas.

Los chicos están asombrados por ver tal transformación quedaron sin palabras.

—Gabriel, Leonardo y Raul deberán buscar madera para su máscara.

Los chicos salieron corriendo hacia todas direcciones, buscando madera en cada lugar. Gabriel se separó de los chicos y caminó en línea recta, después dio un giro a la derecha como si supiera exactamente donde estaba un tronco partido a la mitad. Lo llevó hasta donde se encontraba la profesora Leticia.

—Creó que servirá para los tres —dijo Gabriel.

—Excelente madera Gabriel —dijo la profesora Leticia—, y si, servirá para los tres.

La profesora Leticia dividió la madera en tres partes.

Acto 5

La profesora Leticia les entregó un equipo para tallar sobre la madera a cada uno. Mientras le daban una forma cúbica tosca, exagerada, veía en sus alumnos una nueva generación. Les pidió a cada uno su fragmento de madera y comenzó a dibujar algunas líneas.

—Sus animales guía serán un refugio en tiempos difíciles —dijo la profesora Leticia—, para ti Raul será el oso, para tí Leonardo será el venado y para tí Gabriel será un dragoncito azul.

Ximena no pudo evitar sonreír y por poco comenzó a reír. Los tres chicos comenzaron a tallar sobre las líneas marcadas quitando el excedente hasta quedar en una fea representación del dibujo original.

—Muy bien muchachos —dijo la profesora Leticia—, está bien. Yo les enseñaré a darle los toques finales a sus creaciones.

La profesora Leticia arreglo cada pequeño detalle dándole más profundidad a las expresiones, forma a los ojos y a la boca hasta quedar un trabajo bellos. Sentía la madera y como está tomaba forma y vida.

—Muy bien —dijo la profesora Leticia—, es hora de lijar la madera, comienzan en las curvas y terminan en los puntos planos.

Los tres chicos quedaron fascinados con el producto final. La concavidades y las convexidades daban un toque realista a cada máscara. Había lugares donde solo debía de lijar levemente para no perder el efecto de pelo o de escamas. Tardaron mucho tiempo y en especial Gabriel quien lijaba escama tras escama, hasta que la oscuridad inundó todo y la profesora Leticia prendió fuego para soportar el frío.

—Muy bien chicos —dijo la profesora Leticia—, sientense.

Los cuatro chicos se sentaron.

—Como sabrán chicos —dijo la profesora Leticia—, ¿Acaso podremos decir palabras verdaderas en la tierra?, ¿Que no es todo acaso como un sueño?, ¿En un día nos vamos a la región del misterio?, ¿Qué rumbo puede dar a mi corazón?

Sus alumnos observaron con mucha atención lo que hacía la profesora. Acercó la máscara de Ximena y entre las cosas de la maleta sacó una pequeña caja. Dentro de la pequeña caja se encontraba cuatro pequeños animales con cientos de colores, con plumas, con escamas, con pelos. Sus grandes ojos observaban en todas direcciones.

—¿Qué son? —preguntó Ximena.

—Alebrijes —respondió la profesora Leticia—, son animales muy puros. Desconocidos para la mayoría, pero a simple vista para los ojos de un nahual.

La profesora Leticia tomó uno y lo atravesó con una hoja fina de oxidiana. La sangre brotó como una cascada dorada cayendo en la madera, fundiéndose hasta ser uno. Al terminar la profesora Leticia le entregó la máscara en las manos de su portadora. Le entregó a los chicos el pequeño alebrije y una hoja de obsidiana. Tanto Leonardo como a Raul se les dificulto, trataron de que les doliera. Mientras Gabriel veía al alebrije, sus grandes ojos, su piel con escamas y plumas. El alebrije lo veía a él, porque Gabriel sentía su mirada. No pudo moverse, incluso cuando sus compañeros habían terminado de hacer su máscara.

—Tranquilo —dijo la profesora Leticia.

Sostuvo la mano de Gabriel y juntos hicieron un corte perfecto donde el pequeño alebrije no sufrió mucho. Su sangre quedó esparcida por completo en toda la máscara de madera. Gabriel recordó la caída de toda esa sangre por las escaleras, de la ropa que arrastraba esa corriente.

—Pónganse la máscara —dijo la profesora Leticia.

Gabriel se colocó lentamente la máscara, donde su visión era limitada. Se sintió más ligero, sin una carga que no conocía. Respiro profundamente y él se permitió sentir ese momento. Ya no estaba en el pasado, mucho menos pensaba en el mañana. Se quedó en ese momento junto a sus amigos.

—Asciendan —dijo la profesora Leticia—, sientan la tierra en sus pies, el fuego que los calienta, perciban el agua y el viento.

La profesora Leticia comenzó a correr, su velocidad era superior a la de los cuatro jóvenes. Escalaron, saltaron y se sintieron como nunca antes. Tardaron así varios minutos hasta que se agotaron. Aun así la profesora quien no tenía los ojos rojos siguió escalando y corriendo hasta perderse de vista. Los chicos respiraron hondo, se quitaron las máscaras y trataron de recuperar el aliento. Se sentaron en la oscuridad de la noche y esperaron durante varios minutos.

—Lamento irme —dijo la profesora Leticia—, creó que estaba más emocionada.

—¿Cómo puede hacer eso profesora? —preguntó Ximena.

—Práctica nada más —respondió—, desde ahora deberán de entrenar para dominar los ojos rojos, después les enseñaré las fases de un nahual.

—¿Aún hay más? —preguntó Raul.

—Hay mucho más —dijo la profesora Leticia—, la enseñanza de cientos de nosotros antes de nosotros. Aunque la mayoría de la información que tenemos es de los aztecas, hay indicios que indica a la cultura madre como una posible fuente.

—¿Entonces podremos entrenar aquí? —preguntó Ximena.

—No —dijo la profesora Leticia—, es un lugar muy concurrido y está en una zona con muchas revueltas. Les tengo que decir algo importante, creó que lo mejor para ustedes es ir hasta Yucatán, ahí hay más refugios para ustedes y lugares donde podrán entrenar aún más.

—¿Cuándo debemos irnos? —preguntó Gabriel.

—Lo antes posible, yo creó que es razonable que se vayan en tres días, tomarán rutas alternas así que tal vez tarden dos días en llegar.

Gabriel volvió a sentir esa carga, no había ido ni intentado buscar a su familia. El tiempo se le estaba terminando. Leticia los llevó hasta la fogata donde descansaron hasta el día de mañana, se levantaron a primera hora, recogieron sus cosas y llegaron a un punto completamente diferente a donde los habían dejado. Una camioneta blanca los recogió y se marcharon hasta el refugio. Los días siguientes les enseño varias formas de entrenar su cuerpo de manera física, en circuitos de ejercicio variados, tratando de entrenar con todo lo que estuviera a la mano. Los tres días pasaron volando y fue cuando extendieron el plazo, "no están listos" dijo la profesora Leticia. Los entrenamientos continuaron, desde cargar peso muerto hasta cada minúsculo músculo del cuerpo. Los ejercicios de resistencia lograron ser los más constantes, no importaba que tanto cargabas sino por cuánto tiempo.

La mañana del penúltimo día Gabriel se levantó mucho antes que los demás, se sentó en su cama y observó la máscara junto a su cabecera. Preparó su mochila, con su ropa y su máscara. Salió de su habitación y observó a las personas vigilando. Procuro que nadie lo viera hasta llegar a una salida trasera.

—¿Vas a correr tan temprano Gabriel?

—Profesora, yo.

—¿A donde ibas Gabriel?

—Tengo que ver a mi familia —dijo balbuceando.

—Desde que llegaste aquí no has hablado de tu familia Gabriel, ¿que te hizo cambiar?

—Creó la idea de que estaban muy cerca —respondió rápidamente.

—¿Cómo van tus pesadillas?—preguntó en un tono bajo la profesora Leticia.
—Han disminuido estos días.
—Eso me gusta mucho —dijo la profesora Leticia—, dime ¿que vas hacer cuando veas a tu familia?
—No lo sé. Sólo los quiero abrazar. Nada más.
—¿Regresaras?
Gabriel bajó la cabeza avergonzado.
—Llevas tu máscara —preguntó la profesora Leticia.
—Si, si la llevo —respondió Gabriel rápidamente.
—Le dijiste a alguien que te irías.
—No, nadie tiene la culpa. Yo tomé esta decisión.
—Lo entiendo —dijo la profesora Leticia—, sabes he estado buscando a los padres de todos en este tiempo. Les di la opción a todos de irse con sus familiares que aún tenían. Te di esa opción a ti también, pero decidiste quedarte. Quisiera saber porque te quedaste, pero esas son razones tuyas. Yo les había dado esa opción por una buena razón. ¿Sabes por qué?
—No—respondió dudoso.
—Porque no los quería involucrar, más no podía evitar que se involucraron. Si a ustedes los buscan pueden ser un blanco y todas las personas a su alrededor, su familia. Ese fue el primer motivo por el cual sus padres salieron de esto. Pero estamos aquí así que sabemos que no funcionó de la mejor manera. Si sales de aquí y te atrapan, todos los que están junto a tí pagarán. Los torturaran en el mejor de los casos y a tí te sacaran toda la información. En el peor de los casos, atraparan a toda tu familia otra vez.
—Ellos tienen a mis padres y a mis hermanos. ¿Qué puedo hacer?
—Buscarlos —dijo la profesora Leticia—, ayudar a otros y enseñarles.
—¿Ayudar a quien?

—En estos momentos mucha gente se está moviendo por culpa de los conflictos entre grupos armados de todo tipo. Cree esto para poder ayudarlos.

—Ni siquiera se que es esto profesora.

—Es una segunda oportunidad de salvar a personas que sacaron de sus hogares y los tienen prisioneros en una guerra sin sentido.

—Esta no es mi guerra —respondió Gabriel.

—Esta era la guerra de tus padres —dijo la profesora Leticia—, ¿tú crees que yo lo hubiera hecho sola?, ellos conocían a las personas que se les necesitaba ayudar y que nos podrían ayudar. Ellos construyeron estos muros como un santuario para todos los que estuvieran siendo casados y buscados por criminales. Aquí como en muchos lugares más.

—No le creo —dijo Gabriel—, mis padres, los padres de Victoria nunca creyeron en las armas, que no se podía buscar un cambio si se tenían las mismas armas que se quieren eliminar.

—Lo sé.

—¿Entonces cómo explica a los guardias armados detrás de usted? —preguntó Gabriel.

—Porque eso las puse yo —dijo la profesora Leticia—, yo nunca creí en el cambio pasifico, nunca fui tan idealista como tus padres. Yo sabía que corrían un gran peligro si se metían en estas cosas, así que preparé a las personas adecuadas con armas completamente legales. ¿y sabes lo que aprendí de eso?

Gabriel sentía que le faltaba el aire en ese momento.

—Aprendí que ni con todas las armas del mundo podrás arreglar lo que hay afuera, pero si tus enemigos te están buscando, debes de estar preparado.

—¿Entonces por qué no hizo nada para ayudarlos?

—Lo hice Gabriel —dijo la profesora Leticia—, todo lo que estaba en mis manos. Pero aún así no logré evitar que se los llevara. He repasado quienes pudieron llevarlos, pero la lista parece no terminar y cuando investigo un lugar algo sucede. ¿Sabes que encontramos a la madre de Pedro?

—No, no lo sabía —dijo Gabriel bajando la mirada.

—Estaba Pedro y Teco. Trate de salvar la mayor cantidad de cuerpos para sus familias, y llegaron grupos armados. No pudimos permanecer mucho tiempo y apenas salimos intactos. He tratado con todas mis fuerzas, pero no puedo, no soy tan fuerte. Si sales por esa puerta no te detendré, tú debes de tomar esa decisión.

Las pequeñas ondulaciones en una plancha de metal hacían notar un patrón de sombras muy interesantes, la pintura blanca hacía más notorio el óxido en la parte inferior justo donde pasaba el agua. Unía dos muros de concreto sin pintar en un color gris, los tabiques blancos que continuaban la construcción estaban unidos por ese mismo color en un laberinto sin salida. La vibraciones provocadas por un puño interrumpen la tranquilidad, una mujer sale de la segunda puerta dentro de un patio de concreto, no se molesta en anunciar su llegada y en cuando abre la puerta un joven alto le sonríe.

—Paquete.

—No he pedido nada —responde con cordialidad.

—Es esta la dirección y ya está pagado.

Los binoculares de Gabriel ocultaban sus ganas de llorar, era tu tía la quien siempre le entregaba un presente en Navidad y visitaba en las vacaciones. La profesora Leticia colocó la mano sobre su hombro en un abrazo. El repartidor entrega y la puerta se cerró. La tía de Gabriel entra, la sala está llena de papeles y periódicos con muchos titulares diferentes. En la pared hay una línea del tiempo con lo ocurrido en la avenida Paseo de la Reforma con múltiples líneas de sucesos aparentemente sin conexión. En una línea de tiempo secundaria estaba la foto del incendio, una imagen borrosa de la profesora Leticia y paralela una foto grupal donde su rostro está encerrado en un círculo con la pregunta "¿Quién es ella?".

Capitulo 6: Espero que sepas que lo teníamos todo/La Trinidad

—¿Entonces cuando comenzó todo esto?—. El policía intentaba conseguir la más mínima muestra o prueba que podía seguir, pero el campesino al que le preguntaba no podía decir una sola palabra.

—Ya le dije, que comenzaron a desaparecer hace dos semanas—. El campesino molesto por las repetitivas preguntas del policía comenzaba a alejarse.

El policía perteneciente a una célula de la INTERPOL investigan tráfico de drogas con alguna esperanza de encontrar tráfico de blancas. Había permanecido en el pueblo por más de seis meses, tratando de cambiar su color a un tono más común, los primeros días salió sin playera y al paso de un rato su piel quedó completamente roja. Después de una crema bronceadora su color parecía más a los de los campesinos, se pintó el color de cabello a negro y siempre trataba de usar lentes de contacto para no llamar la atención, pero desde que piso un pie en ese pequeño pueblo quedo marcado, recorría toda la frontera del sur de México entre países para lograr obtener un dato que lo llevara a capturar una docena de narcotraficantes, lo que le causaría un acenso de inmediato. Le habían dicho que había otro extranjero haciendo preguntas similares con otro contexto, era el nuevo párroco, un italiano con la misma tonalidad de piel que el policía en un principio, cabello rubio y ojos azules iguales al del policía, no podía perder nada así que fue a preguntarle a primeras horas del día cuando no había nadie en las calles.

—¿Párroco Joaquín? —preguntó con calma el policía, al momento que noto su altura y su intento por parecer uno más, tan perfecto que lo delató.

—Adelante hijo, voy a confesar en un momento si quieres ser el primero—. El policía entendió a la primera, su disfraz fue descubierto y ahora él tenía la oportunidad de hablar con alguien.

Al momento de entrar al confesionario sacó de entre su saco un archivo clasificado del párroco, lo inspeccionó, no había tenido tiempo de memorizarlo y debía borrar toda evidencia para antes de que se moviera a otro lado. Ojeo con cuidado aprendiendo todo lo que podía y memorizando lo demás para analizarlo después, el párroco en realidad pertenecía a las fuerzas militares de la santa sede en Italia, un casco de honor en la ciudadela, antes de eso pertenecía al ejército italiano y se desconoce qué puesto tenía en el departamento de inteligencia de su país.

—Muy bien hijo mío, cuáles han sido sus pecados —preguntó con un tono irónico con un perfecto español, sin ninguna muestra de acento.

—Perdóneme padre porque he pecado de mentiroso, al ser alguien que no soy a la vista de todos—responde con calma, hablando en clave como se tenía registro.

—De mentiroso y no actualizado hijo mío —respondió el padre Juaquin.

—Dígame padre cuál es la misión en la vida —preguntó con cautela el policía con la mano en su pistola con silenciador.

—Todos tenemos una misión diferente hijo mío, algunos más espiritual que terrenal, pero al final lidiamos con los mismos problemas en paz—. Quitando con cautela el dedo del gatillo el policía se retiraba.

—Tengo miedo padre—. La conversación en clave continua.

—¿De qué hijo mío?

—De lo mismo qué tienen miedo las personas últimamente, padres —insistió.

—De no regresar a sus casas hijo mío, de eso tienen miedo las personas tanto buenas como malas, como si se esfuman por docenas tengo entendido hijo.

«¿Docenas?, es acaso una broma» se dijo el policía «¿Cómo pueden desaparecer tantas personas?, el último reporte antes de mi era que había por lo menos 32 células del crimen organizado, ¿Cómo pudieron desaparecer?»

—Sí padre, tengo miedo de desaparecer, tengo un pequeño de apenas seis meses, no puedo pensar en otra cosa que él, en cómo cuidarlo —continuó el policía.

—Tranquilo hijo, cuídalo con mucho cuidado, justamente hace siete meses comenzaron las cosas a ponerse difíciles, hijo mío. Se dice que comenzó cuando rescataron a esa chica en el viejo camino a Guatemala pasando el río, he ido a orar en ese lugar, está más que invitado a acompañarme.

—Si padre, en cuanto usted diga lo acompañare para orar—. El policía debía saber a lo que se estaba enfrentando, aunque sea arriesgándose de ser una trampa.

—Muy bien hijo, nos vemos a las 5 de mañana para orar en el grupo de la iglesia, iré sólo al final de todo. Si no tienes nada más que decir te recomiendo descansar.

—Sí padre—. El policía se adelantó como un vendaval en el momento que escuchó esas palabras. Saliendo del confesionario para marcharse.

—Por cierto, Brayhstrone, por favor no llegues tarde con tantas tareas.

De inmediato el policía se dio la vuelta, nunca le había dado ese nombre a nadie en el tiempo que ha estado aquí.

«Entendí en ese momento que no se trataba de un simple sacerdote, que él también tenía una misión, pero ¿cuál?», mientras pensaba con cuidado las siguientes palabras el policía decidió salirse de la iglesia mientras el padre estaba escuchando con cuidado la llegada de sus creyentes. El día pasó con mucha velocidad mientras estaba haciendo cada tarea en su mente, memorizo cada palabra del archivo mientras quemaba las hojas una a una. Terminó a horas de la noche, observó la calma del pueblo, estaba a una hora de Guatemala en el territorio mexicano. Durmió algunas horas antes de dirigirse al río que le había dicho el padre, lo esperó algunos minutos y llegó puntual al lugar.

—Se ve bien con ropa de civil padre.

—Llámame Joaquín para algo más coloquial.

—Y usted me puede llamar Smith.
—¿Ese es su verdadero nombre?
—Mi apellido para algo más coloquial.
—¿A dónde vamos a ir?
—Iremos a donde sucedió.
—¿Qué sucedió?
Joaquín comenzó a caminar sin ver si lo seguían o no.
—¿Cuándo comenzó a investigar este tema? —preguntó el padre Joaquín.
—Comencé hace algunos años. ¿Y usted?
—Me mandaron hace siete meses cuando un granjero le dijo al antiguo párroco sobre lo que vio. El párroco fue a ver lo que sucedió y no podía creerlo.
—Nunca me imaginé que la Santa Sede se encargaría de casos comunes de narcotraficantes.
Joaquín volteo la mirada con velocidad para ver directamente a los ojos de Smith.
—Lo que pasó no tiene nada de común, y la Santa Sede no se encarga de problemas terrenales.
—¿Entonces de qué?
—Problemas algo más celestiales o algo más infernales.
Smith caminó con cuidado mientras caminaba entre la fauna de la selva mientras trataba de acercarse. Tardaron dos horas en llegar de ese modo. Noto como una franja blanca estaba rodeando una casa pequeña.
—¿Está aquí?
—Si, cuidado de no pisar la sal.
—¿Usted la puso?
—Algunos campesinos la colocaron después de que vieron lo de adentro. El antiguo párroco renunció una vez que llegó al pueblo, decidió irse a un templo para «curar su alma».
—¿De qué?

La pequeña choza despedía un olor fétido que atravesaba las paredes de cartón, Joaquín abrió la puerta con cuidado mientras cubría su boca con un paliacate.

—Desde entonces he tratado de saber quién lo hizo—dijo Joaquín.

Al entrar Smith apenas pudo soportar el fétido olor a carne putrefacta, no había ni un solo cuerpo en cuanto inspeccionó toda la habitación, Joaquín abrió una ventana lo que permitió ver todo el panorama. Las paredes estaban manchadas con sangre creando símbolos tetraédricos y muchos otros indescriptibles, similares a un antiguo dialecto antes de que el latín se pudiera escribir.

—¿Todo el tiempo estuvo así?—. Smith veía marcas en el piso, típicas de una escena del crimen, mientras veía la dirección en que iban algunas gotas de sangre, pudo ver las manchas en la pared e incluso pensó que eran las marcas del movimiento de un cuchillo rozando el cuello y llevando esas gotas a la pared.

—No, había varios cuerpos. Niños, niñas, algunos órganos de hombres y de mujeres. Llegué lo más rápidamente, pero el estado de descomposición de los cuerpos no me permitió llegar a tiempo para examinarlos, el calor y los insectos no dejaron nada para cuando llegué. El padre lo había enterrado al día siguiente que los encontró, pidió una cámara fotográfica para documentar todo. Las fotografías llegaron rápidamente a la Santa Sede.

—¿Por qué?

—Esto no fue aislado, he encontrado ciento veinte casas similares, le pedimos a quien lo ha visto que no le dijera a nadie.

Smith sabía que algo estaba ocultando al padre Joaquín, tenía intenciones de saber más, pero para eso tenía que revelar información secreta. Ambas situaciones no se podían dar.

—¿Cree que sea un nuevo cartel?

—Ningún cartel de México había intentado invocar a seres tan oscuros, algunos incluso piden perdón a santos todas las noches.

—He escuchado que algunos creen en la muerte.

—En la Santa Muerte, pero esto es completamente diferente. Descuartizar personas, dibujar símbolos sacrílegos en las paredes y asesinar inocentes en nombre de nuestro señor. Algo oscuro está siendo llamado Smith, y la Santa Sede está preocupada de lo que es.

Smith se quedó callado, los ruidos del bosque se intensificaron enormemente en cuanto terminó de hablar Joaquín.

—Entonces Joaquín, ¿Dónde están los demás?

—Están en dirección noreste hasta llegar a la playa.

—¿Se detuvo?

—No—. Joaquín mantuvo un silencio mientras observaba a su alrededor— he seguido un patrón, creo que sé dónde estará la siguiente casa. ¿Sabe algo que nos pueda ayudar?, el encuentro de pandillas rivales o algo por el estilo.

—¿Qué hizo con todos los demás cuerpos?

—Se les dio santa sepultura, se examinaron los cuerpos. Había señales de tortura, se les había quitado las manos, ojos, dientes y orejas. En algunos casos se les había cortado la lengua.

—¿Llamó a las autoridades?

—Si, en cada caso nos dijeron que no tenían pruebas para seguir. Incluso dijeron que no podían hacer nada, no había pistas según ellos.

—¿Tu encontraste alguna pista?

—Si, los lugares se encontraban a dos horas de distancia de la frontera con Guatemala, mientras que las víctimas siempre eran cuatro niñas, cuatro bebés, cuatro hombres y cuatro mujeres. No pude encontrar ni un solo registro, ni una sola identificación, era imposible encontrar algún dato que me dijera de dónde venían las personas.

—¿En dónde estará la siguiente?

—En alguna parte del noreste rumbo a la playa.

Joaquín desconfiaba completamente de mí, incluso en este momento.

—Dime, ¿Qué tiene que ver con la obtención de drogas en la frontera?

—Hasta donde sé, posiblemente un nuevo cartel apareció y está quitando del medio a toda persona que se les atravesase.

—Eso no te consta y me lo habías dicho.

—Pero si funcionara para tus superiores, eso será necesario para que te dejen ir.

—¿Qué te hace pensar eso?

—Porque quieres ir.

—Eso no te consta.

—Tal vez, muy bien, entonces he perdido mi tiempo. Es hora de que regresemos antes de que cause preguntas de ¿en dónde está el padre?

Joaquín se quedó callado todo el camino de regreso mientras la temperatura subía rápidamente. Justo cuando nos quedaban unos metros para llegar al pueblo volvió a hablar.

—¿Qué te hizo unirte a la fuerza?

—Creo que es muy diferente de lo que piensas.

—Recuerdo aun cuando mi padre me enlistó en el ejército, no sabía qué pensar, era apenas un adolescente con muy poca barba. Mi padre creía que era lo mejor para mí, no se equivocó. No fue hasta muchos años que me di cuenta de que quería hacer una diferencia, siempre seguí mis instintos como lo decían mis primeros maestros, fui el mejor asesino, pero no volvía mejor al mundo, continúe moviéndome, siguiendo mis instintos. Buscando hacer lo mejor me llevo a este momento. ¿Qué te llevó a este momento?

No dije nada mientras el padre Joaquín se retiraba en dirección a la iglesia. ¿Qué fue lo que me llevó a este punto?, cuando llegue a mi casa y revise el informe vacío en la computadora, debía de hacer algo. Recordé cuando comencé en la fuerza, entre a la escuela de policía y subí durante años hasta el FBI, fue en ese punto cuando mi nombre se manchó con un rumor de corrupción, no pude regresar, encontré un lugar en la INTERPOL buscando algún lugar que me diera un nombre otra vez, eligiendo muchas veces las misiones más absurdas. Eso me llevo aquí, nunca busqué el bien de alguien o tal vez ya no lo recuerdo. Decido escribir un sencillo párrafo, posiblemente un nuevo cartel con tácticas más desalmadas, muy informal, pero adecuado a la situación.

El policía Smith estaba viendo el mensaje pensando si aún lo debía enviar o no, tarda algunos minutos mientras se reflexiona las posibles consecuencias de lo que iba a pasar con la respuesta de ese mensaje. Su dedo da un simple clic y el mensaje se envió. Intento esperar la respuesta, tratando de que el sueño no cansara sus agotados párpados. Para Smith fue un simple parpadeo, para la realidad pasaron horas y el mensaje fue contestado. Al abrir el correo un sencillo párrafo «desmantelar en etapa temprana», esas sencillas palabras eran todo lo que necesitaba para abatir a una posible amenaza.

El sol salió con prisa mientras Smith recorría su arma, era un policía que debía de vigilar un par de pueblos, sólo tenía dos ayudante que habían cuidado los dos pueblos todo el día anterior, no debía de causar sospechas de lo que estaba haciendo. Salió con prisa y subió a la patrulla enfrente de su casa. Las casas estaban divididas por mínimo cien metros, los pueblos en suma eran mil doscientos habitantes. La iglesia que compartían era el edificio más grande con una altura de veintidós metros con una gran columna y una campana monumental. Mientras estaba en su rutina diaria sus compañeros reportaban lo que había sucedido, uno que otro grafiti nuevo decía que la dueña de la casa estaba enojada por los pintarrajos. A la llegada de Smith uno de sus compañeros sostenía al niño que fue acusado de pintar la pared.

—Hola. Muy bien, ¿Qué pasó aquí? —dijo mientras estaba viendo a la viejita.

—Ese escuincle pintó mi pared con esos rayones.

El policía Smith tenía la mirada fija en el dibujo que había hecho, de inmediato reconoció el símbolo tetraédrico que vio en esa caballa se mostró, varias líneas enormes se extendían como las alas de un ave bizarra y deforme cuya inmensidad volvía insignificante las montañas dibujadas. Se acercó al niño mientras la viejita preguntaba quién iba a pagar |los daños.

—¿De dónde sacaste los dibujos?, ¿contesta?—. Los gritos del policía Smith, sorprendieron a la viejita mientras su compañero se había quedado sin habla puesto era la primera vez que lo había visto tan enojado.

—Lo soñé, lo soñé y me dijeron que lo dibujara.

—¿Quién te dijo?

—En mis sueños.

—Estás mintiendo.

La escena se había vuelto caótica mientras los presentes veían la locura del policía Smith.

—Jefe, creo que debe de tranquilizarse—. El policía Smith estaba tranquilizando mientras la señora se alejaba.

—¿Dónde viven los padres de este niño? —preguntó con velocidad.

—No viven en el pueblo, ellos están del otro lado.

El policía Smith se quedó callado por algunos segundos, "el otro lado" es el nombre con que llaman a su país lo Estados Unidos, tardó mucho en acostumbrarse a ya no llamarlo América.

—¿Quién lo cuida entonces?

—Su abuelo Don Oscar, vive a las afueras de San Bernardino, yo lo llevaré para hablar de la pintarrajeada.

—No, déjalo, yo mismo lo llevaré, tu sigue patrullando.

El policía le entregó el niño, el jefe lo subió a la patrulla con mucho cuidado.

—jefe, ¿se encuentra bien?, está sudando más de lo normal. Me recuerda cuando usted llegó por primera vez aquí.

—Si, estoy bien. No tardaré mucho en llegar.

El policía Smith azota, enciende la patrulla y levanta una cortina gruesa de humo. Mientras recorre la calle hasta llegar a la parte que tiene asfalto, es el único automóvil en la calle. Pronto pasa enfrente de la iglesia hasta donde el asfalto se termina, entra a un camino de terracería adentrándose en parte del bosque hasta observar la casa de Don Oscar. Se baja de la patrulla para sostener de un brazo al niño mientras camina, al llegar al marco de la puerta observa a Don Oscar, como una figura blanca en la oscuridad de esa pequeña casa, no hace ruido más que el hilar de la aguja y el grueso caño de hilo.

—¿Don Oscar? Buenas tardes.

El hombre sigue haciendo lo suyo, la poca luz solamente iluminaba una fracción de la red que estaba tejiendo, la casa muy limpia parecía que la acabaran de limpiar, el policía no quería entrar con sus zapatos sucios.

—¿Don Oscar? —gritó con mucha fuerza, pero el hombre siguió hilando la red blanca en esa oscuridad, moviendo con agilidad sus dedos y la aguja.

—No te va a escuchar —la voz provenía de la espalda del policía Smith.

—¿Quieres matarme de un susto? —dijo Smith—, ¿Cómo llegaste hasta aquí?

—Doña Esperanza me dijo que el nieto de Don Oscar había pintado su pared, que llegó un policía con gritos y que temía por lo que le pudiera pasar al niño.

—Esa señora gritó mucho más fuerte que yo.

—Es lo más seguro, ella no es capaz de controlar su carácter. ¿Dime, es cierto que pintó la pared?

—Si pinto la pared, su abuelo debe de responder por eso.

—No creo que pueda, a Don Oscar le cortaron la lengua hace varios años, él se había opuesto a una banda de jóvenes que querían pedir derecho de suelo por trabajar la tierra y vender en el mercado. Le cortaron la lengua y amenazaron con quitársela a su hija.

—Tiene muy malos modales, no contesta.

—Creo que debieras de saber que Don Oscar no es tan joven, perdió la vista y es medio sordo.

La garganta de Smith se entrecortaba un poco por cómo le había hablado. Después el padre entró con cuidado hasta donde se encontraba, al estar a unos pasos de Don Oscar, el anciano movió su cabeza en dirección al padre y sonrió un poco. La alegría en su rostro es cálida por la llegada de una visita a su hogar.

—Hola Don Oscar—el padre al mismo tiempo que lo decía movía su mano con extrañas formas en la palma extendida de don Oscar con mucho cuidado.

El policía Smith observó como Don Oscar llevó su mano a la palma del padre y este comenzó a hablar.

—Hola padre—dijo Don Oscar moviendo su mano en la palma del padre—, gracias por venirme a ver".

—No hay de que Don Oscar, vengo con alguien—. El padre trataba las manos de Don Oscar con mucho respeto, ambos habían trabajado la tierra gran parte de su vida. —Su nieto pintó una pared, no se debe preocupar ya lo arregle.

—Gracias padre—. Las manos de don Oscar se movieron con desesperación. —No sé cómo agradecerle, ¿quiere comer?, deje servirle.

Don Oscar se levantó de su asiento, se notó que su espalda está completamente curvada por el paso de los años, tomó un bastón y salió con mucha lentitud de la casa.

—Sal a jugar Miguel y no quiero que te metas en más problemas por favor —dijo Joaquín mientras le pedía aplicar con la mirada que lo soltara.

—¿Qué está pasando aquí?

—No lo sé, esperaba que tú me lo explicaras.

—¿Viste los dibujos que el niño pintó?

—Si, le tomaron una foto en la mañana y lo llevaron a la iglesia, eran las mismas que estaban en la pared.

—¿El niño las encontró?

—No lo creo, está muy lejos para que las hubiera visto, se perdería para jamás volver en el peor de los casos. Solamente que

es algo extraño, la mujer dijo que el niño afirmaba que las había soñado.
—Si, eso dijo, nadie pudo haber soñado eso.
—El padre resintió esa confirmación y bajó un poco la mirada.
—Tal vez no, ¿sabes por qué el padre renunció?
—No, no he investigado eso.
—¿Exactamente que estás buscando?, bueno el punto es que, el padre renuncio porque afirmaba que después de ir y tomar esas fotos algo lo estaba persiguiendo, me dijo que en las confesiones los habitantes del pueblo le decían que tenían sueños, que se sentían solos en una oscuridad que consumía todo lo bueno, que ya no podían reír de ninguna manera. Cuando llegue ese sueño que dibujaba el niño era un sueño común entre los habitantes. Comenzaban a empeorar cada día, les dije que rezaran todo lo que sabían antes de dormir para conciliar el sueño.
—¿Cómo se detuvo?
—Se detenía cuando enterraba a los cuerpos, los sueños aparecían unos días antes de encontrar otra casa, después se intensificaron hasta que se dio Santa Sepultura.
—¿Por qué el niño?
—No lo sé, Don Oscar es el hombre más trabajador que conozco, mantiene a su nieto con lo que gana de las redes de pescar o las hamacas que hace, es un arrestado muy hábil. Recuerdo que el antiguo padre me dijo que él fue quien encontró a primera casa, cuando llegué aquí fue la segunda persona que vi, le pregunto ¿Cómo es que había encontrado una casa?, me comento que o sintió, me dijo que podía sentir casas, árboles y hasta animales cuando iba a caminar, pero cuando caminaba por la selva tenía un sentimiento de vacío que lo llevó a la casa. Cuando estuvo a unos metros no pudo seguir adelante, regresó por donde había llegado hasta la iglesia, buscó al padre y lo llevó hasta donde se encontraba la casa.
—¿El padre hablaba el idioma de Don Oscar?

—No, de hecho muchos creyeron que era un viejo loco o libidinoso que le gustaba manosear a la gente, creo que yo he sido la única persona que se ha podido comunicar con él desde hace mucho tiempo. Lo que hizo fue un dibujo, el tetraedro, lo que le llamó la atención a antiguo padre, lo que muchos han soñado.
—¿Entonces volverá a pasar?, ¿en dónde?
—Dime primero, ahora que lo sabes, ¿me vas a ayudar?
—No sabes ni a lo que te enfrentas.
—No, no lo sé, solamente sé que muchas personas están siendo asesinadas. Por más que quiera mirar a otro lado no puedo, debo de hacer algo.
—¿Sabes si ha desaparecido alguien?
—Nadie, en los poblados cercanos, se ha perdido, más allá de un gato o un perro. Lo más seguro es que son inmigrantes o gente muy pobre.
—¿Qué planeas entonces?
—Ir a donde creó estará a la siguiente casa, atrapar a uno y tratar de saber más sobre lo que está pasando. No puedo hacer menos que eso.
—¿Y si son hombres armados a los que te enfrentarás?
—No iré sin equipo, debemos de ser sigilosos y caminar desde un punto en que no nos puedan observar.
—¿Cuándo será?
—Posiblemente hoy en la noche o mañana al amanecer.
—¿Qué harás con la iglesia?
—Ahora te preocupas por rescatar tu alma de los pozos del infierno, estará en remodelación unos días. No te preocupes.
El policía Smith estaba al borde de no saber qué hacer, recorrer la selva es algo increíblemente peligroso si no se sabe por dónde vas y más si encuentras un nuevo cartel.
—Iré, en la noche te veo a las afueras del pueblo.
—Sabía que tomarías la decisión correcta.
—No sé si sea la decisión correcta.

Tanto el padre como la policía esperaron la llegada de Don Oscar. Cargaba tan solo un plato de frijoles que llevaba consigo, salió una vez más para ir por un segundo plato, una vez servidos. salió por última vez y regresó con su plato. Le dijo algo con la mano al padre y después comenzó a comer.

—¿Qué fue lo que dijo?

—Coman, están en su casa—. Ambos agradecieron la comida mientras comenzaron a comer, la sazón y el guiso eran increíbles, dijo el policía Smith mientras devoraba todo el contenido del plato. Cuando terminaron ambos siguieron caminos diferentes para prepararse.

La oscuridad de la noche consumió todo y a todos en penumbra, mientras una silueta caminaba sola en toda esa inmensidad, dirigiéndose a las afueras de la ciudad. Al cabo de algunos minutos más un coche apareció reflejado en cada poste que emanaba una luz a su alrededor.

—Es hora —dijo el padre Joaquín mientras bajaba la ventana de su auto, de inmediato Smith subió al auto.

Acto 3

—¿En cuánto tiempo estaremos ahí?

—En algunos minutos, me dijeron que los policías de tránsito tuvieron una redado en Yucatán y que necesitarán todo el apoyo así que iremos rápido

La velocidad se auto aumentaba continuamente en un único viaje, sin aumentar más la velocidad, Smith sentía que se fundía con el cómodo haciendo de piel, las luces cercanas eran tan solo un parpadeo de la carreta mientras los focos led iluminaban todo el camino, el rugido del motor se podía distinguir de todos los ruidos de la selva.

—Hemos llegado— dijo Joaquín mientras se estacionaba en una cabaña pequeña cuyo techo cubría todo el auto—, esta será la zona segura, ten una copia de las llaves, por si no vuelvo.

"Si no vuelvo" era la frase típicas palabras de cuando había una misión de la cual no regresaría con vida. Mientras se adentraba en la oscuridad del bosque notaba los cientos de ruidos a su alrededor. Las sombras se introducían en la selva mientras se alejaban del automóvil. Estaban pisando la misma tierra que alguna vez pisaron los guerreros Mayas, la selva estaba hundida en sonidos desconocidos, algunos eran de insectos, algunos insectos estaban ocultos en el silencio esperando con sus innumerables plantas ocultos en agujeros lúgubres. Otros eran criaturas voladoras que no se alcanzaban a notar, mientras los disonantes pasos de ambos chocaban con las plantas agregándole a ese ruido. El sonido aullante chocaba con los oídos de ambos soldados mientras penetraba en su corazón, mientras avanzaban en esa oscuridad. Joaquín se detuvo pasado algunos kilómetros, inclinándose para ver las pisadas extrañas de una zona fangosa extendiendo su mano para medirla. En la mente del policía Smith apareció la imagen de un gran felino, acechando en la oscuridad, observando cada movimiento de su presa ciega, mientras se acercaba lento confundiéndose entre la maleza. Se levantó en un segundo mientras veía al policía, le señalo una dirección en el cual continuaron su camino.

Los latidos de su corazón comenzaron a escucharse mucho más fuerte, sostenían sus armas con más tensión mientras caminaban a su objetivo, pronto los latidos de su corazón comenzaron a escucharse más allá de su pecho, pronto notaron que no era su corazón, eran tambores rítmicos al corazón, mientras caminaban decidieron tomar un pequeño respiro, la luz de la luna comenzó a aparecer entre las gruesas capas de nube, iluminando los espacios entre las hojas de los árboles hasta iluminar el piso con pequeñas luces.

La luz anaranjada que bailaba reflejándose en la copa de los árboles deslumbraba la mirada de Joaquín, lo que hacía más lento su avance mientras Smith trataba de ver un poco más haya, donde los tambores se encontraban, incapaz de ver la pequeña cabaña a tan solo quinientos metros de distancia, tratando de no hacer ruido con sus pasos de no anticipar su presencia hasta que ya sea demasiado tarde.

La distancia entre Smith y Joaquín se hacía cada vez más evidente, Smith protegiendo desde la retaguardia cualquier posible avance del enemigo mientras Joaquín revisaba el terreno donde se encontraban esos tambores. Pronto llegó a presentarse la oportunidad de avanzar con velocidad cuando una nube se presentó en el terreno ocultado a Smith, mientras el veía que no avanzaba hacia Joaquín, pronto sintió como el arma se llevaba a los cielos junto con él, su cuerpo volaba en dirección a Smith mientras el vacío en su estómago apareció, Joaquín se sorprendió al ver el cuerpo maltrecho de Joaquín, trato de girar lo más rápido que pudo observando únicamente la más profunda oscuridad, su cuerpo cayó desplomado. Mientras Smith observaba cómo el cuerpo de Joaquín era levantado como un trapo del suelo, esa sombra se acercó y de igual modo levantó su cuerpo.

El sofoque por el agua en la cara de Smith le permitió despertar, la sensación de frío en las manos fue la segunda sensación en su mente, las muñecas habían sido atadas hasta el cansancio, giró la mirada y lo primero que vio fue a Joaquín a un lado atado en un poste. La luz del fuego deslumbraba la mirada de Smith mientras lograba concentrar su mirada algunas sombras pasaron enfrente de él. El sonido de los tambores estaba más fuerte que nunca, parecían golpeteos de martillos en la mente confusa de Joaquín que aún seguía semi inconsciente.

—Bienvenidos, bienvenidos, hoy es un día dichoso para todos nosotros.

Bailadores extraños estaban festejando alrededor de la fogata mientras los demás estaban gritando, algunos con bastones estaban golpeando el suelo.

—Hemos venido aquí, como siempre, a dar nuestra más grande ofrenda. A nuestro señor, pero siéntanse los más dichosos hoy. Porque le entregaremos la más grande ofrenda a nuestro señor, el símbolo de un sacrilegio en esta tierra, el símbolo que todos llaman "padre".

Los gritos de alegría de cada hombre y mujer encapuchados se escucharon.

—Seres recompensados, seres bendecidos, no en esa fantasía después de nuestra muerte, no señores, será en esta vida, será en esta y pronto. Lo que debemos de hacer es casar a cada uno de nuestros enemigos, de los enemigos de nuestro señor. Para la grandeza de esta vida.

Los cuerpos inertes de cuatro niñas, cuatro bebés, dos hombres y dos mujeres. Sin manos, sin pies, sin orejas y ni un solo diente. El olor era completamente diferente, la sangre fresca era muy diferente pensó Smith.

—Pronto estaremos en un mejor mundo para todos, primero caerán la gente impura, después la gente corrupta y luego los que se opongan. Pronto tendremos esa bendición para poder gobernar el mundo que nos pertenece. Pero nuestras plegarias no se han escuchado lo bastante fuerte para que nos hagan caso, solo hemos rosado el principio de nuestros sueños. Pronto seremos los favoritos, pronto seremos los elegidos.

Entraron encadenados niños y niñas de todas las edades, custodiados por un encapuchado carmesí, algunos tenían apenas cinco años, otros tenían ocho y la más grande tenía tan solo quince años. Mientras entraban los gritos de los encapuchados ensordecieron a todos. Smith contó a todos los niños hasta llegar al número veintiséis, al final un segundo encapuchado carmesí, veintiséis niños encadenados con trapos que apenas cubrían sus cuerpos, todos llorando y gritando por sus padres.

—Ejecutor.

La sombra que había llegado con anterioridad se elevó desde una esquina, sus movimientos eran lentos, mientras todos se callaban, trataban de contener la respiración mientras los brazos se extendían como troncos. Su rostro oculto por una máscara, mientras un enorme machete se blandía entre su mano como un simple cuchillo. El gigantesco ser se presentó entre de un niño que lloraba moviendo sus manos a la boca tratando de no llorar, gritando papá. Smith quería quitarse las ataduras, ese grito rebosaba en su mente mientras veía al niño, el sentimiento de lucha, de odio brotaba a cada segundo, las palabras de Joaquín se volvían presentes, el sentimiento de hacer esa voluntad presionaba con mucha fuerza sus dientes agitándose de un lado para el otro.

—¡No!, ¡no!, ¡no!—. Smith gritaba desgarrando sus cuerdas bucales.

—Lo ven—. El orador seguía con su discurso. —Lo ven todos; dolor, sufrimiento, eso es lo que su dios les ha entregado. Es su debilidad, esa debilidad que no les permite ver la verdad. Están siendo manipulados por alguien que no conocen, cuya maldad no tiene límites. Hasta hoy, nosotros venimos para iluminar con luz propia la oscuridad que consume al mundo. Para eso necesitamos la ayuda de alguien que nos ilumine, de alguien que nos ayude, ese es el ejecutor.

—¡No!—. Smith estaba quedándose afónico.

Los encapuchados escarlatas asintieron con la cabeza, el niño lloraba mientras inclinaba el cuerpo tratando de protegerse. Mientras los gritos de catorce niños se detuvieron, Smith no podía ver lo que estaba por suceder cuando el hombre levantaba su enorme brazo extendiendo una sombra que ocultaba todo el cuerpo de Joaquín, al descender el brazo el viento hizo un sonido sibilante. Mientras todos gritaban con alegría y una sonrisa en el rostro disfrutando al igual que veces anteriores. El sonido del choque del acero opaco en cada facción. El encapuchado carmesí detuvo la hoja del machete creando ese sonido agudo hiriente en los tímpanos. Smith abrió los ojos para observar la silueta de dos sombras, la gigantesca y monumental sombra detenida por una ni la mitad de alto.

Los niños que habían silenciado sus llantos arremetieron contra los encapuchados, las cadenas habían caído al suelo mientras los más pequeños se inclinaban para cuidarse de los golpes. Los gritos de los hombres se expandieron mientras caían uno a uno. Los niños estaban armados con pequeñas cuchillas, saltaban a la cara, atravesando los ojos y el cuello de sus víctimas mientras algunos otros estaban usando sus propias cadenas para golpear a los encapuchados. La sorpresa duró poco, uno de los hombres encapuchados golpeó a un niño pequeño dejándolo tirado lo que aprovecharon otros hombres para patearlo, golpearlo con salvajismo y una sonrisa en el rostro. El segundo encapuchado carmesí lo observó, atravesó con una cuchilla en el pecho al primero, mientras a los otros dos los degolló, los gritos y el caos comenzaron a disipar al tumulto de gente.

Dos niños que estaban encadenados corrieron a los postes de Smith y de Joaquín, usando sus cuchillas para liberarlos lo más rápidamente, un tercer niño les acercó sus armas. Tanto Smith como Joaquín comenzaron a disparar con mucha cautela, disparos precisos lejos de los niños y de los dos encapuchados, mientras trataban de recuperar el aliento. Los disparos eran muy separados mientras caían al suelo se disiparon ese tumulto.

El encapuchado carmesí estaba chocando el machete contra la gigantesca sombra, cada impacto sonaba igual a un disparo con un eco continuo. Mientras se movían de un lado al otro alejándose de la luz del fuego, tan solamente fue un descuido para que el arma del encapuchado carmesí saliera volando. El siguiente golpe fue esquivado con rapidez, en el momento que dio el golpe se inclinó lo suficiente para que el encapuchado carmesí golpeara uno de sus costados. La sombra sostuvo a la capucha escarlata del hombro levantando su otro brazo para arremeter, mientras la capucha escarlata golpeaba el brazo que lo sostenía hasta liberarse, mientras descendía el machete impactando en el viento. La segunda capucha corrió hasta encontrarse la batalla, mientras decía una vez más el machete esta ocasión el primer encapuchado dirigió su golpe hasta que el machete impactara con el árbol. El sonido de los disparos alertó a la sombra mientras veía como se acercaba el segundo encapuchado, dos golpes impactaron en su rostro, pero no se movió ni un milímetro. Soltó el machete atorado en el árbol y de igual forma acertó un solo golpe deteniendo a la encapuchada, cada disparo distraía a la sombra al revisar de donde venia, mientras se acercaba el segundo encapuchado la sombra corrió para embestirla, sin detenerse el encapuchado aceleró su velocidad. Los brazos de la sombra se cerraron para encontrarse con el cuerpo del encapuchado, mientras este cambiaba de dirección para pasar por debajo de la sombra quedando en cuclillas. La sombra giró para observar, mientras los pasos del segundo encapuchado se movían con velocidad para saltar sobre el hombro del segundo encapuchado, dando un golpe directo en la cara. Al mismo tiempo que el segundo encapuchado golpeaba la pierna de la sombra quitándole el punto de apoyo. Los golpes de la sombra se volvían poco efectivos, los gritos comenzaron a terminar mientras los disparos se escuchaban con más tiempo de separación. Bastaron dos golpes precisos para detener a las dos capuchas carmesíes. La sombra se acercó a los rostros de un encapuchado mientras esté recuperaba el aliento, un disparo lo desconcentro, estaban a unos metros, decidió marcharse para perderse en la selva.

    Las dos capuchas carmesíes se levantaron al cabo de unos segundos aun confundidas por los golpes que recibieron, mareadas y con la sensación de vomitar. Se apoyaron para caminar en dirección a la caballa, mientras escuchaban los pasos de una niña y los de un hombre. Levantaron la mirada para cerciorarse y observaron a la niña más alta acercándose con Joaquín.

    Acto 4

    —Están todos a salvo, hemos capturado a varios con vida.

    —Nos llevaremos a todos, prepárense.

    —¡Si! —contestó la niña.

    —Gracias por salvarnos, ¿Quiénes son ustedes?—preguntó Joaquin.

—Me llamo Ximena—. Quitándose la capucha de la cara dejó que la luz de la luna mostrará su rostro. —Si no te molesta, tengo que llevar a mi amigo adentro.

Raul que se había quitado la capucha por una sensación de falta de aire mientras seguía sostenido de Ximena, tan pronto como Joaquín lo observó decidió ayudarlo. Ambos llevaron con cuidado a Raul que estaba sangrando de la cara, el rostro de Ximena parecía comenzar a hincharse después de unos minutos. Llegaron a la casa mientras Smith veía con desconfianza a todos los hombres de rodillas ante él, atados de manos observaba sus caras que no hacían otra cosa que ver al suelo.

—¿Dónde has estado? —dijo Smith al ver a Joaquín ayudar a Raul.

—Ayudando —respondió Joaquin.

—Muchos escaparon, debemos ir por ellos —dijo Smith.

—No irán muy lejos, colocamos rastreadores en sus autos y ropa —dijo Ximena, bajando a Raul para que descansara.

—¿Tu quien carajos eres? —contestó Smith.

—Soy quien te salvó la vida —respondió Ximena alzando la voz.

—¿Quiénes son todos ellos? —señaló con su arma a los hombres atados.

—No lo sé—. Ximena comenzó a subir el tono mientras observaba los heridos de algunos niños que estaban sentados cerca del fuego. —Pronto estarás bien, Selena por favor ve por el botiquín médico. Nos iremos en unos minutos.

—No, no se irán, nadie se irá—dijo Smith apuntando a la cabeza de Ximena. Los niños lo rodearon con sus navajas de todos los tamaños. Mientras Ximena inspeccionaba una herida profunda de una niña.

—¿Qué vas a hacer? —preguntó Ximena observando con el rabillo del ojo—, ¿dispararnos?

—No me obligues —respondió Smith—, esos niños quedan bajo mi resguardo hasta que personas competentes vengan por ellos.

Selena regresó con el botiquín, Ximena sacó una gasa y la colocó en la herida de la niña.

—Pon presión aquí, por favor—. Ximena se levantó, mientras se limpiaba las heridas con la tela de su gabardina. —Esas personas competentes somos nosotras. Pero dime. ¿con quién pensabas llevarlos?, ¿con los policías?; están vendidos, ¿derechos humanos?; están ocupados lidiando con la guerra, ¿alguna institución de caridad o alguna iglesia?; ellos están involucrados. Nos llevaremos a los niños a un lugar seguro.

—Ellos no irán a ningún lado —insistió Smith.

—Los vas a atar —dijo Ximena—, ¿para qué quieres que se queden?,¿para subir de puesto o algo así?, ¿pasa usarlos?

—¡No!—. Esa idea pasó por su mente, incluso su confirmación lo avergonzó—, solo llevarlos a un lugar seguro.

—Nosotras los llevaremos a un lugar seguro, si quieres ver a donde, puedes venir tú tan bien.

El silencio permaneció en la habitación mientras se veían los unos a los otros.

—Está bien—dijo Joaquín— iremos con ustedes y veremos en donde estarán los niños. Muchas gracias por salvarnos.

La mirada de Ximena marcaba una gran desconfianza en la palabra de cualquiera de los dos hombres, sabía que causarían un peligro si no se les vigilaba.

—Los llevaremos entonces, apaguen la fogata —dijo Ximena.

Una niña no mayor a los trece años llevo una cubetada de agua al igual que otras tres menores a ella, apagaron el fuego dejando a todos en la oscuridad

—Es hora de irse —dijo Ximena mientras se colocaba su máscara.

Ximena se alejó del grupo tardando unos minutos, mientras esperaban el silencio de la selva fue perturbado por las enormes llantas de un camión que se acercaba con velocidad al igual que el ruidoso motor. Tanto Smith como Joaquín lo esperaron, apuntando a las escaleras para disparar en el instante que sepan que es una amenaza, de las cuales bajo Ximena. Subieron primero a los hombres atados dejándolos en la parte trasera mientras que los niños se sentaron lo más cerca del chofer posible. Mientras Raul se apoyaba en Ximena, él se sentó en el lugar inmediatamente atrás del chofer. Ximena les ordenó a Joaquín y Smith cuidaran de los hombres atados. Siendo ella quien sería el chofer.

—¿Quiénes son ustedes? —preguntó Joaquín mientras manejaba.

—Somos —dijo Ximena—, ¿somos?, no lo sé. Venimos para rescatar a los niños, ¿ustedes para que vinieron?

—El grupo que estaba detrás de todo esto —dijo Joaquin—, lo había hecho con anterioridad. Tratamos de saber quiénes eran esas personas, su rastro era despiadado.

—No les salió muy bien ¿verdad? —dijo Ximena—, casi los matan a los dos. ¿Son policías?

—Algo así —dijo Smith—, yo pertenezco a un grupo de policías y Joaquín pertenece a otro grupo de policías. ¿Y ustedes?

—No, no pertenecemos a policías —dijo Ximena—. Se podría decir que estamos en contra de muchos malos policías.

—¿A dónde se dirigen? —preguntó Joaquin.

—A un pueblito donde los niños puedan estar seguros—dijo Ximena.

—¿De dónde son los niños? —preguntó Smith.

—Yo no sé, solamente son niños. Encontraremos a sus padres y si no tienen los cuidaremos— Ximena sonrió por lo tonta que le parecía esa pregunta.

—¿Qué van a hacer con los hombres? —preguntó Smith

—Se los pueden quedar si tanto es lo que quieren —dijo Ximena—. Tal vez les den un aumento cuando entreguen a todos estos criminales.

—No lo hago por eso —dijo Smith—, lo hago para ayudar a las personas.

—Bien por ti, tal vez no eres un policía del todo —dijo riendo Ximena. Después permanecieron callados algunos minutos—. Muy bien. Llegamos. Despierta chicuelo, vamos Raul debes de levantarte.

Raul sentía como si se hubiera subido a todos sus juegos mecánicos de una feria, la cabeza le pesaba mientras trataba de estar en sí, la poca luz del tablero del camión deslumbraba su visión. Usando la fuerza que le quedaba pasó su mano al otro lado del cuello de Ximena tratando de conservar la conciencia, cada escalón del camión era increíblemente mortificante. Ximena trataba de cuidar cada movimiento de Raul, para que no se lastimara.

Smith entró llegó hasta donde se encontraba Joaquín, trataba de deslumbrar como las siluetas de los niños cruzaban la luz del camión, la carretera estaba en completo silencio mientras se escuchaban los pies descalzos de cada niño.

—¿A dónde van? —preguntó Smith.

—No lo sé —dijo Joaquin—, ¿quieres averiguarlo?

—Esto no es un juego —dijo Smith—, si vamos con ellas, tal vez no podamos regresar. Esto va en contra de todos los protocolos, arriesgarías todo.

—Estaríamos muertos si no fuera por ellas —dijo Joaquin—, dime. ¿Qué es lo que pensaste cuando viste a ese niño?, tu grito me despertó. Ese golpe fue abrumador, aun me duele todo el cráneo. Esas chicas salvaron a los niños mientras nosotros fuimos solamente un estorbo.

—Eso no significa nada —dijo Smith—, tenemos un mando aún más alto.

—Si, ¿pero a dónde nos ha llevado eso? —la voz de Joaquín se engrosa—, ¿por qué estás en una esquina del mundo donde no le importas a nadie?, ¿Cuántas veces has hecho un buen trabajo para ganarte únicamente el olvido?

El último niño cruzó la calle mientras estaba siendo vigilado por una niña.

—Debemos de cuidar a todos estos hombres para poder identificarlos después —dijo Smith.

—Está bien —dijo Joaquin—, pues llama a tus superiores, que traigan una patrulla y dime si te dan la mano felicitándote por hacer un buen trabajo.

Joaquín salió del camión, Smith pensó algunos segundos, tomó un pequeño comunicador que mandaba una señal para dar una ubicación importante, debía de activarlo y quedarse, subiría de puesto, tal vez nunca tendría que quedarse en México. Lo activó y salió del camión siguiendo el rastro de Joaquín. Tardó algunos minutos en llegar a un río donde estaba esperando Ximena con Joaquín.

—Vaya, si llegó, tenías razón. —dijo Ximena.

Subieron a una pequeña embarcación que ya tenía un capitán, se sentaron y siguieron el tranquilo camino del río. Joaquín observaba cautivante a Ximena, su rostro no tenía características autóctonas sutiles que resaltan una bella sonrisa, a pesar de que no sonreía el amanecer hacía notar dos pequeñas depresiones bajo sus pómulos como dos curvas sutiles.

La embarcación se movía en dirección río abajo mientras la oscuridad terminaba y el rojo crepuscular energía en los primeros rayos del sol que tocaban la fauna de una selva sofocada por el fuego del hombre. El sonido del río estaba comenzando a calmar el corazón de los navegantes.

El capitán del navío quedó completamente concentrado en una esquina del alto, Ximena pronto fijó la mirada al mismo punto, observaron el pelaje dorado con manchas negras de un felino, mientras tomaba agua inclinaba la cabeza, pero mantenía su mirada fija a cualquier movimiento a su alrededor. Su mirada atravesaba el alma de quien la viera a los ojos mientras cautivaba con su iris de color jade. Permaneciendo estático e inmutable.

Llegaron a la orilla opuesta del río, el sol había salido completamente mientras la temperatura subía. Siguieron un camino hasta que pequeñas casas aparecieron, el adobe estaba firmemente componiendo cada estructura mientras el techo era parte de flora de su alrededor ocultando por completo a la vista

Llegaron hasta el edificio más grande, un gran comedor donde se encontraban los niños, rodeados por mujeres con una cabellera plateada de sabiduría y conocimiento, algunas abrazando a los niños más pequeños, otras siendo un regazo para que las niñas colocaran su cabeza mientras le cantaban una canción tan antigua como sus primeras memorias. El olor de un guiso invadía a metros de distancia, el hambre estaba en todos, ahora que había pasado el peligro.

—Hola Tata —dijo Ximena mientras llevaba a la entrada de la puerta.

—Hola mi niña, les fue muy bien esta noche, ya pronto van a comer y algunos están durmiendo. Mira a este pequeño, no sabe dónde están sus papás.

Smith observó al niño en los brazos de Tata, era el niño que estaba enfrente del ejecutor, ahora estaba tranquilo durmiendo en sus brazos con los ojos hinchados de tanto llorar, le habían cambiado la ropa. Smith veía con asombro la red de calles y la inmensa cantidad de movimiento.

—Traje a estos dos —dijo Ximena—, nos encontramos con los niños.

—Muy bien hija —dijo Tata—, hay comida, que coman.

Ximena entró al comedor donde ya había gente desayunando, saludó con cariño y dijo buenos días a quien se encontraba. Se sentó junto a Raul quien ya estaba bien, le pidió que se sentaran.

—Aquí están los niños a salvo —dijo Tata.

—¿Quiénes son todas estas personas? —preguntó Smith.

—Son algunas a quienes les quitaron a sus niños y niñas —respondió Tata—, los hombres y mujeres que fueron a buscarlos los encontraron igual que a los niños, en casas.

—Eran muchas personas para ser parte de una sola comunidad— dijo Smith.

—Si —dijo Tata—, una gran mayoría son indocumentados que encontraron cruzando la frontera.

—¿Cómo lo sabes? —preguntó Smith.

—Investigamos a ese grupo por semanas —dijo Tata—, los perseguimos de aquí a Guatemala, pasando por Belice y de regreso.

—A todo esto —dijo Smith—, ¿Quiénes son ustedes?

Ximena se quedó observando a los dos hombres, Raul no podía mantener mucho tiempo la mirada por el dolor que aún permanecía en su cabeza.

—Como las únicas personas que se preocupan por estar personas —dijo Tata—. Creo que ustedes estaban de casualidad en el momento equivocado. Pero si quieren marcharse nadie los va a detener.

Ximena al igual que Raul permanecieron callados el resto de la comida, más personas fueron integrándose, observando con extrañeza a los extranjeros, sentándose llenando cada espacio disponible, sin sillas, con unas mesas bajitas y arriba de un tepetate, hasta que no quedó ni un solo lugar vacío.

—Antes de comer quisiera agradecer a Ximena y a Raul por habernos traído a nuestros hijos de nuevo —dijo Tata—, por haber rescatado a quien más los necesitaba, por habernos ayudado y con ellos traernos de nuevo las sonrisas en nuestros corazones. Nunca podremos agradecerles por lo que han hecho, al igual que nuestros invitados que pelearon por nuestros hijos e hijas. Hemos perdido tan en tan poco tiempo que parece que nuestras heridas nunca sanaran, yo misma perdí a mi nieta y a mi nuero, pero ahora solamente le pido a dios por permitirme ver crecer a mi bisnieto, por darme la fuerza de verlo convertido en un hombre fuerte y valiente. Hoy se nos da la oportunidad de curar esas heridas de quien nos ha dejado, ahora podemos cuidar a quien nos necesita, a estos niños que nos necesitan más que nunca y ayudar a quienes nos han ayudado. Muchas gracias y coman con confianza.

Todos dieron un fuerte aplauso que sacudió todo el comedor. El sonido de platos, vasos y bocas se escucharon. Mientras una silenciosa Ximena y Raul acababan lo más rápido posible para salir de todo ese escándalo.

Acto 5

Tanto Smith como Joaquín esperaron pacientes hasta que no les quedó otra que salir y pedir permiso a quien se encontrara en su paso. Buscaron a las chicas adentrándose aún más en la pequeña comunidad. Llegando hasta se encontraban los potreros, mientras veías silenciosos como un corcel tan blanco como las nubes aparecía, sus poderosos músculos se podían ver, los marcados músculos en su piel mientras Ximena acariciaba el pelaje con un cepillo. Mientras Raul le acercaba su alimento a donde se encontraba.

—¿Qué hará ahora? —preguntó Joaquin

—Nos iremos a la capital —dijo Raul—, nuestro trabajo está hecho.

—Pero la banda quizás permanezca en las cercanías —dijo Joaquin—, pueden volver a llevarse a niños.

—Hay centinelas ahora —dijo Raul—, ellos nos dirán si volvieron, en ese caso regresaremos.

—¿Y si son muchos los que regresan? —preguntó Joaquin.

—Regresaremos en mayor número —dijo Raul—, estaremos preparados para lo que se avecina.

—¿Qué es lo que se avecina? —preguntó Joaquin.

—Mucha gente está interesada en estas tierras, mucha —dijo Raul—. Sus tácticas son matar al jefe de una tribu, eliminar a los sabios y provocar a los jóvenes para que ataquen. Llegaremos cuando haya una señal o incluso antes de que ocurra la primera desgracia.

—¿Quién regresará? —preguntó Joaquin.

—Somos hermanos como todos los que conoces —dijo Raul.

—Soy católico —dijo Joaquin—, eso de hermanos es de otra religión.

—¿A sí?, somos muy diferentes, perdona si te ofendí —dijo Raul—. ¿Ustedes que harán?, esperarán que los problemas lleguen a ustedes.

—Tenemos órdenes de quedarnos a vigilar —dijo Smith.

—Ya veo —dijo Raul—, lo estaban haciendo muy bien sin que nosotros hiciéramos algo.

Raul se alejó de Smith y Joaquin.

—¿Qué es lo que harás Smith? —preguntó Joaquin.

—¿A qué te refieres?

—No informaré sobre esto —dijo Joaquin—, aunque nadie me creería.

—¿Entonces no harás nada? —preguntó Smith.

—El papa tiene más problemas internos —dijo Joaquin—, y esta zona no tiene una alta frecuencia.

—¿A qué te refieres? —preguntó Smith—, hay cientos de personas aquí y con muchos problemas.

—Pero esos problemas no afectan las limosnas que se reciben y no son muchas en realidad —dijo Joaquín—, ¿y tu que?, sabes que a nadie le interesaría rescatar a un pueblo de extranjeros y mucho menos agencias de inteligencia americanas. Tal vez si les dijeran que los criminales son comunistas o les convenzas que hay un depósitos de minerales o petróleo, tal vez puedan traer un poco de libertad, pero no creó que exista la suficientes pruebas. Y con lo que les gustan los dólares, pasarán como capitalistas agresivos.

Smith no dijo nada, sabía que tenía razón. Sin importar lo que dijera, nada beneficiaría a este pueblo. Siguieron comiendo en silencio y permanecieron en el pueblo por tres días más hasta que decidieron marcharse. Fueron guiados por un puñado de niños que llevaron alimentos para tres días, llegaron al amanecer del segundo día hasta un río donde Smith y Joaquin marcharon solos. Los niños se marcharon entre la neblina usando unas extrañas máscaras. Cuatro días después una sombra entre los árboles apareció, su color carmesí delataba su aparición y su máscara de venado mostraba una tranquilidad. Camino entre el pequeño pueblo observado por todos hasta el recinto de Tata donde ella lo estaba esperando sentada a la sombra de su casa.

—¿Cómo te fue Leonardo? —dijo Tata.

—Se capturaron a ocho personas más —dijo Leonardo.

Tanto Ximena como Raul se acercaron para hablar de inmediato con su amigo después de la plática.

—Eso es una buena noticia —dijo Tata—, ¿qué más has escuchado?

—Están hablando en cada ciudad y pueblo de la zona —dijo Leonardo—, muchas personas están asustadas, dicen que deAdrianaos están viviendo en la selva y los cristianos en especial tienen mucho miedo.

—Nadie inocente tiene miedo —dijo Tata—, que bueno que están todos presentes. Vengan conmigo, han llegado mensajes para ustedes.

Los cuatro entraron en el cuarto de Tata, abrió algunos tragaluces y cerró las ventanas.

—La profesora Leticia los necesita más cerca de la capital —dijo Tata—, su amiga Victoria ha regresado de una Veracruz arrasada por muchos conflictos. Levantamientos y lo que es peor genocidios del estado están a la orden del día. Le he informado sobre su avance y ambas estamos muy impresionadas, han dominado muy bien el estado de los ojos rojos. Espero que lo aprendido en estos días les sirva para todo el camino por delante. Así que en los siguientes días quiero que descansen.

—No quiero —dijo Ximena—, tal vez podamos hacer más en estos días.

—Bueno en ese caso vigilan los alrededores del pueblo —dijo Tata—. Hay niños, creó que deben descansar, pero está bien.

Comenzaron a correr en el perímetro, a disfrutar las enormes extensiones de selva, ríos y campos de cultivos. Los días siguieron explorando descubriendo pirámides con tan sólo veintiún kilómetros de diferencia. Escalaron montañas, saltaron a lagos y descansaron bajo las cascadas. Los habitantes de poblados circundante comenzaron a reconocer el rostro del venado, del oso y del felino que protegían una extensa cantidad de tierra. Muchos creyeron que eran antiguos espíritus buscando un sacrificio y otros creían que eran algún familiar que no había cumplido sus últimos deseos. Pronto las especulaciones dieron como resultado una zona prohibida a la cual ningún cristiano debía tocar si no quisiera poner en riesgo su alma. Pronto llegaron a oídos de escuelas públicas, privadas y colegios cristianos donde por más intentos en prohibir profanos textos apareció un mapa con símbolos indescriptibles ante ojos ciegos. Se compartían entre muchos alumnos y los castigos por poseerlo eran crueles. Pero el poseer uno daba un estatus mítico, los rumores de quienes poseían uno eran susurros entre los alumnos ya que quedaba prohibido hablar de eso. Mientras lloraba en el baño una señorita de apellido Belmont escuchó uno de esos rumores, dejándola con el nombre propietario de uno de esos mapas.

La señorita Belmont acudió curiosa por saber de qué estaban hablando, una chica de último año a quienes todos tachaban de una mala influencia viró en Belmont algo en común. Le ofreció generosamente una copia de tan interesante mapa.

—Solo son 500 pesos —dijo la chica de último año.

—Pero no tengo ese dinero —respondió Belmont.

—Pues hoy puedes robarle 500 pesos de la cartera de tu mamá.

La chica quedó horrorizada de la idea de robarle a su madre, pero en cuanto estuvo tan cerca del bolso de su mamá y abrió la cartera tan rápido. Se quedó observando toda la cantidad de dinero en ella, sabía que si tomaba 500 pesos su madre no lo sabría. Pero ella sí lo sabría. Pensó en que no era justo y dejó el dinero. Los días pasaron y escuchó una conversación más.

—Los alumnos están preocupados —dijo la profesora de educación física.

—Lo sé —dijo el profesor de música—, solo pensar que ese lugar sacrilegio existe me da un tremendo miedo.

Al día siguiente le entregó los 500 pesos a la chica de último grado.

—Sabía que no me decepcionarás, ten. A mi me ayudó mucho.

Observa el mapa, no era como los demás, la precisión del dibujo y los detalles del papel eran muy superiores.

—El dibujo original era muy burdo, pero esta es una copia más exacta.

Confiada de que tenía un mapa más exacto Belmont salió ese mismo día, justo un día antes de su clase de música. Salió desde temprano, sabría que tendría un par de horas de ventaja ya que la escuela avisa de su inasistencia. Salió con todos sus ahorros, pensó que le sería suficiente, pero cuando llegó hasta en medio del campo sin ningún transporte cercano se cuestionó esa decisión. Decidió preguntarle a la persona más cercana.

—Buenos días, ¿disculpe sabe donde queda este lugar?

La chica señaló el punto donde se encontraban y a donde quería ir. El anciano le señaló la dirección.

—¿Ahí hay deAdrianaos? —preguntó Belmont.

—Niña, los deAdrianaos huyeron de ese lugar por el temor a lo que hay ahí.

Belmont siguió el camino con un vacío en el estómago. Recordando las malditas clases de violín, recordó cómo el profesor tocaba cada cuerda de una manera aguda y desafinada. Llevaba sus manos a su pecho tratando de olvidar cómo se sentía. Continuó incluso después de que terminó el camino, a cada paso su corazón se sentía libre en medio de la selva. La humedad de la selva precipita la lluvia y el sonido de las patrullas.

Las llantas levantaban todo el polvo y la tierra. Perros se escucharon a lo lejos mucho antes de caer las primeras gotas. Belmont comenzó a correr, se encontraba cerca de los límites donde se habían visto, sintió que la distancia se aumentó por diez.

Los perros los llevaron directo hasta la chica. Intentó ocultarse entre la profundidad de la maleza.

—Con que estabas aquí.

Belmont sentía que le salía el corazón. El agudo sonido que recordaba la petrificada. Fue arrastrada hasta donde se encontraba un árbol donde la ató.

—Las prácticas de la brujería son severamente castigadas.

Con un látigo golpeó su espalda, su ropa blanca se tiñó de un tono rojo hasta que su ropa se desgarró. La desató y toda su ropa se cayó. Los hombres armados alrededor

—Creo que es hora de irnos.

—No hasta que tenga lo que merece.

Comenzó a desabrocharse el pantalón y justo cuando extendió las manos de Belmont. La sombra de entre los árboles asustaron al hombre. Se vistió y comenzó a ordenar que buscarán. Todos los hombres se separaron mientras el sudor frío de aquel hombre comenzó a brotar de cada poro al mismo tiempo que la tibia sangre de Belmont comenzaba a enfriarse. No se escucharon disparos, los perros huyeron y la selva quedó en silencio. Trató de correr lo más rápido que pudo e intentó volar.

—No puedes —escuchó en su cabeza—, es demasiado tarde. Ya te vimos, ya sabemos como eres, hemos. Visto tus cuernos, tus alas y tus ojos.

—No, no. No eres real.

La luz de la luna parecía ser absorbida por la madera, el cuerpo de Belmont, sentía la presión de su cuerpo en dos brazos, las heridas aún le dolían, siguió así mientras cerraba y abría las ojos observando a un felino, viendo como un oso movía los árboles y un venado alejaba la oscuridad. Los habitantes de los pueblos cercanos revisaron los alrededores de las camionetas abandonadas, se encontró a los perros varios días después y cuando se le pidió a los habitantes decir lo que escucharon solo pudieron decir hubo un silencio que jamás habíamos escuchado.

Capítulo 7: Cuando me rompiste y dejaste estos pedazos / Adriana

El suelo temblaba bajo los pies de Leticia, los camiones se movían de un lado para el otro tratando de acomodarse y bajar su contenido en los gigantescos depósitos industriales. La temperatura descendió rápidamente fatigando a los cargadores. Los montacargas se movían frenéticamente sin colisionar el uno con el otro.

—Buenas noches profesora Leticia.

—Oh, hola Sebastián —dijo cortésmente—, ¿Cómo van el transporte?

—Llegaron ciento diez toneladas, ni un solo camión se desvió de su ruta. No hay ningún problema.

—Me alegra—sonrió la profesora Leticia.

—Quisiera saber qué es lo que tienen profesora.

—Espero que nunca nadie se entere de lo que hay en esos contenedores.

A la mañana siguiente Adriana fue la primera en despertar por las pesadillas dentro de su mente, caminando entre la casa en silencio mientras la tenue respiración de sus amigos era lo único que podía escuchar.

—Hola Adriana —dijo Leticia mientras Adriana saltó de un brinco y movió la cabeza hacia la voz—, disculpa por espantarte, es hora de entrenar. Despierta a tus amigos y los veo en diez minutos afuera.

La respiración de los cuatro integrantes era agitada, les faltaba el aire, su cabeza les daba vueltas. Mientras la profesora les decía lo que se debía de hacer en estos momentos. La simple caminata antes del amanecer mientras el frío de la noche aún continuaba, paso a paso en los terrenos difíciles de la montaña les obliga a jadear después de los diez minutos, los pies comenzaron a doler después de las dos horas, mientras la profesora daba el paso, los demás apenas y podían ver su espalda. Todo empeoró cuando llegó el sol, el calor se elevó hasta hacerlos sudar como puercos, mientras se quitaba el fluido del rostro que les impedía ver adelante, después de cinco horas se detuvieron en un pequeño poso, jadeando y desesperados se acercaron al pozo.

—Bienvenidos al entrenamiento Chicago 68, iremos tan rápido como quieran aprender, nos moveremos hasta donde ustedes quieren llegar, de antemano les digo que esto sólo es el principio.

Siguió caminando hasta llegar a una pequeña cabaña donde espero a que todos entraran, observando la superficie de una mesa, uno a uno se acercó para observar lo que veía y rodearon la mesa.

—El miedo es su único enemigo, si en un momento sientes que perderán, en ese momento perderán, pueden darse el lujo de sentir miedo, pero no que los domine.

Cogió un arma tan rápido que todos cerraron los ojos, en cuanto escucharon el impacto del arma sus tímpanos retumbaron.

—No pueden temerle a la muerte, ustedes cerraron los ojos durante una tercera parte de un segundo, eso significa que ese tiempo pudieron disparar tres balas a donde estaban y las tres habían atravesado su cuerpo. Eso será lo primero en que trabajemos.

La profesora salió con cuatro armas mientras le decía una señal que le siguiera hasta un camino que pareciera estuviera alambrado de cabo a rabo. Les dijo que debían atravesar todo ese campo arrastrándose. Los cuatro decidieron seguir adelante, uno detrás del otro. Cargo cada arma que tenía a su disposición, primero disparó con una pistola pequeña, después con un revólver que constantemente cambiaba de balas y cuyo sonido era insoportable para Leonardo después cambió a una a Ak 47 cuyo sonido no paraba como el sonido infernal de una abeja dentro de los tímpanos. Continúo con una escopeta que hacía un impacto tan cerca del cuerpo de los chicos sentían la tierra levantada por el impacto de los perdigones. Llegaron hasta una zona fangosa donde un flujo de agua causado por una lluvia improvisada con mangueras, era donde él avanza no se veía reflejado por esfuerzo.

El tramo apenas de cien metros fue superado en cuarenta y cinco minutos. La siguiente prueba física donde la profesora colocó chalecos a cada uno de ellos con un peso promedio al cuarenta por ciento de su peso corporal, haciendo que flexionan las rodillas una y otra vez, sintiendo como los músculos adoloridos comenzaban un segundo aire para lograr sobrepasar la prueba, sintieron un ardor en cada músculo. El dolor cobró su primera víctima que fue Ximena quien no pudo seguir, la profesora les dijo a los demás que se detuvieran, pero fue inutil le siguió Raul y Leonardo. La profesora les quitó la mitad del peso cuando cayó el último. Con la mitad de peso fueron arrojados a un ataque de tres metros de profundidad, el peso los mantenía en el fondo mientras jadeando trataban de mantenerse a flote, a Adriana se le ocurrió llegar al fondo e impulsarse con el piso para llegar a respirar un poco, la profesora sacaba con una facilidad sorprendente a todo aquel que permaneciera treinta segundos en el fondo, dándole respiración de boca a boca para expulsar el agua que se habían tragado, recobrando la conciencia poco después. Adriana pasó esa prueba mientras seguía respirando y al final le dijo la profesora que saliera y pasará a la siguiente prueba.

    Una compleja red de cuerdas se extendía por doscientos metros haciendo una pared semejante a la red de una araña monstruosa. Subiendo y bajando llegaron las primeras risas del día, usando únicamente los brazos por lo cansados que estaban las piernas recorrieron diez veces de un lado al otro mientras podían elegir hacia donde iban. Los brazos les comenzaron a arder mientras sentían que no podía flexionar por un fuerte ardor en las articulaciones. Llegada la última vuelta, la profesora les dijo que era hora de regresar. La cual como si nada comenzara a caminar mientras ninguno de los cuatro chicos podía siquiera correr, haciendo que la separación se hiciera cada vez más notable hasta perderla de vista, quedando solos en medio de una zona boscosa que apenas habían conocido. Ximena fue la primera en notar las frágiles pisadas de la profesora que cada vez eran más difíciles de ver por la poca luz del día mientras trataban de ver alguna luz artificial, tardaron cuatro horas más en el viaje de regreso para encontrarse a una profesora Leticia sentada en el patio.

—Muy bien chicos—. La sonrisa burlona de la profesora era notable incluso en esa oscuridad. —Llegaron a la hora perfecta para seguir con el entrenamiento.

Adriana noto que era la misma hora en la que había despertado el día de ayer, la profesora llevaba una gran bolsa consigo y cada uno noto el olor a guiso que ella había realizado, el olor a humano de la carne y la sopa de jitomate hizo que avanzan con ánimos el camino de regreso a la zona de entrenamiento, comiendo todos juntos con la profesora cuando llegaron.

—Tranquilos chicos traeré más comida.

Los días siguientes fueron reduciéndose el tiempo con que hacían cada actividad, desde correr en las mañanas hasta recorrer todo el circuito, tardando tan solo una semana en hacerlo en una cuarta parte del tiempo. Al atardecer del séptimo día Adriana tenía la mente más clara a la hora de la cena, no podía evitar recordar como en las tardes llegaba a casa y su madre había hecho de comer.

—Chicos tengo un asunto importante —dijo la profesora Leticia—, mañana iremos a investigar a las afueras de la ciudad y en la periferia.

Los chicos asintieron con la cabeza. Tardaron poco en terminar su comida e irse a dormir para mañana a primera hora Adriana se dio cuenta que no fue la primera en levantarse.

—¿Qué crees que observemos? —preguntó Adriana.

—Pues no sé —dijo Adriana—, estoy emocionada.

La profesora Leticia llegó hasta su habitación y los observó a todos.

—Muy buenos días chicos —dijo la profesora Leticia—, un punto importante es lo que significa la cúpula, fue un proyecto homónimo creado en París a principios del siglo pasado, cuando se tenían fuertes ideales para crear un mundo mejor, no lo hemos logrado, yo misma les he fallado y esta es mi redención para cuando el mundo entre en caos, una segunda oportunidad de hacer las cosas bien. Con su ayuda siento que podemos lograrlo.

Los chicos no entendieron nada por la emoción de salir. Sus ropas eran viejas y con muchos agujeros. Tardaron poco en llegar a las primeras construcciones, las carreteras eran solo piedras sobrepuestas, la mayoría de las casas tenían agujeros en todas sus paredes y algunas estaban completamente destruidas. Había muchas personas durmiendo en casas improvisadas mientras niños deambulaban por todos lados. Llegaron hasta donde se levantó un templo a un Santo con una túnica verde, tenía flores marchitas y muchas velas. Siguieron mientras observaban calles tapizadas con carteles de se busca, tanto criminales como inocentes que habían desaparecido desde hace años. Las personas veían con recelo el pequeño grupo alrededor de la profesora Leticia.

—¿Qué pasó aquí profesora? —preguntó Adriana.

—Llegaron dos bandos —dijo Leticia—, destrozaron al pueblo desde adentro, usen sus sentidos con todo este ruido para no ser sorprendidos.

Los cuatro chicos usaron sus ojos rojos, sus sentidos comenzaron a observar con más cuidado los pequeños detalles. El olor a cadáveres comenzó a inundar sus sentidos mientras caminaban por los callejones. La profesora los llevó a una casona donde les dijo a todos que la esperaran. Tanto Raul como Leonardo se alejaron del lugar mientras Ximena y Adriana se quedaron. Adriana comenzó a usar sus ojos rojos para escuchar las pisadas de la profesora Leticia, los ruidos eran muchos, pero trató de concentrarse hasta que lo logró.

—¿Para qué estás aquí Leticia?

Cuando escucho el nombre de Leticia logró concentrarse en las voces.

—No podíamos hacer eso —respondió Leticia.

—No o no querías hacerlo.

—Claro que quería intervenir —dijo Leticia—, pero expondría a los civiles a un fuego cruzado en una guerra que no puedo ganar.

—¿Y quedarte sin hacer nada seria la opción?, ¿a que chingados bienes Leticia?, no eres bienvenida.

—Vine por la información que te pedí —dijo Leticia.

—Eres una mierda lo sabes —dijo la voz tosiendo—, tu dinero ya no vale nada.

—Tal vez no —dijo Leticia—, pero si vale un boleto para salir de aquí y mucho.

—La vieja Leticia tarde o temprano tenía que salir. Está bien, quiero que saques a treinta personas de aquí. Yo no, yo ya no valgo nada.

—Tengo veinte lugares y solo sirven si tu vas con ellos —dijo la profesora Leticia.

Por poco Adriana pierde la conversación por el silencio y los ruidos.

—Está bien —dijo la voz después de toser—, la información que querías fue difícil. A veinte kilómetros de aquí había una casa de seguridad del ejército. No hace mucho hubo una revuelta donde se cree que salieron veinte personas, de las cuales quince fueron encontradas. Los informes indican que los quieren vivos o muertos...

El sonido de las balas hacía que la voz se perdiera.

—Uno...de esos se llama Se...

El sonido de las balas confundiendo a Adriana perdiendo la conversación. Los chicos llegaron corriendo moviendo a Adriana y Ximena para que los siguieran. Corrieron hasta llegar a una gigantesca estatua de un esqueleto, alrededor se encontraba un grupo de personas con una réplica pequeña en sus manos de muchos colores, mientras un sacerdote en medio de la calle rezaba el texto en sus manos. En medio de todos se encontraba una docena de ataúdes abiertos dejando observar los rostros de los hombres, mujeres, ancianos y niños. Se alejaron lo más rápido posible cuando observaron la llegada del ejército quien custodiaba. Regresaron justamente cuando salió la profesora Leticia de la casona. Se unieron con ella y cambiaron la ruta. Mientras llegaban a otro punto donde observaron una pequeña capilla en la esquina de una calle donde se encontraba un maniquí vestido de charro con un camisa blanca y pulcra. Su rostro reflejaba un gran bigote y de igual forma tenía cientos de velas. Adriana alcanzó a leer "...dame bienestar y seré dichosa". Siguieron caminando entre los estrechos callejones destruidos, atravesando algunas construcciones que aún permanecían con ropa, juguetes y comida. Los perros aullaron mientras se movían entre las últimas casas, continuaron hasta que el olor a muerte se terminó y entraron.

Grandes mesas con un gran número de armas desde cuchillos hasta metralletas pasando por granadas. Raul usó una a una mientras llegaba a un rifle de alto poder especial para un franco tirador, la mirada podía dejar ciego a su portador si no fuera capaz de controlarlo. Mientras Leonardo veía con fascinación las escopetas, mientras Ximena veía con cuidado los cuchillos. Adriana seleccionaba dos pequeñas pistolas, mientras Ximena unas de igual tamaño, pero automática Leonardo uso dos revólveres de diferente tamaño.

—Tal vez habían tomado un arma con anterioridad, esta vez debe de ser consciente de lo vulnerable que son ante una y la responsabilidad de jalar el gatillo. La muerte está tan cerca de quien usa un arma como el que amedrenta con un arma.

La profesora Leticia usó un arma pequeña tan ligera en sus manos, después colocó la mirada hacia los árboles y disparó cuatro veces, pidió que la siguieran adentrándose en el bosque hasta llegar a un árbol con cuatro marcas rojas con cuatro marcas de fuego.

—Con el paso del tiempo deberán de ver sus objetivos, aunque exista un montón de obstáculos entre ustedes y su misión.

Los chicos entrenaron una y otra vez. El peor de todos fue Leonardo quien la profesora le enseñó un arco. Le enseñó a respirar profundamente con cada disparo. Adriana dominó completamente los tiros a la distancia largas y cortas. La noche llegó y se marcharon juntos. Adriana aún tenía las vibraciones de la pistola en su mano. Al día siguiente fue la primera en despertarse, camino por los pasillos hasta encontrarse con la profesora Leticia.

—Buenos días profesora —dijo la profesora Leticia—, ¿no puedes dormir?

—No profesora —dijo Adriana—, disculpe profesora tengo una duda de cuando fuimos a la ciudad.

—Adelante Adriana.

—Cuando su ciudad estaba destruida —continuó Adriana—, ¿por que aun seguían creyendo en sus santos?

—Te diré una cosa Adriana, las personas necesitan fe para cuando no haya nada más, para cuando las cosas no se pongan mejor. Tiene un cierto grado de desesperación, lo sé. Es justo cuando la fe aparece, como último rayo de luz, pero para eso necesita haber un poco de empatía en lo que se cree. Ellos creen en Santos que son parecidos a ellos y que vivieron cosas similares. No fueron impuestos por alguna iglesia o un templo. La gente creyó en ellos por esos motivos. Ven acompáñame .

La profesora Leticia salió de la habitación camino entre el patio de la propiedad hasta llegar a una pequeña habitación, sacó varias llaves y una por una comenzó a usarlas para abrir veinte cerraduras diferentes. Movió la gruesa pared de acero y encendió una pequeña veladora. Usando una vela más pequeña comenzó a iluminar con pequeñas luces de decenas de velas muchas imágenes desconocidas para Adriana. Abrió un libro en su primera página y comenzó hablar.

—Los Nahuales contrario a lo que nos han hecho creer, eran hombres y mujeres de carne y hueso. Protectores de los saberes descubiertos en esta tierra. Perseguidos por más de trescientos años por ser considerados como amenazas a los engaños y la opresión. Ignorados por doscientos años de historia oficial y justo cuando creían que los habían extinguido. Renacen de las raíces más profundas.

La profesora Leticia cogió otro libro, lo abrió después de varias páginas y le mostró una hermosa ilustración.

—Dibujado a mano por un maestro en el anonimato —dijo la profesora Leticia, comenzando a leer—, Tonantzi quien tenia su templo en el cerro del Tepeyac y que muchos nativos americanos acudían almenos una vez al año incluso bajo pena de muerte, su templo fue destruido y enzima levantaron la Basílica de Guadalupe—. La profesora pasó a otra página y comenzó a leer—. Tezcatlipoca quien era adorado en Tianguismanalco a la llegada de los españoles fue sustituido por Juan Bautista—. Pasó otra página.

—Oztotéotl señor de la cueva, protector de los cazadores a quien se le dedicaba peregrinaciones, danzas y ofrendas fueron sustituidos por los frailes por las festividades del Cristo de Chalma; seria bueno investigar más para que la pobre gente fuera desengañada.

»Podría continuar así por mucho tiempo, pero de algo que estoy seguro es que la línea entre imponer una creencia y que esta haya nacido en un grupo de personas es clara. No podemos imponer una ideología a un grupo de personas, pero si invitarlos a un diálogo. Terminemos esta clase con esto último. Quetzalcoatl quien era un dios en constantes viajes, haciéndo creer por medio de cambios hechos por los frailes que era Jesus Cristo , hasta el día de hoy incluso la gente cree que ambos eran blancos y de una clara barba.

Tanto Adriana como la profesora Leticia sonrieron con este último párrafo. Adriana observó la gran cantidad de libros y textos en las paredes de ese pequeño cuarto, las hermosas ilustraciones de los textos deberían de estar en cuadros por todos lados.

—¿Por qué todo está oculto profesora? —preguntó Adriana.

—Por el temor de que sea destruido —dijo la profesora Leticia—, por mucho tiempo estos textos se escondieron en bibliotecas ocultas, muchas veces coacervadas por copias hechas a mano.

—Esto debería saberlo todo el mundo —dijo Adriana.

—Lo sé —dijo la profesora Leticia—, pero no todos estarán preparados para entender estos textos. Yo hace unos años podría incluirme en esa lista. Hace mucho tiempo yo misma le daba casa y destrucción a un texto como este.

—¿Y después qué pasó? —preguntó Adriana.

—Un buen amigo me indico el camino y persiste en mí. Muy bien, creó que es hora de ir con los demás, tengo un anuncio que decirles.

Tanto Adriana como La profesora Leticia se levantaron con calma, cerraron todos los libros, apagaron todas las velas y después cerraron las veinte cerraduras. Se marcharon para la cocina donde estaban preparando el desayuno, los aromas de la comida inundaban la habitación haciéndola muy acogedora. La profesora Leticia espero a que todos terminaran, las conversaciones hacían muy difícil comunicarse. La profesora llamó la atención con una leve tos y todos comenzaron a callarse entre sí.

—Buen provecho a todos mis Nahuales —dijo la profesora Leticia—, han crecido mucho en estas semanas. Han hecho amigos y han reforzado amistades. En este panorama aparecerá la primera misión para algunos de ustedes. Es el fin de este lugar seguro que ha sido nuestro hogar. Todos nos moveremos para buscar un mejor lugar.

Adriana escuchó muchos ruidos después de esa declaración, había al menos treinta personas en el comedor más todas las que estaban en la cocina y en el perímetro. No había tenido tiempo de conversar con ellos mientras seguían el entrenamiento.

—Debemos de prepararnos los siguientes días —dijo La profesora Leticia

Los días siguientes fueron agotadores para todos los miembros del equipo mientras buscaban una forma de organizar e inventariar todo lo posible. No sabían a dónde se dirigían, pero estaban seguros de que jamás volverían. La profesora Leticia comenzó organizando sus libros para empaquetarlos con cuidado y entregandolos a cada uno. Siguió con el armamento siendo que la mayoría se transportaba aparte por una ruta alterna y unas cuantas armas las usarían los escoltas. Dos días antes de la partida llegaron veinte personas completamente desconocidas. Adriana escuchó la voz del hombre de hace unos días, intenté caminar entre las personas, pero la voz se perdió.

—Me alegra que estés aquí —dijo la profesora Leticia.

—Tu persuasión no ha cambiado con los años.

Adriana por fin pudo reconocer la voz del hombre. La plática fue más un recordatorio de un trato de regañadientes. A los invitados se les dio cuatro habitaciones donde apenas podían acostarse. El resto de las construcciones eran herméticas, no podía salir ruido alguno, pero en las cuatro habitaciones no, eran de un material muy sencillo. Adriana en la oscuridad no perdía el tiempo, su ojos carmesí denotaban el interés por escuchar las conversaciones de aquellas habitaciones, siempre esperando en la oscuridad, varios niños lograron verla en un momento de descuido. Sus madres los consolaban diciéndoles que no puede entrar aquel de los ojos rojos.

—¿Crees que cumplirá con su palabra? —dijo la voz de una mujer.

—Si —respondió el hombre.

Adriana por fin logró escucharlo, la voz del hombre sonaba enfermiza, pero estoy seguro de que era él.

—¿Por qué estás tan seguro? —preguntó la mujer.

—La palabra de Leticia es ley —respondió el hombre casi por inercia—, ella siempre cumple con lo que dice. De todos modos el pueblo está destruido, en cualquier momento vendrán por mí y será todo.

—Pudimos haber traído a los hijos de mi prima, son unos bebés.

—No, ella dijo veinte y serán veinte.

—Pero no los hubieran visto, se hubieran confundido con los demás niños.

—¿Sabes lo que haría si cuenta un número que no es veinte? La mujer negó con la cabeza.

—Me obligaría a elegir a quién va a matar y después me diría que lo mate en el peor de los casos. No quiero otra muerte en mi conciencia, a tu prima no la conocen.

—¿Con quien mierdas hiciste un trato? —dijo la mujer—, Joaquin pusiste la vida de tus hijos en manos de una asesina. ¿Qué pasa si descubren que la información es falsa?

—No lo digas ni de broma —respondió Joaquin—, me costó la vida de dos buenos hombres descubrir lo que quería.

—¿Qué cosa puede ser tan importante?

—La ubicación de un hombre llamado Antonio —dijo Joaquin—, lo habían movido desde la capital hasta una base militar. Le conseguí todo lo que pude, posibles soldados, armas, equipo y tiempo de respuesta. Pero no seas pendeja, ¿cómo crees que le voy a preguntar para que lo quería?, esa ya es su bronca.

—A chinga no me hables así.

La piel de Adriana se erizó, perdió el control de los ojos rojos y volvió a la normalidad, trató de sentarse lo más rápido que pudo. No logro escuchar otra cosa. Salió corriendo ocultándose en las sombras hasta su habitación junto con sus amigos. Despertó a uno por uno y les sacó un buen susto a todos. Los llevó hasta una esquina donde no había ninguna ventana y mientras aún trataban de abrir los ojos dijo.

—Encontraron a mi papá.

Los tres chicos se sorprendieron, Ximena y Raul estaban al borde del llanto mientras Leonardo estaba esperando a que continuaran.

—Está en una base militar no muy lejos de aquí —dijo Adriana—, debo de encontrar la manera de revisarlo.
—¿Qué te ha dicho la profesora Leticia? —preguntó Ximena.
—Nada—.. La emoción había terminado con esa respuesta.
Adriana comenzó a hablar de toda la conversación, haciendo minuciosos detalles de cómo entró y salió, enfocándose en los tonos de voz de cada persona. Haciendo pausas dramáticas en cada momento inoportuno y terminando la historia. Leonardo comenzó a pensar en cada posibilidad
—La profesora Leticia lo sabe y no quiere que vayas —dijo Leonardo.
—¿Por qué no? —preguntó Adriana.
—Lo más seguro es que piense que no estamos listos —dijo Leonardo—, cualquier falla en la operación podría poner en riesgo a todas las personas dentro de esa base militar y también pueden cambiarlas de ubicación.
Adriana se quedó pensativa pensando en esos factores.
—Necesito estar ahí —dijo Adriana cabizbaja—, si está mi papá debo verlo.
—Seguramente irá una unidad especial —dijo Leonardo—, podríamos escaparnos del grupo en cuanto nos distanciamos, lo más seguro es que por eso nos estamos movilizando. La profesora Leticia pronóstico alguna falla, si eso pasara este lugar sería el primero en ser atacado.
—¿Por qué? —preguntó Adriana.
—No directamente claro —dijo Leonardo—, pero investigarán todos los lugares donde se puedan esconder un cierto número de personas, cualquier rancho, cazonal o construcción. Podríamos investigar qué equipo irá a investigar a ese cuartel secreto, pero podría salir en días posteriores, tal vez ya estén en camino.
—Imposible nadie ha salido —dijo Raul.
—En todo caso creo que podemos ir los cuatro para ayudarte —dijo Leonardo—, si cargamos suficiente equipaje podremos ayudar incluso al equipo que vaya a investigar.

—¿Eso haría por mi? —preguntó Adriana.
—Claro que sí —dijo Raul.
—Estaremos ayudándote muy cerca —dijo Ximena

Los chicos se abrazaron de inmediato antes de planear su escape. Sabían que era cuestión de tiempo para que los descubrieran así que la velocidad era el factor determinante. No podían salir antes de que salieran todos y entre otras caravanas podrían confundirse más rápido, aún así quedaba un gran reto que sería el equipaje.

Acto 3

A la mañana de la peregrinación las personas comenzaron a vestir atuendos blancos con la imagen de la Virgen de Guadalupe. Las armas fueron enviadas desde temprano en camiones civiles. Mientras tanto Adriana fue llamada desde temprano a la pequeña habitación, cuando llegó las imágenes y la mayoría de los libros ya no estaba.

—Buenos días Mono —dijo la profesora Leticia.
—Buenos días profesora —respondió Adriana.
—Hoy es nuestro gran viaje —respondió Leticia melancólica—, este lugar fue construido por los padres de Victoria y yo ayude con la seguridad. Tal vez no resista la noche. Pero en fin. Ten, quiero que cuides este libro.

La profesora Leticia le entregó el libro que revisaron aquella mañana.

—Los demás llevarán uno también —dijo la profesora Leticia—, odiaría que se perdiera uno y es muy peligroso que se pierdan.

—¿Por qué profesora? —preguntó Adriana.
—Cualquier información en las manos del enemigo, sería una clave por pequeña que sea para nuestra destrucción.

Adriana cogió el libro, observó sus hermosas ilustraciones y lo colocó en su mochila. Los demás chicos entraron para recibir uno y se marcharon en silencio. Los nuevos integrantes eran los últimos en la fila, aún recordaban a los seres queridos que estaban dejando atrás. Querían ir y decirles a todos que marcharán con ellos, pero sabían que eso los pondría en peligro y serían un blanco fácil. Lloraron por las personas que se quedaron, trataron de ser silenciosos, pero hubo algunos niños que preguntaban por sus padres mientras sus lágrimas brotaban. Adriana permaneció silenciosa cuidando la retaguardia junto con sus amigos, sabían que de este grupo iban a ir exploradores. Siguieron adelante hasta dejar por completo alguna vista de la ciudad, fue cuando Leonardo noto los movimientos de algunos Nahuales, se movían de un lado al otro hasta desaparecer en alguna esquina, siguieron caminando y de igual forma se dividieron para no ser observados, sabían a dónde iban a ir, tenían un mapa entre sus cosas y salieron a la búsqueda del padre de Adriana. Raul fue el último, protegía la retaguardia, quedaron de verse hasta la cima de un cerro cercano y ahí siguieron con su búsqueda. Los enormes campos de terreno los ocultaban por algunos kilómetros y después aparecían entre algún pueblo alejado de las grandes urbes. Tardaron dos días en llegar hasta las afueras de donde se encontraba la base militar secreta. Al Menos eso decía el mapa.

—¿Está aquí? —preguntó Raul

Adriana había observado las últimas horas cualquier movimiento, además de unos guardias con uniforme y bien armados la finca era un lugar muy tranquilo. Las aves y los animales salvajes se acercaban lo suficiente para ser observados, pero en cuanto veían a los ojos de los chicos salían corriendo. Esperaron a la noche y comenzaron a dudar la ubicación.

—¿Cuánto más vamos a esperar? —preguntó Raul.

—Hasta que aparezca algún grupo de exploración —dijo Leonardo.

—¿cuándo será eso? —preguntó Raul.

—No sé.

Le dieron varias vueltas en el perímetro permitido para buscar alguna marca en el suelo y no encontraron nada. Pronto se aburrieron. Adriana observó a Leonardo quien parecía unido en sus pensamientos.

—¿Qué piensas Leonardo? —preguntó Adriana.

Leonardo tomó un respiro.

—Pienso en —tomó un breve respiro—, o más bien, me pregunto ¿cuál sería mi obsesión en tiempos de paz?, tal vez estaría sentado en la típica clase observando una película o exposición relajado sin pensar en ninguna otra preocupación que no sea la chica que me gusta, la carrera que quiero o los amigos que tengo.

—Un poco superficial ¿no crees? —dijo Ximena

—Creo que es lo más superficial y sin sentido —dijo Leonardo—, pero en estas situación se me hacen cosas tan importantes.

—Yo quisiera regresar a casa junto a mi mamá —dijo Ximena—, despertar en mi capa e ir directo al desayuno que me hacía todas las mañana.

Los chicos permanecieron en silencio, solo el viento se escucha mientras las aves vuelan. Pronto aparece una camioneta en el horizonte, tratando de ocultarse observa como desciende al menos al menos una docena de hombres. La noche cayó y los muchachos sintieron el frío, no podían encender fuego alguno si querían estar en el anonimato aun. Adriana desesperada solo podía observar como los guardias hacían sus exploraciones, trataban de calentarse con algunos cigarrillos. Se quedaron en bolsas de dormir, debajo de unos árboles y al resguardo del viento. No notaron la presencia de unos gigantescos ojos, un pelaje parduzco y unas grandes orejas. Fueron rodeados en la guardia de Adriana quien invertía todo el tiempo para ver ese pequeño punto en el horizonte. Ximena fue la primera en notarlo, cogió su pistola y apuntó hacia la oscuridad.

—¿Qué chingados estás haciendo aquí? —escucharon un grito.

Voltearon a todas partes y la silueta de un gigantesco felino apareció.

—Usted no me dijo que sabía dónde estaba mi padre —dijo Adriana.
—¿Para qué querías saberlo? —preguntó con furia, mostrando sus colmillos.
—Necesitaba saberlo —gritó Adriana.
El gigantesco jaguar observó a los cuatro chicos con un apetito de formas, este se detuvo y se sentó. Movía los bigotes de un lado al otro y recorría su lengua entre sus labios.
—Tu padre no está aquí —dijo el jaguar.
—Miente —dijo Adriana—, yo escuché a ese hombre decir que aquí habían metido a muchos hombres provenientes de la capital.
—Si, pero si me hubieras dado la confianza —dijo el jaguar—, hubiéramos tenido el tiempo para investigar y corroborar esa información. Tu padre ya no está aquí. Los últimos reportes indican que fue uno de los quince que escaparon hace algunas semanas de aquí. Hasta donde se sabe podría estar en los pueblos circundantes y por lo que hemos investigado está muy cerca de aquí.
El jaguar mostró un pedazo de papel donde tenían pintado un papel e indicaciones.
—¿Por qué me lo oculto? —dijo Adriana.
—Porque no quería que se expusieran a algo tan estupido.
Los cuatro chicos se quedaron callados, el gigantesco jaguar comenzó a disminuir su tamaño hasta tomar la forma de la profesora Leticia, su ropa blanca llegaba hasta el suelo y su rostro humano mostraba una gran decepción.
—¿Cómo sabía que llegaríamos aquí? —preguntó Leonardo.
— No lo sabía—dijo la profesora Letici—, fue el último y más estupido de los lugares que se me hubiera ocurrido.
—¿Por qué se guardó esta información? —preguntó Ximena.
Vengan acérquense. Adriana se sentó inclinada tratando de no ver directo a la profesora, abrazó sus piernas y colocó su frente entre las rodillas como si estuviera en posición fetal.

—Todos los días me llega información que no sé si sea cierto o no —dijo la profesora Leticia—, corroborar cada una me podría llevar un día, dos, una semana o un mes. Hay información crítica donde dicen que están todos y cuando llego es una emboscada. Poniendo en riesgo a todos los que me siguen. Si quieren ayudarme a buscar a sus padres está bien, pero no pueden saltarse la cadena de mando, ¿entendido?

Los chicos se vieron dudosos, no entendieron lo que había dicho. Colocó su mano en su cabeza y respiró profundo.

—La cadena de mando es yo digo que van hacer y ustedes lo hacen —dijo la profesora Leticia—, aunque muchas veces les parecerá sin sentido, estén seguros que su protección y la de los demás será mi prioridad. ¿Puedo confiar en ustedes?

Los cuatro chicos asintieron con la cabeza.

—Muy bien —dijo la profesora Leticia—, ¿quieren ayudar a buscar el padre de Adriana?

Los cuatro chicos asintieron. Les entregó indicaciones específicas de la posible ubicación del padre de Adriana, que sólo tenían esta noche para encontrarlo antes que el grupo se alejara y ya no lo pudieran seguir. De inmediato salieron corriendo hacia el pequeño poblado donde indicaba el mapa. La profesora Leticia se quedó en ese mismo lugar. Observó con paciencia el pequeño punto donde se encontraba la base militar, después de una hora las luces de toda la base se encendieron. Comenzaron a salir los soldados de los edificios y las torres de control buscaban entre los árboles. Se escucharon disparos precisos y comenzaron a caer los centinelas. Trataron de disparar en todas direcciones, pero fue inútil. Comenzaron a entrar subiendo los muros de tres metros fácilmente, los presos adentro habían sido liberados y llevados directo a la armería donde los esperaba una pelea a mano limpia con algunos soldados. Los edificios comenzaron a incendiarse con bombas molotov. Los disparos de los invasores eran precisos, una simple descarga para cada objetivo comenzó a menguar los números de los soldados, para cuando los prisioneros tomaron la armería muchos soldados se dieron por vencidos. Las comunicaciones fueron intermediadas cinco minutos antes de la caída del primer hombre y al ser restauradas sólo se envió la señal de que todos estaban bien, tenían seis horas para salir. Ataron a todos los soldados supervivientes, la mitad del grupo salió rumbo a las montañas con parte del armamento y la otra mitad se llevaron a los civiles.

—Llegaremos a la caravana en cuatro horas —informó una máscara de madera.

Leticia aún veía ese pequeño punto iluminar el fuego.

—Adelante—dijo la profesora Leticia—, no hay que perder tiempo.

Los chicos habían recorrido montañas, pequeños pueblos y algunos ríos en un paisaje semidesértico. No encontraron oposición alguna en su viaje e ignoraban las condiciones donde se encontraba la profesora Leticia. A las afueras del pueblo donde se encontraba la equis en su mapa se detuvieron, habían cadenas en algunas calles y civiles armados en algunas esquinas. Esquivaban con sutileza hasta llegar a una avenida, cientos de pequeñas luces de velas iluminaban la noche, las paredes tapizadas de fotografías, dedicatorias y recuerdo de los vivos a quién perteneció la foto eran un templo al aire libre.

—¿Qué es esto? —preguntó Ximena.

Habían permanecido tanto tiempo escondidos que se habían olvidado del movimiento del mundo. Ximena se acercó a una fotografía donde se encontraba una periodico de la semana pasada, lo cogió con respeto y leyó la primera plana.

—Olas de violencia estallan en todo el país, los muertos se están contando por cientos, pero sociedades civiles ya registran miles. Estados agrónomos sufren las mayores pérdidas mientras el presidente lucha por legitimar sus elecciones con una victoria del 0.66 por cierto ante su mayor competidor, el cual se encuentra en terapia intensiva después de sufrir un atentado en la avenida a la revolución en su camioneta privada.

—¿Qué maldita sea esto? —se preguntó Leonardo.

—No podemos distraernos —dijo Raul—, necesitamos dividirnos para encontrar al Padre de Adriana. ¿Dónde está el mapa? Adriana mostró el mapa, Raul los dividió entre los cinco puntos y a Leonardo le tocaron dos ubicaciones cercanas entre sí. Colocaron una sexta ubicación donde se encontrarán al final de su búsqueda, tenían sólo tres horas antes de que terminará el tiempo. Raul fue el primero en revisar una pequeña casita a las afueras del pueblo encontrando sólo escombros de una construcción, Leonardo usó los ojos rojos todo el tiempo para revisar las casas tan rápido que lo hizo dos veces la primera tenía un gigantesco patio donde se encontraban dos construcciones y la segunda se encontraba en una vecindad, trató de ser sigiloso, pero los perros comenzaron a ladrar su ubicación. Ximena fue la que más se tardó revisando cada habitación y centímetro de la casa, para su desagrado habían estado ahí no hace mucho, noto las botas de un escuadrón militar, observó como en las paredes habían pequeños agujeros de bala y en una habitación se encontraba una gigantesca mancha de color cafe.

Acto 4

La silueta estaba acercándose, las pisadas quebraban las pequeñas ramas, la hierba húmeda por el rocío de la mañana se podía escuchar, la puerta estaba rota al igual que todas las ventanas, mientras las cortinas se movían levemente por una brizna de viento. Las plantas comenzaron a ganar terreno en su interior, al igual que una gruesa capa de polvo. Lo primero que observó fue brazo sangrante arriba del rojo escarlata de la sangre en un charco que se extendía con dirección a la habitación contigua, el cuerpo que se descubrió era el de un hombre, su mirada petrificada observaba el techo, aún tenía un leve brillo en sus ojos, mientras con sigilo lo esquivaba, la mirada del rifle estaba apuntando donde podía estar su asesino. Al inspeccionar la sala encontró otro cuerpo, mientras avanzaba por la cocina, la madera destruida por las inclemencias del tiempo se caían a pedazos, mientras la suciedad lo consumía todo en un amarillento color pardusco, en la mesa se encontraba un plato, un vaso y un juego de cubiertos. Las pisadas en el segundo piso llamaron su atención, se movió con tanto sigilo que difícilmente se puede decir que estaba caminando.

Al llegar a una habitación con la puerta cerrada se detuvo algunos segundos, el sonido de un golpe seco hizo notar que alguien había caído, colocó su dedo muy cerca del gatillo mientras esperaba, comenzó a escuchar sonidos similares a un chasquido siendo repetidos frenéticamente. Golpeó la puerta y fue cuando Adriana observó a su padre que presiona el gatillo de un arma completamente descargada. El rostro del padre de Adriana estaba completamente irreconocible de la tremenda cantidad de golpes que ha recibido, al grado de nublar su vista y no reconocer el rostro de su hija quien se había quitado la máscara.

—¡Papá! —dijo Adriana entrecortando la palabra por el nudo en la garganta que tenía, el hombre parecía reaccionar—, ¡Papá!

En esta segunda vez el hombre bajó el arma, limpiándose la sangre del rostro tratando de ver el rostro de su hija.

Adriana caminó lo más lejos que pudo mientras su padre trataba de levantarse, se arrodilló para de igual forma limpiar el rostro de su padre que ahora ya no era sangre sino lágrimas las que obstruyen su visión.

—Hija —pronunció una sencilla palabra que le causó dolor por todas las heridas y golpes. Trataba de decir más, pero aún no lograba superar la brecha del dolor. Extendió los brazos para rodear a Adriana en cuanto sintió sus cálidas manos limpiar su rostro.

Adriana sintió una enorme calidez mientras trataba de no llorar al ver a su padre y sentir su abrazo, de igual forma dejó de limpiarle la cara mientras lo abrazaba. Había recordado que como cada mañana justo antes de irse a trabajar él abrazaba a cada uno de sus hijos, aunque Adriana siempre en varias ocasiones se negaba a ser abrazada puesto que siempre afirmaba "ya estoy grande para eso". Adriana no pudo decir más mientras su padre temblaba en brazos suyos, mientras las lágrimas brotaban y porque una creciente frustración de parte del padre de Adriana crecía, al no poder comunicarse con ella. Sin mucho esfuerzo extendió sus brazos para sostenerlo en sus manos, lo levantó con una enorme facilidad, ella recordaba una foto en la cual su padre la cargaba por vez primera de recién nacida. Colocando cuidadosamente en la cama que se encontraba a unos cuantos metros, permaneciendo ahí hasta que la fatiga de su padre y las heridas lo llevaran a pedir ayuda.

Al observar el cuerpo maltrecho de su padre Adriana lo comenzó a inspeccionar, tenía un disparo de bala en el costado que había salido, mientras que la mayoría de los golpes fueron por combate. Mientras recogía sus cosas y acercaba su botiquín, el médico notó que su papá se encontraba calmado mientras abría con más dificultad sus ojos. Adriana revisó sus signos vitales mientras reflexionaba "¿Qué es lo que debo hacer primero?", cogió su comunicador y mandó un mensaje de auxilio. Fue a la cocina para revisar con que contaba, al abrir el refrigerador una pestilencia salió de él, de inmediato lo cerró sin fijarse que es lo que había dentro. Busco un recipiente y después lo llenó de agua. Lo subió hasta donde estaba su padre y comenzó a tratar sus heridas, detuvo la hemorragia, futuro, limpio la herida. Le inyectó antibióticos y colocó una pequeña pastilla por debajo de la lengua un analgésico antinflamatorio. Limpio toda su cara, limpiaba y volvía a lavar un pequeño trapo que era parte de su cama. No sabía que tan mal estaba su padre, incluso ahora que lo veía calmado, mientras se tranquilizaba su respiración, no sabía si tenía alguna herida interna por los golpes, no podía saberlo y ciertamente le preocupaba que ya no volviera a abrir sus ojos. El rojizo crepuscular del atardecer comenzaba a verse en cada habitación, la noche sería lo más difícil, Adriana colocó una vela a un lado de la cabecera de su papá, preparándose para cuando llegue la noche, enlisto sus armas y sus municiones al igual que las armas de los hombres muertos. Colocó sus cuerpos en una habitación y atranco la puerta para que nadie los encontrara por casualidad.

La oscuridad de la noche llegó, las estrellas se observaban radiantes mientras que no había ningún rastro de luz lunar. Comenzó a hacer rondines en las habitaciones mientras observaba por cada ventana, no había ningún punto en el cual se observará una posición de franco tirador, ni mucho menos otra construcción cercana. Eso le dio una confianza tremenda al grado que Adriana se expusiera, caminando entre los jardines de flores cuyos capullos se abrían en la noche dejando ver sus pétalos extendidos, inspeccionó un pequeño cuarto usado como almacén, esta tenía todos los vidrios de las ventas empañados por una capa de mugre, los pequeños árboles alrededor producían manzanas, peras, duraznos y nueces, recogió algunos frutos lo bastante maduros para ser comidos. Los colocó en la mesa de la cocina, revisó la infraestructura del gas, revisando con cuidado que no estuviera dañada o deteriorada, los tanques estaban vacíos así que igual eran inútiles.

Leves sonidos en el segundo piso lograron llamar la atención de Adriana, al llegar a la puerta noto el gran cambio en su rostro había encendido la vela mientras. La mirada del padre de Adriana era totalmente diferente, una sonrisa brotó en el rostro de ambos. Se abrazaron por unos minutos y recuperando el aliento el padre fue el primero en hablar.

—¿Qué me diste?, me siento excelente. Podría correr un maratón.

—Medicamento experimental, bueno. Eso fue lo que dijo la profesora Leticia.

Adriana se sentó a su lado esperando.

—¿Leticia?, ¿Qué sabes de ella? —preguntó cortante el padre de Adriana, mientras se borraba la sonrisa de ambos.

—Ella se ha estado reuniendo en la Cúpula de París. Enlistando personas de aquí y de allá.

—¿Enlistando personas?, ¿Qué pretende?

—Ella dice que quiere hacer una revolución, que el abuso es suficiente. Te ha estado buscando, ha estado buscando a todos desde que se los llevaron.

—¿A quiénes todos?, ¿Qué sabes de la cúpula?

—He buscado a los padres de Pedro, Raul, Leonardo, Gabriel, Sofía, Ximena y Raul: igual a toda su familia. La Cúpula de París es una organización que fue fundada por el padre de Victoria, que los convenció para tratar de ayudar a todos.

—¿Todas sus familias?, esa es una linda idea de lo que tratábamos de hacer. Era un fracaso desde el principio, fuimos muy ingenuos. ¿Qué hora es?

—Son las cinco de la mañana, es 14 de septiembre de 2012, si tan bien te lo preguntabas. Si, las familias de todos ellos. Al igual que muchas personas más, políticos, reporteros, policías y un largo etcétera. ¿Qué pasó papá?, cuando llegué a casa ese último día, era un completo caos, Doña Leti me dijo que policías habían llegado y se llevaron a todos.

—No eran exactamente policías, tenían una preparación militar, lanzaron granadas de aturdimiento y nos esposaron de manos y pies.

—¿Y mi mamá, y mis hermanos? —dijo Adriana lo más claro posible.

—Nos llevaron a una prisión preventiva, no nos dijeron nuestros derechos ni nos dejaron hacer alguna llamada, tus hermanos los llevaron a otra prisión, entre el transporte de prisión y prisión logré escaparme. Logre capturar a uno de quienes nos llevaron, después de mucho tiempo logré saber en dónde estaban, en una prisión cerca de la ciudad de Toluca. Me siguieron, me siguieron hasta aquí, creí que moriría y gracias.

Adriana estaba llorando en esta ocasión no trato de evitarlo, solamente dejó que salieran las lágrimas como una lluvia que limpiaba el alma. No podía hablar, su voz estaría entrecortada y le faltaría el aire. Miraba fijamente enfrente de ella, hacia el vacío.

—No sé en dónde está tu madre, nunca perderé la fe de encontrarla. Creo que he fracasado en protegerlos, lo lamento tanto.

—¡No digas eso! —Adriana trató de decirlo con la mayor claridad posible. —Nadie podía saber lo que pasaría.

—No hija, yo lo sabía, Leticia me lo dijo hace algunos años, creía que era paranoia. Solamente algunos le creyeron, en esos momentos el construir fortalezas de guerra era una idea bastante estúpida, en estos últimos meses tuve que vivir en las sombras, use la ropa más vieja que encontré mientras lograba ocultarme en basureros y casas abandonadas. Trate de que nadie me encontrara, pensé que solamente estaba buscando esas personas. No puedo creer que Leticia está haciendo todo esto.

—Si, ella ha ayudado a muchas. Nos buscó a todos nosotros y nos ayudó.

—¿Cómo?

—Nos enseñó a defendernos y nos dio una jeringa que tenía algo.

—¿Una vacuna?

—Algo así, le dio habilidades inimaginables a Ximena, no he llegado a ese punto, pero creo poder llegar a ese nivel.

—Dime, ¿Te propuso entrar a la cúpula de París?

—Si, a todos nosotros. Todos entramos

—Por mucho tiempo he tratado de estar en contra de Leticia, pero creo que en estos momentos ella tiene una mejor perspectiva de las cosas. ¿Logró enseñarle a disparar?, creo que sería una victoria sobre mí, siempre trate de enseñarte, pero tenías dos manos izquierdas—. El padre de Adriana río tratando de no esforzarse mucho, aun así, cada carcajada le causo dolor.

—Caya, yo aprendí bien a disparar cuando me lo enseñaste—. La risa de Adriana se confundió un poco con la de su padre, hasta que comenzó a toser, en ese momento guardó la calma por un momento hasta que terminara la tos. —Creo que necesitas ir a un hospital.

—Todos los hospitales están vendidos.

—No todos, hay algunos hospitales que tan bien están con la profesora Leticia. Te llevaremos a uno de ellos.

—No, no hay tiempo, pronto habrá un camión que llevará a los prisioneros a otra localización.

—Lo sabemos papá, hemos buscado a los prisioneros para ayudarlos. Me mandaron aquí justamente para investigar a esos hombres, creíamos que nos llevarían a ese lugar, pero creo que te estaban buscando.

La sonrisa del padre de Adriana apareció una vez más, esta vez Adriana no le siguió el juego, tratando de que se calmara.

—Tuve mucha oportunidad ante tu padre.

Adriana veía al suelo, trataba de fingir que no había escuchado.

—Lamento que tengas que entrar a esta guerra, lo lamento porque yo soy culpable de que entraras.

—No digas eso papá.

—No Adriana, es mi culpa. Hubo una ocasión que me preguntaron si quería pelear una guerra para que cambiara este país de mierda. Dije que no. Esa guerra se pospuso hasta que llegó a tu generación. Déjame decirte algo, cuando conocí a Máximo y a Leticia estaban llenos de ideas de cómo debía de ser un buen país. Sufrimos muchas bajas, luchamos tantas batallas como pudimos, en una de esas batallas vi a amigos, a hermanos caer bajo el fuego de las armas de enemigos que nunca habíamos visto —dijo con dolor en cada palabra el padre de Adriana, mientras un sudor frío salía de sus poros—. Luchamos e incluso usamos los cuerpos de nuestros muertos como protección, no nos rendimos hasta que arrasamos a nuestro enemigo, tuvimos que matar a algunos de ellos con nuestras propias manos, entramos esa noche y jamás volvimos iguales. No quería eso para ti, así que pactamos una tregua que, por supuesto, no respetaron y ahora tú, tus hermanos y tu madre están pagando mi debilidad.

Acto 5.

—No te preocupes, iremos por ellos.

—Pero si les pasa algo, si les pasa algo nunca me lo voy a perdonar.

—Tranquilo—. Adriana le colocó la mano en el hombro.

—Aún me cuesta mucho trabajo hija, aun me cuesta mucho trabajo.

—Tranquilo, solamente no pienses en eso. Solamente —la voz de Adriana desapareció, mientras trataba de decir algo—, recuerdas cuando. Yo tenía seis años, me cargabas en tus hombros justamente el quince de septiembre, justamente tenía miedo de los fuegos artificiales mientras me cargabas en tus hombros, mis hermanos se estaban burlándose de mí, ¿recuerdas qué les dijiste?

—Pinches excluibles, cálmense con su hermana, deberían cuidarla cabrones.

Comenzaron a reír después de la interpretación de su padre enojado.

—Si, exactamente eso, me dijiste que no llorara mientras se rieran de mí, que no valía la pena desperdiciar mis lágrimas en esos pendejos. Nunca te lo agradecí sabes, siempre estuve atesorando ese momento.

—No sé de qué hija, para eso estabas.

—Es que nunca me dejaste sola, incluso cuando yo me lo había ganado. Recuerdo en una ocasión, la primera vez que bebí con unas amigas, creo que fue en secundaria, no entré a la escuela y nos perdimos. Estábamos muy asustadas, cuando, nadie quería hablarles a sus papás por miedo a que fueran regañadas. Por alguna extraña razón yo pensé en ti, yo sabía que si te marcaba iríamos por nosotras, por alguna extraña razón yo no tenía miedo. Te marca desde un teléfono público y dijiste que no me moviera ni un solo metro. Esperamos, hasta que algunos muchachos y unos hombres estaban preguntando si nos habíamos perdido. Nos persiguieron, sus risas eran la de unos dementes y cuando ya no había a donde correr, llegaste tú. Eran cuatro hombres y uno logró golpearte, les dijiste que se alejaran o los matarías. Nos dijiste que nos subiéramos a la camioneta y desde ese punto solamente nos hablaste para lo absolutamente necesario. Llevaste a todas mis amigas a sus casas, sus padres de igual forma estaban muy asustadas. Llegamos a casa y luego mi mamá me abrazó, ese abrazo fue muy tierno. Pensé que me engañarías, pensé que me castigarás o al menos que me pegarías. No, nada de eso. Había una botella de alcohol en la mesa, me serviste, bebimos juntos hasta que la vomité, ese día no pude dormir en toda la noche, la fiebre, el bonito. No entendía porque me habías hecho beber tanto, al día siguiente me habías dicho que ese era el resultado que me esperaba. No volví a beber hasta ese día en tu cumpleaños, no parabas de decirme como me sentía.

—No volviste a beber hasta la inconsciencia.

Ambos comenzaron a reír mientras las aves comenzaban con su canto, algunos truenos lejanos se escuchaban. A kilómetros de donde se encontraban las primeras gotas de la lluvia comienza a caer. Los árboles se movían de un lado al otro por la fuerza del viento, la luz de una pequeña comunidad apreciaba entre la espesa flora y los estrechos cerros. La carretera se encontraba despejada mientras los faros de un auto iluminaban el camino, la puerta se abrió de donde salió una chica. El vestido corto de color negro llevaba un poco arriba de la rodia, posiblemente la habían dejado sus amigos a unas cuantas calles de una casa donde le abrirán la puerta y la estarán esperando sus seres queridos. Ninguna persona caminaba cerca de la oscuridad de la calle iluminada por unos pequeños faros de poste de madera. El caminar de la chica apenas se escuchaba, el viento la hacía temblar puesto que su escote era bello y hermoso, mientras recorría cada casa cuyos habitantes dormían, los perros escuchaban sus caminatas sin ponerle mucha atención. La luz azul y roja rondaban cerca, el sentido espectral que manejaban iluminando con un sentido de muerte mientras avanzaba. Cuatro policías con armas de fuego estaban dentro de ese carro demoníaco, exhalando atrás de un cristal que se empeñaba ocultando su rostro en sombras oscuras indistinguibles. Las grandes llantas se movían con lentitud mientras observaban con cautela las calles oscuras. Mientras giraban la patrulla encontraron una sombra que llamó su atención, no era la ropa, no era su bello cuerpo, era el hecho de que ellos la estaban buscando, sin saber quién es ni su nombre, la buscaban a ella y a toda mujer que se encontrara sola en estas, sus calles, su infierno personal. El hombre más joven estuvo sonriendo "mira a esa flaquita". La patrulla aceleró su velocidad, la mujer escuchaba mientras su corazón latía tan fuerte e intensamente, creyendo que su corazón delataba su presencia. Los pasos fueron cada vez más frenéticos y veloces mientras escuchaba con mayor claridad el movimiento de las llantas, hasta llegar a un lado de la chica, una sombra detrás de la puerta comenzó a mostrar el hombre detrás del empañado cristal mientras su voz se escuchaba "súbete, te llevamos", mientras se adentraba a una casa respondiendo "ya llegué gracias". La patrulla se detuvo enfrente de la casa mientras veían como la chica se paraba enfrente de una puerta iluminada por la luz de foco arriba de ella. Tocó una vez y nadie respondió, tocó por segunda vez escuchando como se abrían las puertas de la patrulla, tocó tres veces mientras escuchaba los pasos de los policías, su mano fue detenida cuando iba a tocar la puerta por cuarta vez. Su boca estaba cubierta por un pedazo de tela, mientras que unas manos sostenían cada una de sus piernas y un brazo cruzaba por su cuello evitando que respirara. Los perros comenzaron a ladrar en toda la calle mientras los cuatro hombres la subían a la patrulla, dos se mantuvieran sosteniéndose en la parte trasera mientras que los otros dos ayudaron a cerrar las puertas y se subieron. El motor se encendió mientras uno de los policías sostenía la tela para que no pudiera hablar, mientras el otro tocaba los senos de la chica, sus llantos fueron ignorados mientras las manos del policía bajaban, subiendo su vestido se quedó unos segundos observando las bragas rojas tratando abrir las piernas. Mientras ambos hombres excitados por haber sometido a una niña comenzaron a desvestirla, mientras uno de los policías sentía una presión por debajo de su cintura, la chica rodaba con sus piernas el tronco del hombre, mientras este recordaba una escena similar una noche atrás cuando habían levantado a una mujer. La presión en la cadera del policía comenzó a subir de intensidad hasta que reventó en un dolor insoportable, al abrir los ojos pudo ver los ojos teñidos en sangre de la chica mientras sostenía el cuello de su compañero con una mano evitando que pueda hablar. Al notar que la observa sonrió y con la otra mano le dio un golpe en la garganta, Sacó de su boca una pequeña navaja para cortar con movimientos rápidos el cuello de ambos, la tibia sangre de sus víctimas tocaba su piel, mientras que los dos policías observaban con horror el destino de sus compañeros. La mujer se integró con una de las pistolas de los policías y con dos tiros limpios en la cabeza

La patrulla comenzó a detenerse, una de sus puertas se abrió dejando salir el cuerpo inerte del policía que hace unos momentos asfixiaba a una niña de dieciséis años. La patrulla se detuvo por causa de un árbol mientras disminuye su velocidad era no mayor a la de un ratón. Las sombras observaron los cuerpos, recogieron cada uno de los cuerpos llevándolos a la oscuridad del bosque. Mientras la mujer apagaba las luces de la patrulla. Pasaron algunos minutos, la luz de los faros del auto se encendió, subiendo tres siluetas oscuras, sin decir una palabra, sin mencionar ni un solo comentario. El motor se encendió y la patrulla comenzó a alejarse de donde estaba.

—¿Qué hay afuera? —dijo Adriana a su padre.

—Hay criaturas abominables afuera. No siempre podremos mantenerlas afuera, algún día entrara como lo hicieron en nuestra casa. No les importo que yo me haya dado por vencido hace años, no les importó que eran niños y mucho menos les importó lo que representaban.

—¿Por qué entraste a la Cúpula en primer lugar?— La mente de Adriana estaba al tanto de cada palabra.

—Creí que podíamos hacer un mejor lugar, pero no lo logramos. ¿Y tú para que entraste en la cúpula hija?

—Para encontrarte, para encontrar a mamá y a mis hermanos. No tengo otra misión. No entre por otros motivos.

—Tal vez, ¿y cuando nos encuentres?— El padre de Adriana lucía cansado.

—Ayudaré a quienes me ayudaron.

—Si, esa pregunta seguirá contigo como lo sigue conmigo hija. Solamente ten en mente eso. Bueno, pronto amanecerá, creo que descansaré un poco, estoy muy agotado.

—Si, descansa. Yo te cuidare esta noche.

Adriana escuchó a unos metros el sonido de las llantas en la terracería, recogió cada una de sus armas y enlistó muchas de los hombres caídos, al tomar una arma pequeña sintió la frialdad del acero, su peso y como estaba se amoldaba en su mano. Recordando la primera vez que había disparado un arma, se había levantado muy temprano ese día, su padre le había dicho que era un día muy especial. El amanecer salía en el alba mientras estaba siendo cargada en los brazos de su padre, caminaba por el campo en dirección a un campo de tiros, en ese lugar había un hombre que tenía todo un arsenal preparado para la ocasión. El desayuno fueron unos huevos rancheros, el olor del guiso era agradable mientras esperaban los primeros rayos del amanecer. Su padre le entregó un arma y le dijo que apuntara con cuidado, tan solo basto un solo disparo, Adriana observó como la retrocarga retrocedía.

—No podemos esperar más profesora Leticia.

—Tan solo un par de minutos más.

El sol ya estaba visible en el horizonte, los preparativos para seguir caminando estaban listos, habían pasado tres días desde que Leticia vio a los chicos por última vez y no había rastro de ellos por ningún lado. El viento ondeaba la ropa de Leticia dejando una fina capa de polvo, la neblina no se había dispersado por completo y el frío comenzaba a calmar los huesos. Recordó la primera vez que vio juntos a los ocho niños a su cargo, había participado como psicóloga en un jardín infantil de la ciudad de México, simples niños, hasta que vio a uno de ellos destacar en todas las actividades, fuerza, velocidad y las más importantes para ella, liderazgo y determinación. Los ocho niños parecían tener actitudes en muchas áreas, pero ella en especial podría ser algo más, algo que tal vez estaba buscando.

Cuando se dio la vuelta alzó la mano para que todos se levantaran, los niños que aún seguían cansados del día anterior se levantaron y los ancianos con una taza de café en el estómago siguieron. Leticia oculto su rostro bajo la capucha blanca de su ropa y una niña pequeña a su lado no paraba de voltear hacia atrás.

—¿Ellos vienen con nosotros mamás?

La profesora Leticia voltea de inmediato y entre todo el polvo y la neblina aparecen las siluetas de cinco personas. La mayor apoyándose en Leonardo y Raul mientras Adriana se sostenía junto a Ximena. Llamó a una enfermera, se apresuró a su llegada y les llevó agua. Sus cuerpos mucho más delgados aún estaban firmes ante las inclemencias del tiempo.

—Primera misión exitosa —dijo Adriana.

—Descansa —dijo Leticia.

Cargó el cuerpo fatigado de Adriana hasta donde se movilizaban, en una camilla donde dos nahuales la cargaron igual que a sus compañeros. Le dio un abrazo a su viejo amigo y le ayudó a caminar, relativamente está mejor que todos los chicos y no perdió el tiempo en informarle sobre lo visto todo este tiempo.

—Algo se acerca.

Capítulo 8 Quiero que te lastimen como me lastimaron a mi /Victoria

Victoria observó con pánico los rostros de desesperación de las personas mientras huían de la policía, las estrechas calles de Veracruz y los empedrados volvían aún más difícil correr. Las cámaras de varias televisoras tenían reflectores en cada esquina, los ojos del país estaban grabando cada momento y dejando escuchar su desaprobación. La humedad de la ciudad hacía difícil respirar a Victoria mientras Gabriel trataba de alejarse lo más posible del epicentro. Victoria lo detuvo y le dio un golpe con la derecha dejándolo tirado en la calle, mientras ella comenzó a caminar en dirección a los policías, algunas personas con pasamontañas soltaron bombas molotov y justo antes de tocar el suelo Victoria lo cogió y lo arrojó a los policías, su fuerza y precisión hizo que la policía retrocediera. Repitió varias veces el mismo proceso y fue cuando la observó, su mirada penetrante lleno de furia debajo de un pasamontañas, la policía la estaba golpeando. Gabriel fue golpeado por las personas a su alrededor, trataba de caminar, sus piernas estaban adoloridas por las pisadas y no podía respirar por un dolor en las costillas. Victoria corrió a ayudarla golpeando a cada policía y alejándose de una chica. Salieron corriendo mientras el fuego se esparcía, la gente se retiraba y la policía trataba de apagar el fuego. Huyeron hasta llegar a un refugio donde comenzaron a atender a los heridos.

—¿Qué chingados hiciste? —dijo la profesora Leticia.

—Ellos comenzaron —dijo Victoria.

—Hay policías quemados y posiblemente muertos —dijo la profesora Leticia—, era una marcha pacífica y ahora hay imágenes suyas en cada televisor arrojando la primera bomba.

—Había cámaras —dijo Victoria—, ellos vieron que los policías comenzaron a atacar a los civiles.

—Ellos transmitirán lo que se les diga que transmitan —dijo la profesora Leticia.

—Son unas mierdas —dijo Victoria.
—¿Dónde está Gabriel? —preguntó la profesora Leticia.
—Se fue —dijo Victoria.
—¿A dónde se fue? —preguntó la profesora Leticia.
—No lo sé y no me importa —dijo Victoria.
—¡Era tu responsabilidad! —dijo Leticia.
—¿Qué hizo él por mi? —preguntó Victoria.
—¡Alexandra! —gritó la profesora Leticia—, ahora tú serás la responsabilidad de ella y espero aprenda algo.

Victoria no quiso ver la cara de Alexandra, miró como la profesora se perdía entre la multitud. Las dos chicas se observaron sorprendidas, era la chica que había salvado Victoria horas atrás, su rostro tenía un ojo morado. La profesora Leticia salió de la guarida mientras las enfermeras atendían por docenas a los heridos. La encargada principal vio varias heridas de arma blanca, balas de goma, impacto de gas y golpe por puños.

—¿Que chingados paso afuera Leticia? —dijo la enfermera Hernandez.
—Hubo problemas y complicaciones—respondió Leticia.
—Pasó una maldita guerra —dijo la enfermera Hernandez.
—Tu mejor que nadie sabe cómo es realmente una guerra —dijo la profesora Leticia—, y yo soy la última persona que iniciaría una guerra, pero esos pinches policías vienen con indicaciones.
—¿Venían con indicaciones ? —dijo la enfermera Hernandez—, ¿a quien putamadre se le ocurre llevar bombas molotov a una manifestación pacíficas?

Las enfermeras atendieron todo tipo de heridas durante toda la noche, llevaban suturas de un lado al otro, sueros y anestesia. Las enfermeras novatas se detenían por pequeños momentos y eran impulsadas por las más experimentadas. Algunas enfermeras habían trabajado durante mucho tiempo a un lado de la enfermera Hernandez durante las guerras del siglo pasado, recordaron como era por unos momentos y vieron en las novatas sus inicios. En las últimas horas de la noche las manos cansadas de las enfermeras más experimentadas comenzaron a temblar por el cansancio, fue en ese momento cuando entregaron el porta aguja a las novatas.

Hubo un vacío en el estómago de Victoria cuando se dio cuenta que caminaba sola entre las personas, fue a su habitación donde estaban sus pocas pertenencias, no sabía si quería ir con su familia o si solo quería permanecer sola en su habitación. Cerró los ojos y lo siguiente que sintió fue el agua fría mojar su rostro, tosió un poco y brincó fuera de su cama.

—Al parecer la favorita de la profesora aún quiere dormir un poco más —dijo Alexandra mientras reía.

—¿Qué mierdas te pasa?

—Es hora de levantarse —dijo Alexandra tratando de contener su furia.

Moth le soltó un golpe arriba de la rodilla.

—Al parecer alguien quiere jugar —dijo Alexandra.

Alexandra sostuvo a Victoria del cabello arrastrandola por veinte metros hasta llegar en medio del patio. Algunos Nahuales observaron perplejos y muchos jóvenes más salieron de sus dormitorios para observar.

—Vean —dijo Alexandra—, la preferida de la maestra.

En cuanto Victoria intentó levantarse sintió como el pucho de Alexandra impacta en todo su rostro. La cabeza le daba vueltas.

—No te conviene hacer enojar —dijo Victoria.

—Creo que ya es demasiado tarde —dijo Axandra—, ya estoy enojada.

Victoria sintió como aumentaba su pulso cardíaco, sintió que toda la sangre le hervía y como sus ojos se teñían de rojo carmesí. Alexandra no se movió ni un centímetro hacia atrás cuando observó a Victoria, su rostro de felicidad al ver ese cambio. Victoria se le fue encima con un golpe que fácilmente esquivo Alexandra, trató de atraparla, pero sus movimientos esquivos eran rápidos y cuando se cansó de lanzar golpes pudo ver la sonrisa en el rostro de Alexandra quien respiraba profundamente con los brazos alzados en posición defensiva.

—¿Es todo? —dijo Alexandra—, bien. Mi turno.

Alexandra le dio un golpe preciso con dos de sus dedos en el cuello de Victoria impidiendo que respirara. Atacó cada brazo en sus uniones dejándolos inútiles. Le sacó el aire con un golpe directo en la base del estómago y la derribó de un puñetazo en la barbilla. En el suelo comenzó a golpearla en la cara hasta dejarla con un ojo morado y el labio sangrando. Mont no perdió la conciencia en ningún momento, alrededor de su ojo izquierdo el párpado y el pómulo comenzaron a hincharse al grado de obstruir su visión. Todos los presentes solo observaron, alguno ni siquiera dejó de hacer sus actividades, los golpes de Alexandra tenían un ritmo constante y fluido. Llegó un Nahual hasta donde se encontraban las chicas.

—Suficiente —dijo el Nahual.

Alexandra se detuvo de inmediato. Victoria trataba de levantarse con todas sus fuerzas, apoyaba sus manos en el piso y trataba de empujar. La cabeza aún le daba vueltas mientras trataba de respirar, tosía sangre mientras se arrastraba.

—Ustedes dos, levantarla y llevarla a la enfermería.

Las dos chicas observaron todo y se apresuraron en llevar a Victoria a la enfermería. Al llegar a la enfermería la colocaron en el suelo, todas las camas estaban llenas por lo acontecido ayer. Victoria escuchó a las chicas hablar.

—Le propició una gran golpiza.

—Si ella no hubiera sido lo hubiera hecho otra persona. Se lo merece.

—Lo sé, pero no creo que la hubieran dejado tan mal.

Las chicas se marcharon y llegó una enferma completamente horrorizada de cómo había quedado Victoria. Pasaron dos días y la inflamación había reducido su tamaño. Los heridos en la enfermería siempre pedían ser alejados lo más posible de Victoria y mientras veían con recelo a la chica, la furia de esta se convirtió en sorpresa.

—¿Cómo sigue nuestra enfermita preferida —dijo Alexandra.

—¿Qué chingados vienes hacer aquí?

—Que boquita —dijo Alexandra—, si sabes lo que dicen de la gente que responde una pregunta con otra pregunta. En fin. Vengo a darte una carta de alguno de tus amigos.

—Yo no tengo amigos —dijo Victoria.

—¿No? —dijo Alexandra—, está bien. Tal vez está equivocada. Dijo burlándose mientras guardaba la carta.

—¿A qué viniste? —preguntó Victoria.

—Estoy encargada de ti desde que la profesora te dejó a mi cargo —dijo Alexandra—, vengo avisarte que nos iremos a primera hora de mañana.

—No pienso irme a ningún lado —dijo Victoria.

—No tienes opción —dijo Alexandra—, y no quiero obligarte, pero estás en todos los periódicos y en muchos noticieros. Quedarte aquí es solo arriesgar a los demás heridos.

Alexandra le arrojó un periódico a los muslos con su cara en primera plana y con el título "líder de protesta organizó un ataque coordinado contra los policías", mostraba un acercamiento al rostro de Victoria mientras arrojaba la bomba molotov.

—Eso no pasó —dijo Victoria enfurecida.

—La profesora Leticia te lo dijo y si eres más de lo que pareces vas a ir a los periódicos a contar tu versión. Pará que después te atrapen y luego te torturen para que digas en dónde estamos. Así todas las personas lastimadas vayan a prisión preventiva.

—Los deben de enviar a un hospital para atender sus heridas —dijo Victoria.

—Si, bueno. También los periódicos deben de decir la verdad, pero no hacen ¿cierto?

Victoria se quedó callada, observó su rostro en el periódico, leyó algunas notas. Alexandra salió en silencio a hacer los preparativos de la huida. Esa noche no pudo dormir bien pensando en esas fotos donde ella arrojaba las bombas molotov. A la mañana siguiente tenía unas grandes ojeras, destacaban en su piel clara y sus ojos apenas podían abrirse.

—Muy buenos días —dijo Alexandra.
Victoria se asustó al escuchar esas palabras y se paró de inmediato.
—Estás preparada para salir —dijo Alexandra—, es momento de irnos.
Alexandra le entregó una mochila, ropa y esperó mientras se cambiaba. Victoria en cuanto sintió su mirada la observó con una mirada fulminante.
—¿Te molesto mientras me cambio? —dijo Victoria.
—Si —dijo Alexandra—, ¿podrías hacerlo más lento?, esos lindos muslos necesitan un poco más de aire fresco.
—¡Lárgate! —grito Victoria.
Alexandra se fue haciendo pucheros y hablando con el tono de voz muy bajo para que nadie la pudiera escuchar. Después de algunos minutos salió con calma, varios chicos la observaron con enojo. Era la última que esperaban para que el pequeño grupo saliera. Trató de tomar su distancia donde nadie pudiera verla, en la cola del grupo.
—¿Qué estás haciendo aquí? —preguntó Alexandra.
—Solo quiero tomar distancia.
—¿Lo haces porque todos te odian? —preguntó Alexandra con un tono de voz bajo.
—No, nadie tiene motivos para odiarme.
—Oh si, si los tienen —dijo Alexandra—, si no fuera por tu culpa todos ellos seguirán en sus camas durmiendo y descansando
—¿Por qué mi culpa? —dijo Victoria tratando de no levantar la voz.
—Por qué si no fuera por tu arranque de ira en las calles el ejército y la policía no irían detrás de ti. Y si no fueran por detrás de ti, no irían por detrás de todos ellos. Es un simple análisis de que si paga uno, pagan todos.
—¿Y tú qué haces aquí? —dijo Victoria.
—Yo tengo que cuidarte para que no te metas en más problemas —dijo Alexandra.

—¿Quién te dijo que necesitaba que alguien me cuidara? —preguntó Victoria.

—No tengo que cuidarte —dijo Alexandra—, la profesora Leticia me quiere cerca de ti para que tus errores no afecten a los demás y no los metas en problemas.

—La profesora Leticia —dijo Victoria—, ¿Dónde está?

—Se fue a la capital para resolver el gran problema que hiciste.

—¿Cómo? —preguntó Victoria.

—Eres más tonta de lo que pareces —dijo Alexandra—, si yo supiera como se arregla estaría con ella resolviendo este problema. En cambio estoy a tu lado previniendo que no mates a nadie con tu estupidez.

Victoria le soltó un golpe que Alexandra detuvo con facilidad, la diferencia de tamaño era considerable. Victoria apenas le llegaba al hombro. Alexandra noto como la fuerza de Victoria aumentaba, como sus ojos se teñían de color rojo y las expresiones en su rostro eran más animales. Pero no retrocedió ni un centímetro ante esa amenaza.

—¿Enserio? —dijo Alexandra—, ¿no has aprendido?

Alexandra le sonrió a Victoria mientras la miraba fijamente a los ojos. Victoria recordó la golpista de hace unos días, trató de respirar profundo y calmarse. Dejó de ejercer presión en la palma de Alexandra y siguió caminando como si nada.

—Hoy creo que hice una nueva amiga—dijo Alexandra.

—No eres mi amiga —contestó Victoria.

—A sí, sí, eres la sin amigos. Pero en fin, ningún amigo es perfecto.

Descansaban cada cuatro horas, el grupo comenzó a fatigarse cuando el sol estaba en su punto más alto, cada vez que esperaban un descanso sentían que la distancia no hacía otra cosa que aumentar. Alexandra comenzó hablar sin detenerse y Victoria era la única lo suficientemente cerca para escucharla volviendo la distancia aún más lejos. El sol comenzaba a bajar y el ocaso anunciaba que tenían poco tiempo para poner sus tiendas.

Alexandra arma su tienda tan rápido que le dio tiempo de ayudar a Victoria.

—Ustedes dos buscan madera para la fogata —dijo un Nahual.

Victoria no le prestó atención, pero en el momento que sintió como Alexandra la jalaba de su mano no opuso resistencia. Caminaron alrededor del campamento siempre procurando no perderlo de vista.

—¿Qué carajos son eso con las máscaras de madera? —preguntó Victoria.

—Son Nahuales —respondió Alexandra—, tienen puestos altos y son protectores en los refugios de la profesora Leticia.

—¿Refugios?

—Si—dijo Alexandra—, hay más lugares como estos. La profesora Leticia cuida a mucha gente y ahora más con lo que pasó en la capital. ¿Bienes de la capital?

—Si—dijo Victoria sin mucho interés—, ¿por qué siempre usan esas máscaras?

—Protegen su identidad portando la figura de su animal espiritual.

—¿Cómo se convirtieron en Nahuales? —preguntó Victoria.

—Demostraron que podían ser parte de los otros como hermanos —dijo Alexandra—, pasaron diferentes pruebas que los hacía merecedores de su máscara.

—¿Tu quieres ser un Nahual? —preguntó Victoria.

—Yo era una candidata para una nueva generación de Nahuales —dijo Alexandra—, íbamos a ser llamados como ojos rojos. Pero las dosis disponibles fueron desperdiciadas en otras personas.

Victoria se quedó callada, hasta ahora no se había dado cuenta de lo que estaba en su sangre. Recogieron suficiente madera para regresar, donde se encontraban otros bultos de madera. Encendieron el fuego, estaban lo suficientemente lejos de cualquier poblado como para llamar la atención. Varios grupos se acercaron al fuego para calentarse o calentar agua para después irse a sus casas de acampar. Dos chicos se levantaron de inmediato en cuanto observaron a Victoria llegar para calentarse un poco.

—¿Siguen molesto porque no dormían en sus camas? —preguntó Victoria.

—Ellos son Angel y Abigail —dijo Alexandra—, sus padres los golpeaban. Se fueron de sus casas para trabajar y la profesora Leticia les dio un lugar en donde quedarse. Se iban a casar en dos días para comenzar el trámite de adopción de sus hermanitos.

¿Tienes hermanos?

—Si —dijo Victoria cabizbaja—, tengo dos.

—¿Sabes donde están? —preguntó Alexandra.

—No —dijo Victoria—, creí que la profesora Leticia los encontraría. También pensé que si huyeron estarían con unos familiares en Veracruz.

—¿Huyeron? —preguntó Alexandra—, ¿fuiste a buscarlo con tus familiares?

—No —respondió Victoria observando hacia arriba en el firmamento.

Las chicas se levantaron sin decir alguna otra palabra. Se fueron a sus casas de acampar y se durmieron. Victoria no podía descansar, veía rostros en sus sueños, los de sus amigos, su padre, sus hermanos y sobre todo de él. Gritó, pero sus labios no se movieron. La oscuridad se había ido y quedaba únicamente luz. Todo a su alrededor había cambiado, las figuras estaban entre una neblina. Logró ver las llamas de la fogata y se acercó, cuatro sombras se encontraban alrededor del fuego.

—Alguien nos traicionó —escuchó Victoria.

—Si, alguien le dijo en donde estaba el refugio, alguien dijo que estábamos en esa manifestación.

—¿Pero quién?

—No lo sé, ¿alguien sabe?

—Todo empezó desde la llegada del nuevo alumno de la profesora.

—No podemos adjudicar todo esto a alguien como ella.
— ¿han escuchado como le dicen?
—Si, la nueva preferida.
—No podemos desconfiar en las decisiones de la profesora, no ahora. Si ella la escogió debe ser por algo.
—¿pero por qué?
—Debemos de hablar con la profesora.
—No podemos, está muy lejos, debemos obedecer sus mandatos. Debemos protegerlos a todos.
—Hablaremos en otro momento.
—¿Por qué?
—Esto dejó de ser una conversación privada.

Las cuatro figuras mostraron sus rostros al girar a donde estaba Victoria, era un mono, una mariposa, un perro y un pez. Victoria se asustó de los disfraces, corrió hacia su casa de acampar, intentó gritar, pero ningún sonido brotaba de su boca. Intentó activar los ojos rojos, pero no funcionó, el miedo la consumía en este lugar de neblina en la cual nada permanecía quieto. Incluso intentó cerrar los ojos, pero no pudo, la luz lo consumía todo mientras su figura se desvanecía. En cuanto sintió una mano en su hombro logró despertar.

—Despiértate maldita sea —gritó Alexandra.

La mirada asustada de Victoria estaba feliz de ver a Alexandra.

—¿Qué chingados te pasa? —dijo Alexandra.

—Eran ellos, estaban ahí, sus voces, parecían que hablaban al mismo tiempo.

Alexandra tranquilizó a Victoria sobrando sus brazos mientras se acostaba a un lado de ella. Después cuando se calmó colocó sus manos como una almohada para su cabeza y observó a Victoria en silencio por algunos segundos.

—Tuviste una pesadilla —dijo a Alexandra.

—Eso no fue una pesadilla —dijo Victoria—, yo no tengo pesadillas.

—Claro que sí —dijo Alexandra—, en la enfermería me decían que los demás convalecientes estaban asustados e incluso las enfermeras. En las noches hablabas cosas extrañas y a veces gritabas.

—¿Cómo lo sabes? —preguntó Victoria.

—Tengo un sueño pesado —dijo Alexandra—, los demás chicos tienen miedo y me despertaron ahora. Gritaste sobre tu padre, me dijeron.

—¿Mi padre? —dijo Victoria—, imposible.

—Tranquila, los chicos no tienen malas intenciones, pero algunos no queremos recordar a los padres en las noches —dijo Alexandra mientras acercaba su mano a la de Victoria para sostenerla—. Yo no conocí a mi padre, decían que era un buen hombre. Mi madre se volvió a juntar y su pareja entraba a mi habitación por las noches cuando tenía doce, estaba tan avergonzada de lo que pasaba que no le dije a nadie. ¿Puedes creerlo?, mi consuelo era que no tocaba a mi hermanita. Pero una noche que lo vi entrando con una gran sonrisa a su habitación me llene de una rabia que baje a la cocina por un cuchillo. Llegué justo a tiempo y lo eri. Tomé a mi hermana y deambulamos por tres días. Comenzaron a perseguirnos y mi foto apareció en los periódicos acusandome de ser un peligro para todo aquel que me acercara.

Las dos chicas se quedaron en silencio viéndose a los ojos entre la poca luz que lograba entrar por la casa de acampar.

—¿Cómo protegiste a tu hermanita? —preguntó Victoria.

—No pude protegerla —dijo Alexandra—, un grupo de hombres nos rodearon en un callejón cerrado. Ellos me separaron de ella, traté de aferrarme a ella con todas mis fuerzas, pero aún era muy pequeña. Pero justo cuando la subieron a una camioneta apareció la profesora Leticia, ella sola se encargó de todos los sujetos con una gran facilidad. Desde entonces está en una guarida muy lejos de donde estábamos.

—¿Por qué no está cerca de ti? —preguntó Victoria.

—La profesora Leticia me dio esa opción, pero también me dijo que si quería protegerla y a niñas como nosotras. Desde entonces estoy entrenando para convertirme en algo como ella.

—¿En que?

—En un Nahual.

Las chicas cerraron los ojos después del segundo silencio. Escucharon el sonido de las aves en el amanecer y algunos insectos. Llamaron a todos a recoger sus casas de acampar, a levantarse, a recoger un plato de comida y a seguir caminando. Pasaron tres días con la misma rutina hasta que llegaron a una casa abandonada, muy cerca de un pequeño pueblito lleno de viejos. Comenzaron a limpiar las habitaciones, a arreglar los agujeros en las ventanas y abrir los depósitos de comida los cuales estaban llenos. Un grupo reactivo el pozo de agua e incluso Victoria se ayudó en el proceso. Los Nahuales comenzaron a entrenar a los chicos y esta vez Victoria los acompañaba esforzándose en cada entrenamiento. Así pasaron los días hasta que se convirtieron en semanas, el proceso de cada uno era individual, pero algunos estaban listos. Los cuatro Nahuales llamaron a seis a una habitación que nadie había abierto, en su interior se encontraban libros, dibujos e incluso velas.

—Ustedes han sido llamados para avanzar en su entrenamiento. Como ya saben la máscara del Nahual simboliza el animal guía que los acompañará en su camino. Pará eso deben de conocerlo, y para eso deben de meditar. Cierren los ojos, escuchen el sonido del tambor y despejen su mente.

Victoria escuchaba el sonido del tambor, el signo de su corazón y el fluir de aire a través de su respiración. Llegó a despejar por breves momentos su mente, pero el dolor aún permanecía, las lágrimas brotaban y sin darse cuenta volvía a ese extraño lugar. Donde la luz inundaba todo, donde la neblina evitaba ver las figuras de las cosas y ella parecía desaparecer. Camino entre esa neblina, tratando de seguir el sonido del tambor, pero era inútil, estaba en todos lados y a la vez en ninguno. Escuchó entonces un ruido desconocido, aparecía y se esfumaba. Pronto logró identificar el origen, hasta que llegó al sonido de un río, pero no estaba ese ruido, continuó caminando. Hasta llegar a sentir el vientre entre su cuerpo y las rocas a sus pies. Siguió caminando hasta ser guiado por un satisfactorio calor y fue cuando el sonido tomó forma en un jaguar. Su miradas estaban siempre conectadas, su pelaje dorado brillaba a cada paso de sus grandes garras.

Los seis despertaron como si hubieran dormido por años, enfrente de cada uno comenzaron a tallar la forma que vieron y cada uno completamente concentrados en cada detalle. Cada Nahual veía con atención el tallado y fue cuando les pidieron detenerse. Los seis salieron de la habitación y por un día entero dos Nahuales se quedaron adentro de esa habitación. A su salida los seis chicos estaban en diferentes lugares, fueron con cada uno. Cuando llegaron con Victoria y Alexandra les entregaron sus máscaras.

—Su animal espiritual es el Jaguar. Muchas felicidades.

Las dos chicas brincando de emoción y comenzaron a abrazarse. No podían creerlo. No lo podían creer. Cuando se calmaron fueron directo al comedor donde festejaban a las nuevas máscaras de Nahual. Brindaron por cada uno y a pesar de que era un festejo lanzaron una advertencia.

—Aunque se deban sentir orgullosos por ese esfuerzo, deben de entender que esto es el primer paso y que deben esforzarse aún más.

Después de la comida Alexandra le dijo a Victoria que la acompañará. Continuaron por los caminos del refugio, subieron por las paredes de la estructura más alta hasta llegar a la última habitación y entraron a la habitación. Encendió los focos en la habitación y aparecieron una decena de costales de boxeo. El polvo se extendía dejando una fina capa.

—¿Para qué venimos aquí?

—Para entrenar—dijo Alexandra—, vi como peleabas en la guarida y parecías un torpe oso tratando de romper un témpano de hielo. No sabes pelear.

—He golpeado más policías que tú—dijo Victoria.

—Si—dijo Alexandra—, ¿pero qué harás cuando no sea un simple policía?, ¿que harás cuando sea algo preparado para golpearte?

—¿Cómo qué?—preguntó Victoria.

—No sabes nada niña, ¿no es así?—dijo Alexandra—, por mucho tiempo nos han preparado para enfrentar cosas serias y tú ni siquiera puedes controlarte.

—¿Qué clase de cosas?

—Oh, no debes preocuparte solo algunos deAdrianaos, arcángeles corruptos y algunos kaibiles con complejos draconianos—dijo Alexandra.

—Callate y comienza a entrenarme—dijo Victoria.

Alexandra comenzó a sonreír y le dijo a Victoria que comienza a golpearla. Enseñó los movimientos básicos, continuaron hasta la noche y continuaron.

—Muy bien—dijo Alexandra—ahora quiero que lo hagas bien.

Continuó golpeando el saco de boxeo, hasta quedar completamente fatigada.

—Necesitas respirar profundo—dijo Alexandra.

—¿A qué te refieras?—dijo Victoria—, estoy respirando.

—Das cuatro golpes y luego inspiras—dijo Victoria.

Alexandra fue la siguiente persona en golpear. Cada golpe era preciso en el saco de boxear, Victoria sostenía y sentía cada golpe, observó cómo respiraba profundamente con cada golpe. Estaba concentrada en su objetivo durante todo ese tiempo.

Acto 3

Los días pasaron tan rápido que la llegada del siguiente mes fue anunciada con las primeras cartas. El calor de julio hacía casi insoportable el permanecer en el sol, las gotas de sudor de Victoria nublaban su mirada mientras recibía una carta de Sofía y otra de Pedro. Habían aceptado el procedimiento ojos rojos para ser parte del grupo de Leticia, se quedó sentada observando a la nada mientras pensaba en «¿Por qué aceptaron?». Alexandra al verla se acercó.

—Pareciera que viste un fantasma.

—Recibí una carta —dijo Victoria.

—La sin amigos recibió una carta —dijo Alexandra—, ¿es de Pedro o Sofía?

—¿Cómo sabes esos nombres? —preguntó Victoria furiosa.

—Creí qué eran tus hermanos —dijo Alexandra—, dices sus nombres mientras duermes.

—¿No decías que tenías el sueño pesado? —insistió Victoria.

—No cuando gritan a mi lado.

Las últimas semanas comenzaron a dormir en el gimnasio, nadie quería estar junto a Victoria en las noches por sus pesadillas. Mientras platicaban la mirada de recelo de los demás analizando los movimientos de cada una.

—¿Qué es lo que dicen? —dijo Alexandra.

—Tomaron el camino del Nahual también —dijo Victoria melancólica.

—¿Por qué te entristece saber eso? —dijo Alexandra.

—Antes de que esto empezará hablábamos de lo que íbamos hacer cuando llegara agosto, entrar a otra escuela, vernos unas pocas veces al mes y conocer más personas en la escuela. Pero ahora siento que pueden morir en cualquier momento.

Alexandra se sentó a un lado de Victoria, observó a la nada y respiro profundamente.

—No sé cómo han sido sus vidas antes de lo que ustedes llamen "esto" —dijo Alexandra—, pero mi vida no ha sido muy diferente a lo que conoces ahora y el camino del Nagual para mi fue como ganar la lotería.

—¿Desde cuándo estás en esto? —preguntó Victoria.

—Tenía quince cuando escapé de casa y poco después me encontró la profesora Leticia—dijo Alexandra—, eso pasó hace siete años así que tengo veintidós. ¿Y tú cuántos años tienes?
—Dieciocho—dijo Victoria sin prestar atención.
—Así que ya eres legal—. Sonrió Alexandra. —No pensé que con una cara tan dulce ya tendrías la edad para besar de verdad. ¿Hay algún afortunado a quien pertenezca tu linda flor o está disponible para alguien especial?

En cuanto recordó, Victoria se quedó petrificada y sin poder mover ni siquiera los dedos. «solamente bromeó» se dijo Victoria para sí. Comenzó a temblar y sus rostro se frunció como si quisiera llorar. Alexandra noto su rostro y no dijo nada preocupada.

—Me tengo que ir —dijo Victoria mientras

Victoria se escondió entre algunos edificios, las habitaciones chicas y los cuartos pequeños le hacen muy difícil ocultarse entre las personas. No fue al comedor en ninguna ocasión y solo se resignó a ver a Alexandra quien hablaba con casi todos, observó a algunos niños que no tenían ni un aparente padre y se preguntó si sería igual a esos niños si no hubiera tenido los padres que tuvo. Intentó ir a la hora del entrenamiento, pero no pudo moverse de ese lugar, ocultándose entre su máscara y preguntándose si en realidad la merecía. Cuándo fue la hora de dormir se alejó lo más posible de Alexandra quien ya había dormido.

Al cerrar los ojos se quedó profundamente dormida, sus recuerdos del día desaparecieron uno a uno hasta unicamente llegar a la carta, comenzó a leerla en sus sueños, aprendiendo cada una de las palabras, comenzando a hablar con su voz. Las letras se desvanecieron entre su mirada para solo quedar la luz, las formas materiales comenzaron a disolverse las unas con las otras hasta convertirse en siluetas tenues casi transparentes, camino entre ese vacío luminoso sin descansar, corriendo entre la neblina y las sombras. No tardó mucho tiempo en escucharlos, sus voces parecían estar en todos lados, no aumentaban ni disminuía el ruido conforme caminaban, pronto se dio cuenta que el sonido provenía de su mente. Siguió caminando sin darse cuenta que la vigilaban, cuatro máscaras de madera entre las sombras vigilaban cada movimiento que hacia.la siguieron mientras las voces se oian más fuertes, Victoria se preguntaba una y otra vez "¿donde esta?, es mi culpa, yo debía de protegerlos", las lágrimas brotaron de sus ojos hasta impedirla ver más allá, gritó con todas sus fuerzas pero no escuchaba su propia voz, solo risas, carcajadas y algunas palabras inexplicables en su cabeza.ella no los podía entender ni tampoco esas cuatro formas que se acercaban cada vez más tratando de entender lo que dicen esa voces.

—Despierta—dijo la voz de Alexandra.

Victoria pronto encontró de dónde venía la voz de su amiga y corrió con todas sus fuerzas para alcanzarla. "está muy cerca, lo sé, puede que por aquí", se decía así mismo para dar ánimos. Jadeando abrió los ojos y observó la cara de Alexandra.

—Por dios—dijo Alexandra—, casi haces que me haga pipi del susto.

Alexandra se quedó en silencio mientras se sentaba enfrente de Victoria.

—¿Ahora me crees que hablas dormida?—dijo Alexandra,— ¿qué es lo que sueñas?

—Nada— respondió Victoria tratando de ignorarla.

Alexandra no dijo nada más, acercó su bolsa de dormir hasta donde se encontraba Victoria y cada vez que comenzaba a hablar la sostenía de la mano para que lo siguiera. Varios días pasaron así, incluso los Nahuales comenzaron hablar entre ellos, llegaron a la conclusión de que debían seguir su entrenamiento. Alexandra siguió adelante, pero Victoria no avanzaba, incluso parecía que retrocedía. La siguiente vez que llegaron cartas, una pertenecía a Leticia que era para ella.

—¿Qué te dice la profesora? —preguntó Alexandra.

—Solo dicen, «ya van».

Dos días después se aclaró lo que había dicho. Habían llegado varios grupos de entrenamiento, entre ellos aparecieron tres rostros conocidos Sofía, Ximena y Pedro quienes al verla comenzaron a sonreír. Victoria quería saludarlos como siempre, pero solo sonrió y se acercó.

—con qué ya están aquí—dijo Victoria.

Las chicas saltaron en sus brazos para abrazarla y llenarla de becas en las mejillas. Mientras Pedro esperaba tranquilo observando todo lo sucedido.

—¿a que vienen de tan lejos? —preguntó Victoria.

Ellos señalaron su brazo que tenía una forma de raíces y Victoria lo supo. Era el suero de los ojos rojos.

—Ya entiendo—dijo Victoria—, creo que será mejor ponernos al tanto.

—Pero miren quien es —dijo Alexandra—, la sin amigos tiene muchos amigos.

—Ellos al menos no me golpean la primera vez que los veo—dijo Victoria mientras se reía.

Los chicos se sorprendieron del rostro de Victoria al seguirle el juego a esa extraña chica. Las siguieron hasta el gimnasio donde ya estaban acomodadas sus cosas.

—Adelante—dijo Victoria—, no es mucho y no es como nuestra vieja casa club. Pero es acogedora.

Los chicos se sentaron en el suelo sobre algunos tapetes de entrenamiento y comenzaron a hablar. Pedro fue el primero en decir en donde habían encontrado a su madre y después Jimena a quien le había ocurrido un incidente con los ojos rojos. Le entregaron a Victoria un periódico de hace tres días con la fecha de 2 de julio con una foto suya en primera plata.

—Nos siguen buscando—dijo Victoria.

—Corrección —dijo Alexandra—, te están buscando a ti. Nunca había visto que fueran tan insistentes para encontrar a alguien. Muy bien ¿alguien sabe boxear?

Los chicos se observaron entre ellos preguntándose que seguiría.

—¿Tú quién eres? —preguntó Pedro.

—Disculpe a Victoria por no presentarnos, mi nombre es Alexandra. Mucho gusto en conocerlos.

Alexandra extendió su mano con una gran sonrisa escalofriante esperando que la estrechara. Asustado nadie la estrecho.

—¿Qué están sordos? —dijo susurrando Alexandra a Victoria.

—Los vamos a entrenar —dijo Victoria.

—No se si puedan estrechar la mano y tu quieres entrenarlos —dijo Victoria.

—Si están aquí es porque la profesora Leticia los envió, y tú debes cuidarme. Me imagino que quiere que también los entrenes.

—A ver —dijo Alexandra—, en primera tu lógica de lo que dijo o no la profesora Leticia se basa en una carta con tres palabras y en segunda he tratado de enseñarte lo que se, pero te resiste a aprender. ¿Cómo esperas que ayude a estos chicos?

—Yo te ayudaré —dijo Victoria.

—Me ayudará la sin amigos —dijo Alexandra—, no has podido ni siquiera disculparte de que estemos en este basurero en medio de la nada.

—No me voy a disculpar —dijo Victoria—, yo no hice nada.

—Si no lo recuerdas tú respondiste los golpes —dijo Alexandra.

—Solo lo hice para defendernos —dijo Victoria.

—Si, y después comenzaste a atacar y peor aún enfrente de cámaras de televisión.

Victoria caminó hacia la puerta después de escuchar eso.

—No puedes huir para siempre, tus amigos te necesitan —dijo gritando Alexandra.

Victoria continuó hasta llegar a la azotea donde sólo se encontraban tanques para el agua. Se quedó ahí hasta que anocheciera. El olor a la comida llamó su atención para girar la mirada y ver a Alexandra.

—¿Tienes hambre? —preguntó Alexandra.

—Si, un poco—dijo Victoria.

—Ya hable con tus amigos y ellos quieren que los entrene—dijo Alexnadra—. Aún no saben qué no hacerlo, pero confiaré que no se den cuenta para antes que aprendan algo. Son muy agradables, han pasado por mucho para llegar hasta aquí.

—Me alegra —dijo Victoria.

Alexandra vio el rostro molesto de Victoria. No dijo nada más y se retiró. Entrenó a los chicos los días siguientes desde temprano, cada día era aún más difícil que el anterior y comenzó a conocerlos más. Lograron conseguir las máscaras de madera justo antes que partiera un pequeño grupo rumbo a Guadalajara. Mientras se despedían Ximena se dirigió a solas a ver a Alexandra.

—Tienes que cuidarla —dijo Ximena.

—Creo que sin amigos puedes cuidarte sola —dijo Alexandra.

—Ella se parecía mucho a ti antes de que esto comenzará —dijo Ximena.

—Nada comenzó —dijo Alexandra—, solo comenzó a afectar a los niños ricos.

—Lo siento Alexandra, no quise decir eso.

—No te disculpes —dijo Alexandra—, entiendo bien. Trataré de cuidarla.

A Alexandra no le gustaban las despedidas, pero en esa ocasión abrazo a Ximena únicamente. Se alejó de la entrada principal para observar desde el punto de vista de Victoria.

—Tu amiga se va —dijo Alexandra.

—No importa —dijo Victoria—, estará bien. Irá con la profesora Leticia.

—¿Por qué no te despediste?

—No me gustan las despedidas —dijo Victoria.

Victoria abrazó por última vez a Ximena, le dio un golpecito en el hombro y observó cómo se marchaba. Busco a Victoria por todas partes e incluso preguntó por ella. La encontró en la azotea observando su brazo y golpeando levemente el suelo.

—¿Por qué siempre observamos nuestros brazos? —preguntó Victoria en cuanto notó su presencia.

—Había escuchado el mito de que los Norteamericanos habían descubierto las habilidades del Náhuatl y habían sintetizado una fórmula para utilizarlo en la guerra.

—¿Será lo que me inyectaron? —preguntó Victoria.

—Tal vez sí —dijo Alexandra—, no estoy muy seguro la verdad.

—¿Por qué está tan interesada entonces? —preguntó Victoria.

—Mucho antes de que te conociera —dijo Alexandra—, me esforzaba como nunca en cada entrenamiento. Esperando a ser un Nahual, escuchando que la profesora Leticia había encontrado una fórmula para hacerlo más rápido. Imagina mi sorpresa cuando me encontré contigo.

—Creó que nunca esperaste que alguien como yo logrará conseguir ese privilegio —dijo Victoria—, si te hace sentir mejor soy muy infeliz con este don. Ni siquiera se que era, solo la profesora Leticia me ofreció algo para protegerme a mí misma, pero he lastimado más a los demás

—Creo qué no —dijo Alexandra—, tal vez la profesora pensó que no lo necesitaba. Con o sin suero he logrado convertirme en lo que quería.

—Me alegra mucho por ti —dijo Victoria—, dime ¿Por qué me golpeaste ese día en la plaza?

—Descansa victoria —dijo Alexandra mientras se alejaba—. Mañana tendrás muchas cosas por hacer.

Acto 4

A la mañana siguiente que se había ido un grupo de reconocimiento a Guadalajara los Nahuales comenzaron a organizarse más, se les podía ver constantemente con armas de fuego en diferentes puntos estratégicos de la infraestructura y vigilando más intensamente las noches. Giraron a los más avanzados una noche al centro del patio.

—Ustedes han demostrado ser capaces de reconocer a su animal anterior. Ese es el primer paso, su animal interior los ayudará en momentos de crisis y debilidad. Deben siempre ser conscientes en todo momento. Hoy correremos en la noche para que aprendan a manejarlo.

—Inducir al Nahual que se lleva adentro sería el primer paso de su nuevo entrenamiento —dijo otro antes de salir.

Comenzaron a correr entre las planicies del desierto, la poca vegetación permitía ver sin ningún obstáculo las montañas en el horizonte. Pronto se marcó una diferencia entre los alumnos más destacados que ya podían inducir la primera fase del Nahual. Alexandra siguió muy cerca de Victoria, Sofía y Pedro. Siguieron corriendo mientras Victoria recordaba ese día, trataba de recordar lo que inducida a los ojos rojos, pero no lo consiguió, recordaba el enojo, la frustración y la impotencia de no hacer mientras ella solo podía observar, sentía aún las manos sobre sus muñecas. Comenzó a sentir ese enojo una vez más y su mirada cambió, comenzó a correr más rápido. Sus amigos recordaron el pasado de igual forma y comenzaron a igualarse a Victoria. Llegaron al punto de retorno y siguieron como único objetivo las guaridas. Sus siluetas comenzaron a cambiar, a verse más como animales a la distancia, excepto la de Victoria, Sofía y Pedro quienes sus ojos rojos brillantes los delataban. Llegaron casi al mismo tiempo que sus compañeros. En cuanto uno golpeó por error a Victoria esta lo empujó y lo comenzó atacar. Sofía y Pedro atacaron del mismo modo. Alexandra logró quitar a Victoria rápidamente noqueando, pero los Nahuales fueron lentos, para cuando quitaron a Sofía y a Pedro el chico estaba muy lastimado.

—¡Enfermero! —gritaron.

A la mañana siguiente a primera hora se levantó Victoria asustada.

—¿Hoy no hubo pesadillas? —preguntó Alexandra.

—¿Qué pasó? —dijo Victoria.

—Tu y tus amigos atacaron a un novato —dijo Alexandra—, lograron salvarle las extremidades. Pero no saben más, necesitan medicamentos que por obvias razones no tienen en medio de la nada, por alguna extraña razón las farmacéuticas no invierten en sucursales.
—No me chingues Alexandra —dijo Victoria mientras sentía un dolor de cabeza.
—¡Ustedes no me chinguen a mi! —grito Alexandra—, ¿por qué mierda casi matan a un chico a golpes?
—Tu has hecho lo mismo —dijo Victoria.
—¡No!—dijo Alexandra—, yo me detuve. Yo me controlo a mi misma. Supera esa mierda y antes de eso aprende a detenerte. Ahora se porque tenías esos ojos rojos aquel día, planeabas matarme.
—No —dijo avergonzada Victoria.
—¿No? —dijo Alexandra—, pues eso no pareció ayer. ¿Por qué mierdas los tres tienen esos ojos rojos?
—No lo sé —dijo Victoria.
—¿No lo sabes o no quieres decirme? —preguntó Alexandra.
—Simplemente no lo sé—dijo Victoria—, no fue mi culpa.
—Ese "no fue mi culpa" ha llevado a más gente al hospital que muchas armas —dijo Alexandra—. ¿Por qué tenías tanto odio, por qué estabas pensando en cosas tan crueles?
—No lo sé —dijo Victoria—, así siempre se activa.
—¿Pensabas matarte cuando lo activaste por primera vez conmigo? —preguntó Alexandra—, nada más porque te arroje un poco de agua y te levante temprano. Nada más porque moleste a la princesita con sus sueños. ¿Ese es tu criterio moral?, alguien me molesta un poco y merece morir.
—!¡No! —gritó Victoria.
—¿No o no lo sabes? —dijo Alexandra—, por eso es que te sientes tan superior a los demás y por eso no quieres hablar con nadie más.
—Esa no es la razón —dijo Victoria.

—¿Acaso te lo enseñó tu padre? —dijo Alexandra.
—No te metas con mi padre —dijo Victoria.
—Ya veo —dijo Alexandra.
—¿A qué te refieres? —preguntó Victoria.
—Preguntó por tus hermanos y quisieras que estuvieran perdidos. Preguntó a tus amigos y no tienes. Pregunto por tu noviecito y pareciera que nunca existió. Pero cuando toco a tu padre, ¿que te hizo? ¿Vives enamorada de él o simplemente buscas su aprobación?
Victoria invistió a Alexandra quién respondió con una llave dejándola tirada en el suelo y lastimándola cada vez que se movía.
—¡Alto! —grito Victoria—, me duele mucho. Por favor, por favor.
—Ayer no te detuviste al escuchar sus gritos de súplica, creo que ni siquiera le prestan atención ¿verdad?
—Lo siento —dijo Victoria—, lo siento...
—No es a mi a quien debes disculparte —dijo Alexandra mientras la soltaba—. Fue tu padre quien te hizo tanto daño, ¿es por eso tus ganas de lastimar a todos?
—No —dijo Victoria casi jadeando—, ellos murieron cuando era una niña. Fueron unos soldados, traté de hacer algo, en serio traté, pero no pude.
Alexandra sintió vértigo mientras escuchaba a Victoria. Se acercó para abrazarla mientras lloraba.
—Yo no quería —dijo Victoria—, pero ellos eran más. Lo mataron enfrente de mí y no pude hacer nada.
Las lágrimas de Victoria no paraban mientras su llanto fluía como un río. Alexandra estaba junto a ella tratando de abrazarla, llorando de igual forma y acariciando su cabeza.
—No fue tu culpa —dijo Alexandra—, sabes algo. La razón de que te golpeaste ese día en la explanada es porque planeaba golpearse entre varios integrantes más avanzados. Ellos estaban furiosos por los pocos privilegios que tenías así que no se me ocurrió otra cosa que golpear levemente para que todos

entendieran que recibiera un castigo. Pero creo que las dos nos emocionamos de más.

Vitória continuó llorando hasta que no tenía lágrimas, siguió gritando enfurecida hasta que se quedó afónica y sintió como la presión en su corazón disminuye. Como el recuerdo era más distante y había un poco menos de dolor en su corazón.

Tardaron algunos días más antes de salir de su habitación, Pedro y Sofía llevaban alimentos mientras conversaban tranquilos de lo que sintieron. En cuanto salieron lo primero fue acudir a la enfermería donde se encontraba el chico. Sus heridas sanaban rápidamente mientras el medicamento había llegado a tiempo para evitar alguna infección.

—Lo lamento mucho —dijeron al unísono los tres chicos.

—Hay cosas que no curan con una simple disculpa —dijo el chico mientras mostraba su pierna vendada casi por completo.

Victoria observó y trató de acercarse.

—No la toques, si quieren sentirse bien por sus disculpas está bien. Pero no pienso aceptarlas. Las enfermeras me dicen que tal vez no vuelva a caminar como antes. Así que ya nada importa. Por favor váyanse y déjenme solos.

Los cuatro chicos salieron de inmediato de la habitación. Se enteraron después que sus heridas sanaron por completo, pero que sin una rehabilitación adecuada no volvería a caminar sin ayuda. Después de eso todo el mundo comenzó a alejarse de aquellos tres chicos.

—¿Cómo podemos arreglarlo? —preguntó Victoria.

—No pueden —dijo Alexandra—, a menos que secuestren a un especialista en rehabilitación y a un cirujano internista para que revise el trabajo.

Antes de que comenzara a reír Alexandra vio el rostro de seriedad de los tres. Lo estaban considerando.

—Ni se les ocurra hacer eso —dijo Alexandra.

—¿Entonces qué podemos hacer? —preguntó Victoria.

—Tienen que asegurarse de que no vuelva a pasar —dijo Alexandra.
—¿Cómo? —preguntó Sofía.
—Deben de controlar esos ojos rojos —dijo Alexandra—, nunca había visto nada por el estilo. El animal interior siempre ha sido un guía para mostrarnos el camino. Pero ustedes piensan mucho en su dolor de una manera que no creo que puedan escucharlo.
Por unos instantes Pedro se preguntó «¿Cómo sabe lo que pensamos?».
—Así que —dijo Alexandra—, por unos momentos deben de despejar su mente y escuchar. Haremos un entrenamiento en la noche, uno cada noche.
—¿Por qué uno cada noche? —preguntó Sofía.
—Por qué si van los tres y me atacan al mismo tiempo sería como ser devorado por una manada de perros salvajes. Creó poder controlar a uno.
Esa misma noche Victoria y Alexandra se escabulleron entre las luces y el perímetro. Buscaron un lugar seguro y observaron un punto determinado.
—Quiero que despejes tu mente, escuche el viento y siente esas pequeñas vibraciones en la tierra.
—¿Alexandra de qué mierda me estás hablando?
—Está bien —dijo Alexandra—, cambió de planes. Corre, y no pienses en nada.
Victoria corrió entre las brechas de luz hasta perderse, cada vez que aumentaba la velocidad recordaba el dolor, siempre trataba de no pensar en eso. Pero mientras menos se lo pensaba llegaba de golpe. Siguieron los días así, Pedro y Sofía tuvieron la misma suerte. Siguieron corriendo hasta cansarse, pero no lograban olvidarlo. Después de un par de semanas y algunas peleas contra Alexandra decidieron darse por vencidos mientras encontraban alguna otra solución.

Las pesadillas comenzaron a disminuir por las noches, fue entonces que Victoria comenzó a tener insomnio. Podía ver como la mano de Alexandra estaba muy cerca, al alcance de sus dedos sin pensar. Salió de su habitación hasta llegar a la puerta principal donde salió sin ningún contratiempo. Se quedó sola en la oscuridad sintiendo el frío. Podía sentir cada dedo de sus manos y pies, podía olfatear el fino polvo del desierto. Llegaron imágenes del pasado, pero evitó que contaminaran cada segundo del presente, sintió como su cuerpo se movía con cada paso. Corrió hasta quedar completamente cansada y en ese punto sintió cada palpitación de su corazón hasta que sus ojos se tornaron en un rojo carmesí. Las distancias comenzaron a disminuir, lograba cruzar hasta la montaña y seguir escalando por las zonas rocosas. Siguió corriendo hasta lograr ver perfectamente en la noche, sentir todos los aromas y escuchar cada sutil ruido. En cuanto regresó fue directo hasta la cama de Alexandra para despertarla, esta se asustó al verla con ojos rojos, pero notó rápidamente que lo podía controlar.

—Lo he logrado —dijo Victoria.

Los días siguientes pidieron permiso para entrenar, los Nahuales no objetaron al ver el avance de Victoria. Cada noche se ponían sus máscaras, seguían la técnica de Victoria y otras veces la de Alexandra para lograr su cometido. Fue difícil, en una ocasión comenzaron a correr frenéticos, Victoria y Alexandra se enfrentaron contra sus amigos para alejarlos de un pequeño poblado. Los niños tuvieron pesadillas al escuchar los ruidos guturales semi humanos de las calles. Las historias comenzaron a abundar.

Después de varios intentos lograron conseguirlos. Corrieron por fin juntos en la oscuridad del firmamento o en la luz de la luna llena. Esperan cada noche para poder salir, aunque contentos los Nahuales no pudieron hacer oídos sordos ante los avistamientos de sus estudiantes. Comenzaron a ser más restrictivos a la hora de permitirles salir, no podían acercarse a más de veinte kilómetros de cada pueblo. Eso les dejaba una única ruta al cerro más cercano. Una noche antes de que llegara el correo Victoria retó a sus amigos a llegar hasta la punta del cerro, una hazaña difícil y agotadora. Pero el deceso de ganar fue más intenso, corrieron, saltaron y escalaron cada superficie del cerro hasta llegar a la cima. Victoria fue la primera y quedó petrificada al observar el horizonte, Victoria, Sofía y Pedro se quedaron igual. Las luces de los pueblos se apagaban, los incendios se extendían, lograban escuchar los gritos y ver las ráfagas de proyectiles. Sofía se arrodilló incrédula ante tal destrucción nunca antes vista por ella.

—¿Qué es esto? —preguntó Sofía.

Una zona de guerra —dijo Alexandra sin mover su mirada.

Tardaron mucho en reaccionar, debían de regresar antes del amanecer y estaban llegando tarde. Se dieron media vuelta y se alejaron del infierno que lo consumía todo.

Acto 5

Informaron a los Nahuales de todo lo presentado, enviaron cartas y castigaron a los cuatro chicos. No lograron salir de la prisión preventiva en la cual los tenían en custodia hasta que llegó el correo junto con un grupo de exploradores provenientes de Guadalajara. Victoria estaba emocionada ya que podía volver a ver a Ximena, su sorpresa fue desagradable en cuanto reconoció una cara familiar.

—Hola Victoria —dijo Gabriel.

Victoria había pasado a un lado suyo tratando de ignorarlo.

—Hola Gabriel, ¿Qué pasa? —dijo Victoria.

—He querido hablar contigo desde hace un tiempo —dijo Gabriel.

—¿Qué sucede con Gabriel?— preguntó Victoria.

—Solo quería platicar un rato.

—Ven— Victoria lo llevó por un camino subiendo por las paredes hasta llegar a la parte más elevada de la casa donde se podían ver las estrellas en el firmamento. —Ahora sí ¿qué pasó Gabriel?

—He estado pensando en cómo llegamos hasta aquí. ¿Le preguntaste si sabía en dónde están nuestras familias?

—Nos dijo que seguía buscando, que la hermana de Raul estaba en un hospital y que estará lo más pronto en un lugar seguro en Zacatecas, de los hermanos de Sofía y Adriana dijo lo mismo. De ti, de Leonardo, de Raul y de mí no sabe nada. Por ahora me paso leyendo su diario y preguntándole de vez en cuando qué es lo que está pasando, cuando nos separamos ella me dijo que iría conmigo y llegamos a este lugar. Me pregunto si quería pertenecer a la cúpula, me imagino que te lo pregunto a ti tan bien.

Gabriel estaba sorprendido de la frialdad de las palabras de Victoria.

—Sí, así fue Victoria. ¿Por qué no los pidió por separado?

—Creo que para que nuestra decisión no interfiriera con la decisión de los demás, ya sabes, para que nadie se sintiera comprometido. Pero uno a uno después de mi fueron llegando, habían decidido aceptar ser parte de todo esto, sea lo que sea que es todo esto— Victoria había bajado continuamente la voz.

—Ya veo.

—No te noto muy entusiasmado —dijo Victoria.

—Me duele todo el cuerpo, no como antes, pero sigue doliéndome.

—Si, a mi también me sigue doliendo, creí que bajaremos la intensidad, pero creo que seguirá igual de fuerte —dijo con una sonrisa Victoria mientras se estiraba un poco—. Creo que esto apenas va a iniciar Gabriel.

Al día siguiente Gabriel se levanta tan puntual como siempre, uno a uno se fue integrando al recorrido del día, el desayuno y después un caminar sin cesar cuando llegan al campo de entrenamiento.

—Hoy habrá un nuevo reto, esas son las armas, hay muchas y muy variadas, aquí podrán conocer muchas y muy variadas, mientras más conozcan, mejor para ustedes.

. Sofía no veía con buenos ojos el uso de un arma, se animó con dos pequeñas.

Gabriel fue el último en elegir usando una pistola y un rifle de asalto. Anteriormente

Todo el día se escucharon disparos probando las diferentes combinaciones posibles. Al final de la noche Gabriel acudió al mismo lugar de anoche.

—¿Sigues pensando? —dijo Victoria, su voz entró con velocidad apenas Gabriel se había sentado.

—Nunca he dejado de pensar amiga. Después de todo siempre ha sido así. ¿Crees que hacemos lo correcto?

—No lo sé Gabriel, la profesora Leticia no da muchas respuestas y las que tienen son insuficientes, jura que nos ha dicho todo, pero ya no se en que creer.

—¿Cómo te sentiste hoy en la práctica de tiros?

Victoria se sentó a su lado mientras trataba de no bajar la mirada del cielo estrellado.

—Me sentí muy bien, en cuanto tome los cuchillos pensé que habría sido muy diferente todo, en cuanto sentí el arma de fuego y como mi mano se moldeaba en toda el arma, por unos momentos me sentí completa, el momento de disparar fue muy liberador, como si el arma gritara lo que siento realmente.

Victoria apuntaba con sus dedos al cielo y hacía un pequeño movimiento como si disparara.

—¿Cómo te sientes por dentro?

La mirada de Victoria cambió por completo, la leve mueca que tenía desapareció.

—No quiero hablar de eso Gabriel— dijo Victoria.

—¿Recuerdas lo que nos decías entre clases cuando estábamos tristes?

—Si, si lo recuerdo. —Victoria movía hacia atrás su cabello con un leve movimiento. —Les decía que deben de decir, para después superarlo.

—Creo que es un buen consejo.

—Es el consejo de alguien que nunca lo puso a prueba— dijo Victoria.

—Eso no quiere decir que no sea un buen consejo.

—Bueno, como es tanta tu insistencia. Es que ya no siento nada, ¿feliz?— preguntó Victoria

—Tu infelicidad jamás será parte de mi felicidad— Gabriel miró a Victoria a los ojos sin hacer una mueca.

—Es difícil Gabriel, muy difícil. Mientras venía hacia acá, la profesora Leticia me hizo una pregunta similar. ¿Cómo quieren que me sienta?

Victoria se limpió una pequeña gota de lágrimas indetectable para Gabriel.

—¿Sabes una cosa chistosa?

—¿Qué Victoria?

—Mientras entrenó creo que puedo sobrellevarlo, mientras me muevo creo que puedo sobrellevarlo, pero en cuanto cierro la puerta de mi cuarto comienzo a verlo, cuando estoy sola conmigo mismo, cuando sus recuerdos llegan con fuerza. Los de Sebastián, mis padres, la carta que me dejaron, todo como una avalancha impenetrable, no hay nada en mi mente más que los rostros de los niños que nos encontramos cuando íbamos a la casa de mis papás. ¿Aún los recuerdas? —dijo Victoria.

—Si, claro que sí —dijo con velocidad Gabriel inmediatamente—. Los recuerdo, recuerdo el olor de las cañerías y el drenaje que nos llegaba hasta las rodillas, recuerdo a esos niños.

—¿Sabes cuál es lo peor? —preguntó Victoria.

—No, no lo sé Victoria.

—Qué esos niños no estaban ahí porque sus padres hubieran muerto el día de la manifestación —dijo Victoria—, ellos vivían en esa inmundicia, por más que nos alejamos de ese lugar aun los llevo en mi mente.Agradezco cada respiro.

—¿A qué te refieres con cada respiro?

—Ja—. Victoria inhalo y soltó una gran carcajada. —Cuando éramos niños, Sebastián y yo siempre nos hicimos la promesa que, si él muriese primero o yo moría primero, el otro se suicidaría. Lo sé, lo sé, es muy pendejo ese razonamiento. Lo decíamos mientras nos hicimos una pequeña cortada con una de esas navajas para afeitar, tratamos de hacer una pequeña cortada, nos salió apenas una gota de sangre y fue cuando hicimos esa promesa. Cuando lo tuve en mis brazos, él me veía a los ojos mientras trataba de responder— la voz de Victoria se entrecortaba después de cada palabra—, me dijo que no cumpliera esa primera. Yo una vez le dije que su último respiro sería mi último respiro. Él me dijo que nunca me había amado, que solamente estaba por lástima conmigo. —las lágrimas de Victoria comenzaron a brotar de inmediato.

La mirada de Gabriel estaba atónita mientras Victoria levantaba muy en alto la mirada para ver las estrellas.

—Se porque te lo dijo— trato de continuar Gabriel.

—Lo sé, lo dijo para que no siguiera la promesa que hicimos, lo hizo para cuidarme. Sus últimas palabras fueron "mi último respiro, no es el tuyo", su rostro mostraba una gran sonrisa. Siempre tenía una gran sonrisa.

Gabriel pasó su mano al otro lado del hombro de Victoria, mientras ella recargaba su cabeza en el hombro de Gabriel.

—Él aprendió esa sonrisa de ti, estoy más que seguro que te amaba y quería que siguieras adelante, a pesar de todo.

—Lo sé Gabriel, lo sé —dijo Victoria—. Pero aun así lo quiero conmigo, aun así, quiero creer que está junto a mí.

—Está junto a ti Victoria —dijo Gabriel—. Siempre estará junto a ti sin importar lo que pase. Al igual que toda nuestra familia

Gabriel y Victoria observaron durante unos minutos más el firmamento hasta que Victoria se tranquilizó.

—Sin importar lo que pase nos irá bien si permanecemos juntos Victoria —dijo Gabriel—, te lo prometo.

—Lo sé Gabriel, lo esperó. Creo que voy a bajar —dijo Victoria—. Nos vemos mañana en el entrenamiento.

—Descansa—le respondió Gabriel.

Victoria apenada por sus lágrimas no noto las lágrimas que caían de la mejilla de Gabriel. Los días avanzaron con velocidad entre entrenamientos como en pláticas en la azotea, recordaban con risas los días en que iban a la escuela siglo XXI y como se metían en cada problema siendo la solución una locura mayor, llegaron a oídos de Alexandra las veces de sus fugaz, exámenes reprobados y fiestas de perdición haciéndola una más en este oasis en medio del desierto. Trataban de ser amenos con las pláticas y los recuerdos hasta que llegó ese día.

Se escucharon detonaciones por todas partes, los Nahuales comenzaron a relajar a las personas, pero los gritos por un poco de información comenzaron a alterar al grupo en general. Victoria le hizo señas a Alexandra y salieron por uno de tantos puntos ciegos en el perímetro. Se adentraron al pueblo vecino y observaron cómo varios hombres en camionetas comenzaron a sacar a los ancianos de las calles, incluso disparando en las puertas de madera para entrar y arrastrando a los viejos. En cuanto Victoria vio las primeras ejecuciones intentó salir a ayudar y sus ojos rojos se activaron de inmediato.

—No puedes hacer nada —dijo Alexandra—, esas balas perforan tu cabeza si te viran.

Alexandra sostuvo la mano de Victoria, mientras ella trataba de igual forma en no saltar directo al fuego. Algunos viejos eran cuestionados sobre su nombre, su familia, los ranchos que tenían y sobre el dinero que escondían. Disparaban en las extremidades y al final un tiro de gracia. Lentamente se alejaron del pueblo y llegaron con los Nahuales. Informándoles de lo sucedido, esta vez ya no fueron castigadas. Todos los novatos fueron llevados a la armería donde se les entregó un arma a cada uno, se les puso un chaleco antibalas y un casco. Un Nahual se quedó con una carga de explosivos con el detonador en su mano y dijo.

—Cualquiera que no sea nosotros y trata de entrar disparenles.

Cerraron la gruesa puerta de acero, Victoria pudo ver por un pequeño orificio de ventilación como las enfermeras de igual forma se escondían entre la enfermería. Escucharon el sonido de las camionetas y cómo dispararon en la puerta principal.

—Son tres camionetas —dijo Alexandra—, posiblemente veinte personas.

Los gritos no tardaron, ahogados por el sonido interminable de un mar de detonaciones. Era una completa locura, los oídos de cada uno era más sensible, cada detonación era un martillo agudo y penetrante dejando sordo a algunos. En cuanto todo se detuvo el Nahual volvió hablar.

—Apunten a la puerta y dedos en el gatillo. A mi señal disparen.

Se escucharon pasos que llegaron directo al candado de la puerta y rápidamente la recorrieron.

—No disparen —todos se tranquilizan al reconocer la voz.

El grupo entero salió temeroso mientras aún tenía el arma temblando entre sus manos, el olor a orina y a mierda penetró su olfato. Muchos tenían una delgada línea de agua que comenzaba en sus zapatos y se prolongaba a cada paso. Al salir vieron tres decenas de cuerpos en el suelo, algunos retorciéndose y otros completamente quietos.

—Es hora de irnos —dijo un nagual.

Tan rápido como les daban el tiro de gracia arrastraban los cuerpos al centro. Recogían las armas, los suministros, la medicina, el parque y la biblioteca. Se movilizaron completamente para no dejar rastros, vaciaron los tanques de gasolina de los camiones y lo rociaron en los cuerpos. Las habitaciones una vez vaciadas corrían el mismo destino. Escondieron gran parte de los insumos en una casa abandonada con la esperanza de regresar. Adentrándose en el calor abrasador del desierto con una ruta incierta. No habían sufrido bajas, pero aún así ese pequeño oasis de desesperación fue su hogar y caminaban renuentes hasta perderse entre el sol y la tierra caliente.

La primera noche se sintió el más desalmado de los fríos. Mientras el núcleo de las llamas respiraba con un pulso propio. Los vigilantes cuidaban al grupo y todos los demás descansaban.

Victoria se exaltó, observó sus manos. Su cuerpo se movía como el humo. Intento llamar a sus amigos, pero se encontraba sola en aquella oscuridad. Levantó la mirada para ver la luz de las estrellas, las cuales se difuminaban en extrañas marcas celestiales. Se levantó cuando sintió un tenue rayo de calor. Sus pasos desaparecen en aquella fina arena. Aquel fuego fundía todo y a todas en una única forma cambiante. Las sombras alineaban las cuencas de los ojos y la boca de Victoria.

—¿Qué es este lugar?

—No podría describirlo aunque lo quisiera, es un espació entre el hombre y los cielos.

—¿Profesora es usted?

Aquella luz y oscuridad comenzó a tomar forma, los rasgos del rostro se borraban con el viento y reaparecían con el humo.

—¿Por qué soy un monstruo?

—Te escuchas muy segura.

—He lastimado a mucha gente, cuando cambió de forma no puedo controlarme y casi mato a alguien.

—Debemos ser conscientes del daño que podemos hacerle a los demás, en otros tiempos incluso al rayo fue temido y adorado, pero ahora lo entendemos.

Aquellas palabras oscurecieron todo el alrededor y de aquel fuego emano un rayo diversificándose en miles de redes hasta volverse como las ramas de un árbol.

—Quitarle la vida a alguien es una cuestión una situación a la cual nadie debería de someterse, y no hay nada más poderoso en la balanza como el sentimiento de proteger a alguien que queremos.

—Eso no funcionó conmigo, siento tanto odio y tantas ganas de hacer sufrir a las personas que me dañaron.

El rostro de Victoria comenzó a deformarse hasta brotarle colmillos, garras y un cuerno. Perdiendo los vestigios humanos.

—Un jaguar completo es un monstruo ante los ojos de su presa, pero un Dragón observó con piedad a todos los seres inferiores, a veces incluso son capaces de mostrarles el camino a todo aquel que puede controlar el miedo.

—No tengo miedo.

La profesora Leticia se levantó, aquella figura empequeñesia la forma de Victoria.

—Hace quinientos años, de tierras muy lejanas hombres trajeron ángeles y demonios. También a los monstruos, aunque sea en su lengua, y nos cambiaron muchas palabras por demonios y monstruos.

La profesora Leticia tocó el rostro de Victoria, haciendo desaparecer todas aquellas formas extrañas y regresándola a su forma original.

—No somos más que el camino a algo mucho más grande, tranquila Victoria, has logrado entenderlo hasta ahora y cuando sea el momento de saber quien eres, deberás de decidirlo.

—¿Cuándo será ese momento?

—No lo sé.

—Usted no sabe nada, no entiende por lo que estoy pasando, me siento cada vez más sola, fui yo la que orillo a Sebastián a su muerte, yo fui quien que quería respuestas y veme ahora. Solo ruego que no me haya visto mientras esos desgraciados me violaban. ¿No entiende eso?

—Ayúdame a entender Victoria.

—Quiero venganza, quiero que sufran peor de lo que sufrí y cuando tenga el cuello de todos esos bastardos en mis manos veré como se les escapa la vida.

—No te detendré si eso quieres. Será tu decisión en su debido tiempo.

Las sombras lo consumieron todo y las figuras se perdieron.

Victoria despertó de aquel sueño agitada, cansada y con mucho calor. Al observar a su alrededor noto que todos estaban durmiendo. Los centinelas estaban en su lugar a lo lejos. La luz de las estrellas brillaba más intensamente ante sus ojos y levantó la mirada para notar cada nueva estrella en aquel firmamento. Los detalles en cada pequeña constelación eran claros. Se levantó sorprendida ante tal espectáculo, se quedó inmóvil por varios minutos e incluso llamó la atención de un centinela. Se taló los ojos para confirmar lo que estaba viendo. Mientras tanto lentamente se acercaba un centinela, bajo sus armas y colocó sus manos donde pudiera verlas Victoria.

—¿Alguna pesadilla camarada?
—Si, digo no. Es que, ¿estas viendo eso?
—Las estrellas si, la pregunta es ¿cómo puedes verlas?
—Entonces no solo soy yo.
—El camino del Nagual es un camino de descubrimientos, mientras lo dominas hay algunos cambios en tu cuerpo, tus ojos por ejemplo comienzan a desarrollar cristales más finos, para ver una mayor cantidad de frecuencias lumínicas. Igual que los perros, alcanzamos a ver lo que ellos. Intenta descansar, acuéstate antes de que llames la atención de alguien más.

Victoria sintió sin decir más, pensó que incluso esa conversación comenzaría a despertar a sus amigos y más el día sería igual o peor. Se volvió a acostar, esta vez con una pequeña sonrisa en el rostro al ver todas esas estrellas, tan lejanas y de intensidades muy diferentes. El paisaje parecía bailar y dar un espectáculo solo para Victoria. Comenzó a recordar aquel sueño, tal vivido y a la vez tan efímero que pareciera nunca existió. Pero las palabras de aquella sombra, de esa sombra que parecía su vieja profesora retumbaban tan fuerte en su cabeza.

Capítulo 9 Quiero que pierdas como yo perdí / Leonardo

Era fácil de observar la nube de vapor con cada exaltación en los hombres, vigilaban cada esquina del campamento las veinticuatro horas y cuando era turno de cambiar se acercaban a la casa de acampar pertinente. Se podían escuchar ruidos en todo momento desde el interior de la tienda de Leonardo, desde conversaciones de los centinelas hasta los sutiles exhalaciones de las tiendas donde se encontraban parejas. Cuando el viento era más fuerte ahogaba todos los ruidos en su interior y cada inspiración era un recuerdo de la muerte helada. Leonardo le indicaron su turno justo a la mitad de una tormenta, trató de levantarse con velocidad, pero el frío calaba. Su mente seguía en su cama tan lejos de aquí, pero tan cerca de la capital. Permaneció en su puesto con una lámpara de aceite iluminando levemente el camino, era una presa fácil para todo observador a la distancia. Las botas se comenzaron a escuchar demasiado tarde, el crujir de la nieve fresca anunciaba la anunciación y la luz apenas iluminaba su sombra.

—Buenos días Leonardo —dijo la profesora Leticia.

—Casi me mata de un susto —dijo Leonardo.

La profesora cuando estuvo cerca se detuvo con su bastón y alzó la mirada para observar a su alumno.

—¿Por qué no usas los ojos rojos? —preguntó la profesora Leticia.

—No creí necesitarlos —dijo Leonardo.

—Te recomiendo siempre activarlos incluso por curiosidad —dijo la profesora Leticia—, puedes ver rastros de sangre y olor olores que no te imaginas.

—No creo que hayan muchos cadáveres por aquí —dijo Leonardo.

—No, pero tal vez cosas más interesantes.

—¿Cómo qué? —preguntó Leonardo.

—Puedes averiguarlo.

Leonardo activo los ojos rojos, su visión periférica aumentó, sus sentidos se agudizaron y el frío disminuyó. Logró sentir las pisadas de al menos cinco decenas de personas directo a su posición.

—Profesora...

—Lo sé —dijo con calma la profesora Leticia—, llegan justo a tiempo. Envié un grupo de exploraciones para que los trajeran hasta aquí. Teco lidera el grupo y por lo que se puede traer muchos amigos.

—¿Quiénes? —se apresuró Leonardo.

—Mínimo Gabriel —respondió la profesora Leticia—, cuando lleguen aquí avisa a las enfermeras.

La profesora Leticia se perdió en medio de la tormenta alejándose de la luz de la lámpara mientras los vientos soplaban con fuerza. Tardaron un par de horas en ver a los primeros, sus cuerpos cansados, debilitados por las enfermeras y el hambre llegaron apenas sólo para ver a muchos de sus amigos colapsar. Leonardo observó a uno de ellos era Alexander, lo sostuvo de un hombro, sus altura eran similares y lo llevó directo a la enfermería. Detrás de él se encontraba Gabriel quien llevaba a un herido más, le siguió hasta la enfermería sin decir nada hasta que se dio la vuelta.

—Hola amigo —dijo Gabriel.

Se saludaron, se dieron un abrazo con el hombro y se alegraron. La mirada pálida casi moribunda del rostro de Gabriel hizo que Leonardo no preguntara mucho. Lo llevó hasta una casa de acampar donde estaban los nuevos refugiados y siguió con su guardia. A las primeras horas del nuevo sol Leonardo se encontró con Raúl en el extremo opuesto.

—Llegó Gabriel y Alexander —dijo Leonardo después de saludar.

—¿El matón vino? —dijo sorprendido Raúl—, ¿crees que quiera seguir el camino del nagual?

Los dos recordaron como en una ocasión Alexander se enfrentó contra seis pandilleros y logró salir casi sin ningún rasguño. Desde entonces le habían puesto el apodo de Matón y al parecer a él no le molestaba.

—No sé si vino a eso o estaba huyendo como los demás —dijo Leonardo.

—Igual y sí —dijo Raúl.

La tranquilidad del campamento a primera hora de la mañana era sublime, las aves cantaban su canto mientras se preparaban para volar aún más al norte y algunos insectos aún se escuchaban. Caminaron hasta llegar a la casa de acampar acondicionada como cuadros clínicos donde las enfermeras atendían a sus pacientes.

—Me da mucho gusto verte —dijo Raul sonriendo.

—A mi igual amigos —dijo Gabriel.

—¿Encontraste a Victoria? —preguntó Leonardo.

—Si, no en las mejores condiciones pero si. La veo muy mal, tiene muchas ojeras, un rostro enfermizo y mucho más delgada.

—¿Qué tal con su nagual? —preguntó Leonardo.

—Lo domina muy bien —dijo Gabriel—, es un jaguar al parecer. Tiene control sobre su animal, pero aún así la siento muy distante, casi no sonríe y no duerme muy bien.

—Nadie dormiría bien de todo lo que hemos visto —dijo Leonardo—, vamos con el Matón. Yo creo que ya estará despierto.

Los tres amigos se dirigieron a la casa de acampar donde se encontraba el Matón, la enfermera tenía un suero conectado a él y en cuanto vio a los chicos les dio su espacio saliendo deprisa.

—Matón, matón, matón —insistió Leonardo al ver los ojos cerrados de su amigo.

—Creo que llegamos demasiado tarde —dijo Raul.

La mano del Matón se levantó mostrándoles el dedo índice a cada uno.

—Aún no estoy muerto, pendejos.

El Matón sonrió y se levantó lo más que pudo. Apenas logró sentarse él sólo. Mientras la cara de sus amigos le sonreían.

—Pero mírate —dijo ante—, estás casi entero.

El Matón no paraba de mostrarles el dedo a cada uno. Incluso sonrió un poco cuando los vio a los tres. Intentó no llorar y colocó sus manos unos segundos en la cara. Los chicos se quedaron en silencio y no dijeron nada.

—¿Cómo sigues? —preguntó Leonardo.

—Se la llevaron —dijo el Matón.

Tanto Leonardo cómo Raul sabían de quién se trataba. La persona que más ha amado matón en la vida, su novia Rosa.

—¿quiénes? —preguntó Raul.

—No lo sé —dijo el Matón mientras se limpiaba con la sábana de la cama.

—¿A dónde se fueron? —preguntó Leonardo.

—No lo sé —dijo el Matón—, íbamos huyendo hacia el norte cuando llegó un grupo de encapuchados.

—¿Qué es lo que vamos a hacer?—preguntó Raul.

Leonardo se quedó quito, pensó en todos los posibles resultados, se había percatado de varios posibles resultados, cada uno más peligroso que el anterior, podía dejar atrás al gran amor de su amigo, intentar rescatarla y poner en riesgo la vida de sus amigos, la opción más sencilla era decirle a la profesora y que ella mande a un equipo avanzado nagual. En tan solo un parpadeo pensó diez más.

—¿Cómo te sientes Matón?—preguntó Leonardo.

—Podría correr un maratón en un par de días —dijo El Matón.

Estaba claro, quería ir por ella con su ayuda o sin ella. Leonardo pensó en las posibilidades de rescatar a la novia de su amigo, pero ninguna sin romper una regla.

—Muy bien —dijo Leonardo—, dentro de tres días debemos preparar nuestras cosas...

—¿Para qué?—preguntó la profesora Leticia quien había entrado de sorpresa.

—Para nada profesora —dijo Leonardo.

—Hola Maton y Gabriel —dijo la profesora Leticia—, me alegra que estén sanos y salvos. Por lo que me han dicho los naguales es que no fue fácil traerlos a todos y desafortunadamente no todos se salvaron.

—Así es profesora —dijo Gabriel-

—Lo lamento tanto —dijo La profesora Leticia mientras observa la tienda con todos los pacientes lastimados—. Adelante, pueden continuar con su conversación.

—De hecho profesora nosotros ya nos íbamos —dijo Leonardo.

Los tres muchachos en pie dieron un par de pasos y fue cuando la profesora Leticia levantó las manos con una mirada decepcionada hacia el piso.

—Mis oídos son mucho mejor que los de ustedes a pesar de mi edad —dijo la profesora Leticia—, quizá por la música que escuchamos. Creó que quieren desacatar una orden de quedarse lejos del campamento.

—No profesora —dijo Leonardo rápidamente.

—Creí que habían aprendido la lección de la última vez que fui corriendo detrás de ustedes —afirmó la profesora Leticia—, esta vez no creía alcanzarlos con esta tormenta. Así que no me quedará otra que ayudarlos.

—¿Por qué?—preguntó Leonardo.

—Como ya te diste cuenta Leonardo, sabes que no tengo los suficientes naguales y mucho menos los recursos para salvarlos esta vez, así que solo puedo enseñarles para darles una oportunidad.

—¿Una oportunidad para que?—preguntó Gabriel.

—A mis oídos los testimonios de 10 hombres y 5 mujeres —dijo la profesora Leticia—, lo impensable: «cofradías y gremios, de norte a sur»

La reacción fue de ingenuidad de los cuatro chicos en los primeros momentos, pero al recordar todos los hechos anteriores,

—La venta de droga por todo el país, el asesinato de los narcotraficantes más peligrosos, políticos y religiosos desaparecidos —dijo la profesora Leticia tomando un respiro—, niños secuestrados de orfanatos y de las calles, todo apuntaba a que alguien estaba planeando algo: A finales del siglo XX y hasta este conflicto comenzara el gobierno, la iglesia y los criminales se unieron para mantenerse y sobrevivir ante las demandas de una sociedad exigente de castigo, impunidad y placer. Nacieron los famosos cárteles, pero ahora hay algo más oscuro que está pasando, porque el único propósito de esas organizaciones era satisfacer a una nación, el poder y el abuso era algo eventual, ahora esto se torna en una idea de sólo conseguir y satisfacer el poder por poder

La profesora Leticia acercó una silla, descanso y respiro profundamente. Los chicos no podían creer lo que estaba pasando. El silencio únicamente era interrumpido por el viento gélido afuera de la tienda.

—¿Por qué nos lo dice ahora?—preguntó Gabriel.

—Las decisiones a partir de este punto no pueden ser tomadas por una persona —dijo la profesora Leticia—, en estas condiciones sólo tenemos dos opciones; dejarlos crecer hasta el final de este conflicto o tratar de eliminarlos, de cualquier forma, tendremos que encargarnos tarde o temprano, pero la cuestión será que no puede ser personalmente, ésta puede ser la oportunidad de poner a prueba a los nuevos naguales.

—No es momento de divagar lo que todavía no puede ser —dijo Leonardo—, es momento de tomar decisiones drásticas.

—Esto no se trata de que una persona tome esa decisión debe ser tomada por todos —dijo la profesora Leticia—, "cuando le entregas poder a un hombre, el hombre se hace poderoso, pero cuando se lo das a un miserable, el miserable no se hace poderoso, el poder se hace miserable". No pueden creer en la acción de una sola persona.

La profesora Leticia salió de la habitación dejando a los chicos completamente solos. La brisa del viento frío heló la espalda de los cuatro.

—¿Cuál es su decisión?—preguntó Raul.

—Yo ayudaré al Matón —dijo Leonardo.

—Estoy con ustedes —dijo Gabriel.

El Matón aún permanecía quieto por su deshidratación, pero si pudiera abrazaría a sus amigos. Los chicos reunieron varias sillas para hablar de sus viajes. Desde las selvas mayas, los desiertos del norte, los bosques del oeste.

—¿Y luego qué pasó con la chica?—preguntó Gabriel.

—La protegió en una guarida del sur —dijo Raul.

—¿Tú matón cómo te fue?—preguntó Leonardo.

—Fue difícil —dijo Maton—, las cosas se pusieron muy difíciles, en cada estación del metro habían decenas de puercos que vigilaban quien entraba o salía, colocaron escáneres faciales e incluso dactilares en esos mismos puestos, en las noticias aparecieron sus rostros, yo dije "a huevo, son grandes" cuando los vi. Usaban los metros como muros para dividir la ciudad, no podías moverte a un lado sin que ellos lo supieran. Preguntaron por ustedes, yo la neta les dije que no sabía en dónde estaban y me dieron un macanazo, está bien, no me rajo. Comenzaron a investigar a los profesores, ¿se acuerdan de la profesora que le decían Cronos?, lo llevaron a la cárcel justo a mitad de su clase, poco después cerraron la escuela. Salimos de la ciudad cuando mis padres encontraron un afiche de mi y de mi novia. Nos dieron el dinero que tenían guardado en la casa y nos llevaron en automóvil hasta Querétaro donde nos movimos entre pequeños vehículos. Tardamos mucho en llegar al siguiente estado. Pasábamos algunas noches en los parques con indigentes o en el bosque, siempre con un ojo despierto para que no le hiciera nada a mi chiquita. Luego de caminar por mucho tiempo nos encontramos con un búho, Artemisa dice que era una bruja, pero no puede ser. Ella nos llevó a un lugar seguro junto con otros que habían sido echados, después sentí como me dieron un putasote en la cara, vi como se la llevaban y me acuerdo bien en qué dirección fueron.

Acto 2

A la mañana siguiente la profesora Leticia llamó a los cuatro chicos a una sección apartada del campamento, completamente resguardada por varios soldados y algunos Nahuales. Leonardo preparó su arco en su mochila justo cuando fue llamado. Cuando entraron la profesora tenía un mapa de la zona.

—Me alegra verlos chicos —dijo la profesora Leticia—, creó que hoy será el último día nos veamos en mucho tiempo.

—¿Por qué? —preguntó Leonardo.

—Temo qué me iré a la capital por un tiempo y regresaré a la ciudad de Toluca para encontrarlos —dijo la profesora Leticia mientras acomodaba varios documentos.

—Entendido —dijeron al unísono en voz baja.

—Esta será su primera misión como máscaras de madera —dijo Leticia—, deberán investigar la desaparición de un grupo de refugiados al norte, adentrándose en las montañas.

La profesora Leticia señaló el punto con su dedo índice en el mapa.

—Posiblemente haya 100 personas en ese lugar —dijo la profesora Leticia—, por los informes de suministros en los alrededores, comprar pequeñas cantidades en las tiendas de los pueblos a faldas de los cerros. No podemos arriesgarnos así que su misión será cuidar de ustedes e investigar que hay en ese lugar.

Los chicos asintieron con la cabeza escuchando y observando el mapa.

—Esta misión será muy peligrosa —dijo la profesora Leticia—, deberán ir armados, ocultarse en todo momento y no separarse. ¿Entendido?

Los cuatro chicos asintieron una vez más.

—Muy bien, pueden salir para preparar sus cosas excepto Leonardo —dijo la profesora Leticia mientras observaba el mapa—. Debo hablar con él.

Los tres chicos salieron de la tienda mientras veían a su amigo quedarse.

—Son buenos chicos tus amigos —dijo la profesora Leticia—, ¿qué estarías haciendo por ellos?

—No entiendo la pregunta profesora.

La profesora colocó una pistola en la mesa, un revólver mediado a los ojos de Leonardo.

—¿Estarías dispuesto a matar si ellos corren peligro? —preguntó la profesora Leticia.

El chico levantó la mirada, observó los ojos decididos de la profesora y se quedó pensativo.

—Es una pregunta que deberás hacerte si quieres ayudarlos —dijo la profesora Leticia—, correrán peligros haya afuera y deberán resolverlos solos. Tu serás su líder en esta misión y líder del equipo Beta.

La mirada de incredulidad de Leonardo se notó.

—¿Cómo puedo hacer eso? —dijo Leonardo.

—Debes de apoyarte en ellos y ellos deben de apoyarse en ti —dijo la profesora Leticia—, conoce sus debilidades y sus fortalezas para encontrar la manera de complementarse. Espero lo mejor de ti.

—Si profesora —dijo Leonardo.

—Uno de los peores inviernos que recuerda el pueblo del maíz está por iniciar —dijo la profesora Leticia—, nunca antes experimentado, debes cuidarlos también de eso. El bajo cero será un sinónimo de muerte si no lo haces.

Leonardo se despidió de su profesora sin decir palabra alguna, preparó su equipo. El campamento de igual forma se estaba preparando para moverse, acercarse lo más posible a la ciudad de Toluca de Lerdo sin ser detectados, las carreteras interceptadas no les dejaba otra opción convirtiendo los viajes de algunas horas en automóvil en un viaje de 7 días con intención de aumentar. El equipo Beta se movió en una dirección opuesta al campamento perdiéndose de vista rápidamente por los gigantescos árboles.

"Tan frío, pero tan cerca del infierno".

— ¿Qué te parece servir al pueblo Alexander? —dijo Leonardo.

—Me parece que se me congela el trasero Leonardo, hace un chingo de frío, jamás sentí tanto en mi vida, puedes apurarte—le respondió el Matón.

Estaban divididos en dos secciones, tanto Gabriel como Raul se encontraban veinte metros adelante de Leonardo y el Matón, turnándose para activar su habilidad de ojos rojos y así lograr detectar con mayor facilidad los peligros. Leonardo hacía lo propio en intervalos más largos para defender la retaguardia.

—Tan negativo en este excelente día para morir —dijo Leonardo.

—Para de mamar Leonardo—le respondió el Matón—, aun me falta muchas cervezas por beber y qué escribir, cuando termine esto haré mi propia cervecería y trataré de no beber todo lo que haya en ella.

Ambos chicos se rieron por la reacción del otro ante sus respuestas.

—Comparto el sueño de beber todo lo que hay en una bar —dijo Leonardo—, no existe ahora cerveza que sea capaz de emborracharse.

—No has probado mi cerveza especial —afirmó Alexander.
—¿Desde cuándo haces cerveza? —preguntó Leonardo.
—Nunca la he hecho —dijo el Matón—, pero cuando la haga no pararás de beber hasta llegar al coma etílico.
—Espero vivir lo suficiente como para morir de coma etílico con tu cerveza. Ja.

Las sombras de las nubes, los árboles inmensos y la vegetación bloquearon la llegada de la luz del sol. Continuaron por horas solo descansando por breves minutos, debían avanzar más rápido si querían llegar a la zona donde encontrarán algo, no sabían a lo que enfrentarían, pero eran optimistas. Los días consistían en caminar y buscar algún río. La comida siempre procuraban cocinar lo más rápido posible para apagar el fuego y mientras más se acercaban trataban de no encenderlo definitivamente. Leonardo cambió de posición con Raul en los últimos kilómetros de su objetivo.

En cuanto Leonardo cambió a su estado de ojos rojos cambió cómo percibía el ambiente, una sensación a muerte por los alrededores comenzaba a alertar a, los pocos animales sobrevivientes callaban sus chillidos, la nieve aparecía en pequeños tramos y su respiración era densa.

Alexander podía sentir lo mismo, un sentimiento de una muerte inminente, sentían sus vidas en riesgo, pero a pesar de todo seguían caminando. Algunos árboles secos aparecían y los ruidos de las aves ya eran escasos. Una sensación de asfixia, una presión en el pecho y cabeza casi insoportable los consumía a cada paso.

—Se acerca rápido —dijo Alexander, con un rostro inusual en él, miedo tal vez, pero no de resignación.
—Es momento de prepararnos —dijo Leonardo.

Observaron el camino de dónde venían, ambos desenfundaron nuestro revólver y apuntaron entre los árboles a sus espaldas. Esperaron algunos segundos mientras en silencio seguía, el latido de sus corazones era lo único que podían escuchar y fue cuando observaron a lo lejos un par de aves volando en dirección contraria a ellos.

—Bueno, sigamos adelante equipo —dijo Leonardo—, si nos quedamos un poco más tal vez perdamos la cabeza.

—¿Qué crees que está pasando? —preguntó Gabriel.

—Nos estamos acercando —dijo Leonardo—, pero creo que es el último de nuestros problemas. ¿Cómo te fue con Victoria?

—Me fue bien —dijo Gabriel—, la veo muy bien. ¿Cómo te sientes?, ¿aún piensas en ese día?

El día que murió Sebastián había dejado una marca profunda en los tres.

—Casi del diario —dijo Leonardo—, debí protegerla y debí saber que pasaría algo así.

—No había pasado algo así desde 1968, y aún así no podíamos prevenirlo —dijo Gabriel.

—Ahora podemos hacer algo —dijo Leonardo.

—¿Pero qué? —preguntó Gabriel—, has visto las armas que tienen. Aunque quisiéramos hacer algo no podríamos enfrentarlos.

Leonardo movió su mano a una bolsa en su lado derecho, se encontraba su máscara de madera y algunas municiones de su arma.

—¿Qué crees que tenga planeado la profesora Leticia? —preguntó Gabriel.

—No lo sé —dijo Leonardo—, ¿a qué te refieres?

—Cuando la vi después del incidente de Veracruz me dijo que no podría enfrentarse a Victoria. Me dio a entender que perdería en un combate contra ella. Pero cuando la volví a ver me dijo que se enfrentó contra una chica que la venció en un santiamén —dijo Gabriel.

Las palabras resonaron fuerte en la mente de Leonardo mientras seguían adelante.

—No lo sé —dijo Leonardo—, la profesora tiene mucho en la mente y tal vez se confundió.

—También pensé lo mismo —dijo Gabriel—, pero ella es una persona muy calculadora. No sé le pudo escapar un dato tan obvio.

El camino empieza a dificultar, la montaña empieza a tener abismos rocosos y caminos resbaladizos, el cansancio en este tipo de terrenos suele denostar a un equipo entero, pero hoy resulta una excepción; el equipo Beta dominó el camino. Llegó hasta donde sería su última fogata.

—¿Aún sigues tocando la guitarra amigo? —preguntó Leonardo.

—No,—respondió Gabriel—, pero cuando esto termine compraré una guitarra para tocarla y convertirme en una estrella de rock.

Gabriel comenzó a reír y sus compañeros le dieron segunda.

—Eres un buen guitarrista —dijo Leonardo.

—No tanto —dijo Gabriel—, he escuchado mejores.

—Cuando esto termine iré de vacaciones a Cancun —dijo Raul—, quiero ganar un poco de color después de tanta sombra. ¿Y usted camarada que hará?

—¿Yo? —dijo Leonardo mientras las miradas se concentraban en él—, quiero no sé... Manejar quizás, recorrer la costa en automóvil hasta llegar a una playa, escuchar buena música mientras tomo un vaso de cerveza artesanal.

—Muy completo tu sueño —dijo Gabriel.

Los chicos sonrieron mientras veían como las ramas se consumían.

—Este será el punto de referencia —dijo Leonardo—, pase lo que pase ya no podremos mostrar nuestra ubicación, cocinen toda la carne y comida. Mañana llegaremos al lugar y pase lo que pase no podremos mostrar nuestra ubicación.

Los chicos siguieron las órdenes, apagaron el fuego cuando el último pedazo de carne fue cocinado y fueron a dormir entre sus casas de acampar siendo Gabriel el primero en montar guardia. Unos grandes ojos observó todo, desde el humo en medio de la noche clara, una pequeña luz entre el bosque y como se extinguió. Trató de adivinar lo que era, pero por más que se esforzó simplemente lo olvidó y cerró los ojos. A la mañana siguiente los chicos recogieron sus cosas entusiasmados, sabían que era el final de su camino y emprendieron su camino mucho antes de lo acordado. Siguieron sigilosos entre el bosque hasta notar varias hileras de humo muy bien organizadas. Se colocaron las máscaras los tres chicos y el Matón ocultó su rostro entre una gruesa bufanda.

Vieron cómo en medio del bosque los árboles terminaban en un gran claro donde los caballos rechinaban entre cercas de madera. Alzándose entre un grupo de construcciones de madera se levantaba una gran torre de donde se veía todo a su alrededor, el olor proveniente de ese lugar era insoportable para el olfato de Leonardo, Gabriel y Raul. La base era una construcción similar a un granero, con grandes ventanas y una puerta doble.

Hombres, mujeres y niños trabajaban en pequeñas labores desde la venta de algunas verduras hasta la elaboración de productos lácteos. Los chicos caminaban confiados para preguntar algunas indicaciones pensando que se habían equivocado. Hasta que las puertas de esa extraña construcción se abrieron, el olor hizo que se activarán sus ojos rojos y de entre ellas salió un ser con una batuta que tocaba los suelos. Su rostro monstruoso no podía ser reconocido por ojos humanos, pero los chicos reconocieron esas protuberancias carnosas en su cabeza y sus alas enrolladas en su espalda. En cuanto tocaron una campana las personas dejaron sus actividades por completo para entrar a esa extraña construcción. El Matón dio varios pasos hacia atrás mientras Leonardo observaba fijamente esa construcción. Mientras tanto en una casa alguien le devolvía la mirada, unos grandes ojos pertenecientes a un niño enfermizo desde la ventana de su habitación «están donde estaba el humo» pensó mientras trataba de reconocer aquellas máscaras que desaparecieron en su santiamén.

Acto 3

El fraile Romero entró asustado hasta la puerta principal del estudio del padre Carmín. Tocaba frenéticamente la puerta tratando de acelerar la apertura de la puerta.

—¿Quién me molesta? —dijo el padre Carmín mientras ocultaba varias de sus cosas en un cajón de su escritorio.

—Soy yo —dijo Romero.

—¿Qué quieres Romero? —dijo el padre Carmín—, no ves que estoy ocupado.

El padre Carmín sacó el pequeño saco de polvo de ángel de su cajón con mayor tranquilidad, usando una tarjeta de crédito acomodaba una pequeña pizca del polvo blanco en el escritorio. Dejando expuesta un filo que reflejaba la luz artificial del exterior en el cajón semiabierto.

—Nuestro rebaño está intranquilo padre, han visto extrañas figuras en el bosque —dijo Romero.

—¿Aún sigues con eso? —dijo Carmín—, nada nos pasará. Es imposible que alguna persona pueda llegar hasta aquí si no es por la carretera o salir. No hay de qué preocuparse.

—Es que han visto cosas padre —dijo Carmín angustiado detrás de la puerta.

—¿Qué cosas? —preguntó Carmín inhalando fuertemente.

—Un venado —dijo Romero.

—Es el bosque Romero —insistió Carmín—, hay venados por todos lados e incluso animales más bonitos.

—Este venado padre —dijo temeroso Romero—, tiene los ojos rojos. Por lo que han dicho no le tiene miedo al hombre y siempre vigila cuando alguien se encuentra solo en el bosque. Los hombres tienen miedo, los que aseguran verlo dicen que pueden sentir su furia al ver sus ojos.

El padre Carmín escuchaba las palabras, pero no podía articular algunas, en algunos momentos sentía que podía ver a ese animal.

—Dicen —dijo con miedo Romero—, que cuando te acercas este se aleja sin dejar de verte, lo han seguido a las partes más oscuras del bosque donde no está solo, donde un lobo blanco y un gigantesco oso de ojos rojos también los esperan. Algunos creen haber escuchado que les hacían preguntas.

—¿Qué clase de preguntas? —dijo el padre Carmín interesado.

—No lo recuerdan —dijo Romero.

En las orillas del río más cercano donde todos van a recolectar agua en temporada de lluvia se encontraba el niño enfermizo, su piel pálida y su pierna lastimada que supuraba una sustancia amarillenta de un olor fétido le impedía caminar con normalidad. Llegó para colocar su pierna en el río.

—No lo hagas —dijo una voz.

—¿Por qué no? —preguntó el niño.

—Contaminaran el agua o el agua te contaminara a ti —dijo la voz.

—Pero me duele mucho —respondió la voz.

—¿Qué han hecho para curarla? —preguntó la voz.

—Mucho, mi madre me cambia los vendajes varias veces al día, mi familia reza por mí e incluso el padre. También está Carmen que unta un poco de miel. Pero el padre le regaña que haga eso, que puede que empeore la herida.

La extraña voz apareció detrás de una máscara de madera, sus ojos rojos asustaron al niño, pero tenía la apariencia de un venado.

—Que sabía es Carmen —dijo la voz suavemente—, yo puedo ayudarte.

—¿Cómo? —preguntó el niño.

—Con dos dulces nada más —dijo la voz.

—Me gustan los dulces —dijo el niño.

—Ah, pero estos no son cualquier dulces —dijo la voz mostrando en la palma de la mano dos pequeñas cápsulas de colores—. Estos sirven para curar y para que puedan curar debes de comérselas sin masticar. Solo tienes que hacer algo por mi.

—¿Qué cosa? —preguntó el niño.

—Ven por siete días, cada día te daré dos dulces y cada día me contarás dos historias. ¿Trato hecho?

—Trato, contestó el niño.

Sostuvo las dos pequeñas esferas y se las comió sin masticar. En cuanto busco la voz ya no vio a nadie.

Había un ruido, un ruido muy fuerte que podían percibir, se encontraba en una mente e intentaba gritar completamente.

No puedo recordar nada, «¿Quién soy», la cabeza me da vueltas, la luz me deja ciego y una sombra acercándose bloquea la luz para poder distinguirlo entre tanta confusión, «¿Estás listo hermano?, sólo unas horas y serás perdonado», el hombre tiene una voz que he escuchado en mi cabeza, ya casi no puedo distinguir su voz de la voz de mi mente, trato de decir algo, pero sólo se escucha un lascivo quejido de mi boca. El olor del aceite siempre iba antes de esa pequeña luz.

Mis ojos se adaptan a la luz, las sombras se desvanecen, mi mente se aclara, pero mi mente se encuentra confusa, «disfruten mis hermanos, su descanso, piensen en que serán perdonados», ¿pero de qué? no recuerdo nada.

A mis espaldas una mujer llora, su ropa blanca estaba inmaculada en un piso tan limpio que puedo ver mi rostro reflejado en él. De pronto la luz se extingue y mis cansados párpados vencen después de la luz. El tiempo no funciona en estos momentos, mis párpados se abren y la sensación comienza, «han pasado cinco horas mis hermanos, han pasado cinco confortables horas de descanso», apenas unos cinco minutos, mi cabeza me ha dejado de doler y la mente se aclara, el hermano Jacob nos está hablando, es un buen hermano, nos da de comer, nos limpia.

Mientras otro hermano detrás de mí habla con la mujer que lloraba, puedo ver otros a mi alrededor, otras personas acostadas y moviéndose como lombrices escondiéndose de la luz, arrastrándose como miserables, el estomago me duele, un dolor punzante. Mi nombre, necesito recordar mi nombre. «¿Me amas?, yo te amo, ¿por qué no dices que me amas?», un hermano le habla a la mujer que llora «¿por qué lloras?, debes de estar feliz hermana, volverás a nacer, serás otra persona al fin, la que siempre quisiste ser».

Un escalofrío inhumano recorría mis pies, pasando por mi espalda hasta llegar a mi nuca, una sensación dolorosa, cálida, placentera y desconocida. «hermano, hermano, ¿me amas?», «¿eres tú Jacob?, ¿por qué dices eso?, yo te amo». Mis mentiras es la una sensación concreta a mi alrededor, el piso se mueve como en un terremoto, las figuras de los hombres se convierten en cosas grotescas de colores que nunca antes había visto, mis delirios se volvían más y más graves, las figuras no tenían ninguna forma natural, increíblemente geométricas que causaban verlos y no parar de verlo.

Me percato que tengo un embudo en la boca, el hambre es una sensación que recuerdo y que recuerdo bien, hubieron días enteros de no comer nada, de tal manera que permanecía acostado en el piso frío, no puedo ver las estrellas pero esta oscuridad parece absorberse en un sinfín de olvidos, el embudo continúa introduciéndose un engrudo insaboro, a pesar de que suplico, de que pido que no introduzcan más, por favor, por favor, mis lágrimas se tornan de desesperación, mis pulmones están a punto de explotar por mantener la respiración, mi cabeza es sostenida por tres hombres mientras mis brazos por uno en cada uno. De pronto me sueltan y permanezco en el piso vomitando, no hay nadie a mi alrededor y lo único que percibo es un hedor, similar al olor que expide tu boca después de no comer nada en semanas. Mi cuerpo no soporta más y vomito, el asco del alimento al pasar por mi nariz mientras los jugos gástricos queman desde mi esófago hasta las fosas nasales. El olor se vuelve más penetrante. Mi cuerpo trata de moverse para no ahogarse con mi propio vómito.

«¿por qué estás aquí?» los gritos de los hombres en la habitación retumban al igual que sus puños en mi estómago, atados con telas para no dejar marca alguna y no lastimarse. Un montón de maricas, si querían hacerme hablar debían de haberme colocado un pequeño electrodo en la fisura del hueso arriba del ojo, eso es eficiente, un dolor que te cala el cerebro hasta hacerte gritar. Mi mente está cansada ante tal desequilibrio. Mi condición tal vez sólo es el principio, esta batalla ya está perdida, los ánimos se corrompieron y al final olvidé toda mi vida.

¿Para qué recordar mi vida?, ¿Para qué?, me pregunto una y otra vez, porque la vida se prolonga llena de dolor y un vacío en el corazón. Si, eso debe ser, ya no soy nadie, ya olvidé el dolor dentro de mí. Pero mi cuerpo aún sufre, siendo nada a comparación de lo que sentía, de lo que vi y de lo que hice.

«¿Quién eres?, ¿por qué estás aquí?», las voces retumban una vez más, sus rostros son borrosos bajo la luz amarilla de las lámparas en el techo, la misma pregunta me la he hecho. «Sabes porqué estás aquí, lo sabes». Quiero gritarlo, si lo supiera se lo diría. «¿Quién es ella?», me muestra la foto de una mujer, los colores en un hermoso sepia resaltan su mirada y su sonrisa, morena y con ropa recatada. «no lo sé», en serio no lo sé, quisiera darles la respuesta, quiero gritar su nombre para que me dejen en paz, «¿quién es ella?» una vez más hace su pregunta. «no es nadie, no es nadie» fue mi respuesta con toda la sinceridad. Yo gritaba con desesperación para que no me hagan nada.

—¿Sabes cual es la respuesta? —dijo el padre Carmín.

—No, no, no.

—Debes de creer en mí —dijo el padre Carmín.

Todas las mañanas antes de la primera campanada Carmen limpiaba con un balde el piso de todo el edificio, las sillas acomodadas paralelas le facilitaban el trabajo. Se daba prisa en limpiar cada centímetro para después ir por varios viajes de agua desde el río, para bajar por las escaleras, abrir la puerta del sótano donde hombres y mujeres encadenados de pies y manos esperaban un trago de agua. En cuanto terminaba se escabulle por un balde de agua más hasta llegar donde se encontraba armando, pálido, cansado y casi muerto de hambre en un momento no podía reconocer el rostro de Carmen. Pero ella aún sentía ese aleteo de mariposas en el estómago. Siempre procuraba llevarle algunas migajas, pero ya no permitían llevarse las sobras.

En esa ocasión una puerta en el fondo de la habitación se encontraba entreabierta. Carmen se acercó curiosa, la puerta tenía un extraño grabado de una serpiente y en cuanto quiso tomar el pomo de la puerta la mano la interceptó.

—¿Qué estás haciendo? —dijo el padre Carmín.

—Vine a cerrar la puerta padre.

—Por supuesto Carmen —dijo el padre con una sonrisa—, espero que hayas considerado mi oferta.

—Sigo pensando padre, mi madre necesita todos mis cuidados en este momento. Con su permiso.

En cuanto le dio la espalda al padre este la sostuvo de las dos manos y la empujó a la pared.

—Espera, déjame ver cómo están tus marcas. No quiero que se infecten.

El dolor aún permanecía en su espalda mientras sentía como desabrochaba su vestido no pudo evitar soltar un par de lágrimas. El padre llegó a sentir las marcas de su espalda, rozando levemente su pecho hasta llegar a su cintura e intentó llegar más abajo, pero lo distrajo un sonido gutural proveniente de la puerta semi abierta.

—Vete —dijo el padre petrificado—, y no le cuentes a nadie...

Carmen salió corriendo abrochándose el vestido y en cuanto salió del edificio se limpió las lágrimas se ajustó por última vez su vestido y caminó hasta su casa donde al llegar a su cuarto ahogó sus gritos con su almohada para que nadie la escuchara. Sintió un asco al recordar las manos que tocaban su cuerpo sin permiso.

El padre casi olvidó por completo lo que para él era un encantador momento para entrar en esa puerta. El piso estaba lleno de pumas mientras algunos cuerpos estaban colgados de unos ganchos y cadenas. Las personas dentro de las jaulas apenas y reconocían la silueta. El padre llegó con un pan para cada jaula, pero para la caja de metal que trataba de ignorar llevaba un banquete, le roció el líquido de una pequeña botella y lo colocó con rapidez donde pudiera recogerlo. La comida desapareció de inmediato y en su lugar apareció un pequeño saco con polvo de ángel. Estar en esa habitación le provocaba un sudor frío incontrolable y en cuanto recogió el saco salió corriendo.

Acto 4

El día comenzaba como un recorrido del padre Carmín, quien casa por casa saludaba a su rebaño, preguntaba sus inquietudes y repetidamente escuchaba los avistamientos de extrañas criaturas. Carmen observaba a través de su ventana con miedo de la llegada del padre, su madre a quien hace mucho tiempo no podía razonar palabras congruentes para la comunidad esperaba postrada en una silla el cambio en las estaciones. Justo al llegar en la última casa antes de la de Carmen, su vecino el pequeño Tim mostraba su pierna completamente sana.

—Es un milagro —dijo el padre Carmín.

—Si, gracias a mi amigo.

El padre reía con los padres de Tim quien pensaban en otra clase de amigo.

—Si Tim, el señor es amigo de todos.

—Si, también mi amigo del bosque.

Las facies del rostro del padre Carmín se tensaron.

—¿Qué amigo del bosque?, Tim —preguntó con una furia comprimida.

—Es un venado extraño, camina en dos patas y su pelaje no se parece al de un venado ordinario —dijo Tim.

—¿Dónde has visto a ese amigo Tin? —preguntó el padre Carmín.

—Por poco lo olvido —dijo Tim—, debo de ir a verlo ahora. Hoy únicamente necesitaba revisar mi pierna para confirmar que funcionaron los dulces que me dio.

—¿Dulces Tim? —preguntó el padre.

—Son como unas pequeñas canicas de colores —dijo Tim—, dice que no se pueden masticar.

El pálido rostro del padre hizo notar a la perfección su conocimiento de lo que era.

—¿Puedes llevarme a donde lo ves Tim? —preguntó el padre.

—Claro ¿Por qué no? —dijo Tim.

Los llevó a donde estaba el río, varios hombres junto con él padre de Tim. Permanecieron un par de horas mientras Tim llamaba constantemente a su amigo.

—Creo que no vendrá —dijo Tim.

—No, él ya tiene mucho tiempo que está aquí —dijo el padre—. Ven Tim, acércate a mí, tal vez necesita un incentivo para llegar.

El padre sostuvo el rostro de Tim con la mano derecha para que no se moviera y con la mano izquierda colocó un cuchillo en el costado de Tim, el filo de la arma rozaba sutilmente su cuello.

—Sé que estás ahí —dijo el padre con una voz gutural—, muéstrate.

—Mi hijo.

—Sostengalo —dijo el padre—, a veces tenemos que hacer los sacrificios necesarios por el bien de la comunidad.

Mientras dijo esa palabras las ramas comenzaron a romperse, se movía con sutileza entre la vegetación y como si apareciera de la nada un rostro cubierto y una mirada furiosa se mostró.

—Con qué tú eres quien ha asustado a mi congregación —dijo el padre.

—Su congregación ya le temía desde antes de que llegara.

Timi temblaba entre las manos del padre y fue cuando estaba bajo el cuchillo.

—¿Quién eres? —preguntó el padre.

—Me llamó Alexander —dijo el chico—, me perdí mientras hacía camping.

—Imposible, estas muy lejos del pueblo más cercano que hacen camping —dijo el padre.

—Me gusta perderme en el bosque —dijo Alexander
—¿Dónde están tus cosas? —preguntó el padre.
—Las perdí en el camino —dijo Alexander.
—Capturenlo —dijo el padre.

Alexander no ofreció resistencia, en cuanto lo ataron sólo observaba hacia atrás, lo llevaron hasta las habitaciones debajo del gran edificio. Le quitaron la ropa para cerciorarse que no tenía nada, después se la devolvieron para encadenarlo de pies y manos justo a los demás. Los hombres se enlistan en las tres manchas oscuras de madera y un poste en medio. Tardaron todo el día y justo en el crepúsculo nocturno el padre los llamó a todos.

—Los he escuchado —dijo el padre—, en los últimos días han visto criaturas provenientes del mismo infierno llamadas hasta aquí por una bruja.

Dos hombres trajeron arrastrando a Carmen quien dejaba una hilera de agua a su paso por el miedo.

—Mirar la bruja —dijo el padre—, quien hace no mucho trato de llevarme al pecado ofreciéndose como una ramera.

Los habitantes del pueblo tenían muchas dudas, habían conocido a Carmen desde que había sido una niña y nunca les había parecido otra cosa que una mujer recta. Los más devotos gritaban ciegamente sin importar todas las veces que Carmen les había ayudado. Cuando la ataron al primer poste el padre se acercó para desgarrar su vestido y mostrar sus pechos en señal de deshonra.

—No contento con condenar a su propio pueblo a tentar a un niño que deberá ser sacrificado por el bien de todos —dijo el padre.

El pequeño Tim confundido por lo que sucedía, preocupado por las lágrimas de Carmen y de sus padres caminaba resguardado por dos hombres. Quienes lo ataron al tercer poste.

—Ahora sólo queda esperar al deAdrianao que nos trajo toda esta miseria —dijo el padre.

Esperaron por varios minutos mientras el abucheo se calmaba. El padre camino rumbo a la gran construcción. Entró por la entrada principal y el crujir de la madera a cada paso se escuchaba en toda la estructura.

La puerta se cerró a su entrada por el viento y a su espalda escuchó unas extrañas palabras.

—Peccatori, quia Deus vester dimittet vobis factis, non mihi, quamvis sentiamus et si non inutile, et in animis vestris, lacrimis sanguine innocentum cruentus, quod in vita corporis dabit reddere in mortem animam.

—(pecador, de tus actos dios te perdonará, pero no yo, no importa que tanto ores, no sirve si no lo sientes, que, en tu alma manchada por las lágrimas y la sangre de los inocentes, tu cuerpo paga en vida lo que tu alma pagará en muerte.)

El padre con burla respondió.

—¿Quién eres hijo? Que hablas y obras en nombre del señor.

—Nadie padre, nadie, yo lejos de obrar y hablar en nombre de ningún dios, soy un simple hombre más haya, que se le encargó una labor.

Mantuvo su respiración, halo de la cuerda del arco y apuntó. Al escuchar el tercer latido soltó su cuerda, sin viento, sin obstáculos, un tiro limpio. Atravesó el hombro izquierdo, entre la clavícula y las costillas. No le importo su voz ni su lamento, los ojos rojos observaron el rostro de dolor. Respiro por segunda vez y soltó su cuerda para que la flecha atravesará la rodilla. Sus gritos retumbaron por toda la estructura, la agonía se veía reflejado en la coloración roja de su rostro

El padre Carmín intentó extender sus alas pero fueron cortadas de un tajo con el filo de la hoja escondida en su escritorio.

—Excelente filo —dijo otra voz—, algo que encontramos dentro de tu oficina.

— ¡Esta no es justicia! —gritó con agonía y llanto, al verme acercarme.

—No— respondió entre las sombras—, y al igual que todo niño lacerado, tono niño asesinado, todo niño lastimado, y al igual que en todas las ocasiones, tú lo causaste, nadie más, ahora siente la injusticia misma.

Levantó su arco, la tensión de la cuerda rompió el silencio al sostener la flecha con fuerza tocándola efusivamente con sus dedos.

—La verdadera justicia sería: tú en una prisión padeciendo todos los días el mismo castigo provocado por tu patético ser.

Sin más que decir suelto mi flecha.

—No —dijo una voz. Su mano bajaba el arco.

El padre Carmín trató de regresar a su forma normal mientras distinguía las figuras en la oscuridad, era la forma de un lobo y la de un venado. Afuera la muchedumbre intentaba quemar a los tres condenados. Algunos hombres trataban de detenerlos hasta que llegara el tercero, en su lugar aparecieron dos máscaras de madera arrastrando al padre Carmín, cuando los hombres amenazaron a las dos figuras la máscara de venado apuntó sus flechas a la cabeza del padre. Dejándolos a raya.

—No se muevan —dijo la máscara de venado.

—¿Qué es lo que quiere? —gritó un hombre.

—Irnos —respondió rápidamente la máscara de lobo.

Arrojó varias fotografías a los pies de los hombres donde involucran al padre Carmín.

—Eso no puede ser —dijo una devota.

La máscara de lobo desenfundo la fina hoja y la acercó al rostro del padre. El acero comenzó a tornarse de un rojo intenso y al contacto con la piel del padre lo quemó mostrando su forma demoníaca. Todos miraron con horror y desagrado su rostro mientras pasaban las fotografías de todos sus crímenes. Fue amordazado y entregado al pueblo quien al ver las evidencias no quedaba duda del castigo, la máscara de lobo desató a Tim mientras la máscara de Venado desató a Carmen entregando una prenda para confrontarla. Ataron al padre Carmín al segundo poste y agregaron más leña.

—Eso no servirá —dijo la máscara del lobo.

Las heridas del arco serían su perdición. La sangre brotaba en un flujo constante donde no parecía terminar. La tranquilidad duró poco, escucharon el sonido de múltiples descargas de fuego abajo de la construcción.

El padre Carmín comenzó a gritar y a moverse frenéticamente. Se escucharon gritos irreconocibles de algo muy lejano a lo humano. Corriendo con miedo, la construcción comenzaba a tornarse aún más amenazadora. Al entrar observaron a Raul ser arrojado por los cielos mientras Alexander se enfrentaba a una pequeña sombra de la cual emanaba esos ruidos. Embistió a su amigo y comenzó a destrozarlo todo a su alrededor, sus garras lo comenzaban a romper todo. Leonardo trató de dispararle una flecha pero está se ocultó entre las bancas de madera, arrastrándose y dejando escuchar sus garras en la madera. Gabriel golpea a la criatura permitiéndoles observar por algunos segundos a la luz, esta a su vez se alejó instintivamente de aquella pequeña luz.

—Es un nahual —dijo Leonardo.

Gabriel trató de enfrentarse mano a mano con ayuda de los ojos negros, pero sus golpes eran detenidos como si nada. Las afiladas garras podían cortar la piel con tan sólo un rosa, lo descubrió a mala gana cuando lo atacaron de un costado. Leonardo respondió con sus flechas y el manual cuando logró ver la puerta se escapó. Corrió entre las construcciones identificando los aromas y en cuanto noto una familia se balansó. Las personas se alejaron de su camino, saltó sobre el cuerpo atado del padre Carmín y comenzó a devorar su rostro. Los tres chicos sintieron el gusto del nagual, sabían que él les había mostrado esos pensamientos, les dijo cómo era el lugar y donde encontrar lo único que lo detenía.

Leonardo entendió. Fue por la hoja de acero, mojo varias puntas con el aceite de las lámparas y comenzó a correr hacia el Nahual descontrolado. En cuanto terminó con el padre se volteo, comenzó a olfatear y noto a Carmen la más cercana. Leonardo lanzó varias flechas con fuego para distraerlo. El Nahual corrió con intención de embestir a Leonardo, pero este desenfundó la hoja de acero, la sostuvo con las dos manos y mostró sus ojos rojos. El Nahual se detuvo, trató de entrar sobre la mente de Leonardo, pero esto no lo permitió. Solo pudo sentir cuánto tiempo estuvo encerrado en esa jaula, como fue matado de hambre y obligado a preparar polvo de ángel de los desmembrados cuerpos que le llenaban. Obligado a escuchar la tortura de una cantidad inteterminada de víctimas, como su olfato era saturada del cuerpo en descomposición de varias cristuras.

El rostro de Leonardo no pudo evitar llorar mientras veía al Nahual.

—¡Lo sé! —le gritó Leonardo—, pero ellos no tuvieron la culpa.

El Nahual se regio y le mostró cómo los habitantes del pueblo le ayudaban, como permitieron que masacraran a tanto desconocidos como familiares.

—¡Suficiente! —grito Leonardo.

El nahual lo observó por última vez, asintió la cabeza en señal de agradecimiento y se marchó. Ese pueblo contenía un infierno que no estaba dispuesto a seguir siendo parte.

Revisaron a los heridos debajo de la gran estructura, notaron con un gran agrado rostros conocidos como el de Diana, Rafael, Luis entre las víctimas, fueron llevadas rápidamente a la parte superior donde fue adaptado para atender a las víctimas. Pasaron tres días hasta que llegó una camioneta buscando al padre Carmín, un niño les señaló donde estaba y en cuanto vieron sus restos atados a un poste de madera supieron que no se irían. La camioneta estaba preparada para almacenar polvo de ángel de la más alta calidad. Los restos de los ángeles fueron enterrados y sus huevos escondidos por el temor de que alguien los molinera para fabricar más polvo de ángel. Al anochecer del cuarto día siete siluetas aparecieron, los niños que las vieron no se alarmaron, reconocieron los grabados de inmediato y llamaron a los cuatro. Acamparon a las cercanías del pueblo e incluso asistieron al funeral de la madre de Carmen quien había sido examinada por Teco firmando su acta de defunción. Llamaron al líder del grupo ante la puerta de la profesora Leticia.

La puerta ondeaba con facilidad a la más mínima brizna. Los broches y seguros impedían que se levantará por completo, pero todos los que tenían una cita dentro de la tienda debían esperar de espaldas para no ver su interior y fingir que no escuchaban nada.

—¿Cómo te sientes? —preguntó Teco.

La chica se acercó y se colocó a un costado de Leonardo dándole la espalda a la tienda.

—Con qué tu eres la famosa Teco de la que tanto he escuchado hablar —dijo Leonardo sonriendo.

—Apenas y me conoces —respondió Teco.

—Hasta hace unos meses creí que conocía a mis padres —dijo Leonardo—, ya no creo conocer una mierda.

—Tuviste mucho éxito en tu primera misión —dijo Techo tratando de animarlo.

—Casi nos matan a todos —respondió irónicamente Leonardo.

—Pero no lo hicieron, encambio lograste salvar a medio pueblo de un fanático —dijo Teco.

—No salvé a todos —dijo Leonardo cabizbajo.

—Nunca podemos salvar a todos —dijo Teco—, aunque nos esforcemos mucho, siempre fracasaremos en salvarlos a todos.

—¿Quiénes somos? —se preguntó para sí mismo Leonardo—, ¿Qué somos exactamente como para poner la vida de las personas en nuestras manos?

—Somos todo lo que tienen —dijo Teco bajando la voz—. ¿Crees que a alguien le importaba esa gente?, los policías pasaban una vez por semana por su mordida y para asegurarse de que nadie los molestara. ¿Crees que algún político hubiera hecho algo?, el padre Carmín pagó la candidatura de varios de ellos y obtuvo muchos votos. A nadie le importaba lo que pasara siempre y cuando recibieron una parte del pastel.

Leonardo se quedó observando con desprecio a Teco, mientras ella le devolvía la mirada detrás de su máscara.

—1312 personas —dijo Teco.

—¿Qué?—se sorprendió Leonardo.

—Es la respuesta a tu pregunta, 1312 personas que han muerto por mi culpa, algunas yo las maté y otras murieron por mi incompetencia, es la respuesta que has estado esperando todo este tiempo, sólo un número, nada más, ¿qué te molesta?

—Ese número es una burla, incontables vidas se han perdido haya afuera, todos y cada uno pensaron en un mañana mejor...

Antes que Leonardo pueda terminar la frase interrumpir Teco.

— Ellos no murieron por mi culpa, ellos murieron por sus ideales, por su ilusa idea de «ver un mañana mejor» yo solo me responsabilizo en ese conteo de todos los hombres que sacrifique con mis órdenes, misiones suicidas y con propósitos muy específicos.

—Adelante —dijo la voz de Leticia.

Leonardo pasó de inmediato a la tienda. Donde la profesora Leticia cambiaba una ficha azul por una roja en su mapa. En donde se encontraban decenas de fichas más con rojo y azul predomina el paisaje.

—Veo que has hecho mucho —dijo la profesora—, ¿Tienes alguna observación que darme?

—Ya entregue un informe a la profesora —dijo Leonardo—, pero ni yo sé que pasó aquí.

—Entonces tienes más dudas que respuestas —afirmó la profesora Leticia—, eso es excelente. La mejor respuesta para una exploración como estas. Pero dime cuales son tus dudas.

—¿Qué carajos era Carmín? —preguntó Leonardo.

—Está más que claro que era —dijo la profesora Leticia—, cómo llegó aquí era una buena pregunta. Él proviene de la capital, era la mano derecha de alguien poderoso que cuando tuvo la oportunidad creó todo lo que ves.

—¿Ya sabía de esto profesora? —preguntó Leonardo.

—Sabía que esto pasaba —respondió la profesora Leticia—, no nada más aquí. Desde hace algunos años han aparecido muchos como Carmín.

—¿Qué quieren? —preguntó Leonardo.

—Quieren poner un ladrillo en medio de un grupo de gente y decir "miradme, estoy sobre todos ustedes", aprovechan la debilidad de las personas y la incapacidad de encontrar un propósito para que sigan los suyos. Imponen su ley como la única verdadera, aunque sea una ilusión.

—¿Desde cuándo pasa esto? —preguntó Leonardo.

—No creo que nadie sepa —dijo la profesora Leticia—, en México se acrecentaron después de la eliminación de una ley que impedía la propiedad privada a las religiones en 1995. Después de ese año comenzaron a crecer por todas partes. Es curioso cómo la mayoría de las religiones dicen buscar un cambio interno y espiritual basándose en bienes materiales. Un poco contradictorio. ¿No crees?

La cara de Leonardo estaba demacrada, no había podido dormir durante este tiempo.

—Me informas sobre que vieron un nagual —dijo la profesora Leticia.

—No se si lo era, parecía completamente una bestia, pudo hacer que pensemos lo que otras personas estaban pensando —dijo Leonardo—. Intentó decirnos tantas cosas y lo logró en parte. No se que era.

—Por lo que veo era un nagual obligado a trabajar hasta la muerte —dijo la profesora Leticia—, era un nagual en su forma completa de animal. Le llamamos clase tres.

—Nos hizo pedazos a los cuatro —dijo Leonardo—, incluso con nuestros ojos rojos.

—Estaba débil tenlo seguro —dijo la profesora Leticia—, apenas y comía. Trabajaba a marchas forzadas para cumplir su cuota.

—¿Cómo es posible que nos haya hecho pedazos tan fácil? —dijo Leonardo.

—La forma del nagual completo da una enorme fuerza, una capacidad sensitiva aumentada y la forma completa de un nagual. Pudo comunicarse con ustedes mediante el pensamiento y transmitirles el pensamiento de terceros. Había controlado por completo todos esos aspectos —dijo la profesora Leticia.

—¿Ese es el poder de un nagual en su estado completo? —preguntó Leonardo.

—Si Leonardo —dijo la profesora Leticia, quien colocó la hoja en la mesa.

—Cierto —dijo Leonardo—, ¿por qué le tenía miedo a esto?

—Una aleación completamente única —dijo la profesora Leticia—, los símbolos en el mango y la hoja revelan la maestría del artesano. Creado para que un simple humano pueda casar ángeles, demonios o Naguales. Me imagino que la encontró y la usaba para su protección.

—Si es todo, me iré profesora —dijo Leonardo.

—Puedes hacerlo —dijo la profesora Leticia—, pasa Teco.

Las miradas de Teco y Leonardo se cruzaron por leves momentos y siguieron su camino como si nada. Leonardo procuraba no estar cerca del pueblo o del campamento. Incluso en las reuniones donde se discutía la posible reubicación del mismo. En una ocasión Carmen se acercó a preguntar.

—Hola, ¿oye tu crees que está bien irnos?

—No lo sé —dijo Leonardo—, sin que el padre pueda que sea un buen lugar para vivir, pero alejado de todo están muy expuestos a represalias de amigos del padre.

—¿Dónde está tu hogar? —preguntó Carmen.

—Está rumbo al Oriente —dijo Leonardo mientras señalaba la dirección—, pasando esas montañas.

—¿Cómo es tu hogar? —preguntó Carmen.

—Tranquilo, con gente amable y una hermosa familia —dijo Leonardo—. Pero ya no puedo regresar.

—¿Por qué no te quedaste en tu hogar? —preguntó Carmen.

—No podía quedarme —dijo Leonardo—, había gente muy mala que estaba buscándome.

—Así como yo —dijo Carmen—, muchas veces pensé en irme con alguien a quien quiero mucho. Pero mi madre lo impidió, el chico sufrió mucho y me sentí tan mal que decidí ayudarlo lo mejor que podía. Algunas chicas me habían contado sobre el padre, pero debía cuidarlo a él. Ahora ya no está, y dicen que vendrán más como él.

—El padre Carmín venía de donde yo vengo —dijo Leonardo.

Carmen no esperaba esa respuesta.

—Espero que haya alguien como tú para cuidar a tu familia que aún está en tu hogar —dijo Carmen.

Leonardo se quedó en silencio. Permanecieron en ese lugar hasta que oscureció, se acostaron uno al lado del otro para ver las estrellas.

—¿No tienes miedo? —preguntó Leonardo.

—Antes nos decían que no podíamos salir de noche hacia el bosque porque había monstruos —dijo Carmen—. Pero vi como esa cosa retrocedió cuando te vi.

—Esa cosa fue producto del padre Carmín y creo que la que más sufrió de todo esto —dijo Leonardo—. Creo que la más alegre de que no está ahora el padre Carmín.

Siguieron hablando sobre la vida en ese pequeño pueblo alejado de otra urbe y nació la inquietud de cómo eran las demás partes del mundo. Leonardo la llevó hasta su casa y después caminó hacia la casa de la profesora Leticia.

—Requiero hablar con la profesora Leticia —dijo Leonardo cuando vio a los guardias.

—Hasta mañana —dijo uno de los guardias.

—No puede esperar hasta mañana —dijo Leonardo.

—¿Qué está pasando aquí? —dijo la profesora Leticia cuando salió de su casa—, adelante Leonardo.

—Profesora necesito un permiso para ir a la capital —dijo Leonardo cuando entró.

—Te están buscando en la capital —dijo la profesora Leticia.

—¿Quiénes? —preguntó Leonardo con desesperación—, ¿por qué?

La profesora Leticia se quedó callada.

—Hemos perdido muchas veces profesora —dijo Leonardo—, creo que ya no importa si pierdo una vez más. Estoy cansado de correr para alejarme de los conflictos. ¿Quiero saber que los ocasiona?

—¿Cuál es tu plan? —preguntó la profesora Leticia recargada en su silla.

—Iré con amigos que me ayudarán a saber quién está detrás de todo esto —dijo Leonardo.

—¿Crees poder confíar en esos amigos? —preguntó la profesora Leticia.

—Claro que sí —dijo Leonardo.

—Dejarías solo a tu equipo —dijo la profesora Leticia.

—Si es necesario Raul o Manual pueden ser líderes del equipo Beta —respondió Leonardo.

—¿Confías tanto en ellos? —dijo la profesora Leticia.

—Ellos están mejor preparados para lidiar con un equipo —respondió Leonardo.

—Bueno deberás informarles personalmente sobre tu decisión —dijo la profesora Leticia.

Leonardo tuvo un trago muy amargo, por un lado había ganado y por el otro debía decirles personalmente a sus amigos. A la hora del desayuno con una Diana recuperada y un Gabriel sanando sus heridas decidió hablar con ellos.

—Chicos me iré a la capital a investigar ésto —dijo rápidamente.

La mirada de todos se detuvo por unos segundos, volvieron a masticar para tratar el bolo alimenticio y poder hablar.

—¿Es una misión de la profesora? —preguntó Gabriel.

—No, yo se lo pedí —dijo Leonardo.

—Yo iré —dijo Raul rápidamente.

—No, tu y Gabriel deben de ser elegidos como líder del grupo Beta —respondió Leonardo.

—Tu le pediste investigar —dijo Gabriel—, yo le pediré lo mismo y el equipo Beta irá a la capital.

—¿Por qué quieren ir? —dijo Leonardo.

—Tendremos una oportunidad si vamos juntos —dijo Gabriel—, apenas y logramos salir a salvo de esto. Si alguien no hubiera ido se hubiera dificultado todo.

—Yo me quedaré muchachos —dijo Alexander—, iría. Pero esa madre me rompió demasiado.

—No te preocupes Alexander —dijo Leonardo—, te entiendo. Descansa para que puedas curarte lo más rápido posible. Iremos a la capital a averiguar lo que pasó.

Capítulo 10 Soy un fantasma, un ángel caído

El 11 de diciembre en la capital mexicana el piso tiembla ante la llegada de millones de peregrinos alrededor del mundo, todos seguidos por una fé, las calles son tomadas por hombres y mujeres de todas las edades inundando una ciudad completamente repleta ante la esperanza de ver una vez más la imagen de la Virgen de Guadalupe, todo ser se inclina ante su presencia.

El claro era insoportable, pero el frío era desalmado. Los rostros pierden su individualidad entre un mar de personas volviéndose algo más mientras entraban por todas las carreteras de la ciudad.

Tardan algunos minutos en llegar a una vieja casa en uno de los barrios antiguos de la ciudad de México, entran por una estrecha puerta a una vecindad, la pintura y las paredes comenzaban a caerse mientras que las macetas tenían plantas secas, sólo algunas familias y ancianos permanecen en esas casas. Suben varias escaleras hasta llegar a una simple habitación.

Los ojos de Leonardo, Gabriel y Raul apenas podían permanecer abiertos ante el cansancio de la noche. Leonardo permanece quieto justo en medio de la habitación escuchando lo que pasaba en el patio de la vecindad, La tranquilidad desde hace unos momentos anunciaba su final, ahora los pasos son lo suficientemente ruidosos para saber cuando y cuantos llegarán a interrumpirlos. Después se dirige a la cocina para revisar la estufa donde confirma que hay gas.

—Perfecto —dice Leonardo—. Regresaré en unas horas, buscaré a una vieja amiga.

—¿No prefieres descansar? —preguntó Gabriel.

—Necesitamos ayuda y hoy puede que sea el único día que podamos explorar con facilidad.

Leonardo se apresuró a salir a un bar muy conocido para él, aunque sus recuerdos eran sobre un lugar peligroso eso ya no imperaba. Camino entre las calles oculto a plena vista entre diez mil personas más como mínimo. Al llegar algunas personas lo reconocieron de inmediato, pero lo ignoraron a propósito. En una mesa se encontraba sola una mujer con la cabeza recargada en la mesa sucia del bar. Le llevó dos bebidas y se sentó. Noto una pequeña cubeta llena de gelatinas a su lado.

—No tengo para pagar eso, llévenselo —dijo la chica.

—Hola Roja —dijo Leonardo—, lo invita un amigo.

En cuanto reconoció su voz se levantó inmediatamente.

—Tu no tienes amigos —dijo la Chica—, y los que tienes siempre les das una puñalada por la espalda.

Estiró el brazo y cogió un tarro de cerveza. Se lo tomó de dos tragos. Después le quitó el tarro de cerveza a Leonardo.

—¿Cómo has estado? —preguntó Leonardo.

—De la verga —dijo Roja—, ¿supiste que pusieran credenciales para los trabajos?

—No me enteré de eso —dijo Leonardo.

—Si —dijo Roja—. Toman tus huellas dactilares, fotografías y análisis de pupila. Con los colores verdes puedes obtener un buen puesto y con los naranjas un asco de trabajo.

—¿Cuál tienes tú? —dijo Leonardo mientras llevaba la mirada del basó a los ojos de Roja.

Roja por su parte metió su mano en el bolsillo y le mostró una tarjeta de color rojo con una fotografía suya, las letras de "cuidado" estaban en carmesí

—Siempre te quedó bien el rojo —dijo Leonardo.
Roja le arrojó la credencial a la cara y después se bebió el tarro de cerveza de un solo trago.
—A ti no te ha ido mal al decir verdad —dijo Roja—, maldito cobarde. Por otro lado, creo que vender gelatinas es el único puesto donde no me consideran una amenaza.
—Vi como lastimaba a mis amigos sin poder hacer nada —dijo Leonardo—, perdí a mi familia y a mi hogar. Me buscan y si fuera por ellos me preferirían muerto. No hay una credencial en mi futuro que no sea mi acta de defunción.
—¿Entonces a qué viniste? —preguntó roja.
—Estoy hasta la madre huir —dijo Leonardo con la voz baja—, estoy aquí para buscar una solución.
—¿Una solución para qué? —dijo Roja.
—Pará esta mierda en la que estamos viviendo —dijo Leonardo—, solo quiero una oportunidad para que salgan bien las cosas.
—Ya no hay ninguna solución —dijo Roja.
—En ese caso no tienes nada que perder —dijo Leonardo—, si me ayudas y no encontramos nada te doy veinte tarros de cerveza.
En la capital, la ciudad de México se llevaba a cabo una reunión extraordinaria, Roja y Leonardo estaban enfrente de todos los sombreros blancos a unas cuantas calles de la ciudad Universitaria. Ocultos entre las sombras como fantasmas y armados con únicamente su intuición.
—Necesitamos tu ayuda y la de todos ustedes. —Leonardo observaba a su alrededor, los demás sombreros blancos lo observaban.
—Han muerto muchas personas Leonardo, lo que nos pides es suicidio, yo quiero ayudarte, pero lo que vemos todos los días nos perturba, todas las cadenas televisivas de la nación y muchas extranjeras están en esto, el mundo continúa sin saber la verdad.
—¿Por acaso piensan que será fácil?

—Desde que tú y tus amigos pidieron nuestra ayuda perdimos esa esperanza. Estaba ante uno de los sombreros blancos, el único que puede organizar nuestro siguiente movimiento, ya antes acudimos a él con una negativa como respuesta, pero ahora es diferente, el mundo ha cambiado, ya no puede ser ignorante a nuestras peticiones.

—Pues entonces consigan otra esperanza, tal vez el gobierno cerró las puertas por todos sus medios, pero tú tienes la llave de una puerta más, una y muy grande, solo tienes que abrirla y apartarte— le decía con voz clara.

—Usted querían evitar una guerra antes de esto, ahora nosotros queremos evitar la misma guerra desde otro punto de vista, ya pensaste si aceptamos tu propuesta, si nos encontraran; acusaran a la universidad de traición y a nosotros a la orca.

—Ya pensaste en lo que pasara si no nos ayudan. Si no nos ayudas, es lo mismo que si jalaras del gatillo.

—No me culpes de tus errores Leonardo. Lo que pasaría si no te ayudo es que viviríamos, eso pasaría.

—¿A qué costo? sin tu ayuda o no, pasara lo peor para todos, solo es cuestión de tiempo para que pase, incluso ya tiene una fecha, el 12 de diciembre un día que pasará a la historia, que nadie por ningún motivo olvidará, la ley de ciber comunicaciones mi amigo, eso pasara.

—Eso es un rumor, no existe tal ley.

—Claro que sí, es más, búscala en tu computadora, en el escritorio.

Solo tardo un poco en cambiar su rostro, es una sorpresa para un conocedor de su propia computadora el encontrar un icono que no estaba ahí y que él no había colocado, pero ahí está.

—Si quieres saber lo que es solo tienes que darle click.

Mis palabras fueron lentas a comparación de sus acciones, claro es un sombrero blanco y uno bicolor cuando se le necesita, pero se dio una sorpresa muy grande cuando lo hizo, todos los computadores mostraron un símbolo en movimiento, el nuevo símbolo de la hermandad, un archivo cargándose, un documento donde el gobierno le pide muy amablemente que no tendrán ni privacidad, ni propiedad o libertad de decir o hacer nada en corresponda a que hayan nacido o se encuentren en el Territorio Nacional.

—No te molestes en querer confirmar la información, no se encuentra en ninguna base de datos del país, la que tienes y la que tenemos son las únicas copias virtuales, tan poco te molestes en enviarla por correo o almacenarla en línea porque está fichada del Internet.

—Eso es imposible, nada puede hacer eso.

— ¿En serio nada? o ¿nada que conozcas?

—Te digo que nada puede hacer eso, para eso no solo tendrías que controlar todo el poder de búsqueda, tendrías que controlar…

— ¿El Internet?...

—Nadie puede controlar el Internet, es de todo el mundo.

—Ah. Es ahí en donde nos equivocamos, el internet son todos esos satélites y sistemas que colaboran para que la información fluya, tal vez sea de todo el mundo, pero aquí es de quien tenga los satélites y servidores. Hasta donde yo sé el gobierno tiene a todos con…

—Excepción uno…

—Siempre me pregunté porque la universidad tiene uno de cada uno, siempre me pregunté ¿por qué la insistencia de tener uno en órbita? ¿Por qué uno no llegó a órbita? tal vez tuvieron un buen motivo.

Leonardo dejó de hablar, como si no le diera ningún sentido lo que está pasando, negando una y otra vez con la cabeza.

Todos los periódicos de la ciudad tenían el mismo titular "Nuevo líder de todos los carteles"; la nota era sencilla, se encontró la llegada de diez toneladas de heroína en una sola semana, múltiples asesinatos a cada organización criminal del país, junto a otros no tan espectaculares como "Diputada se recupera de lesión en rodilla", "Un miembro de la familia real española desaparece", "Padre, posible violador de menores, se cuestiona la fe". Leonardo tardó unos cuantos segundos en observar todos los titulares de los periódicos mientras caminaba a un lado de Roja.

—Todo cambia con las primeras lluvias de la primavera, como decía mi padre.

—¿Qué es lo que dice Leonardo? —pregunta Roja mientras trata de identificar cuál camión tomar.

—Era lo que decía mi padre cuando las cosas se ponían mal, sólo se necesita una pequeña lluvia.

—Creo que ahora se necesita una tormenta amigo.

Mientras caminaban el calor consumió por unos breves instantes todo pensamiento en sus mentes, hasta que observaron fotografías de búsqueda y recompensa de Leonardo. Él ni pudo hacer otra cosa que tomar la mano de Roja disimulando las gigantescas imágenes en el transporte público.

El olor a los frijoles negros comenzó a aparecer en la habitación, pronto comenzó a abrir el apetito de todos en la casa, mientras notaban los aromas de ajo, cebolla, hiervas frescas que le daban un condimento magnifico. Cuando entraron la puerta tanto Raul como Gabriel se alarmaron.

—Tranquilos —dijo Leonardo—, alguien se nos unió.

La mirada asustada cayó sobre la chica.

—Hola —dijo Roja—, traigo gelatinas.

—Creó que es hora de comer —dijo Leonardo.

Todos se sentaron en silencio a la mesa. Leonardo sirvió a todos mientras una pequeña llovizna mojaba las ventanas de la casa. Degustaron cada probando como lo que realmente era, una comida caliente después de mucho tiempo sin probar algo igual.

—¿Tuviste resultados? —dijo Gabriel.

—Roja está de nuestro lado y los sombreros blancos lo están pensando —dijo Leonardo.

—¿Qué es lo que sigue? —preguntó Raul.
—No lo sé —respondió Leonardo.
—¿No lo sabes? —grito Roja.
—Necesitamos que esa información de los sombreros blancos se conozca lo más rápido posible —dijo Leonardo—, pero cualquier periodista que lo intente dar a conocer será censurado o asesinado. Necesitamos que lo difundan por todos lados.
—Conozco a alguien —dijo Roja—, por las vías del tren en el oriente. Él podría difundir la información.
—¿Es seguro? —preguntó Leonardo.
—No —dijo Roja—, le debo dinero. Pero si le pagamos yo creo que nos puede ayudar.
Los tres chicos se observaron incrédulos entre los tres.
—¿Exactamente cuánto le debes? —preguntó Leonardo.
Roja usó una servilleta y una pluma que tenía en el bolsillo para escribir la cantidad. La arrastró hasta donde la mirada de Leonardo.
—Mañana iremos Roja y yo a visitarlo —dijo Leonardo—, mientras tanto no quiero que los agarre por sorpresa otra vez. Se tomarán tiempos para vigilar y usar los ojos rojos.
Hemos llegado a nuestro destino, el mercado de Sonora, durante mucho tiempo uno de los centros comerciales más importantes en juguetes, variedades, papelería y artículos "especiales"; cuando era niño mis padres siempre me llevaban con ellos para surtirse de mercancías, en esos tiempos el mercado solo era la cuarta parte de que hoy es, ahora se divide en 5 secciones públicas.
La noche y la lluvia nos ayudaron a ocultarnos. A pesar de nuestra enorme indiferencia hacia temas políticos siempre hemos conocido a la gente adecuada para informarnos de cualquier tema y para fortuna tan bien conocíamos en donde se reunían, pero siempre afirmamos lo contrario.
—Hola Víctor, ¿Qué tal la noche?

—Victoria—Alargando las letras como de costumbre cada vez que ve a Victoria comienza a hablar— ¿Dónde está ese novio tuyo?, lo has dejado sin correa esta noche, espero no salga huyendo y no lo vuelvas a ver nunca.

—Te agradezco el interés, no digas nada más, me pone celosa de tantos hombres que él cautiva, muy popular entre hombres como tú al decir verdad.

—Ja, siempre tan ocurrente Victoria, si fuera otro como alguno de estos imberbes ni siquiera se molestaría en ti, no te hagas la especial.

—Tú eres el especial al entender lo que digo, la mayoría de los que están a tu lado no me hablan porque no sea especial, sino porque no son capaces de entender lo que digo, y tú la siempre oveja negra que se aleja del rebaño ¿ese es Macbeth? —Señalando uno de los libros amontonados en el cual se apoyaba Víctor— "La vida es un cuento contado por un idiota…

—…Lleno de ruido y furia, que no tiene ningún sentido".

—Algo muy elevado para este lado de la ciudad ¿no crees?

—Algo elevado por los prejuicios que se nos han impuesto diría yo.

—Hablas mucho diría yo, bueno ya casi es hora, tengo que entrar.

—"Qué pena", ya cerró el mercado—Con una cara seria después del último comentario de Victoria, antecedió a esa respuesta.

—Soy invitada junto a mis hermanos a la reunión pro—libertad.

—En ese caso—Acomodándose el cinturón comenzó a hablar con altanería— la contraseña oral por favor.

— ¿Tengo ganas de tener tiempo de aprender más incoherencias de este mundo? ¿Ustedes tienen cara de exclusividad?

Sin más que decir se movió, señaló con la cabeza y comenzó nuestra travesía en el mercado de Sonora, más en especial a la sección individual.

El Mercado del Cráneo, una sección virtual independiente al mercado de Sonora, esta noche se realiza un evento especial, uno del cual no tenía ni la más mínima intención de ser parte, las circunstancias cambiaron, un grupo opositor al gobierno comenzó a reunirse en secreto desde hace mucho tiempo. Los pasillos en los que nos encontramos nos dirigen a una pared, aparentemente sin salida, nuestro guía hace un canto del cual no logro distinguir lo qué es, no importa por su corta duración, una parte de la pared izquierda se mueve, la oscuridad en el pasillo disimula muy bien el intento de puerta colocado en esa enorme brecha.

Al entrar más pasillos nos esperaban, se escuchaba música no muy lejos. Nunca creí sobre la enorme organización que estos tipos tenían, los túneles se ramifican a los pocos metros uno del otro, giramos dos veces en algunas partes caminando en círculos para intentar desorientarse. El recorrido dura tres minutos nos encontramos a una distancia línea recta de no más de 45 segundos por la diferencia y el volumen de la música, disimularon muy bien las paredes de madera y la tablaroca al darle profundidad. Notaron todas las puertas secundarias en los últimos momentos antes de entrar. Llegaron a un almacén enorme con columnas gruesas y paredes muy anchas, una estación del metro olvidada de los viejos planos tal vez. Nos movemos uno detrás del otro con Victoria a la cabeza y Raul en medio, nos acercamos a las paredes, nombres escritos en ellas de una forma muy descuidada, sin orden aparente, al paso de la luz negra dirigida como láser encontramos una historia muy diferente, nombres escritos en perfecta alineación uno del otro.

— ¿Qué son? —dijo Raul, apenas y se escuchaba por la música.

— Es un monumento— contesta Victoria sutilmente—. Un Monumento a los caídos en la lucha o en el deber.

— ¿Qué lucha? ¿Cuál deber? —preguntó Sofía.

—No lo sé —dijo Victoria—, pero por lo que veo llega al techo y toda esta pared, aproximadamente 50 por 6 metros, lleva mucho tiempo ésta batalla.

Siguen observando las paredes, de pronto encuentra una segunda pared, llena de recortes de primeras planas en los periódicos, algunas pequeñas notas de relleno, lo que pareciera muertes accidentales o casos aislados de asesinatos se unían a nombres de policías, funcionarios y civiles con listones rojos, una pared entre columna y columna se podía observar esta gran línea del tiempo genocida al parecer. Las preguntas son calladas y memorizadas, así como todos los nombres que podían con solo verlos brevemente.

Los rostros en este lugar empezaron a ser familiares, compañeros de clase, vistos una o dos veces en la biblioteca o entre cambio de salón, ese lugar se hacía cada vez más familiar. A pesar de toda esta documentación en muros parecía más una fiesta a morir, el olor a cerveza y a otras bebidas, así como a inhalantes se hacía más presente.

—Pronto dará inicio, no se pierdan de nada chicos y presten atención por favor. —Victoria nos sermonea al notar la movilidad en las personas de seguridad y las del escenario.

—Ese olor penetrante, seco y perdurable es inconfundible. Parece que alguien se nos adelantó. —Tan oportuno como siempre Raul.

Las palabras del dirigente político no fueron menos sorprendentes, todo estaba bien, mencionaba que deberíamos hacer un mitin político en las calles, toda la calle reforma desde los pinos hasta el zócalo. Los símbolos de esos lugares repercuten en todos los niveles de esta sociedad.

—Muy bien, nos vendieron, a todos nosotros y a todos los que estaban en esa reunión, lo más posible es que haya halcones en la marcha que agredan a una muy buena cantidad de policías sin ningún tipo de arma de fuego con ellos, después vendrá la artillería pesada y acabara arrestando o matando a muchos.

— ¿Cuántos irán a la marcha?

—Por el número de marchas realizadas y la enorme cantidad de manifestantes en ellas, así como la prioridad de esta posiblemente de cinco a diez mil personas, si el número es menor tal vez se den la libertad de agredir aún más, las posibilidades de que haya familias con niños son bajas, aún son una realidad.

— ¿Qué podríamos hacer ante una situación así?

—Nada—Conteste— Somos 4 personas, aunque quisieras desviar a la multitud nunca podríamos y ya lo intentamos una vez. Faltan dos días para que la marcha comience, a esta hora el lunes podría significar la muerte y la aprehensión de cientos, las televisoras fungirán interferencia o un daño en sus medios, televisan todo lo que está pasando en el mundo excepto lo que pasa enfrente de sus narices.

— ¡Esos hijos de puta traidores, nos vendieron, esquiroles de mierda! —grito Pedro lo más fuerte que pude en ese callejón con olor a orina.

— Podrías callarte y comenzar a pensar—contestó Victoria.

— Si, nos vendieron, espero que, a buen precio, ja—. Ximena tratara alegrar a los chicos, levantó el ánimo al terminar. —Porque mientras más les hayan pagado más se los meteré por el…

El sonido del metro interrumpió la última palabra, en fin, entendieron el mensaje.

—Muévanse, tenemos que reunirnos, nuestro trabajo terminó aquí. —Victoria hablaba en calma como de costumbre a nosotros no nos engaña, está muerta de miedo.

Sofía presta mucha atención, noto como cae una gota de la cara de Victoria, ella se limpia de inmediato, la gota ha tocado el suelo, un sonido imperceptible se crea y se pierde en los confines de la eternidad. Se podría decir que nunca existió.

Los tres acompañaron con tranquilidad a Victoria, se alejaron del centro de la ciudad para ir a la periferia donde las casas eran más pequeñas, juntas sin dejar más de diez centímetros entre cada propiedad, el color gris del tabique dominaba todo el panorama, algunos vestigios de vías de ferrocarril aún se podían encontrar y de vez en cuando cruzaba uno. Las indicaciones en el sobre eran muy específicas, debían llegar después de las nueve de la noche para poder entrar a una fábrica aparentemente abandonada, tocar la puerta y decir la contraseña más conocida por todo el mundo. Cuando pisaron el humo no los dejaba ver, el sonido de la música por la pelea de gallos era ensordecedor. El tráfico de cualquier sustancia al menudeo se podía observar claramente, mientras el dinero fluía como agua las risas y los rostros de felicidad no paraban. Se movieron justo a un lado del hombre que hacía las apuestas Victoria le entregó la moneda junto del sobre. Los llevaron a una parte más selectiva donde se quedaron sentados. Una chica en minifalda y con un gran escote apareció.

—¿Hola chicos les ofrezco algo?

Los cuatro negaron con la cabeza

—Entonces ¿para qué traen esto?

La chica colocó la moneda en medio de la mesa y Victoria la reconoció.

—Necesito hablar con el dueño de esa moneda —dijo Victoria.

—Está bien —dijo la chica—, aquí no se encuentra. Pero yo le haré llegar cualquier mensaje que me digan.

—Dígale que la hija de Máximo necesita su ayuda.

La chica asintió y fue cuando los cuatro salieron de la fábrica en ruinas y comenzaron a caminar. A su salida la puerta se abrió y unas pisadas comenzaron a seguirlos. Victoria dio la indicación de que corrieran y los cuatro se dividieron entre la oscuridad. Las pisadas reaccionaron y comenzaron a correr. No iban detrás de los chicos, iban detrás de Victoria. Una de las pisadas se cansó rápidamente en cuanto avanzaron, pero la segunda era diferente, no parecía cansarse incluso aumentó la velocidad. La mente de Victoria comenzó a jugarle una broma, pensando en todas esas criaturas letales capaces de alcanzarla. Cuando llegaron a las vías se escondió entre algunos contenedores, escucho sus pisadas hasta que desaparecieron del suelo, ahora estaba sobre los contenedores, guardó silencio mientras escuchaba que se alejaba. Pasaron algunos minutos y Victoria regresó por donde vino. Solo sintió una mano oculta que la sostenía cuando sus ojos rojos se activaron, el miedo no bloqueó su pensamiento esta vez y observó el rostro de su perseguidor.

—Leonardo —dijo Victoria mientras bajaba la mano.

—Tiempo sin vernos Victoria —dijo Leonardo.

Los ojos rojos desaparecieron y lo abrazó con fuerzas.

—¿Dónde has estado? —preguntó Victoria.

—En muchos lados —dijo Leonardo mientras le devolvía el abrazo—, ¿qué estás haciendo aquí?

—Lo mismo pregunto —dijo Victoria—, creí que estabas entrando aún más.

—Lo estoy —dijo Leonardo—, le dije a la profesora que debía regresar a mi hogar y ver cómo podía ayudar.

—No lo creo —dijo Victoria—, yo pensé algo parecido. No pude esperar que la profesora Leticia me contactara así que decidí venir.

—¿Viniste sola? —preguntó Leonardo.

—Claro que no —dijo Victoria—, me escapé con ayuda de una amiga que también necesitaba salir con urgencia. Pedro, Sofía e Ximena me acompañan. Estaban conmigo.

—Yo te vi cuando fuiste a la sección especial —dijo Leonardo—, en cuanto corriste supe que eras tu.

—Yo me imagine cosas horribles, ¿Dónde te estás quedando? —preguntó Victoria.

Las nubes comenzaron a rodear a toda la ciudad de México mientras los últimos peregrinos salían con dirección a sus hogares. La reja principal de la vecindad rechinaba cada vez que la abrían. Gabriel estaba vigilando los pasos del patio, reconoció a Leonardo y a Roja.

—No están solos —dijo Gabriel.

Raul se levantó, preparó un par de armas y las colocó en su espalda mientras esperaban a que se abriera la puerta.

—No puede ser —dijo Gabriel.

—¿Qué es lo que haremos? —dijo Raul con calma.

La puerta se abrió y entró primero Victoria. Raul se alegró de verla y la abrazo, después Gabriel, las lágrimas brotaron con cautela mientras trataba de limpiarlas antes de que sus amigos las vieran.

—¿Dónde los encontraste? —preguntó Raul mientras que no podía creer que veía a Ximena.

—Estaban cerca de una vía del tren. Al oriente de la ciudad. En cuanto me dijeron cómo llegaron decidí traerlos.

—Tranquila, necesito respirar—decía Sofía tratando de empujar a Victoria. Quien por la emoción también la abrazo.

Todos se reunieron. Ahora que estaba en calma, trataban de no expresar la enorme emoción de estar unos con los otros, pero era imposible. La sonrisa en sus rostros reflejaba una felicidad, recordando como hacían broma en la escuela, cuando iban de viaje a la playa o cuando simplemente estaban acostados jugando videojuegos en su casa club.

—¿En dónde estaban? —preguntó Raul en cuanto se separó del lado de Ximena y por unos segundos sus brazos no dejaban de rodearlas.

—Fuimos muy cerca de Monterey —dijo Pedro—, la profesora Leticia nos dijo que teníamos que cuidar un cargamento y después regresamos en tren, nos encontramos a varios extranjeros en el camino. Guatemaltecos, colombianos, brasileños y de todo. ¿Dónde estaban ustedes?

—Raul y Leonardo fueron a Sinaloa —dijo Gabriel—, iban a ir a puebla, pero nos los encontramos en el camino.

—Gabriel y yo estábamos en Veracruz —dijo Victoria—, después nos comenzaron a seguir y salimos corriendo. Lo lamento Gabriel.

—Oye si —dijo Ximena—, tu mujer, toda bien loca aventando botellas molotov a los policías.

—Si— la risa de Victoria era de incomodidad a la misma que de confirmación—, pues ya ves cuando me hacen enojar.

Todos rieron un poco después se calmaron y continuaron riendo, después de un silencio incómodo. Tanto Raul, Leonardo y Gabriel no entendían, pero seguían la corriente.

—Ellos también tienen eso— dijo Victoria una vez cuando todos callaran.

— ¿Qué es eso? —preguntó Gabriel, riendo al final.

—No lo sé, lo que pasa cuando nos enojamos.

La expresión en la mitad de los presentes se hizo notar, cada uno a su manera y a su modo descubrieron lo que estaba pasando en partes. Cada uno sacó su máscara de madera mostrando su otro rostro a sus amigos, compartiendo algunas cicatrices.

—¿De dónde viene usted muchachos? —preguntó Victoria.

—Estábamos en una misión al norte de Toluca de Lerdo —dijo Gabriel—, nos encontramos con una Nahual clase 3.

—Sofía por poco y nos arranca la cabeza cuando se convirtió en uno —dijo Victoria.

No lo puedo creer, pensó Leonardo.

—Increíble Sofía —dijo Gabriel.

Sofía quería desaparecer de la escena, aún le daba mucha pena ese incidente.

—Deja de darte la mano —dijo Gabriel.

En el momento que tocó la mano de Sofía comenzó a doblar el brazo y a gritar. Sofía se espanta de la dramatización de Gabriel.

—Casi me quitas el brazo Sofía —dijo Gabriel riendo.

Los chicos comenzaron a reír por tan bien actuado gesto y la cara de susto de Gabriel.

Todos estaban de alguna manera confundidos, sabían que el gobierno estaba moviendo fuerzas militares y vigilando las calles en busca de Victoria y de mucha gente más. Al final se quedaron callados.

—No te enojes Sofía —dijo Leonardo riendo.

El rostro de Sofía se tornó aún más rojo e incluso las orejas se tornaron rojizas. Entre las rías y las penas sonreían de cada nuevo chiste.

Leonardo se acercó a Roja quien se había encontrado a un lado de la puerta.

—Ella es Roja —dijo Leonardo—, nos está ayudando para que se sepa todo.

—Hola —dijo Roja quien se notó aún más rápido en su rostro la pena de ser el centro de atención.

—¿A quién más le pediste ayuda? —preguntó Victoria.

—A los sobres blancos —dijo Leonardo.

—Mmm...taaa —dijo Victoria—, son re tibios esos gueyes.

...

—Oye Gabriel en donde estuviste, estábamos muy preocupados por ti que no aparecías, tardaste mucho en llegar —dijo Ximena.

—En serio— hablo con mucha sorpresa, el viaje fue más largo de lo que él recordaba— si supieran lo que me encontré.

—Ándale cuéntanos, nosotros también pasamos por muchos inconvenientes —respondió Ximena con una sonrisa de oreja a oreja.

—Si Gabriel, ándale— continuo Sofía mientras era abrazaba por la espalda por Victoria y se trataba de moverla de un lado a otro.

Gabriel estaba nervioso, mientras poco a poco le comentaba con asombro lo que había visto.

—No maches Gabriel, ¿enserio viste todo eso? —continuó Sofía en cuanto terminó su relato.

—Si Sofía, no lo puedo creer aun —dijo Gabriel—, ¿y qué pasó con ustedes?

—Muchas cosas Gabriel, yo vi cómo la policía estaba disparando a civiles en la carretera, debiste de verlo, la profesora trató de calmarme —dijo Victoria—. Ya sabes que me pongo bien loca, pero me dijo que tenían órdenes de disparar con balas de goma y que nadie moriría. Después llegamos a la casa y vivimos como no fue así, en muchos lugares si usaron armas de fuego.

—No lo sabía —dijo Gabriel—, de hecho, lo busqué y no encontré nada.

—No hay nada Gabriel— continuó Ximena—. No hay nada en ningún periódico, muchos ni siquiera están diciendo lo que está pasando.

—¿Qué más saben? —preguntó Gabriel.

—Las cosas que te atacaron no fueron las únicas, Raul y yo nos topamos con un grupo de policías que comenzaron a disparar a una manifestación —dijo Leonardo—. Apenas y lo pudimos superar, creímos que no lo lograríamos. Es algo muy extraño

—¿Policías? —dijo Gabriel.

—Yo escuché el llanto de muchos niños —dijo Sofía—, quería adentrarme en un lugar muy blanco donde todo se veía borroso, pero decidí no ir.

—¿No sabes nada de Nayelli? —preguntó Gabriel, la pregunta que se encontraba desde hace tanto en su corazón, por fin la hizo, la pregunta que le carcomía el alma.

—Está bien —contestó Ximena con una voz calmada—, está en Zacatecas, ahí llevo a muchas gentes la profesora.

—¿A quién más? —preguntó Pedro, le llenó una enorme curiosidad.

—A el Cuautla, Iban, Beni, Rafael, Edgar y a muchos otros de nuestros amigos— dijo Ximena con mucho ánimo.

Al decir tantos nombres una sonrisa apareció en todos los rostros de sus amigos.

—La profesora se los llevó cuando los encontró en una casa de seguridad —continuó Ximena.

—¿Qué casa de seguridad ?—preguntó Victoria.

—Era una casa de seguridad donde habían llevado a muchos prisioneros de la marcha de marzo —dijo Ximena.

El silencio volvió a reinar una vez más.

—¿Recuerdan el primer año? —dijo Gabriel.

—¿Qué cosa? —preguntó Ximena.

—Recuerdan a ese profesor que hablaba muy rápido —dijo Gabriel.

—El Sami —dijo Victoria riendo.

—Si —dijo Gabriel—, él en una de sus clases nos había dicho cómo aumentar la fuerza de la gasolina cotidiana. Que solamente requería un litro de gasolina de avión.

—Ese guey estaba loco —dijo Raul—, como si fuera muy fácil conseguir gasolina de avión.

—Ese consejo me hubiera servido con lo de las bombas molotov —dijo Victoria.

Victoria salió de la casa por unos momentos para buscar unas botellas mientras sus amigos seguían hablando y riendo de cómo habían escapado hasta ahora, encontró una fría botella de cerveza junto a un grupo bastante numeroso. La llevó con sus amigos y le dio una a cada uno brindando por los amigos que aún quedan, la cerveza recorrió su garganta con mucha delicia, mientras Sofía reproducía música en una pequeña bocina para ponerse a bailar en una extraña danza poco coordinada y con la música que encontró. Continuaron olvidando más y más entre las risas, hasta caer en llanto por el incesante recuerdo de la familia que ya no está con ellos llevándolos a un plácido sueño imperturbable. Todos menos Leonardo y Victoria.

—Entonces huiste de la profesora Leticia —afirmó Leonardo.

—Si, y tú le pediste permiso —dijo Victoria.

—Así es —dijo Leonardo—,¿te acuerdas del cuaderno que te dio?

—Cada día —dijo Victoria—, ¿Por qué?

— ¿Qué es lo que dice el cuaderno?

Leonardo quería saber todo lo que decía el cuaderno y este se refería a la vida de sus padres. Victoria lo tomó con cuidado de su mochila y lo colocó entre sus piernas mientras se sentó enfrente de Leonardo.

—La mayoría de las páginas tiene rayones, algunas de plano están pintadas completamente de negro y otras arrancadas. Pero hay algunos textos completos que me gustan por ejemplo este.

» Por mucho tiempo creía que conocía la verdad, la simpleza de mis primeros pasos eran tan olvidadizas como los niños de calle de quien alguna vez pertenecí. Sin ningún lugar a donde ir y ningún sueño a cuál seguir. Por mucho tiempo deambule hasta conocer a Max, cuando yo apenas era un chiquillo, ellos me sacaron de las calles mientras en agonía permanecía atado a la soledad de una calle. Después de muchos años me atrevo a tener un documento que dé ante mano es lo primero que será destruido en mi caída, todo lo que aprendí nunca se vaya a usar en las personas que alguna vez ame. Todos pertenecientes a un grupo cuyo nombre cada vez que es mencionado se borra de origen de las páginas de la historia, con cuidado se pueden ver los hechos desde las grietas donde pueden todas sus influencias para que no quede nada más que un susurró en el viento. Si alguna vez se usará este cuaderno para eliminarlos, desde lo más profundo de mi odio te maldigo y mi alma no conocerá paz hasta que sufras el mismo destino que aquellos que me arrebataste. Para los que quieren traer a la luz el mundo que alguna vez me prometieron te deseo mucha suerte, yo mismo fracase cuando trate de lograrlo. La cúpula de París fue fundada como un grupo de intelectuales que pensaban ayudar al mundo desde la comodidad de un escritorio, Mex me comenta que fue fundada por aquello de 1910, muy cerca de la capital de Francia en una ciudadela que fue destruida después de la primera guerra mundial y que ahora solo queda su memoria. Por muchos años los fundadores se quedaron ocultos tratando de hacer algo por una nación que pareciera estar completamente perdida, me comento en un día lluvioso como el día que me encontré que en 1977 se había unido un grupo de La cúpula de París para tratar de ayudar, ¿a quién?, siempre he pensado que ha México...

—Qué bonito pensamiento —dijo Leonardo.

—Es extraño —respondió Victoria.

—¿Por qué? —preguntó Leonardo.

—Es lo único que tengo de mi padre realmente —dijo Victoria—, y ni hablar de mi madre.

Un hombre entró con ayuda de un bastón, Victoria salió rápidamente para interceptar junto a Gabriel.

—Hola niños, tiempo sin verlos, eran unos escuincles mocosos la última vez que los vi.

—Nosotros no tenemos el gusto de decir lo mismo, ¿quién es usted y por qué sabía dónde estamos?

—¡ Cálmate niña ¡—se dirigió hacia Victoria—desde hace veinte años me la he pasado todos los jueves de cada maldito mes sin falta. Sólo para que al final, unos niños aparecieran a darme órdenes. Pero bueno, sus padres eran el doble de locos de lo que yo pude haber sido.

—¿Terminó de decir lo obvio?

—Tú no lo entiendes niña, tú no conociste a tu padre como yo, tú no sacrificaste todo por su causa.

Observa a Victoria por un momento pareciera que perdió el interés por todo.

—Pero esa noche— continuó el hombre hablando—les enseñaré, les contaré lo que eran sus padres.

Todos nos movíamos con ligereza como si tratáramos con desesperación escuchar mejor, al mismo tiempo tratábamos de no hacer ruido.

—Como toda historia comienza en nuestra juventud, hace veinte años. Cuando sus padres y un servidor planeaban una rebelión contra el gobierno.

—No se nota su agradecimiento, tratar así a los hijos de sus salvadores.

El hombre no se vio afectado por lo que dijo Victoria.

—Han pasado veinte años niña, cientos de cosas que tú ni siquiera te imaginas, así que si quieres escuchar lo que tengo que decir cierra la boca.

El hombre se detuvo un momento, tomó un respiro y continuó.

—Tus padres me enseñaron varias cosas y una cosa que me enseñaron bien fue que la lastima se confunde con sentimientos como el amor, el cariño o el aprecio. Tu padre una vez me miró a los ojos y me pregunto "¿Cuándo fue la época en que se reunió la gente para ejercer su derecho democrático fundamental?", mi respuesta fue clara "no lo sé", "no importa" me dijo, "si alguna vez lo hicieron, fueron atacados y desplegados por fuerzas militares, nunca olvides eso". Si, sus miradas de sorpresa me dicen que saben la mitad de lo que yo sé. En el mejor de los casos para este momento creo que conocen lo que eran, éramos.

—¿Eso qué tiene que ver con nosotros? —preguntó Victoria con severidad.

—Tú no lo entiendes niño, para mí tu padre era mi hermano, era de las pocas personas por las cuales daría mi vida: Me dejaría tortura, me dejaría disparar. —El hombre tomó un segundo respiró y continuó—. Nunca, jamás lo traicionaría. Ahora después de tanto ustedes aparecen y me dicen que son la respuesta y salvación al legado de tus padres. Él me encomendó una misión, la última antes de mi retiro.

—¿De qué estás hablando?

—Del plan de tu padre, El plan en una primera fase era conocer a los jornaleros y a los migrantes de esta zona, era darles un todo porque pelear. La idea era introducir a un hombre que lo comenzara y los que darán recursos para iniciar el levantamiento.

—Son palabras sin sentido —respondió Victoria.

—No lo saben entonces, no saben nada entonces.

Tomó un segundo respiro, pidió algo de beber y continuó con su relato.

—No puedo confiar en ustedes niños, no aún. Mañana en Cuatro Caminos a las 11:pm. Si ustedes son, quien dicen ser quien son, no pasará nada.

Tan pronto terminó esa frase salió de la habitación.

—¿Quién era él? —dijo Rojo, confundida.

—Era Pedro Adriano, un amigo de mi padre en los 80, lo vi en una fotografía de cuando era joven —respondió con calma mientras se sentaba.

Tardaron unos minutos hasta que retomaron la conversación.

—¿Iremos mañana?

—No lo sé —respondió Moth con calma.

—¿Qué crees que tenga planeado? —preguntó Gabriel terminando de masticar y pasar la comida.

—Lo más probable es que sea una trampa. Sería exponernos demasiado—respondió rápidamente Victoria.

—Tal vez para ti, a los demás no nos están buscando —dijo Leonardo con leve tono de enojo.

—Si quieres ir tú, adelante.

—Eso es lo que haré. —respondió sin darle mucha importancia.

—¿Qué vas a hacer si se puede saber? —preguntó Victoria mientras lo veía fijamente a los ojos.

—Preguntar ¿Qué rayos está pasando?

—Siempre fuiste muy observador, no sé porque vas a ir a preguntar tal cosa.

—Tal vez para ti está claro, pero no para mí, para mí siempre va a estar la pregunta de dónde está mi familia.

Victoria no dijo nada, sabía de antemano que no lo llevaría a ningún lado.

Raul había permanecido callado sin dar su opinión.

—Cuente conmigo camarada —respondió sin más.

—Igual conmigo —dijo Gabriel mientras miraba a Leonardo y luego a Victoria.

—Mañana no podré.

—Igual conmigo, no sé qué vamos a hacer, pero vamos.

Después de varios minutos más Victoria al terminar se levantó de la mesa, no conversaron demasiado, la noche se había llevado todas las energías que les restaban y decidieron ir a dormir, tan rápido como tocaron la almohada se quedaron profundamente dormidos. Sólo para despertar cansados y confundidos en la tarde siguiente.

—¿Qué fue lo que soñaste? —dijo roja mientras lo observaba levantarse brevemente en su cama.

—No lo sé, ¿Qué haces aquí?

—Gritas y hablas dormido en parte de la noche. No sabía cómo tomármelo, me espantaste al decir verdad, vine aquí cuando me desperté, fui a fuera y regresé para encontrarte tranquilo despertando.

—No lo recuerdo, ¿Qué hora es?

—Son las 12, todos los demás salieron y dijeron que volverían pronto.

La mirada de Roja se pierde en la profunda inconsistencia de la de Leonardo, por años han sido amigos, recordando con alegría los viejos días de escuela. Ahora Leonardo sin un rumbo fijo y Roja buscando un rumbo se encuentran a mitad de camino. El sonido de alguien en la puerta los interrumpió, después de algunos minutos se dan cuenta que sólo son los hijos de la vecina que están jugando con piedras.

A la llegada de todos los integrantes del grupo el ambiente se hace más pesado. El ambiente, aunque estresante, tratan de hacerlo más ameno posible los momentos que están juntos. Las horas pasaron lento mientras cada uno seguía sus actividades diarias.

— ¿Crees que sea una trampa?

—Es lo más seguro amigo Gabriel, prepárate con lo indispensable, debemos ir preparados para lo peor.

Las nubes oscurecieron toda la tarde, sin que cayera una sola gota de agua. Raul y Gabriel se separaron de Leonardo y de Roja una estación antes de llegar a cuatro caminos, para seguir a pie su camino y de esa forma conseguir un mejor ángulo.

A la llegada de Leonardo de Roja a la estación comenzaron a observar a todos lados, ni una sola persona parecía estar fuera de lugar, los vendedores de las tiendas estaban como si nada y algunos policías seguían la rutina. Los vendedores ambulantes que en su mayoría eran hombres y mujeres ancianos de cabello blanco cargando con semillas y dulces.

—¿Ves algo?
—No hay nada.

El tiempo pareciera transcurrir mucho más rápido que en otras ocasiones, habían llegado justo a las diez de la noche para sorprenderlo. Mientras que el hombre sin mayor preocupación se encontró enfrente de la estación Cuatro Caminos en la entrada principal. En el momento que lo vieron no se sorprendieron, se encontraba mirando el techo y las enormes columnas que lo sostenían. Su caminar era lento, sin tanta emoción como lo habían visto el día anterior. Con calma atravesó la puerta de cristal entrando consigo un frío escandaloso en el viento petrificado. El bastón en que se apoyaba estaba cubierto de un negro que no reflejaba luz alguna como si de la misma oscuridad se tratara. El hombre hizo un gesto cuando una mujer pasaba a su lado, volteo la mirada a de izquierda a derecha deteniéndose en las dos únicas personas que se encontraban. Leonardo comenzó a mirar de atrás hacia adelante fijo en su posición para percatarse que no había nadie. Mientras que los comerciantes miraban fijamente el televisor, su revista o sus teléfonos sin percatarse de quien estuviera enfrente de ellos, sin moverse más allá de un dulce hipnotizante a lo que hacían.

—Buenas noches niños —dijo con calma el hombre mientras unos ruidos se escuchaban a las espaldas de Leonardo y de rojo, varios hombres en la puerta principales colocan paneles que ocultaban la entrada de la estación—, veo que llegan muy temprano, tal vez no lo suficiente.

—¿Qué es lo que quiere? —dijo Roja con una voz serena.

—La verdad, quisiera creer que estoy en lo correcto.

Sombras aparecieron de entre los caminos secundarios de toda la estación, rodeando a los dos amigos.

—Esto se trata de poder hijo, siempre se trató de eso.

—¿Para qué nos trajo aquí?

—Tal vez si no se dieron cuenta, solo quería hablar con Victoria, la hija de Máximo.

— ¿Y eso que tiene que ver con nosotros? —dijo Roja.

—Nada, bueno al menos no de ti. Leticia me marcó después de lo que pasó en la marcha, por un momento pensé que eso debía de ser el detonante, pero me dijo que sólo era el principio. Tú ciertamente no tienes ni voz ni voto. Por cierto, sus amigos a quienes están esperando no vendrán.

Después de unos momentos todos los televisores que estaban apuntando al pasillo mostraron en cada pantalla imágenes de como Gabriel y Raul están siendo perseguidos hasta perderse de vista.

—Todo el edificio está siendo vigilado, no hay puntos ciegos, ni entradas donde no pueda ser vistos.

—Muy bien, nos tiene, ¿qué más quiere?

—Creo que no lo entiendes hijo, tú estás más que perdido, tus padres eran alguien en este mundo, pero tú. No eres nadie, tus amigos pronto vendrán y por si fuera poco también Victoria.

—No tenemos dinero, ni nada que le pueda servir —dijo Leonardo con calma.

—Eso es lo que más me enoja, exponerme de esta manera solo para deshacerme para siempre de unos niños que creo ni siquiera son los que estoy buscando.

Los ocho se enfrentaron a docenas del comando antimotines. Cada golpe era preciso para que no se levantará, fueron primero por las armas y después por los escudos.

—Con que sí son ustedes —dijo el hombre mientras se acercaba con su bastón.

Las ocho figuras se alzaron en las sombras quedando expuestas a la mirada del hombre.

—¿Saben por qué el padre de Victoria tenía tanto interés en esta estación?, traigan una silla, rápido.

El hombre hizo una seña y uno de los comerciantes que le había tapado los oídos a su hijo mientras veía la televisión se acercó con una silla.

—El padre de Victoria estaba especialmente interesado en esta estación por una sola cosa, una vía del metro oculta que daba a una estación militar. Por supuesto todo el mundo sabe de su existencia, pero claro está no hay ni un solo mapa y ni una sola persona que conozca la naturaleza de esa estación oculta. Así que recolectó toda la información que se me hizo de utilidad para un futuro. La mirada de Raul, Ximena, Pedro y Victoria está hundida en un rojo carmesí. Lentamente Leonardo se acercó mientras sus amigos vigilaban cada movimiento y cada persona tanto de pie como tendida.

—Pronto vendrá la policía a preguntar qué sucedió aquí, así que debo de limpiar este desastre.

—¿No está sorprendido? —dijo Victoria con una voz más profunda.

—No es la primera vez que veo algo así, aunque si pienso que ustedes llegaron a ese nivel a esta edad, no quiero vivir para cuando lleguen a la edad de sus padres.

El sonido de una patrulla a varios metros a la distancia mueve la cabeza de los ocho.

—Creo que es hora de que vayan niños, cuídense y traten de no morir.

Las ocho figuras de pie desaparecieron en un abrir y cerrar de ojos, llevándose consigo a Roja. Sabían que no podían regresar a la guarida, la advertencia de que ya hay bandas detrás de ellos no se hizo a oídos sordos, así que buscaron lo más lejos posible de cualquier estación de metro una casa llegando hasta lo que parecía un departamento desocupado, con las luces completamente apagadas y una reja oxidada. Para su sorpresa no tardaron en notar un olor a putrefacción pegado a las paredes. Mientras trataban de encontrar el origen de la misma colocaron a Roja en un sillón quitándole el polvo. Victoria revisaba cada una de las habitaciones mientras Gabriel revisaba los cajones y las estanterías; sin encontrar la más pequeña señal de comida, al revisar la estufa se percató que todas las parrillas estaban abiertas.

—Chicos, vengan —susurró Victoria, su fuerza no le daba para más.

Los siete acudieron con calma a donde se encontraba. Mientras que el olor a putrefacción se hacía más y más fuerte.

—¡Qué pasó aquí! —dijo Adriana mientras cubría parte de la boca tratando de callar un grito.

Los cuerpos de un hombre y una mujer se encontraban en una cama, el cabello blanco les daba una idea de la edad que podrían tener después de todo el grado de descomposición que tenían en su rostro. Sus cabezas estaban en contacto el uno con el otro mientras sus manos estaban entrelazadas y sostenidas con la otra de una forma que no se pudieran separar. La piel casi adherida al hueso no le dejó mucho para comer a los insectos que aparecieron después. Por alguna extraña razón en la mente de Victoria hay tranquilidad mientras observa a las dos personas sostenidas de la mano hasta la muerte, lo más seguro es que se amaran profundamente. Leonardo observa un número de cajas de medicamentos y pomadas, todas vacías con una fecha de caducidad de hace mucho tiempo. Pedro al entrar se persigna y mira con horror la escena. Sofía observa algunas cartas, trata de no moverse con brusquedad al leer una que mencionaba el deseo que tenían por ver a sus hijos, la carta había sido regresada por tener una dirección incorrecta. Leonardo se adelantó a un armario donde buscaba algo para cubrir los cuerpos, nota lo bien acomodado que estaba, la limpieza con que tenían cada cobija y el orden para cada cosa, desde un sencillo lápiz hasta un relicario, todo en un lugar que pareciera pensado para colocar. Por fin toma una sábana, la extiende y le da una esquina a Raul, la toman los dos y la extienden en la cama hasta cubrir los dos cuerpos. Ximena después de salir por un largo tiempo regresa con flores cortadas del jardín, las coloca encima del sábado, mientras se retira nota la imagen de la virgen de Guadalupe en la cabecera. Todos recitan un padre nuestro, Ximena, Victoria, Leonardo y Gabriel lo saben mejor que otros el orden que lleva. Cerraron la puerta con cuidado tratando de no hacer mucho ruido.

Al entrar al edificio aparecieron cuatro siluetas familiares. Tardaron poco en entrar a una lluvia de abrazos por parte de cada una de las personas que lo esperaba. Victoria fue la primera presiono con tal fuerza que le saco el aire mientras reía, Raul y Leonardo le siguieron con su cordial saludo y un abrazo, después le siguió Ximena rodeando el cuello de Gabriel con sus brazos, después Sofía y Adriana y al final Pedro. La profesora Leticia los observaba con mucho cuidado, disfrutando este nuevo encuentro entre sus alumnos.

—Me alegra mucho el que todos estén felices, ahora viene lo difícil.

Los ocho muchachos vieron con mucho interés a la profesora Leticia, atentos a lo que decía.

—Les diré lo que ha pasado los últimos días, por todas partes hay guerras civiles causadas por muchas irregularidades en las elecciones presidenciales, actualmente el líder de la izquierda está herido de dos balazos en el pecho. Ocultos en un hospital que en estos momentos se considera clasificado. Aunque quisiera ayudar a todos no poder hacerlo, mover comida y medicina entre los que estaban involucrados será imposible en estos momentos. No quiero pensar cuando será el armamento lo que transportemos. Pase lo que pase allá afuera estarán solos, vivir o morir dependerá de ustedes de lo que aprendan o dejen de aprender los próximos meses. Muchas veces estarán entrenando por separado para perfeccionar sus habilidades individuales y cuando estén juntos podrán perfeccionar sus habilidades de liderazgo, trabajo en equipo y ataque coordinado. Recuerden que no tendrán más ayuda de la que pueden dar ni más aliados a los que estén a su lado.

La profesora con las palabras más sencillas que tenía en mente logró llamar la atención y dar un mensaje claro para lo que se avecinaba.

—Sólo hay una respuesta para qué palabra y consejo que les voy a entregar; tan sencillo como "sí señor". Hoy hablen, convivan, disfruten de la comida y prepárense para el día de mañana.

La profesora salió de la habitación mientras tras de ella había un aire de incomodidad de cada uno de los integrantes.

—Muy bien niños, perdón las palabras, creo que verlos desde tan pequeños hasta ahora no ha sido más que una desventaja para ustedes. Les he enseñado todo lo que he podido, espero que les sea de utilidad en el futuro. Lamento si no les he dicho lo suficiente, pero creo que es hora de decirles cuales son mis planes, no quiero ser muy pretenciosa con ellos, pero creo que no es momento para la indiferencia. Como saben hubo hace algunas semanas un atentado contra el diligente de la izquierda y los medios anticipan su muerte, incluso un funeral. La verdad es que está vivo.

»Hay un plan para ayudarlo a subir al poder y eliminar a todo a quien trata de impedirlo, no será fácil es seguro, muchos policías están comprados y tanto el ejército como la marina están coludidos, no los puedo llevar al frente porque sería un gran riesgo en estos momentos a pesar de que han hecho enormes avances sin importar que tanto me esfuerzo en verlos como niños ahora me recuerdan a cómo eran sus padres, ellos tenían toda mi admiración al igual que ustedes.

»Por otro lado sé que todos ustedes tienen muchas más habilidades de las cuales yo tenía a su edad. Así que tendrán misiones como cualquier integrante de la hermandad, habrá ayuda por todas partes, pero deben ser precavidos por la cantidad de espías que hay y que abran. Nunca digan de dónde vienen y nunca digan a donde van, su anonimato es lo fundamental y su más valiosa arma. No pueden ir un grupo tan grande a ningún lugar, deben de moverse en números de dos a tres y no arriesgarse a ir solos a ningún tipo de misión.

»Un punto importante es lo que significa la cúpula, saben que nació en París, cuando se tenían fuertes ideales para crear un mundo mejor, no lo hemos logrado, yo misma les he fallado y esta es mi redención para cuando el mundo, una segunda oportunidad de hacer las cosas bien. Con su ayuda siento que podemos lograrlo.

»En esta ocasión yo seré quien los reparte, las siguientes misiones deben de tomar ustedes quien es el candidato mejor adaptado a la misión. Cuando hayan terminado la misión deberán ir a la casa de seguridad de los padres de Victoria al norte de la ciudad de México.

»El primer grupo será Ximena y Sofía, deberán de ayudar a dos extranjeros en el sur del país, creemos que está entre la frontera de Guatemala y Yucatán. Pedro y Victoria irán a Zacatecas a ayudar a un grupo que ha nacido como respuesta a las medidas del gobierno. Adriana y Raul irán al norte, a la Paz donde logra comunicarse con nuestra división en el norte. Leonardo y Gabriel irán a Veracruz a donde estaba Victoria ayudando a los ciudadanos. Será arriesgada cada misión traten de ser sutiles. Habrá unidades militares y enemigos aún más ocultos.

—¿Qué enemigos profesora? —preguntó Victoria.

—Existen varios —dijo Leticia—, los más peligrosos creo yo son los "Halcones".

—¿Los Halcones? —preguntó Sofía.

—Sofía—. Habló la profesora como si se tratara de una de sus clases, con calma y serenidad. —Los Halcones es un grupo paramilitar con tácticas de sabotaje en grupos civiles encargados por el gobierno. Muchos de ellos cobran por debajo del agua su sueldo en los pinos. Deben de ser astutos ante ellos, muchos fueron entrenados por personas muy peligrosas, yo entre ellos.

—¿Por qué lo hizo? —preguntó Victoria.

—Por órdenes, uno nunca llega muy lejos en la política con ideales. Se a lo que nos enfrentamos porque muchos de esos peligros me he encargado que tuvieran un punto débil. No necesitan armas a donde van. Tómense este día de descanso, acostúmbrese a moverse en el amanecer o el atardecer.

Los chicos estaban cansados. Intentaban mantenerse en pie y entender las cosas, pero los días menguaron sus energías. La profesora Leticia les entregó una habitación a cada uno y los dejó dormir en paz. Leonardo mantuvo los ojos cerrados moviéndose de un lado al otro de su cama. Camino enfrente de los dormitorios Roja abrió su puerta.

—Leonardo —dijo Roja.

—¿Qué pasó Roja? —preguntó Leonardo.

—¿Confías en la profesora Leticia?

—Nos ha cuidado todo este tiempo y procurado que estemos bien —dijo Leonardo.

—Eso no responde mi pregunta —dijo Roja.

—Si, Roja —dijo Leonardo—. Confío en la profesora Leticia.

Siguió caminando por el pasillo hasta llegar al piso inferior donde Victoria se encontraba sentada en la sala observando la televisión apagada y la libreta abierta. .

—¿Sabes que está apagada la televisión? —dijo Leonardo.

—¿En serio? —dijo Victoria—, creí que era una película de arte donde explotaban el interior del ser humano donde no existe luz propia.

—Bueno en ese caso es una excelente película —dijo Leonardo.

—¿No puedes dormir? —preguntó Victoria.

—Estoy durmiendo como un bebé en mi cama —dijo Leonardo—, estás hablando con una proyección.

Victoria se acercó y rápidamente le apretó un pezón con mucha fuerza. El grito de Leonardo fue ahogado para no despertar a nadie.

—Con sonido estéreo —dijo Victoria—, todo incluido.

En cuanto terminaron unas leves sonrisas Leonardo continuó observando el televisor apagado.

—¿Cómo vas con tu libro? —dijo Leonardo.

—Lo he leído muchas veces —dijo Victoria—, pero no hay nada nuevo.

—Trate de recordar lo que me dejaron mis padres —dijo Leonardo—, las veces que salimos e incluso el aroma que dejan cuando me abrazaban. Pero siento que cada vez están más distantes esos recuerdos. Siento que cada vez que los recuerdo se agota ese recuerdo. Tengo miedo de que se acabe algún día.

—No creo que termine Leonardo —dijo Victoria—, hubo un momento que pensé que simplemente con olvidarlos pararía el dolor. Pero no paró, se volvió cada vez más intenso. Entonces escribí los recuerdos que tenía de ellos en una libreta. Muchas veces ya ni siquiera recuerdo los momentos que estuve con ellos, pero sí recuerdo la alegría cuando escribía sus nombres en aquella libreta. Recuerdo algunos momentos tristes donde volvía a leerlos y me hacían sentir mejor.

—Nunca lo había pensado de esa forma —dijo Leonardo.

—Por cierto ¿Por qué no llegaste a Puebla? —preguntó Leonardo.

—No hay mucho en Puebla —dijo Leonardo—, hay familiares lejanos. No como los de aquí.

—¿Aún tienes a alguien? —preguntó Victoria.

—A algunos tíos —dijo Leonardo—, pero en especial a mi abuelita.

—Si me acuerdo de ella —dijo Victoria.

—Pensé por un instante que podría ayudarla —dijo Leonardo—, es por eso que vine. Quiero ver como esta y como puedo ayudarla.

—Tal vez podemos ayudarla si detenemos esto —dijo Victoria.
Los dos chicos se quedaron pensativos, comenzaron a revivir muchos momentos del año. A recordar esas malas experiencias.
Los días siguientes descansaron, regresar a la ciudad fue como regresar a su hábitat natural. Siempre se reunían en el jardín justo a un lado de las escaleras.
—¿Recuerdan que decían que la ciudad de México tenía olor? —preguntó Gabriel.
—Si—, respondió Victoria con ingenuidad.
—Yo creía que no era cierto —dijo Gabriel—, sólo un mito de foráneos pero es totalmente cierto.
Los chicos sonrieron al escuchar ese extraño análisis. La siguientes semanas se prepararon para el año nuevo, se ocultaban entre las sombras para comprar algunos productos sin levantar sospechas, en cuanto sus rostros aparecían en la televisión dejaban de salir. Cada día se volvía más peligroso salir, los levantamientos al oriente de la ciudad se volvían más comunes, se recortaron muchos suministros como la electricidad, el agua y en algunos casos los alimentos para evitar alguna conglomeración. Las inteligencias artificiales comenzaron a recabar datos en el centro de inteligencia, hackeando teléfonos celulares sistemáticamente para escuchar las conversaciones al azar.
—Informe del avance.
—Los sujetos V1 a V8 siguen en la misma casa, el sujeto cero continúa saliendo desde el mismo municipio. Existe alguien no identificado con ellos, la base de datos la tiene como un civil caso 3. ¿A qué se debe proceder?.
—¿Hay algún guardián?
—Negativo.
—Vigilancia las 24 horas. Enviaremos refuerzos de inmediato. Los permisos aún no han sido dados.
—Asimilado.
La sonrisa de placer en su rostro no pudo disimularse. Dirigió su mirada a su muñeca para observar su reloj.

—¿Cuáles son las órdenes?

—Vigilarlos, hasta que los permisos se entreguen.

Ocultos entre las construcciones se movían lentamente buscando cual sería la posición perfecta para disparar limpiamente. A pesar de la enorme distancia eran precavidos, en su mente no dejaban de pensar contra qué se enfrentaban y sus corazones palpitaban cada vez que la veían a la profesora mirar hacia ellos. Mantenían su equipo preparado para cualquier contratiempo y no podían evitar molestarse cada vez que tenían la posibilidad de un disparo limpio.

—Ya pronto —restaba cada vez que apuntaba al rostro de su enemigo.

Capítulo 11 No me importaba lo que esperabas que fuera

—¿Es todo lo que traes? —el grito de la profesora llegó hasta la habitación donde estaba Ximena.

—Esto es el fin profesora, la tengo en mi lista —susurró la mujer joven.

Ximena podía sentir los pasos que él causaba al caminar, incluso sentir los movimientos de las camionetas.

—Les dije que necesitaba una docena más, por si las dudas, pero en la central dijeron que solamente era una persona, "¿que daño podría causar una simple persona?" me dijeron.

La voz tan clara de las personas podía asegurar que estaban en la misma habitación con ella.

—¿Cómo será?, ¿Serás tú o uno de ellos? —dijo la profesora con calma mientras se acercaba, inclinando una piedra y apoyándose más en la otra—. Espero que sea rápido. Algo con dignidad.

—Eso depende de usted profesora, será tan rápido como usted quiera que sea, me mandaron aquí por información.

—¿Qué información?

—Sobre sus niños, sobre las armas y sobre Victoria.

—No tengo la información que quieren.

—Usted tiene todo tipo de información profesora, no le creería para empezar. Me han dicho que ha pasado los últimos meses ocultando niños por todas partes, transportando personas de aquí y allá.

—¿Quién te lo ha dicho?

—No importa claro, a menos de que sea cierto.

—¿Tú qué crees?

La mujer sacó un arma de la cintura y disparó a la pierna de la profesora. El impacto hizo que se arrodillara, tratando de dominarse sin hacer ningún grito. Ximena lo sintió todo, al grado de sentir las pulsaciones del corazón de la profesora, eran tranquilas como de resignación.

—Directo en la rodilla, había olvidado el increíble dolor que sentía.

—Será lo menos doloroso que deba sentir—. Sin ninguna expresión, sin ningún gesto en su rostro trató el tema con frivolidad. —No estoy orgullosa de quien soy profesora, pero es lo que soy. Se que está ocultando más de lo que me podría imaginar, pero mi trabajo no es imaginar, mi trabajo es sólo descubrir la verdad que tienen que decir las personas. ¿Qué está ocultando la profesora?, ¿qué es lo suficientemente valioso como para que se sacrifique?

—Sólo se necesita un poco de esperanza, un acto de fe—. El dolor comenzaba a atormentar aún más su cuerpo, al grado de no poder hablar, tratando de no gritar.

Bastó una señal de la mano para que las unidades avanzan, la casa estaba rodeada desde antes que saliera la profesora, Ximena era la única que podía sentir como soldados fuertemente armados entraban por cada puerta e incluso por la puerta de los balcones. La primera en caer por un golpe en la cabeza fue Sofía, quien estaba en el segundo piso, el sonido de su cuerpo alarmó a Pedro y a Roja quien trataron de subir por las escaleras, un segundo soldado tackleó a Adriana antes de poner un pie en las escaleras. Cuando Pedro vio la escena trató de contraatacar, un tercer hombre lo golpea en la parte trasera de las rodillas haciendo que se arrodille, toma sus muñecas y lo esposa. El cuarto y quinto hombre armado entra hasta la habitación donde estaba Ximena, la cual estaba en el suelo completamente relajada.

—Señor encontramos la armería.

Escucho Ximena por uno de los transmisores de los hombres que habían entrado.

—Hay una persona en el suelo—. Al inclinarse y tocar el cuello de Ximena no percibe su pulso. —Está muerta, posiblemente envenenada.

—Saquen a los otros tres, denles un tiro enfrente de la casa y coloquen los explosivos en la armería. No los necesitamos.

Las palabras hicieron que le hirviera la sangre a Ximena, sus ojos se tornaron un rojo carmesí, en cuanto le dieron la espalda ella se levantó de una manera fantasmagórica. Cogió uno de los cuchillos, lo atravesó en la espalda perforando el pulmón, el hombre no pudo ni chiflar para avisar, después le cortó el cuello de un extremo al otro, tan rápido y silencioso. Le quitó su arma de respaldo, disparó en la cabeza del segundo hombre que vio. Ambos cayeron al mismo tiempo.

El policía que había noqueado a Adriana apuntó a donde estaba Ximena, su rifle retumbó mientras Ximena se salía de la habitación. Atravesó un pasillo que la llevaba al patio trasero, subió por la pared para entrar por los balcones, al ver que un hombre le apuntaba a la cabeza a una Sofía inconsciente se escucharon dos detonaciones más, el hombre cayó. El policía que sometió a Pedro sube las escaleras solo para que un cuchillo atravesara su pecho. El último soldado apuntaba su arma para que al momento de ver quien bajaba de las escaleras le dispararía, trata de quedarse quieto, un paso a la izquierda hace rechinar una tabla a sus pies, lo que le permite a Ximena localizarlo y dispara cinco veces, las balas atraviesan el piso de madera para llegar al cráneo del soldado.

Pedro observa al soldado como si le hubieran causado una muerte instantánea, por algunos segundos cree que murió por alguna clase fuerza sobrehumana a distancia. Los pasos de

Ximena se escuchan en el silencio de los muchachos, Sofía está llorando en los brazos de Roja tratando de no hacer ruido, creyendo así nadie la encontraría. Pedro se queda quieto, el miedo lo petrifica, observó como aparece ante su visión, no puede perder ninguno de los movimientos que hace, tan confiada, tan tranquila y extraña a la persona que era.

Los ojos carmesíes de Ximena le daban un aspecto demoníaco, creí por unos momentos que me mataría, pero se movió como si yo no existiera a la habitación de la puerta negra, pensó Pedro por un breve instante.

—Sea lo que estuviera en la casa ya está muerto— dijo la mujer que le había disparado a la profesora. Mientras el Ximena seleccionaba las armas que se llevaría.

—¿Qué es lo que buscas? —dijo la profesora Leticia, Ximena podía escuchar la conversación que pasaba a metros de distancia esperando la respuesta mientras se cambiaba la ropa.

—Con usted, nada. De cierta forma esperaba mucho más resistencia de parte de usted, en cuanto me dieron la misión sabía que no iba a ser fácil, sabía que tardaría mínimo quince días en la persecución antes de acercarme a usted—. La respuesta no le satisface y continúa armándose, Ximena se pone por último un chaleco antibalas con protección en los hombros.

—Todos queremos algo, uno nunca sabe dónde lo encontrará...

—Creó que ya hace demasiado tiempo profesora, adelante.

Ximena se detiene, nota como avanzan varios individuos a la casa, se detiene y corre a dónde están sus amigos, recoge a Sofía y pide que la sigan, al llegar a la armería le dice que se queden quietos.

—No puedes tú sola con todos —dice Pedro, impidiendo que Ximena cierre la puerta.

—Ninguno de ustedes puede ayudarme —contesta, mientras empuja a Pedro con unas manos.

Pedro en cuanto se integra le da un golpe de furia a la puerta, Roja lo ve y no dice nada mientras aún tiene en sus brazos a Sofía. No tarda mucho tiempo cuando escuchan disparos, Roja no podía creerlo, se levantó de la silla en donde estaba, se limpia las pocas lágrimas que tenía y trata de ocupar su mente en otra cosa, al ver la computadora al fondo trata de encenderla mientras seguía escuchando las balas ser disparadas por todos lados, la computadora no enciende, trata moviendo el ratón y el Adrianator comienza a trabajar, lo primero que ve son las imágenes captadas por las cámaras de seguridad de la casa. Se movía según el movimiento, muchos hombres con trajes negros y pasamontañas se acercaban, en un cambio de cámara vieron a su amiga Ximena disparas, en otra toma dos hombres caen al suelo.

—¿Ella es Ximena? —dijo Roja.

Pedro y Suri se acercaron para ver.

—¿Cómo lo está haciendo? —dijo Pedro.

Al final solo quedó una imagen en el Adrianator, una cámara que mostraba la entrada principal de la casa, tres imágenes se observan en la pantalla de baja definición, una mujer, la profesora Leticia e Ximena acercándose con cautela a la escena. Se quedó a unos cuantos metros de distancia y la imagen parecía que se quedó trabada, porque no había ningún movimiento, Roja la golpeó un poco el Adrianator, pero no cambió nada.

—¿Qué estará pasando? —dijo Pedro.

—Tal vez están hablando, miren parece que se mueven sus labios—. Roja señaló con el dedo la boca de la mujer luego cambia a la de la profesora y por último cuando cambió a la cara de Ximena un movimiento tan rápido que no lo vieron, dispararon tanto la mujer como Ximena, el uno contra el otro. Ambos cayeron al suelo, la profesora Leticia sin fuerzas se movía arrastrando su cuerpo a donde estaba Ximena.

—Levántate, levántate, vamos Ximena—. Como si pudiera oírla Roja le suplicaba a la pantalla. Un leve movimiento de voluntad de Ximena hizo que se pusiera muy feliz. —¡Si! —gritó de felicidad.

Tardaron varios minutos en llegar a la casa, la profesora Leticia sostenida de Ximena, siendo el apoyo la una de la otra. Abrieron la puerta negra y fueron recibidos por todos, con una Sofía más en control.

—Despejen la mesa, vamos —dijo la profesora Leticia, a lo cual se movieron con velocidad—. Veamos ¿cómo está?

La profesora con cuidado comenzó a quitarle el chaleco antibalas, después comenzó a cortarle la ropa con cuidado de no lastimarla, dejando su cuerpo expuesto, los impactos de balas eran como puntos amoratados en su cuerpo, algunos roces de cuchillo, el rose de una bala en su cuello y un enorme ojo morado.

—Estará bien, tranquilícense, rápido traigan una cubeta, agua caliente y ese botiquín de primeros auxilios —dijo la profesora antes de sentarse en una silla.

—¿Qué le va a hacer a Ximena profesora?

—A ella, nada. Soy yo la que necesita suturas y …

La profesora tomó un pequeño bolsito de su pierna mientras cuidaba que no se desangraba. Los gritos de la profesora pusieron los pelos de punta a todas las chicas mientras Pedro veía con cuidado a la profesora sin saber qué hacer. La profesora sacó una aguja y sutura tratando de no mover sus dedos, los nervios hacían mover con violencia mientras trataba de ser recta en cada punto, el sudor en la frente nublaba su vista mientras no sabía cómo seguir, sacó una botella de su abrigo y la bebió completamente, punto por punto mientras el sudor recorría su cuello hasta terminar completamente las suturas. Después de algunas horas la profesora Leticia se tranquilizó, había terminado el trabajo con mucho esfuerzo y en varias ocasiones pensaba que iba a desmayarse, se quedó observando los rostros de los chicos enfrente de ella, sorprendidos ya la vez confundidos.

—Lamento haberlos traídos hacia ustedes, no era mi intención.

—No se preocupe profesora —contestó Ximena, mientras cruzaba los brazos a manera de poder frotar sus manos—. ¿Pero quiénes eran?

—Eran soldados, algunos policías y mercenarios sin nombre.

—Puta madre, ¿en qué estamos metidos? —dijo Ximena con voz nerviosa en cada palabra.

—En muchas cosas, pero no fueron ustedes. Ustedes no tienen nada que ver.

—¿Entonces?—preguntó Sofía.

—Lamento decirles que es mi culpa y la de sus padres, nosotros fuimos quienes logramos hacer todo este alboroto en especial a mí, yo soy aún más culpable—. La mirada de los muchachos mostraban mucha confusión con cada palabra. —No lo van a entender, pero créanme que es una gran historia, sus padres alguna vez tuvieron ideales de un país mejor, no tardamos en decepcionarnos al ver lo podrida que está la justicia y muchas veces pecamos de ingenuos al intentar hacer algo mejor. Sus padres eran muy importantes, eran personas que sabían cómo convencer a la gente.

En los televisores se observaba como una fuerza de siete efectivos rodeaban la casa, uno de ellos recogió a la mujer que había abatido Ximena. Comenzaron a dispersarse cuando se escucharon múltiples detonaciones de arma de fuego en la imágenes notaron la llegada de naguales, respiraron profundamente mientras entraban en la casa. Teco fue la primera en entrar con Victoria entre sus brazos y un nagual con la máscara de simio tenía a Leonardo.

Estarán bien dijo Teco los durmieron con sedante.

Sofía aún en la confusión recordó el día que aceptó entrar en todo esto. Estaba junto a Adriana en el estudio de la profesora meses atrás cuando Pedro había llegado desmayado a esa misma casa.

—Hola profesora —dijo Adriana junto a Sofía.

—Tenemos que hablar con usted —siguió Sofía,

—Por supuesto, estoy para escucharlas, siempre lo he hecho.

—¿Sabe usted dónde están nuestros padres y nuestros hermanos? —preguntó Adriana.

—Sé algo Adriana, tu padre huyó con tu madre tratando de buscar a tus hermanos al igual que los hermanos pequeños de Sofía, tus hermanos están encerrados en una prisión a las afueras de Toluca. No sé en dónde están tus padres Sofía, lo siento, seguiré buscándolos no pierdas la fe, pude localizar a tus hermanos mayores y ahora ellos están en otro país, seguros.

—¿En dónde? —preguntó Sofía.

—Nunca te lo diré Sofía, puedo llevarte ahí para que te encuentres con ellos. Mientras tanto su localización es secreta incluso para ti.

—¿Por qué? —preguntó Sofía con una furia.

—Si te encuentran Sofía, ¿estás preparada para que te torturen?, ¿para soportar horrores inimaginables?, ayer no les dije todo lo que está pasando, pero sus padres fueron los primeros en desaparecer, le siguieron periodistas y muchos civiles. Aun ahora si no tienes cuidado puedes desaparecer. Incluso ahora no puedo decirles todo por la misma razón, si las atrapan no puedo arriesgarme a que les digan algo.

—¿Quiénes? —preguntó Sofía con cuidado al borde del llanto.

—Hay un grupo llamado los Halcones, muy bien entrenados para infiltrarse y destruir cualquier grupo organizado. Ellos han estado cazando a todas las personas. Son un grupo extremadamente peligroso, no pertenecen a ningún grupo de militares, mucho menos a un grupo policiaco. Solamente le rinden cuentas a gobernadores anónimos que reciben órdenes del presidente, entrenados por soldados.

—¿Los de la manifestación eran Halcones? —preguntó Adriana.

—Si, muchos eran Halcones, algunos otros eran policías y soldados.

—¿Cómo es que Victoria los venció?

La profesora Leticia estaba muy preocupada por la pregunta.

—Ella tiene algo increíble. Hace algunos años el padre de Victoria adaptó un suero capaz de darle una gran resistencia a quien lo usara, sus padres le dieron una dosis para aumentar su resistencia, pero no activada, yo le di un segundo suero que activaba el primero. Victoria llenó los espacios vacíos con algo de instinto y sus habilidades. Ustedes también son capaces de hacer algo así.

—¿Cómo podemos hacerlo? —dijo Adriana.

—Eso aparecerá cuando realmente lo necesiten —respondió la profesora Leticia—, la adrenalina al borde de sus límites.

—¿Victoria lo consiguió? —preguntó Sofía.

—Si, de una manera muy dolorosa.

—¿La muerte de Sebastián? —preguntó Sofía.

—Si fue la muerte de Sebastián que causó que se activará en ella —respondió la profesora Leticia—. Al mismo tiempo, salvo tanto a Gabriel como a Leonardo, ella se enfrentó a muchos problemas.

—¿Ella qué decisión tomó? —preguntó Adriana.

—Ella tomó su propio camino —dijo la profesora Leticia—, igual que sus padres. Ellos peleaban por la igualdad, libertad, justicia e Individualidad.

—Eso no puede ser —dijo Sofía—, mi padre es un simple albañil.

—Si —contestó mirándole a los ojos—, pero no siempre fue así. En algún momento ellos tan bien tenían ideales. Creían en hacer un cambio para bien, con el paso del tiempo convencieron a mucha gente para lograrlo y ahora que las cosas se han puesto así pensaron que eran demasiado peligrosos para dejarlos con vida.

La mirada de las dos chicas estaba petrificada, un temor en sus ojos se hacía palpable a cada momento mientras la profesora los veía entendió que era la manera de decirle las cosas.

—Si cree conocerlos tan bien —dijo Sofía—, es muy probable que aún estén bien.

—Claro que sí —dijo la profesora Leticia—, los estoy buscando. Pero también es posible que hayan tenido un destino como la madre de Pedro.

—¿Pedro cómo sigue? —preguntó Adriana.

—Estará bien —respondió la profesora Leticia—, la pregunta ahora es qué quieren ustedes muchachas.

Sofía se quedó callada ante la pregunta. Nadie le había planteado algo parecido en el pasado.

—¿Sabe dónde está Victoria y los demás chicos? —preguntó Sofía.

—Los ayudé en todo lo que pude y Victoria decidió participar en esto.

—¿La está ayudando usted? —dijo Sofía.

—No, ella lo hizo sola. He tratado de comunicarme con ella, pero no lo he logrado. Ha tenido un avance sin igual.

Tanto Sofía como Adriana se sorprendieron, nunca se imaginaron en donde estaría Victoria.

—Tengo mucha hambre muchacha —dijo la profesora Leticia—, vengan, seguiremos esta conversación mientras hago algo de comer.

La profesora Leticia intentó levantarse por sí sola apoyándose de la pared. Tanto Mono como Sofía trataron de ayudarla para poder erguirse, su caminar como de costumbre muy recto. Bajaron hasta la cocina donde la profesora hizo una pasta con salsa de tomate, sencilla pero cálida. Salió al jardín con ánimo y regresando con una pequeña hierba que colocó en agua caliente. El olor a té comenzó a llegar a cada habitación de la casa.

—Coman—. Una sonrisa muy grande apareció en el rostro de la profesora por el gusto de probarla.

Tanto Sofía como Adriana saborearon cada cucharada mientras bebían un té que les relajaba.

—¿No hay tortillas? —preguntó inconscientemente Adriana a lo cual Sofía asintió la cabeza.

—Ja. No, solamente hay esto—. La profesora río aún más con esa pregunta.

—Se parecen mucho a sus papás, nunca fueron buenos para cocinar, pero nunca debió de faltar tortillas en cada comida.

—Si, me acuerdo de que siempre gritaba cuando no había tortillas —dijo Sofía.

Adriana asintió la cabeza.

Comieron con velocidad tratando de guardar los pocos modales que quedaron en ellas. Mientras La profesora Leticia se sentó enfrente de ellas.

—No hay respuesta errónea niñas, creo que debo de dejarles de llamar así. Bueno, como ya saben que yo soy una pinche grosera de lo peor, pero, en fin. No quiero presionarlas para que tomen una decisión. Hoy mismo tengo que irme pronto, para que nadie note mi ausencia. Algo que no les he dicho es que aun sigo en la política de este país, soy lo que se dice como una diputada plurinominal, nadie votó por mí, solo fui elegida por alguien más arriba. Tengo que regresar para poder enterarme de lo que se aproxima. Ahora les pido sus respuestas, ¿quieren irse o quedarse y ayudarme?

—Yo me quedo, quiero ir por mis hermanos —dijo Adriana.

—Yo igual —dijo Sofía—, no se si pueda. Pero mi padre siempre cuido de mí y me pidió que cuidara de mis hermanos menores, así que también estoy dentro.

—Muy bien, de igual forma tengo que preguntarles a Ximena y a Pedro.

Los gritos de los nahuales trajeron a Sofía directo al presente donde Teco sostenía varios instrumentos para proceder a cortar la ropa de Ximena. La herida de la bala había atravesado el hombro izquierdo de Ximena donde el chaleco tenía menos protección. Teco se quitó la máscara para ver mejor, mostrando una rostro de angustia ante la situación.

—Es una herida precisa —dijo Teco.

La máscara de mono atendía las heridas de la profesora Leticia con ayuda de otros dos. Sus piernas sangraban en varios puntos. Sofía reaccionó a algunas indicaciones, se fue directo a la cocina por agua y mantas. Todos los botiquines de primeros auxilios de la casa fueron llevados a la sala donde se encontraba la profesora e Ximena. Cuando Teco terminó de cocer las últimas suturas, respiró profundamente y se permitió una sonrisa sutil.

—Bien hecho hija —dijo la profesora Leticia mientras trataba de permanecer consciente.

—Creo que es mejor que duerma un poco —dijo Teco.

Se alejó de su quirófano improvisado para acercarse a Sofía.

—¿Qué pasó aquí Sofía? —preguntó Teco con calma.

—Estábamos durmiendo —dijo Sofía—. Todo pasó muy rápido, luego Ximena comenzó a moverse por todos lados mientras aparecían unos hombres. ¿Era la policía?

—Suficiente —dijo Teco—. No era la policía, mucho menos la milia. Tenían su uniforme, usaban sus armas, sus transportes, pero no avisaron a ningún cuartel general ni mucho menos a la policía.

—Fernanda... —dijo la profesora Leticia entre la inconsciencia.

Teco se acercó a la profesora para escuchar con mayor claridad su voz, pero la endorfina había funcionado muy bien, se había quedado dormida.

—¿Quién es Fernanda? —preguntó Sofía.

—No lo sé —dijo Techo—, pero si lo dijo la profesora Leticia debe ser algo importante.

Habían llegado un total de cinco Nahuales contando a Teco, tres habían curado las heridas de Ximena y la profesora Leticia mientras los otros dos recorrían el perímetro. Habían ahuyentado a los últimos soldados y buscado a quien le había herido de gravedad a su líder. En cuanto revisaron las cámaras de seguridad observaron como una figura recogía el cuerpo de la chica, llegaron al punto exacto donde se encontraba su sangre, recogieron muestras en un pequeño frasco de cristal y lo olfatearon para recordar el aroma. Llevaron esa muestra donde Teco la olfateó, su rostro cambió de inmediato, pequeños puntos oscuros aparecieron en su rostro, su nariz se afiló y sus ojos se tornaron oscuros.

—Ya te tengo maldita —dijo Teco mientras le entregaba la muestra a otro.

Logró percibir hasta el más mínimo detalle, desde la esencia de la pólvora, el característico aroma y color este parecía moverse entre el ambiente dejando un rastro.

—Nos está observando —dijo Teco.

A kilómetro y medio de la casa la mira de un franco tirador observaba todos los movimientos de los naguales, como tomaban la muestra, como se movían de un lado al otro a través de las ventanas.

—Eres un imbécil —dijo la chica—, debiste dispararles.

—Tus hombres no resistieron ni cinco minutos contra ellos —dijo el hombre—, para cuando apunte al primero ya estaban todos en el suelo ensangrentados. No podía arriesgar mi posición por ellos.

—Pero si lo hiciste por mí —dijo la chica burlándose con una carcajada.

—Se vería mal en mi informe que vi como te capturaban para torturarte —dijo el hombre.

—Lo que se ve mal son estas suturas de mierda que me hiciste —dijo la chica—, coces los calzones no es lo mismo que cocer a un ser humano. Tenía que quedar bonito, ahora no podré usar un traje de baño lindo.

—Me gusta tu optimismo —dijo el hombre—, pensar que vivirás lo suficiente como para que te deje una cicatriz es pensar muy a futuro.

—¿Y tú en qué estás pensando? —preguntó la mujer.

—En qué tal vez no lleguemos al amanecer —dijo el hombre.

—No saben en dónde estamos —dijo la mujer—, tranquila.

—Acabo de ver a cinco cosas que se mueven más rápido que animales y suben paredes como si fuera un juego —dijo el hombre—. Si supieran en dónde estamos tardarían cinco minutos en llegar a nosotros.

Ximena de igual forma estaba muy cansada, entre las voces de la habitación y los recuerdos en su memoria comenzaron a diluirse a través del tiempo. Llegan como pequeños rayos de luz en una oscuridad sin precedentes esos recuerdos de las cientos de veces que iba a casa de Victoria cuando eran niños, cuando iban juntas a la escuela y veían películas. Sin darse cuenta habían pasado algunas horas.

—¿No puedes dormir? —dijo la profesora Leticia—, creo que la noche es perfecta para poder pensar las cosas.

—Si, es una buena noche para pensar. —Ximena trato de no moverse mientras la profesora Leticia se acercaba

—¿Dime lo que te aflige Ximena?

—¿Por qué asume eso? —preguntó Ximena.

—Las situaciones Ximena —respondió la profesora Leticia—, nunca tuvimos una conversación tan tranquila en la escuela con anterioridad. Creo que como todos los jóvenes de tu edad tienes muchos conflictos internos, peleando contra tus decisiones y el mundo.

—¿No tenía sueño profesora? —preguntó Ximena—, estaba muy cansada hace algunos minutos.

—Hace siete horas si —dijo la profesora Leticia—, todo este tiempo estuviste reflexionando de lo que vas a hacer, qué decisión tomar, lo sé, es una decisión muy difícil.

—¿Qué sabe usted de decisiones difíciles? —preguntó Ximena.

—No hace mucho fui joven como tú, cuando tenía catorce años mi mundo terminó cuando bandas rivales entraron en conflictos, perdí a mis padres, a mis amigos y a la persona que más amaba—. Las palabras tranquilas y firmes se escucharon en toda la habitación con una buena claridad. —No eres la única que perdió a su familia, pero estás a tiempo de no perder a todos tus seres queridos.

—¿Cómo?—preguntó Ximena.

—Esa es una pregunta muy difícil. Ven vamos a caminar, solamente un poco mientras las palabras brotan solas.

La profesora camino rumbo a las escaleras mientras apoyaba con cuidado cogió de su pierna lastimada mientras se sostenía del barandal. Ximena en un momento fue su apoyo mientras subía los últimos escalones.

—Perdóname, ya no estoy en mis mejores días, pero aún tengo algo que dar a la causa.

Por fin habían llegado al último piso, el mirador tenía una vista hacia donde se encontraba la ciudad, algunas montañas y el bosque ocultaba la mayoría de la luz fantasmagórica que ésta proyectaba.

—Mira todas esas luces, son personas iguales a ti y a mí, iguales que Adriana y Sofía. No saben nada, muchos están atados a sus condiciones y la mayoría ni siquiera podrán salir de su estado en el que se encuentran. Pero ¿Quién es culpable de toda su pena?, ¿es el gobierno que no hace nada?, ¿son ellos que no hacen nada o las condiciones a su alrededor?

—No lo sé —respondió Ximena.

—He tratado los últimos veinte años en cambiar al gobierno y tan bien al estado, de antemano yo fracase —dijo con voz pesimista la profesora Leticia—. Ahora estoy probando otra cosa, estoy tratando de cambiar a las personas para que así cambien todo lo demás.

La mirada de Leticia sostenía una sonrisa hasta que Ximena formuló esa pregunta.

—¿Qué se supone que debo hacer? —preguntó Ximena.

—Puedes irte —dijo la profesora Leticia—, nadie te va a criticar y solamente las personas que te conocen te pueden criticar, dejame decirte que yo no seré una de esas y ni ninguna de tus amigas lo sería. El otro camino es quedarse e intentar hacer algo por todos.

—¿Cómo puede ayudar? —preguntó Ximena.

—Hace muchos años tu padre se había unido a un grupo llamado La Cúpula de París —dijo la profesora Leticia—. El padre de Victoria lo había fundado, yo llegué a ellos y me hice quien soy mientras recuperaba lo que perdí.

—¿Qué recuperó? —preguntó Ximena.

—A buenos amigos —le dijo la profesora Leticia—, encontré a una nueva familia que me necesitaba y ahora estoy ayudando a sus hijos. Se los debía, por tanto que me dieron.

—¿Está pagando sus deudas? —preguntó sorprendida Ximena.

—Claro que sí, nunca me gusto deberle nada a nadie —respondió la profesora Leticia con un tono cómico—. Siempre tratando de ganarme lo que es mío.

El rostro de Ximena se quedó observando a la profesora, esas palabras alguna vez las había escuchado de voz de su padre cuando trabajaban en las construcciones. Siempre le decía "ganarse lo que es nuestro".

—¿Qué pretende hacer la profesora? —preguntó Ximena.

—Seguir el legado de Máximo —respondió la profesora Leticia rápidamente—, cuando teníamos su edad creíamos que podíamos cambiar el mundo siempre y cuando nos esforzamos.

—No lo lograron —dijo Ximena cabizbaja—, ¿Qué es diferente ahora?

—Que ahora tendrán mucha más ayuda —dijo la profesora Leticia—, incluso ahora.

—La inyección —dijo Ximena sorprendida—, ¿Qué era?

—Yo siempre he creído que es la solución a todo —dijo la profesora Leticia—. Hace veinte años interceptó un cargamento donde vendían unos frascos, las primeras pruebas que hicimos con esos frascos fueron espectaculares, me habían cegado por completo el uso para una armada y fue en eses entonces que me di cuenta lo diferente que era yo en comparación con Max. Él estaba perfeccionando características como la regeneración celular y tenía pensado usarlo para que su hija no sufriera ningún daño, compartió sus resultados con sus demás amigos y aquí estoy, con un suero que les permitirá sobrevivir a cualquier genocidio. Siendo los principales efectos secundarios la fuerza aumentada y resistencia a la degeneración celular.

—Solo nos quería dar eso por una deuda con nuestros padres —afirmó Ximena.

—No, yo los quise a ellos más que a mi propia vida, tanto si lo supieran como si no. Ahora estoy protegiendo a las personas más importantes para ellos—. La profesora Leticia se quedó callada esperando una respuesta de Ximena. —Esas personas son sus hijas e hijos. No te pido que entiendas mis razones, cosas como el honor, la lealtad y los juramentos no son típicos de ustedes.

—Solo quisiera saber si sabe algo de mi familia —dijo Ximena.

La mirada de Ximena que quedó caída veía con desaires el suelo mientras dejaba expresar lo que se sentía muy en lo profundo de su ser, más allá de las palabras de la profesora Leticia.

—De tus hermanas sé que están en una casa de seguridad —dijo la profesora Leticia—, es una fachada como trampa para que vayan sus padres y familiares a buscar a los niños en ese lugar.

—¿Cómo podría encontrarlas? —preguntó Ximena.

—Solo deberías infiltrarse en ese campo de concentración y rescatarlas —dijo la profesora Leticia—, no puedes salvar a todas solas, así que sería un grupo pequeño para que funcione.

—¿Por qué no lo ha hecho? —dijo Ximena.

—Ximena, todo el mundo está pidiendo ayuda con desesperación, desde civiles en Veracruz hasta guerreros, desde grupos étnicos y primeras culturas en Chiapas y Yucatán hasta Chihuahua —dijo la profesora Leticia, suspirando al final y recargándose en el borde—. Tengo muy poca gente ayudándome, pero que te quede claro que yo trataré de salvar a tus hermanas.

Esas palabras fueron a dar en lo profundo del pecho de Ximena recordando en una ocasión de niños, como un niño mucho más grande que ella había hecho llorar a sus pequeñas hermanas, en esa ocasión Ximena se enfrentó a golpes a ese niño ganando la batalla y jurando que siempre estaría para ellas.

—Siempre les dije que estaría para ellas cuando me necesitarán —dijo Ximena—, ¿Qué tendría que hacer para ayudarla? —preguntó con ánimos.

—Tendrías que cuidar a tus amigas en primer lugar y después entrenar para lograr ser de ayuda —dijo la profesora mientras la miraba a los ojos—. Será difícil, pero en el momento que necesites dar todo de ti, yo requiero que des el 150% —dijo tratando de no mirarla a los ojos.

—Profesora —dijo en un tono sutil.

—¿Sí?, Ximena.

—Les ha dicho a todos dónde están sus familiares, así que le pido que me diga en dónde está mi madre.

—La sigo buscando Ximena, aún hay muchos archivos donde debo de buscar antes de saber con exactitud a donde debo de ir.

—¿Cuánto tiempo le tomará? —preguntó Ximena.

—No lo sé.

—Profesora quiero que me espere aquí un momento y cierre los ojos —dijo de sorpresa Ximena.

Ximena tardó un par de minutos en bajar y subir las escaleras. La profesora Leticia quedó justamente enfrente de ella, mientras Ximena la veía con unas pocas lágrimas en los ojos, ocultando algo detrás de sí.

—Tenga, parte de la noche la use para hacer esto—. Saco de tras de sí un bastón tallado perfecto para apoyarse. —Le servirá un tiempo, hasta que encuentre uno mejor.

El rostro de Leticia mostraba un poco de sorpresa mientras sus ojos estaban cristalizados por las gotas de lágrimas.

—Te prometo que haré todo lo posible para encontrar a tu madre —dijo mientras sostenía el bastón con la mano—. Haré todo lo posible por encontrarla.

Ximena trató de controlarse dando un paso hacia atrás, pero en un momento se acercó a la profesora Leticia para abrazarla, la profesora leticia incrédula tardó un poco en responder de igual forma con un abrazo.

—Eres la más fuerte de ellos Ximena, eres incluso aún más fuerte que tu madre, confió que estarán bien gracias a ti, solamente no te des por vencido—. Las palabras de la profesora eran claras a pesar del nudo en la garganta que tenía.

Ximena no dijo nada, su cuerpo estaba completamente fatigada al igual que su mente. Mientras la profesora Leticia se quedó quieta mientras veía la ciudad, estaba amaneciendo, se sentó en una silla por el dolor que le causaba la pierna. Observando los tonos naranjas que aparecían en las montañas al igual que en la fauna verde. El silencio se mantuvo unos minutos mientras el sol salía completamente, las aves se escuchaban y el sonido del pequeño lago cerca de la casa se hacía presente por los movimientos de cada pez.

Ahora los ruidos eran constantes pisadas en el suelo, moviendo muebles en cada ventana por las órdenes de Teco. No podían arriesgarse a exponer a otros integrantes.

—El franco tirador debe de estar a una distancia entre uno y dos kilómetros en la circunferencia de la casa —dijo Teco a todos los presentes mientras colocaba una olla en medio de la mesa con una casa dibujada—. Aunque podríamos dividirlos en cinco para chatear el terreno el franco tirador nos detectará rápidamente. En cuanto le disparé a uno le dará suficiente tiempo para matar a uno y huir. Estoy muy segura que tiene un vehículo de gasolina que nos dificultará mucho el atraparlo con vida. Si aun sigue aquí significa que tiene heridos y no puede moverse con facilidad o que nos está casando para esperar refuerzos. Estoy más que segura que está en esta zona.

Teco colocó una olla más grande a un lado de la casa.

—¿Por qué crees eso? —preguntó Pedro.

—La dirección del viento —dijo Teco—, está corriendo en esa dirección lo que impediría un disparó en nuestra dirección y al mismo tiempo que llegue el aroma de la mujer que le disparó a la profesora Leticia.

A Pedro no le quedaba claro eso. Raúl de inmediato entendió esos puntos y el riesgo que significaba.

—Entonces solo esperamos que cambie el viento para saber eso —dijo Raul.

—Exacto —respondió Teco.

—¿Por qué? —preguntó Pedro.

—Porque cuando cambie el viento podremos saber por el olor si se encuentra ahí —dijo Teco—, pero de igual forma los disparos del franco tirador serán mortales. Así que uno de nosotros deberá tomar una ruta más larga para enroscarlo por atrás mientras los otros sirven de señuelo.

Se prepararon con sus máscaras listos para el cambio del viento, enlistan sus armas ligeras y sus municiones. Mientras el franco tirador observaba el movimiento de los árboles encontrá hasta que se detuvieron. Teco sintió el cambio y levantó su mano, todos la observaron y se dirigieron a sus posiciones cerca de una puerta o ventana. Las miradas se concentraban en los árboles, en las ramas e incluso en el polvo. Cuando el viento cambió de posición la mirada calmada del francotirador se asombró al ver que cuatro objetivos salían de por diferentes lugares. El olor era intenso en la dirección de los disparos, lograban notar que se había desangrado durante todo este tiempo y afirmaron las teorías de Teco. Los disparos no paraban de escucharse los siguientes minutos abrazándolos, la mira se movía entre árboles, casas y construcciones buscando a su objetivo. En más de una ocasión se refugiaron perdiendo tiempo, los techos eran evitados y cualquier callejón estrecho era un refugio ante los disparos. Las estructuras eran fragmentadas por los disparos, algunas paredes atravesadas con papel y las calles perforadas. A cada paso pasaba por la mente de los naguales la posibilidad de ser el último, mínimo perderían una extremidad, mientras más se acercaban la distancia entre el disparo y su cuerpo se acortaba más.

El francotirador inhaló una bocanada de aire con cada disparo, haciendo cada vez más corta su reacción a menos de un kilómetro de él los naguales habían perdido la sorpresa, comenzaban a ser predecibles y lentos en su ascenso hasta quedar completamente inmóviles por una distancia no mayor a veinte metros de una calle y baldíos. Los cuatro se detuvieron, su cercanía era su perdición. Corrían en direcciones contrarias extendiendo la reacción entre cada disparo.

—No funcionará —dijo.

Atrás de él se escucharon pequeñas ramar quebrarse, fue cuando cambió a un revolver y observó una sombra moverse. La respiración de Teco estaba agitada, incluso podía notarse fácilmente.

—¿Cansado? —dijo el francotirador.

Volvía a disparar con su arma principal en cada oportunidad mientras Teco se movía entre paredes maltrechas y castillos de soporte de la estructura. En cuanto usó su última bala del revólver Teco atacó, al respirar noto el aroma a humo y a carne quemada. El francotirador por fin movió su rifle para tratar de dispararle a Teco, pero era lento, le quitó las dos con golpes precisos. El conflicto de disparos se convirtió en una pelea callejera donde cada golpe era devastador. Teco era mucho más pequeña y ágil, pero en cuanto tenía la oportunidad el francotirador la arrojaba por los aires o le practicaba una llave. Incluso en el estado Nahual sintió cada golpe con fuerza, Teco aumenta el número de sus golpes precisos hasta tener una oportunidad de darle un puñetazo directo a la mandíbula tumbandolo. Los otros Nahuales llegan poco tiempo después.

—Este no es —dijo Teco—, busquenlo.

Los llevó a catear cada esquina, llegando hasta una pequeña manta de donde provenía ese intenso olor, Teco noto la pequeña fogata aún tibia. «¿Por qué expondría su posición de esa manera?» se preguntó Teco. En cuanto uno de sus colegas quita la manta notan ropa bañada en sangre y un cuchillo con la hoja oscura por el tizne. Teco se apresura a salir de ese lugar para extender sus alas y emprender vuelo.

La neblina blanca capaz de deformar la imagen más nítida se observaba hasta donde alcanzaba la vista. Los sonidos de igual forma no eran claros y se perdían a la más mínima turbulencia.

—Yo igual profesora.

—Y yo.

—No los esperaba chicos, y esta nunca fue mi intención. Quiero que se den un momento para preguntarse, ¿por qué tomaron esta decisión?, no puede ser por alguien si no por ustedes. Tomen asiento para comer, quiero que se tomen ese tiempo para poder cambiar o confirmar su respuesta.

Las dos sombras se sentaron para comer mientras disfrutaban los sencillos sabores al igual que los aromas. La sonrisa de la profesora era grande mientras observaban con cuidado a sus acompañantes.

—¿Profesora? —dijo Victoria quien había observado toda la escena.

La profesora notó de inmediato la presencia de Victoria, pero siguió hablando como si nada.

—Bien, si no hay alguien que quiera cambiar su decisión entonces les diré lo que sucederá de hoy en adelante—. La profesora Leticia esperó unos momentos mientras los veía uno a uno al rostro. —Hoy en adelante pertenecerán a la Cúpula de París, está de más decirles que todo lo que les diga jamás podrá salir de este grupo, hay información que se podrá compartir con las demás personas, pero mientras menos digan sobre lo que está pasando, mucho mejor. La Cúpula de París era en un principio personas ilustres y yo, después se agregaron más personas que creen en esta visión, ahora únicamente quedo yo, les enseñaré lo que esas personas ilustres me enseñaron. Ahora ustedes son la Cúpula de París. Muchos más grupos separados de la Cúpula se unieron, creen en nuestra visión y nos ayudarán en el proceso.

»Los primeros se basaron en un antiguo grupo que se ha olvidado en los anales de la historia, muchas veces encontramos algunas pistas en libros de historias y apuntes de primera mano de hombres que murieron hace sesenta años, de ahí viene La Cúpula de París inició con cuatro puntos fundamentales; Patriotismo, Igualdad, Libertad y justicia, a los cuales les agregaron la individualidad. Este pensamiento era un sueño para un mundo muy diferente al de ahora.

»El patriotismo no es lo mismo que el estar de acuerdo con el gobierno, la idea de una nación es la suma de todos los habitantes. La igualdad, esto se pensó en 1910, algunos integrantes de la Cúpula de París fueron mujeres que pelearon el voto de la mujer, que pensaron en la igualdad de pueblos originarios. La libertad y la justicia como dos seres duales que no pueden existir el uno sin el otro, la libertad de un pueblo se mide en el poder que tienen para oponerse a la injusticia. La individualidad, somos únicos, irremplazables y peleamos por la indiferencia, al igual que la búsqueda de la felicidad de cada uno.

»Eso es lo que defendemos. Por mucho tiempo estuvimos peleando por esos ideales mientras nos subíamos en una profunda oscuridad. Mientras peleábamos por lo que queríamos, empezamos a unirnos con diferentes grupos, apoyamos a esos grupos mientras luchábamos por estar ocultos. Seguimos haciéndolo. Ahora de igual forma estamos ayudándolos. Muchos movimientos sociales están ocurriendo simultáneamente, están ocurriendo y siendo oprimidos de igual forma. Es hora de que la Cúpula de París actúe de una manera más directa. Desde las sombras si es necesario.

»No podremos hacerlo solos, así que he pedido ayuda a algunos grupos como la legión extraerá, los boinas verdes y cientos más. Así que les he de pedir que realicen una misión, en la cual debían de dejar un cargamento de mercancía y recoger otro en la frontera. Mientras sucede esto los guiaré en todo momento. Les dejaré un comunicador al mismo tiempo que les colocare equipo en donde lo necesiten. El mundo es muy diferente al que recuerdo cuando era una chiquilla. Tengo al igual que muchos de mis contemporáneos una sensación de que han despertado horrores inimaginables en tan en estos tiempos, creo les será muy difícil adaptarse a la primera.

La profesora Leticia decía paso a paso, el viaje que debían de hacer, desde dejar atrás el hogar que los había resguardado todo este tiempo, cruzar el bosque hasta una comunidad donde los esperaba un camión y un conductor que los llevará hasta Nuevo León y de ahí a una zona oculta de la frontera, después una ruta alterna para el viaje de regreso en las vías del tren hasta la capital.

—Muy bien profesora —dijo una de las chicas despidiéndose.

—Quiero que se cuiden mucho y no se arriesguen más de lo necesario —dijo la profesora Leticia.

—De igual forma cuidase profesora.

Ambas se separaron un poco para ver una gran sonrisa la una en la otra mientras se limpiaban las pocas gotas que habían bajado en sus mejillas. El paso de la profesora Leticia era imponente y firme. Llegó hasta la barda que delimita el perímetro de la casa y después se perdió entre los árboles.

—¿Cuánto tiempo tardaron? —preguntó Victoria.

—No lo lograron —dijo la profesora Leticia.

—¿Por qué? —preguntó Victoria.

—Fuimos traicionados —dijo la profesora Leticia—, un narco supo lo que queríamos y le ordenó a un jefe militar que nos intercediera.

—¿Por qué querría un narco interceder con la profesora? —dijo Victoria.

—Las guerras se ganan con armas —dijo la profesora Leticia—, pero para que alguien pueda disparar esa arma se necesita de alguien entrenado para hacerlo. El cargamento no únicamente era equipo militar, era equipo biológico para la creación de algo más.

—¿Qué cosa? —preguntó Victoria.

—Ustedes —respondió la profesora Leticia casi a la fuerza.

—Los ojos rojos —dijo Victoria.

—¿Qué le pasó a esas dos chicas? —preguntó Victoria.

—Una murió —dijo cabizbaja la profesora Leticia—, y su hermana tuvo un destino peor.

—¿Por qué no usa los nahuales? —preguntó Victoria.

—Su creación es difícil —dijo la profesora Leticia—, deben de tener una fortaleza mental para soportar todo el entrenamiento, además de una destreza física. Cuando no cumplen con alguna de esas dos cosas pierden el control por completo. Los ojos rojos eran simplemente un paso.

—Quería convertirnos en asesinos de la cúpula de París —dijo Victoria asqueada.

—No —respondió la profesora Leticia con calma—, quería que fueran mejor de lo que alguna vez fuimos. Pero otra parte de mi pensaba en alejarme por completo y que fueran libres de nuestro pasado.

—¿Por qué? —preguntó Victoria.

—Alguien se acerca —dijo la profesora Leticia—, cuídalos a todos mi niña. Y recuerda Victoria, a veces lo que se necesita no es un hombre, a veces lo que se necesita es un Dragón.

El paisaje de luz y blancura desaparecía mientras abría los ojos. La habitación en la que se encontraba estaba casi a oscuras. Salió en búsqueda de la profesora y cuando abrió la puerta la chica que buscaban vació un revólver en la profesora Leticia, Teco logró escuchar las detonaciones poco antes de llegar a la casa.

Victoria embistió a la mujer cuando sus ojos rojos se activaron, cada disparo retumbaba en sus oídos, atravesaron la ventana y cayeron en concreto. Comenzó a golpearla mientras se mantenía inmóvil, Teco perdió su máscara al entrar en la habitación, llegó justo a tiempo para comenzar a tratar a la profesora Leticia y gritó pidiendo botiquines médicos con desesperación. Los chicos se los llevaron lo más rápido posible.

—Tu amiga es muy rápida —dijo la chica mientras arrojaba a Victoria por los aires—. Tardó poco menos de cuatro minutos en llegar.

Victoria se sorprendió al notar el color rojo en los ojos de la chica.

—Vaya, así que la profesora Leticia compartió sus juguetes especiales con alguien más —dijo la chica—. Dejame presentarme, me puedes llamar Fernanda. Y mira, con esos hermosos ojos dirán que somos hermanas. Aunque yo sería bonita.

Victoria comenzó a golpearla, pero esta detenía cada golpe como si de una bofetada se tratara.

—¿Y tú cómo te llamas? —dijo la chica.

Victoria seguía golpeándola tratando de acertar. Fue cuando Fernanda dio su primer golpe, una patada en el estómago dejando a Victoria sin aire y a cinco metros de distancia. En cuanto recuperó la visión de su objetivo pudo ver cada vena del rostro de Fernanda marcada como si estuviera apunto de reventar.

—Creo que no te ha enseñado todo el poder de los ojos rojos —dijo Fernanda mientras se burlaba—, Leticia tiende a guardar muchos secretos, bueno tendía a guardar muchos secretos.

Sofía y Pedro aparecieron con sus máscaras puestas entre Victoria y Fernanda.

—Y no eres la única —dijo Fernanda—, creí que me darías más problema tu y tu otro amigo. Escuché historias de una peligrosa Nahual con la máscara de un jaguar y un cazador de deAdrianaos con la máscara de un venado. Es por eso que me encargue de ustedes primero. Pero me encuentro solo a una niña ahogada en auto compasión. Ni siquiera me hubiera molestado. Quisiera quedarme por más tiempo pero tengo una reunión en otro lado.

Una nube de polvo se levantó ocultando por completo a todos. Entre las garras de tres Nahuales se había escapado Fernanda dejando atrás sólo el polvo.

Todos los televisores aún con diferentes estaciones sintonizadas reprodujeron la señal de una única cámara. Lo siguieron mientras caminaba por los pasillos del resintió, apenas dejaba ver su rostro hasta que llegó enfrente del podio. Usando la banda presidencial, sacó un papel cuidadosamente doblado y sonrió al camarada.

—Hemos logrado con mucho esfuerzo llegar aquí, soy dichoso de verlos a todos ustedes. Después de horas intensas de trabajo y luego de una campaña política muy cerrada, haya sido como lo fue.

Camionetas policiales y militares salían de todos lados para dirigirse a su objetivo. El sonido de los motores perturba desde barrios, colonias y residencias.

—No fue fácil, y por supuesto que no será fácil en el futuro lograr todos los propósitos dichos en campaña. Este año ha sido por demás extraño, lleno de contratiempos y de conflictos alrededor de todo el país. Pero hoy daremos el primer paso para lograr el bienestar de todos.

En sala estaban presentes toda la vanguardia de su partido político, hombres y mujeres con trajes elegantes, corbatas al tono del partido y la mayoría con una sonrisa en el rostro. Había rezado tanto que casi habían olvidado todos sus crímenes, e incluso llegaron a rezar el doble antes del discurso por los crímenes que estaban por cometer.

—Claro, debo reconocer el esfuerzo de toda la oposición por buscar el bienestar de los demás y admirar su esfuerzo en tratar de hacer un México mejor. Pero sólo puedo decirles que el país está en buenas manos, en las mías.

Los primeros automóviles llegaron a su objetivo, los policías descendieron en la casa de reporteros preguntando por sus contactos, que iban desde fugitivos de los carteles hasta fugitivos políticos. Eran golpeados en el estómago, atados de pies y manos a una silla. Obligados a beber agua carbonatada hasta que el gas obligaba a sacar el líquido por todos los orificios, la presión interna era lo suficiente para afectar al cerebro y órganos internos. Pero no lo suficiente para matarlo.

—Ahora es mi lucha para que deje de haber pobres, para que deje de haber hambre y por supuesto para que deje de haber violencia. En estos momentos estamos tomando cartas sobre el asunto. Pronto habrá una nueva era para todos los mexicanos. Una a la cual se podrá pasear con tranquilidad en los centros comerciales, en los cines y en los parques de diversión. Donde nuestros hijos podrán recrearse y divertirse.

Los mercados tradicionales donde habían pintado algunos de los más grandes muralistas de México estaban siendo atacados, grupos de halcones dirigidos por la policía y algunas bandas criminales estaban encendiendo todo. Las plazas de algunos adoquines estaban siendo vaciadas con el ruido de una ametralladora disparando al aire mientras las calles estaban siendo cerradas.

—Podrás hacer todo esto gracias a una iniciativa tanto privada como pública para mantener la seguridad.

En los puertos de Veracruz llegó un cargamento lleno de armamento militar experimental proveniente de los hornos texanos. Recibido por un único hombre con una carta presidencial expedida tres días antes de la fecha de hoy. A su espalda policías federales armados hasta los dientes y camiones militares sin registro. La documentación estaba en orden en cuanto se revisó y pasaron sin ninguna dificultad.

—Todo aquel que se niegue a esta justicia será un enemigo prioritario en mi administración.

Todos los teléfonos en la casa de la profesora Leticia comenzaron a sonar, los chicos trataron de responderlos pero cuando acaban de colgar comenzó a sonar una vez más. Escribieron en libretas, en el piso, en sus manos todo lo que estaba pasando, todos pedían ayuda y cada uno afirmaba querer hablar con Leticia, que ella los había ayudado con anterioridad.

—En ese sentido quiero que se tranquilicen, ya comenzamos con los primeros y tenemos buenos resultados.

La profesora Leticia intentaba respirar, los naguales revisaban cada entrada de bala buscando alguna que no haya salido, Teco introdujo una varilla estéril en cada orificio revisando que no hubiera alguna bala en el interior, marcaba con un círculo alrededor del orificio en cuanto encontraba una bala. Las primeras unidades de sangre habían llegado justo a tiempo, mientras abría y cerraba los ojos el mundo se perdía en una infinita neblina blanca cuyas siluetas borrosas decían cosas.

—Quiero que estén tranquilos de que no volverá a interferir en nuestros proyectos. Los cuales son muchos, desde obras públicas donde construiremos más caminos para dar más fuentes de trabajo a la gente necesitada.

En las constructoras despedían a sus empleados retirándose sus seguros médicos y pidiendo una compensación tributaria personal para no tener que pagar al seguro la justa compensación. Invitándolos de la misma manera a trabajar en su otro proyecto donde tendría que vivir en la construcción hasta que ésta haya terminado.

—Más y más trabajo para todo aquel que lo necesite. Se los prometo.

Las primeras indicaciones estaban llegando, despedir a los trabajadores, contratar el doble con la misma cantidad de dinero, siendo una firma necesaria para saltar algunos derechos humanos.

—Prometo proteger la moneda como un perro. Al igual que confiaron en mí, yo salvé a México del caos y gracias por darme esta oportunidad.

En las costas del oeste se firmaba un pacto donde la sal y varias criaturas marinas se le quedaban a la mano del dragón. Una simple firma del presidente para admitir una transacción es ser propietaria del noventa por ciento de los mares. Mientras en las minas de plata llegan los primeros ejecutivos canadienses para la explotación minera, una sonrisa con dientes desalineados muestran un contrato firmado para expropiar las minas a tribus y pueblos locales. El agua no era necesaria los que no se bañan dijo como un pequeño chascarrillo, en contrato entre infinitas clausuras como la exclusividad en el ochenta y siete por ciento de las minas existentes. Y un número mayor de las que están por existir.

—Tal vez mis detractores no confíen en mí al principio. Pero después me encargaré de eso. Porque lo que estoy haciendo es por el bien del pueblo.

Las camionetas habían llegado a su objetivo, abrieron todas las puertas a su paso, preguntando y gritando. Muchos escucharon y salieron rumbo a la iglesia a resguardarse, los muros gruesos eran lo suficiente para resistir toda la noche. En cuanto llegaron las puertas estaban cerradas, escucharon el sonido de las botas y los disparos. Gritaron para que las puertas se abrieran, pero fue inútil. Arrastraron a varios y a los que no se dejaron ahí mismo dispararon. Un vapor emanaba de la tibia sangre de las víctimas, enfriándose en cuanto tocaba el suelo. Fueron llevados hasta la explanada los pocos que sobrevivieron e interrogados hasta acabar con la paciencia de los soldados y policías. Los llevaron a enfilarse en varias líneas.

—Quiero agradecer a todo mi equipo por haberme ayudado en cada momento de la campaña, nunca podría haber llegado hasta este punto si no fuera por el trabajo de todos.

En cuanto el soldado pedía que apuntarán les hacía una sola pregunta «¿dónde están», entre los hombres y mujeres uno dijo «chingas a tu puta madre cobarde de mierda, nada más porque tienes pistolas culero», dieron la orden de disparar sin escuchar a otra persona. Los ancianos se acercaron y pidieron verlos, entre los gritos dieron la orden de golpearlos para no desperdiciar balas.

—Porque tal vez sea la única persona que vean, pero hay muchas personas que pusieron su granito de arena en esto y esas personas estarán conmigo en todo el proyecto.

Los aplausos dentro de la sala ahogaron por algunos breves instantes mientras levantaba las manos hacia los lados, como si pidiera aplaudir más y con una gran sonrisa las cámaras no dejaban de perseguirlo con cada gesto. Algunas otras grababan las lágrimas de las jóvenes inscritas en la doctrina desde hace años. Todo a puertas cerradas con varios policías resguardando las entradas. Mientras varios grupos de granaderos se resguardan detrás de barreras metálicas, tenían escudo, trajes especiales, macana y casco; esperaban una turba enfurecida que poco a poco derribaba las vallas metálicas. Pará cuando llegaron a la segunda capa de barreras los camiones antimotines usaron mangueras de agua contra los civiles relegandolos.

—Esta noche comenzará lo que tantos hemos peleado por obtener, nosotros lo hemos logrado y deben sentirse orgullosos de eso. Porque es por nuestro bien.

El cabello blanco de una mujer se observó entre la multitud, entre los dispares de los policías y la iglesia deambulaba confundidas. Comenzó a llorar en cuanto recordó la pérdida de sus hijos meses atrás, quería saber dónde se encontraban, los que vieron lo que sucedió le dijeron que fueron unos policías quienes se los llevaron. Fue hasta la barricada de policías a preguntar gritando «¿dónde están mis hijos, dónde están mis nietos?» mientras los golpes salían de todos lados uno alcanzó a la anciana derrumbándose. Las pisadas lastimaron sus costillas y los múltiples golpes previos impidieron que se levantara. Observó cómo un río de sangre bajaba por las escaleras de la iglesia consumiendolo todo mientras su respiración era lenta. Apoyó su cabeza sobre su mano para dormir un poco y cerró los ojos. Alcanzando a observar el rostro de uno de sus hijos que no había visto en mucho tiempo camino a su lado con alegría mientras sentía sus pequeños dedos entre su mano. La casa se encontraba en perfectas condiciones como cuando se terminó de construir, abrazo a su madre quien la esperaba sonriente y a sus hijas. No veía a sus nietos por ningún lado y por más que los llamaba no los veía. Aún así acompañó la comida con algunas risas y recuerdos del pasado.

Mientras escuchaba el discurso Victoria revisaba los papeles del estudio de la profesora Leticia, revisando cada archivo mientras sus amigos gritaban por ayuda para responder los papeles revisó decenas de documentos, algunos similares a los que ella tenía en su casa y otros completamente confidenciales. En el librero noto algunos libros desacomodados sólo para notar el fondo falso que había abierto la profesora Leticia, con cuidado sacó cada uno de sus documentos para revisarlos, uno en especial estaba en un sobre sin ninguna marca, lo sacó y comenzó a leer, estaba escrita con máquina de escribir mecánica, podría ser la única copia existente en todo el mundo. Una fotografía se callo entre los archivos y noto el rostro de su padre y su madre. Intentó gritar, pero los gritos de sus amigos la interrumpieron primero. Siguió leyendo el documento que era una específica lista de lugares, sucesos, movimientos y estrategias para un ataque directo tanto a Palacio nacional como a la cámara de diputados. Eran instituciones de bloqueo de cada calle, las principales unidades de policía y bomberos. Cada punto débil que debía ser interceptado y atacado. En algunos papeles tenía el nombre Operación Zipaktli. Teco entró bañada en sangre en la habitación cuando Victoria cerró el archivo.

—Tienes que ver esto —dijo Teco sofocada.

En la televisión seguía el discurso, pero esta vez las cámaras estaban enfocando a los kaibiles, entraron por docenas al recinto. Fueron aplaudidos hasta el cansancio.

—Ese maldito no está muerto —dijo Teco.

Tres de los kaibiles tenían quemaduras en el rostro y Teco los identificó rápidamente.

—Después de tanto tiempo —dijo el nuevo presidente—, saldrán a protegernos. Aunque algunos detractores dirán que no es necesario, en esta administración estamos hablando en serio cuando hablamos de seguridad.

Victoria temblaba en cuanto vio los uniformes de los soldados, pero esta vez por una ansiedad de encontrarlos uno a uno. Sin darse cuenta se había llevado el archivo con todas las instrucciones.

—Gracias por su atención, que Dios los bendiga a todos.

La programación volvió a todos sus programaciones. Los televisores mostraban decenas de programas diferentes, algunos noticieros enfocan a civiles haciendo destrozos mientras otros únicamente noticias internacionales de algún deporte.

—¿Qué es lo que vamos hacer? —preguntó Raúl angustiado.

—La profesora está estable —dijo Teco—, no sabemos cuándo despierte, pero está fuera de cualquier peligro.

Los teléfonos seguían sin parar, e incluso pareciera se duplicaron las llamadas recibidas. Victoria titubeaba con el archivo en sus manos.

—Creó que tengo una solución —dijo Victoria.

Capítulo 12 Lo que pudimos haber sido

A las afueras de la ciudad comenzaba a dictarse toque de queda desde las cinco de la tarde. Se podía observar una hilera de árboles en llamas rodeando todo el costado oriente de la ciudad de México, habían prohibido quemar fuegos artificiales para evitar la contaminación y fue cuando como único acto de rebeldía oscureció el ya contaminando aire de la capital. Leonardo llegó hasta el más grande de pirules, donde había escalado cientos de veces y corrido alrededor durante horas. El fue casi había consumido por completo el árbol de todas sus memorias, se arrodilló a veinte metros de distancia donde el calor era tolerable, tocó la tierra hecha polvo y sintió por unos momentos mi hogar.

Siguieron caminando en las afueras del pueblo de Leonardo, caminaron entre las últimas casas que cerraron las ventanas en cuanto vieron a ese extraño grupo de hombres armados con máscara de madera. Siguieron entre platos de maguey, tierras ya barbechadas y callejones sin una pizca de asfalto. Lo primero que vio Leonardo fue el observatorio de su casa en un negro tizne. Al entrar solo quedaban algunas partes, castillos, pero su interior fue consumido por el fuego. Victoria toma distancia para dejarlo a la expectativa de sus recuerdos, cuando el tiempo pasado era mejor, perdiéndose entre especulaciones de los restos de aquellos objetos que significaron algo hace no tanto tiempo.

—Victoria tienes razón —dijo en voz baja Leonardo.

Victoria se apresuró al escucharlo y se acercó. Estaba justo enfrente de la puerta del estudio de su padre.

—¿De qué hablas? —preguntó Victoria.

—Sabemos menos de lo que decimos o creemos saber —respondió Leonardo.

—Eso ya no importa —dijo Victoria—. Debemos de averiguar lo que pasó aquí.

—¿Acaso importa? —dijo Leonardo.

—Si quieres con consejo —dijo Victoria—. Saber lo que pasó es lo único que importa.

—Sabes —dijo Leonardo—. Recuerdo una ocasión que vacunaron a mis padres. Al día siguiente me sentía bien, como si nada.

Veía sin interés un hermoso patio con flores e insectos esperando tranquilo esperando la tempestad habitual, la cual nunca salió. Me sentía vacío de alguna manera, cuando de repente el sonido de la perilla enfocó mi vista a la puerta. Mi padre entró.

—Llegas muy temprano— me dice con sorpresa al verme sentado.

—¿Temprano para qué? —no entendía lo que decía, mi mente estaba completamente en blanco.

—Tu lección diaria, hoy veremos las z, es tu última lección del alfabeto y hoy mismo comenzamos con las palabras, si no podes recreo lo más posible es que hoy mismo puedas leer.

Mi clase de gramática, durante un año mi padre trató de enseñarme a leer, todo el alfabeto nos tomó once meses. Pero ese día no podía recordar ni las letras de mi propio nombre. Me sentía inmerso en una profunda soledad, un vacío en mi existencia como si no tuviera un pasado, así me imagino que se han de sentir los niños al nacer, sin ningún tipo de sentimiento, experiencia o definición.

La clase comienza con un repaso de las letras anteriores y culminando la clase en la z.

Ejercicios de escritura, creación de sílabas y articulación de palabras.

—"z", zorro, zo…rro.

—Zorro— Podía identificar y leer las letras con facilidad, lo que por mucho tiempo nunca logré en clases anteriores. Mi padre observa como mi vista está fijamente en los libros, leía su portada en voz alta como palabras.

—La Ilíada, la odisea—. Incomprensible para mí. —Algunos otros nombres más largos como. —Las torres del olvido, el castillo de cristal—. Algunos otros que tenían significados incomprensibles y de nombres largos—. La conspiración en Bizancio, La rebelión de…—. Un libro tan grande que no puedo sostener antes de terminar de leer el título.

—Ten cuidado hijo, creó que todavía eres muy joven para eso.

—¿Papá?

—Si

—¿Qué es rebelión?

—Oh bueno, ese es un tema que profundizaremos más adelante.

»Ese mismo día terminé mis primeros libros infantiles y sin ninguna dificultad terminé cinco. La noche sin darme cuenta me arropo en su oscuridad y la luna ilumina las letras de mis libros. Mi padre hace tiempo se marchó, de pronto las cortinas comenzaron a replegarse, mi lectura fue interrumpida, levante la mirada y la gire hacia la cortina, no había mucho que podría hacer anteriormente trate de quitarle en una ocasión, un escape frustrado por el paso de las cortinas, de una tela muy gruesa e impenetrable, la oscuridad no me dejaba ver mis propias manos. Unos segundos permanecí en silencio después de que el mecanismo encargado de cerrar las cortinas se detuviera, cuando un segundo mecanismo se escuchó, una luminiscencia provino del techo, captó mi atención, cerré mi libro y compense a correr hacia la escalera del librero llevándome a un pasillo.

Leonardo se movía entre los pasillos describiendo la ruta mientras Victoria lo seguía.

»Que me llevó al otro lado de la habitación a una segunda escalera, a su vez a una tercera escalera; antes de ese momento no recuerdo nunca haber estado en ese pasillo, un segundo estudio apareció poco a poco, iluminado por las luces de las estrellas, el día que rompo mis límites termina con un "nunca había observado el cielo" de esa manera.

El piso y la estructura comenzaba a resquebrajarse, el latido de Leonardo comienza a latir muy fuerte y el recuerdo del firmamento estrellado desaparece para observar nubes de humo ascendiendo entre el crepúsculo del ocaso. La mirada de desilusión de Leonardo mientras los últimos recuerdos de su hogar se convierten de ceniza. Uno de los Nahuales llega corriendo hasta el lugar y le habla a Teco quien asiente.

—Tenemos que irnos —les dijo Teco a los dos chicos.

Mientras bajaba la luz del sol consumía en oscuridad las escaleras, las ventanas, los pasillos y los libros.

—Ejecutaron a muchas personas en la explanada —dijo Teco—, no permiten que se lleven a sus muertos si no pagan. Leonardo, ¿qué quieres hacer?

Leonardo comenzó a caminar entre el tumulto de gente que se empujaban los unos a los otros, no traía su máscara, pero sus ojos se tornaron carmesí. Esquivaba cada golpe mal dirigido y caminó hacia donde se encontraba un hombre sentado con la lista de los identificados. Algunos policías trataban de ahuyentar a las ratas mientras otro a las aves carroñeras. Fue cuando al pie de las escaleras de la iglesia observó el dorado brillo de una cabellera blanca. Levantó la mano, sacó una pistola, la sintió ligera por primera vez y la activó. Los naguales descendieron de los edificios disparando y derribando a los policías. Entre el caos los civiles comenzaron a quitarle las armas a los policías, la poca confianza de la ciudadanía se había terminado y los naguales de igual forma comenzaron a quitarles las armas.

Continuó caminando hasta llegar al pie de las escaleras. Sus manos movieron con mucho cuidado el frágil cuerpo, su mente trataba de alejarse completamente de ese momento cuando hacía la cabeza a su pecho y logra notar el rostro de su abuelita. Se notaron manchas moradas en su rostro, donde su cuerpo ejerció presión, los naguales observaron y reconocieron el dolor en el rostro de Leonardo. La abrazo tratando de devolverle la vida con su grito mientras sentía una agonía en su corazón, podía sentir el cuerpo sin ninguna tensión muscular, sentía el frío de la piel y trataba de acomodar sus dedos rígidos.

—No, no, no —se repetía incansablemente—, por favor...

Sus súplicas eran para aquel que pudiera hacer algo, para quien pudiera cambiar algo, pero si alguien las escuchó entre los lamentos de cientos de vivos por sus muertos. Nadie hizo algo. Levantó el cuerpo de su abuelita con el mismo amor que ella lo levantaba cuando recién nacido. Lo sentía ligero mientras caminaba a través de los últimos rayos solares y los primeros destellos del firmamento estrellado. Sus amigos intentaron ayudarlo, pero este se negó. Su rostro destrozado por las lágrimas y el llanto eran indescriptibles para quien nunca había conocido ese dolor.

Teco organizó a los naguales quienes con cuidado disminuyeron las pilas de cadáveres, preguntaban quienes eran sus muertos, registraban las huellas y las descripciones topográficas de cada uno. Consolaban a quien requería un abrazo y llevaban todo el proceso con riguroso cuidado.

—¿Podrán estar solos? —preguntó Victoria.

—Pará esto nos entrenó —dijo Teco.

Al llegar a su casa encendieron una fogata, buscaron por todos lados alguna caja en las funerarias y los carpinteros, pero en todos lados se habían agotado. Decidieron crearla ellos mismos con la madera que quedaba de la casa. Leonardo en esta ocasión decidió abrir la puerta del escritorio de su padre donde parecía no había entrado el fuego, los libros se encontraban en su lugar y la biblioteca estaba hecha de madera.

—Roble blanco —dijo Victoria.

Una pequeña brecha de luz de la fogata lograba entrar a la biblioteca mientras Leonardo recordaba. Raul y Victoria estuvieron con él todo momento mientras los demás reacomodaron los libros para sacar la madera.

—Aún recuerdo los días soleados de primavera —dijo Leonardo—, ustedes y yo solíamos correr a mi casa "la casa fea del monolito", al llegar nos esperaba una vaso de limonada hecha por mi mama.

Mi casa tenía dos pisos, la parte superior poseía una habitación más elevada que la planta completa en la cual se encontraba la biblioteca y estos libros es donde nace mi amor por el conocimiento, donde cada noche veía, estudiaba e imaginaba mundos y estrellas durante tanto tiempo, al grado de quedarme completamente dormido en el sillón, mis padres me llevaban cargando a mi cuarto incontables ocasiones.

» Eran buenos tiempos para creer en un mañana mejor al dormir por las noches, ahora el fuego lo consume todo, mi casa, mi hogar pero no mis recuerdos, no, ellos me atormentan a cada paso, quiero ver los campos donde competía ustedes por ganar un primer lugar, eran campos dorados que reflejaban la luz de sol a tal manera que parecen velos dorados a la distancia, entre una de muchas competencias y entre una de mis grandes derrotas mi antagonista tenía un cabello aún más dorado, era hermosa, sonriente y muy presumida.

»En aquella ocasión compartimos nuestro día y nuestros sueños con la confianza que sólo los niños pueden poseer, todos tenían una respuesta a la misma pregunta hasta que me pregunto.

—Leonardo, ¿dónde estarás cuando seamos grandes? Digamos 20 años en el futuro.

—Ehh...

Y antes de poder contestar fueron llamados por sus cuidadores para llevarlos a sus casas, como la invité a mi casa mis padres tenían el deber de llevarla a casa, así que pidió permiso para que jugamos hasta el anochecer lo cual pudo conseguir.

Rápidamente me reto a la última carrera del día hacia el último y más grande de los árboles en kilómetros, fueron tan solo unos segundos pero aún recuerdo el momento tan claro como si hubiera pintado un cuatro de cada instante solo para admirar durante años, su cabello flotando en el aire, su sombra delineando su figura en el piso en incluso el brillo del sudor en su cuello, todo perdido en el tiempo y como único testimonio mis recuerdos.

Al llegar a la meta no podíamos hablar de lo cansados que estábamos., en fin no discuto victorias ganadas ni derrotas pérdidas, solo subimos a la rama más baja para observar el.

—¿Sabes que Leonardo?, al final en los próximos años solo quiero estar con todos ustedes y contigo.

«Su expresión cambió y se ruborizó, tenía un color rosado por todas sus mejillas, me observó hasta que el último rayo de luz mostraba nuestro rostro, después ella se acercó de tal manera que sentí como el tiempo se detenía, me dejó acercarme más y más a su rostro, hasta que nuestros labios se conocieran. Ahora no tengo nada.

Victoria se acercó a Leonardo para darle un abrazo, de igual forma Raul se acercó.

Después de varias horas trabajando en la caja de madera, cuidando los detalles, decidieron descansar alrededor de la fogata. Sus manos estaban pintadas por los barnices y la pintura. Minutos después llegó Teco con una jarra de café.

—Se hacen rezos en conjunto —dijo Teco—. Pará que todos tengan la posibilidad de que se las rezanderas y nadie quede excluido. Las lonas se están armando en estos momentos, la gente comenzó a donar azúcar y café. Es una comunidad muy unida.

Todos quedaron en silencio mientras repartían una taza de café cada uno. Después de varios minutos se quedaron observando a Victoria.

—Entonces Victoria —dijo Teco.

—¿Qué? —dijo Victoria.

—¿Cuál es el plan? —dijo Teco.

—Es el último plan —dijo Victoria—. No hay otro y sin la profesora Leticia no habrá otro.

Las miradas se colocaron sobre Teco.

—Ella estará estable, pero no sé por cuánto tiempo. Tal vez siete días.

...

El cielo se encontraba con un color ocre, en las noticias habían hecho los recuentos de las festividades del Guadalupe Reyes y una de ellas es la prohibición de la circulación de varios automóviles. Aumentando la afluencia y saturando los camiones del servicio público. Destacaba un camión verde con gris típico de la ruta y las letras "angelitos y diablitos" escritas en la parte trasera, iba hacia el sur en la avenida Circunvalación, lleno de bolsas de plástico y varios pasajeros sentados. Algunos hombres colgados de unidades del transporte público similares veían con extrañeza que todos estuvieran sentados mientras se detenía y se colgaba un pasaje más. Mientras veía como angelitos y diablitos se marchaba hasta llegar a la intercepción de Corregidora donde descendieron dos grupos. Dispararon granadas de humo en la base de los edificios de cada esquina, las personas comenzaron a huir, fue cuando tres figuras bajaron del camión, una tenía la máscara del venado, otra la de un lobo blanco y la última de jaguar. Los locatarios vieron con horror y con un silbido en particular avisaron a todos los demás, un silbido reservado para cuando policías registran la zona, los vendedores ambulantes, algunos compradores y personas en general comenzaron a encerrarse detrás de las cortinas que bajaban con velocidad de cada local. Mientras tanto los enmascarados disparan a las llantas de los vehículos estacionados haciendo una barda. Seleccionaron dos grandes camiones para derribarlos y moverlos en dirección al zócalo. Las máscaras comenzaba a funcionar con el cuerpo de cada hombre, el venado logró arrastrar uno de los camiones y el lobo de igual manera, había una pequeña brecha entre los camiones donde seguían disparando, las fuerzas policíacas llegaron diez minutos después, hicieron poco, no le puedes disparar a las llantas de un camión que está siendo arrastrado. El humo y el calor hacían insoportable quedarse ahí durante mucho tiempo. Del otro extremo avanzaban rumbo al congreso de la Unión donde las personas corrían en manda. Las televisoras llegaron en los siguientes minutos a cubrir la nota, lo primero que observaron fue el humo de varios locales y algunos automóviles incendiados "parece el infierno" dijo un reportero. Simultáneamente en toda la calle de Circunvalación estaban siendo detenidos varios automóviles e incendiados entre los cruces y las divergencias de las calles.

Las primeras órdenes directas para detener el percance fue parar el metro en la línea azul. Cada centímetro de la calle era peleado con mil ráfagas de fuego, las primeras unidades especiales estaban llegando al lugar listas para disparar y eso hicieron. Las balas parecían rebotar de los chalecos de aquellos enmascarados. Usaban balas de plástico y rifles de asalto haciendo retroceder a las unidades policíacas. Victoria escuchó como los vagones del metro estaban repletos, las pisadas de cientos de soldados inundaron el gran zócalo de México, la mayoría entró al Palacio Nacional llenando con francotiradores la azotea, en cada ventana un agente y en cada pasillo. Un segundo grupo fue por calles secundarias hasta el Congreso de la Unión donde se había celebrado hace unos días el discurso del presidente, manifestantes en la zona este fueron los primeros en ser desalojados. Victoria comenzaba a mover los refuerzos, los cinco camiones de naguales bajaron de los camiones para colocar explosivos incendiarios en varios edificios. Los disparos se detuvieron por las indicaciones de un altavoz que quería negociar. Un disparo directo al altavoz terminó por utilizarlo.

Varios minutos atrás decenas de hospitales eran intercedidos por las fuerzas de Teco, quien no encontró mucha resistencia, ocultando entre decenas de hospitales cirugías múltiples anunciando por la radio la localización de un líder en alguna de las camas de hospital. Los llamados por teléfono al C5 inundaron sus líneas telefónicas, las cámaras iban desapareciendo con cada disparo y otras simplemente se apagaban a distancia dejando un sombrero de copa como fondo de pantalla. Policías acudieron a casi a cada llamada de los hospitales pidiendo apoyo al C5 para buscar alguna imagen de lo que estaba ocurriendo y alguna imagen pasada. No encontraron nada, decenas de horas de grabación estaban siendo borradas de los discos duros hasta ver la posibilidad de apagar los servidores. Las carreteras federales de igual forma fueron tomadas para ser liberadas, nadie podía tomarlas y los intentos por hacerlo terminaban en la destrucción de patrullas. Cuando anunciaban que no podían detenerlos comenzó a surgir un efecto dominó donde aparecieron desde pequeños asaltos a casas hasta la destrucción de algunas zonas. Algunos antiguos barrios comenzaron a marcar los límites de cada zona colocando varios centinelas en las calles de entrada y a una señora chismosa que podría reconocer a todos los habitantes de su comunidad. Fue cuestión de tiempo para que no permitieran la entrada de policías, las colonias colmenas le siguieron usando automóviles desvalijados para cerrar todas las entradas secundarias. Victoria recibió reportes de todo lo acontecido mientras observaba el avance de las fuerzas militares en todos los frentes. Sintió como se acercaba, como respiraba y como se movía arriba de cada azotea.

—Ya están aquí —dijo Victoria por la radio.

Subieron por las paredes hasta las azoteas y volvieron a mover los camiones para seguir disparando.

El humo había tomado una tonalidad naranja casi carmesí mientras la silueta de tres figuras aparecieron. Tomando una forma definida, un uniforme bien planchado, insignias en todas partes, armamento militar y un rostro animal debajo de pintura verde.

—Tan pronto me extrañaste —dijo mientras se alejaba de su equipo.

—Esas armas no funcionarán conmigo —dijo Victoria.

Los primeros disparos de arma de fuego de Fernanda fueron fácilmente esquivados por Victoria, el color carmesí de sus ojos lo denotaba. Los dos soldados cuyos rostros monstruosos eran como los de un burro, pero igual forma se podría decir que eran de una quimera. Se enfrentaron puño a puño hasta que fueron embestidos por Leonardo y Gabriel.

Los disparos en las azoteas eran igual de intensos que en las calles. Los helicópteros no podían ver nada por el humo y en algunas partes no podían acercarse por las llamas. Continuaron de esa manera sin descanso, mientras la respiración les faltaba, cuando no podían distinguir las formas y mientras el sol consumía su fuerza.

Victoria recordaba lo que le había dicho horas atrás en una fogata casi extinta.

—La misión más importante es la de Circunvalación —dijo Victoria mientras veía el fuego—. Será la posición en la que se tendrá que mantener y preservar cada centímetro del piso. No podemos perder esa posición o todo se vendrá abajo.

Mientras buscaba su objetivo vio como Fernanda descendía detrás de las líneas enemigas, "¿cuál es su propósito? " se preguntó Victoria. La siguió hasta una posición silenciosa donde se encontraban algunos altares a Santos y a la Virgen de Guadalupe, entre los estrechos callejones y donde apenas se escuchaban los ruidos de las balas. Cuando la encontró le apuntó a la cabeza y apenas le dio tiempo de esquivar, la percusión del disparo hace que su oído zumbe y no pueda escuchar.

Intercambian golpes y Fernanda huyó internándose más en territorio enemigo. Salen de esos pequeños callejones Victoria observa a un grupo de soldados intentar atacar por la espalda, los logra interceptar golpeandolos, haciéndolos volar por los cielos y uno de esos golpes le logra quitar el casco a uno. De inmediato lo reconoce, fue uno de aquellos hombres, pensó que todo este tiempo había permanecido en la capital mientras ella tenía que huir como un criminal. Su máscara comenzó a moverse imitando los gestos de su rostro. Su mano ahora tenía unas afiladas garras y cuando lo sostuvo lo levantó como si se tratara de un juguete. Le quitó el chaleco antibalas, se regocijo en su mirada de miedo y lentamente comenzó a clavarle sus garras en el pecho. Sintió como sus lágrimas mojaban su mano y como se retorcía de dolor mientras comenzaba a quebrar sus costillas.

—Es increíble ¿no? —dijo Fernanda—. Ver cómo se revuelcan en su propio dolor. Sus reacciones al conocer el verdadero poder. Fue difícil encontrarlo, sabes, cuando me informaron que la profesora Leticia buscaba a algunos soldados me decepcioné un poco. Pensé que me había cambiado por algunos soldados que nunca llegarán a ningún lado. Pero cuando me enteré de lo que te habían hecho, todo tuvo sentido.

El olor a mierda y oride comenzaron a inundar el olfato de Victoria, no solamente del hombre que tenía en su mano, o de la calles, ese olor provenía de quienes escuchaban los disparos dentro de las cortinas de metal. Se detuvo y observó cómo algunos nahuales estaban en el suelo. Se detuvo y apuntó su arma hacia Fernada.

—¿Por qué las personas siempre me decepcionan? —dijo Fernanda.

Le quitó el arma y comenzó a golpearla. Sus ojos estaban completamente rojos y su rostro había cambiado hasta volverse rojos. Victoria trató de reaccionar, pero a pesar de ser más fuerte, Fernanda daba golpes precisos, hasta que fue derribada. En el suelo Fernanda usó la propia arma larga de Victoria para asfixiarla.

—Yo creía que la profesora Leticia era la única persona que jamás podría decepcionarme —dijo Fernanda—, pero lo hizo de todas formas. Me sacó de las calles solo para que me usara, a mi y a mi hermana. ¿Para qué?, solo eramos conejillos de indias. Te di la oportunidad para que hicieran justicia por ti misma, ¿crees que algún juez podrá hacer algo?, ¿crees que pagará por sus crímenes? ¿Por qué lo hizo?

Victoria observó cómo el soldado confundido huía de ese lugar, su ropa estaba destrozada y por un instante observó dos pequeñas protuberancias con algunas plumas dispersas.

—Morirá de todas formas —dijo Fernanda—. Y ni siquiera tendrás la satisfacción de morir por sus crímenes. Al igual que tu, morirá entre la mierda sin haber hecho algo importante.

La fuerza de Victoria se perdía a cada segundo, sus ojos rojos ya no le proporcionaban la fuerza necesaria para enfrentarse a ella. Fernanda apenas y pudo ver el golpe antes de sentir un fuerte dolor en el rostro.

—Tus amigos eran igual de molestos —dijo Leonardo.

La máscara de Leonardo dejaba notar pequeños cambios, se podía observar un pelaje dorado y unas astas brillantes.

—Con qué tú eres el caza demonios —dijo Fernanda limpiándose el rostro.

—Lo lamento Victoria —dijo Leonardo.

Gabriel ayudaba a levantar a Victoria con cuidado.

—No te preocupes Leonardo —dijo Victoria—. Llegaste justo a tiempo.

—No —respondió Leonardo—. Nunca me moví, lo lamento mucho. Cuando te pasó eso no pude moverme, solo lloré como un niño asustado. Solo había un guardia cuidándonos, si tan solo lo hubiera vencido. Podríamos haber llegado a tiempo para salvarte.

—Te entiendo —dijo Victoria—. No podemos cambiar el pasado, ni las cosas malas que nos pasaron. Pero podemos luchar por un futuro mejor.

Gabriel sostuvo a Victoria con cuidado. Hizo que rodeara su cuello y comenzaron a caminar para perder el entre el humo.

Fernanda comenzó a disparar, Leonardo esquivó cada una de las balas e incluso respondió el fuego.

—Creo que podemos hacer una pequeña reunión de exalumnos de la profesora Leticia —dijo Fernanda mientras calculaba las posibilidades.

Leonardo se quedó callado, observó a su enemigo mientras cientos de ruidos colapsaron a su alrededor. Varios edificios estaban siendo destruidos en sus pilares principales por los disparos cruzados. Las balas se terminaron pronto entre ellos dos. Fernanda sonrió y se acercó a Leonardo, comenzó a golpearlos brutalmente en las costillas, en el estómago y en la cara. Cada golpe podría haber matado a un hombre y cuando Fernanda comenzó a cansarse. Leonardo detenía cada golpe con el costado de su antebrazo y esquivaba los golpes de las garras. Leonardo recordó el uniforme de los soldados que veía, el uniforme de la policía y los escudos hipócritas de protección. El primer golpe fue en la boca del estómago y después un rodillazo en la cara. Cada golpe acertaba en el rostro de Fernanda, quien intentaba con desesperación esquivar. Se detuvo para que Fernanda no se cayera, respiro profundamente recordando el peso en sus brazos de su abuelita y toda la furia que sintió en ese momento; los golpes después comenzaron a ser brutales entre los dos, con la pura intención de matar. Victoria se acercó a uno de sus camiones para recibir un poco de oxígeno.

—Es hora de marcar la retirada —dijo Victoria.

—¿Estás segura? —dijo Gabriel—. Creo que estamos ganando.

—No podemos ganar más tiempo —dijo Victoria—. ¿Sabes qué tengo que hacerlo de verdad?

—Te refieres a siempre cargar con todo, incluso con lo que no te corresponde —dijo Gabriel—. ¿O hacer que?

Por fin había terminado el último truco, cae el telón, continúan caminando sin rumbo en la calle dejando atrás una explosión, sus oídos tenían un zumbido extraño, su lucidez y poco visibilidad podría describirse como un estado de limbo. «A tan sólo unos metros delante de mí se encontraban los últimos guerreros en esta guerra personal en la que me encuentro, condene a cada hombre y mujer a mi mando, ellos sabían este último resultado, tomaron la decisión de morir donde ellos querían, su ciudad», pensó Victoria. Levantó la mano y disparó una bengala roja. Todo el mundo la observó y sus aliados respondieron con una bengala del mismo color, comenzaron a mover máquinas por toda la calle, a arrojar gasolina, llantas por todo el lugar. Incendiaron los camiones que habían utilizado y activaron las máquinas de humo.

Por unos segundos todos los disparos comenzaron a parar, cada nagual se ocultó entre el humo. Fue cuestión de tiempo para que inundara los locales y las vías aéreas de cada estructura. El silencio haya afuera comienza a ser grave.

Todos los naguales se retiraron entrando en esa neblina, comienzan a toser un poco y a sentir un dolor indescriptible, casi en agonía. Su vista se perdía, sus ojos lagrimeaban. Los francotiradores comienzan a buscar una posición donde se pueda observar algo, pero su intento era inútil. Algunos policías comenzaron a adentrarse en la gruesa neblina al no escuchar ningún arma de fuego.

Mientras hacía una seña con las manos cuatro hombres se adelantaron tratando de cubrirse la boca. Dos hombres sostuvieron a una sombra que alcanzaron mientras trataba de correr por otra.

—Solo vine a comprar —decían lamentándose.

Gabriel se quedó quieto, petrificado con la piel erizada mientras se acercaban, un soldado levantó su mano y la descendió velozmente apuntando a la zona donde aún se encontraba Leonardo.

Varios soldados comenzaron a entrar mientras los ruidos eran mientras confundidos tratarán de buscar a los agresores el humo comienza a cobrar sus primeras víctimas. Gabriel comienza a golpear a algunos para noquearlo y es cuando envían más soldados para sacar a sus compañeros caídos. Los nahuales hacen lo propio, turnándose para cazarlos individualmente, siempre tratando de que sean silenciosos, tomando periodos donde descansan en los camiones donde se encontraban tanques de oxigenos. La mirada de Gabriel era diferente, sus ojos rojos como si intentara llorar a la vez que una furia comenzaba a consumirlo, uno a uno siguió atacando y esta vez los gritos de sufrimiento comenzaron a mermar preocupación en los corazones de los demás.

Victoria trataba de calmarse mientras sentía el oxígeno de su tanque calmar un poco la tos, decide usar las máscaras, su último recurso, como si no estuviera seguro de lo que estuviera pasando, su mirada cambió al cielo en donde una de las ventanas en lo más alto se quebraba por el paso de dos hombres haciendo rapel, cada vez estaban más cerca. Descendiendo como si nubes se tratara pronto encontrándose a espaldas de Leonardo. Victoria observaba con una mirada cuidadosa a las Nahuales restantes. Retando a los soldados con las armas improvisadas que tenían, cada golpe era forzar a un cuerpo ya cansado y apenas respirando.

Victoria levantó el brazo en señal de retirada, al descenso de su brazo los demás comenzaron a silbar mientras que Gabriel reaccionaba ante la señal, usando algunos tubos y macanas que tenían los primeros grupos de diez policías. Leonardo comenzó a contra a atacar al igual que Fernanda, aparecieron pequeños grupos de policías que debía vencer Leonardo antes que el número estuviera en su contra. La poca visibilidad era su única ventaja. Atacando en la oscuridad mientras uno a uno caía, al mismo tiempo cinco policías más se acercaban. A pesar de la confusión no podía darse el lujo de permitir que alguien se levantara, golpeaba, pateaba y se protegía . Su corazón agitado comienza a cobrarle la factura en cuanto vio que el humo se disipaba, los pocos en pie eran atacados de dos en dos según la cercanía, un chico despistado en medio de la calle que no había hecho otra cosa que ir a comprar se lo llevaban arrestado los policías, Leonardo no pudo hacer nada solo observar. Las máquinas de humo comenzaban a fallar y los grupos antimotines con máscaras llegaron de igual forma. Fernanda observaba los golpes cansados de Leonardo y cómo los policías comenzaron a fatigarse. La explosión de una Granada usada por Fernanda hace volar por los cielos a Leonardo. La única que lo pudo notar fue Victoria, quien rogaba que hubiera explotado cerca de su amigo. Salió del camión con la máscara de nagual y un filtro pequeño.

—Hola Leonardo —dijo Fernanda—. Por fin te encuentras donde mereces.

El rostro de Leonardo reflejaba una sonrisa detrás de la máscara.

—Irónicamente —dijo Leonardo—. Siempre pensé lo mismo, tu tapando el sol que molesta mi rostro.

Fernanda patea su cara quitándole la máscara, esta se rompe en dos por el impacto. El golpe le deja un zumbido que no lo deja escuchar muy bien. No es capaz de escuchar las detonaciones y es cuando su rostro es eclipsado una vez más, está vez por Victoria.

—No sabes cuánto me alegro de verte— dijo Leonardo—, y a todos ustedes, gracias, por estar conmigo, por ser mis amigos y hermanos, gracias por encontrarme, antes de ustedes estaba perdido en una profunda soledad, no conocía a nadie ni a nada.

—No te esfuerces por favor —dijo Victoria, después silbó en señal de ayuda.

—Y perdonen por alejarme —dijo Leonardo—, pero los viejos hábitos son difíciles de eliminar, gracias Raul, Gabriel e Ximena por ser mis mejores amigos, perdonen por no ser lo suficientemente abierto con ustedes, a pesar de tantas cosas que hicimos juntos no les demostré la gran confianza que les tengo, aún espero brindar una vez más con ustedes.

Victoria revisó el cuerpo de Leonardo quien tenía múltiples orificios, comenzaba a sangrar pequeñas gotas de sangre. Su vista se vuelve borrosa y trata de llevar sus manos a sus ojos.

—Gracias a ustedes chicas Victoria, Adriana y Sofía mis hermanas —decía Leonardo sutilmente—. mis amigas y a veces mis confidentes a pesar de ser tan diferentes siempre gozamos nuestra vida juntos, ustedes siempre compartían la preocupación por nosotros sus amigos, siempre trataban de unirnos a siempre estar dispuesta a compartir una bebida más, aún me falta tantas cosas por decir y aún más cosas por hacer juntas.

Sentía los párpados cansados, casi se encontraban cerrados. Victoria lo colocó sutilmente en el suelo, observó a Fernanda que se estaba integrando.

—Él hubiera hecho un mejor trabajo que tu —dijo Fernanda—. Al Menos no te hubiera dejado morir como a un perro.

—No morirá hoy —dijo Victoria.

—Tal vez sobreviva —dijo Fernanda—. Pero en cuanto llegue a un hospital irá a prisión, acusado de todos los cargos que le pueda inventar.

Victoria se levantó, observó a su enemigo, estaba cansada y débil. Respiró profundamente, cerró las manos con todas sus fuerzas y levantó los puños en señal de defensa. El humo ya se había alejado de esa zona y a unos cuantos metros se podía observar camiones antimotines apagando el fuego de los autos encendidos.

—¿Por qué no te haces un favor y te rindes? —dijo Fernanda—. No tienes a donde huir.

Victoria se quedó completamente quieta, sus ojos rojos brillaban intensamente, este era el momento. Fernando embistió primero, en esta ocasión Victoria dio un paso hacia atrás esquivando, levantó los brazos para proteger los costados y cuando tuvo un oportunidad golpeó directamente su rostro. Cada golpe en honor de uno de sus amigos, de los amigos que murieron y el último fue de ella. Fernanda agotada y maltrecha cayó al suelo. Gabriel llegó con un botiquín médico directo con su amigo, cortó su playera y trato los pequeños orificios en su cuerpo. Victoria se hincó y trató de ayudarlo.

—Debemos irnos —dijo Gabriel.

Victoria dio la señal con tres silbidos profundos, las máquinas humo fueron apagadas, algunos automóviles de igualmente y las personas en los locales comenzaron a salir asustados, observaron la zona de guerra a su alrededor, apenas y conocen las calles por donde habían pasado minutos atrás, sentían que habían pasado semanas en esos lugares. Policias comenzaron a hacer un pequeño retén, el primero comprador era un chico que tosía y pedí ayuda, le negaron el paso ordenandole quedarse. Las televisoras llegaron de inmediato después de que el humo despejara los cielos. Llegaron diez más, después cincuenta, luego cien y al final una turba ansiosa de salir de ese lugar, alejándose de los autos aún en llamas.

Las personas confundidas comenzaron a tomar algunas fotografías con sus celulares, algunos con pantalla táctil y la mayoría de botones. Varios comenzaron a desmayarse por inhalar los gases tóxicos emanados de los restos de la materia ya carbonizada. Los policías trataron de contener la situación, pero fueron superados una vez más. El mar de gente comenzó a inundar las calles siendo imposible distinguir entre hombres, mujeres o nahuales

—Es hora —dijo Victoria—. Usaré mi máscara para distraerlos mientras tratas de salir. Vayanse

—No —dijo un morivundo Leonardo—. Llegamos juntos, nos vamos juntos.

Victoria ayudó a Leonardo a levantarse, siguieron caminando hasta confundirse entre la gente mientras Gabriel trataba de abrir el camino. Algunos policías comenzaron a arrestar a todos los que se encontraban cerca del lugar. Siguieron caminando hacia el sur, hasta llegar a las escaleras del metro que ya estaba completamente lleno. Algunos estaban tratando de recuperar el aliento, otros estaban tratando las heridas de las balas de goma de la policía, uno estaba noqueado por las bombas de agua de los vehículos antimotines. Reconocieron el rostro de muchos naguales y los naguales los observaron, algunos asienten con la mirada en señal de entendimiento. Deben dispersarse, a cada uno se le dio una ruta específica y nada más, si por alguna casualidad fueran capturados los demás estarían a salvo. Algunos niños se habían desmayado en los brazos de sus padres por el humo, Gabriel quería ayudarlos al igual que Victoria. Muchos reciben ayuda de enfermeros que se encontraban cerca, estaban dormidos, pero la desesperación de sus padres era la verdadera preocupación. Leonardo intentaba mantenerse despierto, no quería desmayarse, se preocupaba por la sangre sin darse cuenta de las manchas de sangre como pinceladas en el suelo y las formas de las suelas de los zapatos. Muchos comenzaron a gritar en espera del metro, en las noticias informaban que cerraron todas las estaciones cercanas a lo que denominaron como la zona cero, las televisoras comenzaron a transmitir en vivo las imagenes por todo el mundo, algunos comenzaron a catalogarlo como un ataque terrorista, otros acusaron al crimen organizado y los más atrevido a sociedades secretas en búsqueda de igualdad. Los policías examinaron los camiones vacíos y acudieron a los hospitales los cuales ya se encontraban trabajando con normalidad.

Mientras se mezclaban entre la multitud esperaban pacientes el metro, los andenes estaban a punto de reventar y justo cuando la gente comenzaba a golpear por un mejor puesto entraron en las dos direcciones, completamente básicos y tardaron unos pocos segundos en llenarse. Esperaron al segundo, antes estaba perdiendo mucha sangre y apoyaba su peso con Victoria, quien estaba pensando en las palabras de Pedro Adriano cuando le pidió ayuda para este plan.

—Un líder —dijo Pedro Adriano—. Eso es lo que necesitamos, alguien que este afluente cuando se desate el conflicto, vean lo que están haciendo, dividir un país quebrado.

—Y supongo que usted caballero se propone comandar las fuerzas aliadas a la guerra —dijo Victoria—. ¡usted es el mejor y el más apropiado!

—Perdonen ante todo la intromisión a su pequeña junta de seudo líderes —dijo Pedro Adriano—. Hablando de una invasión a la capital a puertas cerradas, ahora que no solo está reforzada por el ejército del comandante del tercer regimiento, el único al que ni ustedes ni mis hermanos hemos visto mucho menos vencido en combate, el general de más alto rango y él que nos ha quitado la posibilidad de vencer en el pacífico.

—Él sólo es un hombre —dijo Victoria—. Nuestras fuerzas lo superan en número.

—Y ellos nos superan en armamento y experiencia militar —dijo Pedro Adriano—. El único ejército capaz de detenerlo está en el golfo de Veracruz, el único ejército que puede detenerlo no moverá un dedo hasta que su líder no se presente. Podrán enfrentarse a los policías, pero cuando llegue el ejército será cuestión de tiempo.

—Necesitamos armas —dijo Victoria.

—Y puedo darles —dijo Pedro Adriano—, pero no les servirá de mucho.

—¿Por qué? —dijo Pedro.

—Les contaré una breve historia, una historia que parece tener final —dijo Pedro Adriano—. Durante muchos años Máximo trató de saber la verdad, escalar un peldaño por un peldaño, mientras más se hundía en la profunda oscuridad de este mundo, más quería saber cómo detener la inmundicia que nos rodea. Por años subió en la escalera del gobierno hasta que ya no pudo, mucha gente veía en él una amenaza, así que para escalar en cada peldaño se hizo de amigos como yo. Que veníamos de todos los lugares de la república, yo vengo de Monterrey y manejo ciertos temas que tiene que ver con la seguridad y el transporte. Al final Max nos reveló secretos más allá de la imaginación de todos, incluso los de Leticia, fue cuando comenzó a planear un contraataque, un contraataque al gobierno. En ese entonces me encomendó una sola misión y es de que pagará el precio que debía pagar debía de hacerse con las rutas ferroviarias de la capital hasta

Monterey y a la vez de esta única estación del metro. Cuando llegue la corrupción y las bandas siempre se pelearon por esta estación, tarde años en que uno a uno cayera, ahora esta estación me pertenece y todos los ojos a su alrededor, que los observan, que memorizan a cada persona que entre a este recinto y a mi orden se comunica a quien pague por información. Todo eso porque creía en Max, creía en que podía cambiar las cosas y porque confiaba en él. Pero lo que quieren hacer ustedes es casi un suicidio.

—¿Eso para que nos sirve ahora? —preguntó Victoria.

—Tu padres me encontraron en un callejón —dijo Pedro Adriano—. En una tormenta y sin comer desde varios días antes. Mi madre había muerto por las mismas fechas que mi padre había vuelto a beber, estaba cerca de un basurero esperando a que me encontrara el que recoge la basura, incluso me resigne a que me encontrara un perro y me devorará, a quien sea. Tu padre me recogió y me cuidó como a uno de los suyos. No necesitan a un jefe que los lleve directo a su muerte, necesitan a un líder que vele por ustedes.

—¿Cómo, Leticia? —dijo Pedro.

—No me hablen de esa mujer —dijo Pedro Adriano—. Incluso Máximo tenía sus secretos fuera de ella. Solo quiero que recuerdes esto Victoria.

Cuando llegó el primer metro vacío se llenó de inmediato, esperaron al segundo y lograron sentarse en un lugar. El movimiento del metro era tranquilo, relajante para el cuerpo maltrecho de Victoria, observó a través de la ventana como la oscuridad se alejaba, al final de la ruta para transbordar, lograron pasar desapercibidos mientras las cámaras del C5 seguían deshabilitadas. Victoria observó por fin a través de una ventana como la ciudad se alejaba. Mientras escucha una radio donde sintonizan palabras del presidente.

—Buenas tardes a todos los ciudadanos de esta su ciudad, a todos los compatriotas que están llegando a sus hogares después de terminar una jornada de trabajo, académica o social. Como muchos ya saben la república ha entrado en una época de cambios, una época de conocer a nuestros amigos y sobre todo conocer a nuestros enemigos, una época brillante para demostrar el amor, respeto y compromiso con su nación, la comodidad que todos y cada uno de nosotros contamos, con la seguridad de salir a las calles, con la misma claridad de cada ley creada para todos y cada uno de ustedes, me veo en la necesidad de pedir su apoyo para encontrar a un enemigo común. Si, un enemigo de la nación y por lo tanto un enemigo de todos, cada uno de nosotros. La organización criminal acusada de terrorista, crimen organizado y sobre todas las cosas "traidores" a la patria, su arma más poderosa es la cobardía detrás de "un anonimato". Hoy se le será arrebatada…

Victoria, Gabriel y Leonardo se encontraban muy cansados, como nunca antes. Al más mínimo movimiento de los vagones ellos se movían de un lado al otro. Pensaban en el dolor de sus manos por cada golpe que dieron, enfrente de ellos se encontraba un hombre con una radio, buscando una estación que no fuera de lo sucedido en la Corregidora. Hasta que encontró algo.

—…la ciudad de México como todo el mundo la conocía se convirtió en el fuerte por excelencia del gobierno, 16 millones de personas creyendo en lo que decía o mínimo gozaba de algunos privilegios sobre el resto del territorio nacional, un puñado de habitantes estaba con nosotros, algunos amigos que hacían todo lo posible para ayudarnos y otros refugiados por los muros de las universidades, ocultos bajo el seudónimo de los sombreros blancos. Hoy acaba de pasar un golpe ante toda la apatía, aparecieron estos símbolos enmascarados en la calle de Corregidora con intenciones de atacar el símbolo por excelencia; El Palacio Nacional y en donde haya sido el lugar de la burla nación a las instituciones electorales, me refiero en Congreso de la Unión, de esos ladrones de corbata. ¿Qué significa esto?, por mi parte no quisiera especular, pero habrá cambios importantes.

Porque según mis últimos números, apenas cien hombres provocó la movilidad de militares, policías y múltiples levantamientos individuales por toda la republica. Solo es cuestión de tiempo para que llegue la tormenta y toque con rayos nuestra puerta...

Se hicieron de oídos sordos todo el camino, suficientes malas tragedias por un solo día. Observaron cómo algunos alumnos entraban, eran un par de años menores, pero parecían algunas cuantas décadas. Siguieron hasta el final de la ruta donde varias personas no paraban de hablar lo sucedido, las llamadas telefónicas del C5 saturaron todo el sistema y en la periferia donde siempre escaseaban los policías, el agua, la electricidad y los insumos básicos observaron como el centro se prendía en llamas por no poder hacer una llamada. Salían de sus casas para ver en las azoteas, las calles y desde los automóviles. Muchos comenzaron a organizar cuadrillas para apagar el fuego, recolectar comida o hacer faenas.

Al salir de la estación del metro Leonardo apoyaba su cuerpo cada vez más con el de Victoria, trataba de no perder la conciencia con cada paso y fue cuando Gabriel corrió en donde debía estar la camioneta. Acercó la camioneta y ayudó a Leonardo a subir. Victoria tomó el volante, encendió la radio donde narraban los hechos a través de un testigo sobre los hechos sucedidos en la calle Corregidora, Victoria cambió la estación de radio hasta encontrar una estación con música. Gabriel sacó una de dos motocicletas de la parte de atrás y siguieron a Victoria. Atravesaron varios túneles de desagüe, evitaron carreteras principales e incluso observaron algunos retenes.

Las casas, los edificios y las calles dejaron atrás para continuar por caminos de terracería. Siguieron por caminos entre plantíos y lagos. Constantemente Victoria usaba el retrovisor para observar a su amigo quien se encontraba en un sueño profundo. Intento no llorar por los siguientes kilómetros. Al cruzar un pequeño pueblo una camioneta y dos motocicletas comenzaron a seguirlos.

Victoria se alarmó de inmediato y tocó el claxon para alarmar a Gabriel quien al ver los vehículos se desvió del camino llamando la atención de las motocicletas. Desde la camioneta el copiloto comenzó a disparar a Victoria, no tenían luces policiacas mucho menos altavoces y no tenían intenciones de dejar sobrevivientes. Los disparos a lo lejos permitían asumir que Gabriel estaba en condiciones similares.

Victoria contó las balas en su revólver, eran cuatro. Se limpió las lágrimas que pudiera tener y aumentó la velocidad. Comenzaba a moverse en zic zac para evitar lo más posible los disparos del copiloto, respiraba hondo cada vez que escuchaba un disparo y frenaba estrepitosamente para tratar de estar a la par de la camioneta. Intentó disparar mientras caminaba, pero no podía controlar el volante y mucho menos apuntar a ciegas. El copiloto comenzó a disparar a los neumáticos después de algunos minutos, la velocidad comenzaba a ser un percance para el piloto quien únicamente pensaba en la posibilidad de que le disparó en los neumáticos haría que chocara contra ellos. Justo cuando las camionetas se emparejaron el copiloto apuntó al rostro de Victoria en un tiro perfecto. En el momento que se escuchó el percutor Gabriel se atravesó entre ambas camionetas recibiendo el disparo en el hombro y perdiendo el control de la motocicleta. Salto para sobrevivir dejando a la motocicleta ser aplastada por las llantas de la camioneta, dejando el camino libre para que Victoria disparara al piloto haciendo que la camioneta de volteara el múltiples repeticiones.

Dio media vuelta y fue directo hacia donde se encontraba Gabriel, el disparo no era mortal, pero la caída rompió varios huesos. Lo levantó con todo el cuidado que pudo, pero los gritos de dolor de Gabriel eran insoportables. Fueron al kit médico y lo único que pudo hacer fue acercarle los anestésicos. Siguió su camino hasta que llegó con el copiloto quien se había arrastrado un par de metros afuera de la camioneta.

—¿Quién te envía? —gritó Victoria.

—Por favor no me mates —respondió en tono chillón.
—¿Quién te envía? —dijo Victoria.
—No te puedo decir —respondió el copiloto mientras colocaba las manos como escudo.

Victoria se rasca la cabeza con el arma por unos instantes. Se alejó de ambos automóviles y se sentó. El piloto intentó moverse unos centímetros más. Respiro profundamente tratando de razonar las cosas, sabía que en cuanto se fuera llamaría o se comunicaría con sus amigos. Incluso si revisara toda la camioneta y sacara todas las cosas. No podía cambiar de ruta, no si intentaba salvar a sus amigos. Por algunos segundos se siguió preguntando hasta que se levantó, observó las balas en su pistola y solamente tenía 3.

Se acercó al copiloto, sintió lo pesado de su arma y lo observó a los ojos. Estaba decidida, las preguntas se acabaron en su mente y el sonido del precursor de la pistola por primera vez ensordece los oídos de Victoria. Bajo su arma a un costado, se quedó unos segundos quieta sin darse cuenta, para ella simplemente se movió de inmediato hasta la camioneta. El anestésico de Gabriel lo hizo dormir, Victoria encendió la camioneta, observó por el retrovisor como la camioneta se hacía más pequeña, pronto olvidó el rostro del hombre y únicamente recordaba ese punto en medio del campo desapareciendo.

Siguió en la camioneta hasta que el paisaje cambió, siguió hasta perder el hambre, siguió hasta que la última estación de radio desapareciera y únicamente se podía escuchar la estática. El camino estaba tan despejado que se dedicó únicamente a observar cómo la pequeña flecha de gasolina llegaba hasta cero. Había perdido todas sus fuerzas, no quería seguir adelante e incluso no quería ver más adelante. Victoria ignoró la gente que la rodeaba, los ruidos de las personas y sólo pudo volver cuando escuchó la voz de Alexandra.

—¿Qué estás haciendo aquí? —preguntó Victoria.

Alexandra la observó con asombro.

—Ya llegaste —dijo Alexandra.

Victoria levantó la mirada en el lugar, habían cientos de personas moviéndose de un lado hacia el otro, algunos animales afuera de los corrales y niños gritando. Las casas improvisadas estaban hechas de madera y adobe recién hecho. Los automóviles estaban virtualmente reconstruidos. En cuanto observó cómo movían a sus amigos trató de impedirlo e incluso sus ojos se tornaron rojos.

—Tranquila —dijo Alexandra—. Quieren ayudarlos, los llevaran al quirófano.

Sin decir una palabra Victoria camino entre la multitud siguiendo a los camilleros hasta dentro de un edificio, las personas le siguen con la mirada preguntándose si era "ella". Algunas enfermeras le impidieron el paso y la llevaron hasta la sala de espera. Después de un par de minutos Sofía llega con un plato de comida, en cuanto la ve se abrazan.

—¿Cómo les fue?—preguntó Victoria.

—Logramos obtener lo que buscábamos —dijo Sofía—, la cirugía de la profesora Leticia resultó muy bien, Teco ayudó mucho.

—¿Tu qué tal? —dijo Sofía.

En ese preciso momento con esa pregunta Victoria no pudo resistirse más. Sus lágrimas comenzaron a brotar al principio sin ningún llanto como si se tratara de un río.

—Todo salió mal —dijo Victoria—, llegaron por todos lados, apenas y logramos huir de las balas cuando llegó es estupida de Fernanda con sus kaibiles. Leonardo le estaba ganando, pero justamente le lanzaron una granada y por poco lo mata. Después mientras veníamos para aquí nos encontramos con unos matones en el camino, por poco matan a Gabriel y yo no podía hacer nada. Después ese hombre...Sofía si él hubiera estado vivo seguro nos hubieran atrapado, yo tenía Sofía, enserio yo tenía que...

Victoria comenzaba a balbucear hasta que sus palabras fueron llantos inentendibles para Sofía quien la abrazaba. Trataba de tranquilizarla, pero parecía que aumentaba su llanto. Permaneció en ese mismo lugar durante un par de horas más esperando alguna respuesta. Fue una enfermera quien se acercó a ella.

—Váyanse a descansar —dijo con gentileza—. Las cirugías tardaron mucho más tiempo.

—No, debo quedarme —dijo Victoria.

—No puedes hacer nada —dijo la Enfermera—, deberás esperar a que termine la cirugía y después a que despierten tus enfermos. No puedes recibirlos cansada.

Sofía llevó a su tienda a Victoria, le enseñó con agrado como había vuelto acogedora ese pequeño espacio.

—Puedes dormir —dijo Sofía.

—No tengo sueño—respondió Victoria mientras veía por la entrada los tonos rosa del ocaso.

Las dos chicas se quedaron calladas durante varios minutos, Victoria evade los temas de conversación mientras Sofía se preocupaba aún más. Al paso de las horas únicamente la luz de las lámparas se podían ver. Victoria se recostó en su catre mientras veía el techo de la tienda no pudo evitar encender la lámpara de la tienda, en una luz tenue, no soportaba la idea de estar a oscuras. Permaneció así durante varias horas observando como la pequeña flama parecía que dasara, como iluminaba las pequeñas partículas que pasaban a su alrededor e imagino que así se mueven las estrellas. El paso de una botas hizo que se levantara.

—¿Puedo entrar? —dijo Teco.

—Adelante por favor —dijo Victoria.

—Buenas noches o mejor dicho buenos días—respondió Teco.

—¿Cómo se encuentran? —dijo Victoria.

—Están fuera de peligro —dijo cabizbaja Teco.

—¿Cuándo podré verlos? —preguntó Victoria.

—Gabriel lo podrás ver mañana —dijo Teco—. A Leonardo no lo sé.

—¿Por qué no sabes?—preguntó Victoria.

—Lo inducimos a un coma —dijo Teco—. Los daños en su cuerpo eran y son muchos. Nos vimos en la necesidad de tomar esas medidas.

Victoria intentaba no llorar. Su rostro demacrado estaba al borde de un colapso.

—Todo es mi culpa —se dijo.

—No hables así —dijo Teco.

—Si yo no hubiera ideado este plan nada de esto hubiera pasado —dijo Victoria.

—No era tu plan —dijo Teco—. Era el plan de la profesora Leticia y únicamente era en caso de una crisis. El plan tenía sus riesgos, todo el mundo lo sabía y lo dijimos en su momento. Estuvimos al borde de la muerte todo el tiempo. Incluso si hubiera salido todo de acuerdo al plan sabíamos que iba a haber bajas.

—No hables como si no conocieras a las personas —dijo Victoria.

—Ellos siguen vivos Victoria —dijo Teco—, y si están vivos es por ti. Porque cuando tuviste que tomar una decisión elegiste salvarles la vida. Les diste una oportunidad para seguir viviendo y eso es lo que importa. ¿Sabes qué hubiera pasado si no hacíamos esto?

Victoria se quedó callada mientras escuchaba a Teco.

—La profesora hubiera muerto —dijo Teco—, a todos nosotros nos hubieran casado uno por uno y lo que construyó se hubiera derrumbado. Ganamos una oportunidad y con eso debes de quedarte.

Teco salió de la tienda dejando a las chicas solas. Victoria se acostó en su catre y observó el techo de su tienda mientras pensaba. A primera hora del horario visita siguiente fue hasta la habitación de Gabriel quien estaba completamente enyesado. Intentó decir algo cuando vio a su amigo, pero aun permanecía dormido.

—¿Quién te dejó entrar?—preguntó Teco.

—Es horario de visita —dijo Victoria—. No pueden evitar que esté aquí.

—El horario de visita se hizo para que las personas visitaran a sus convalecientes y no afectarán en su rehabilitación —dijo Teco—. Si hubieras esperado una enfermera te hubiera dicho que estaba durmiendo. Y eso no responde mi pregunta.

—Entre de sorpresa —dijo Victoria—. Así que ¡sorpresa!

—¿Ya fuiste a ver a la profesora Leticia? —dijo Teco.

—No quiero verla —dijo Victoria.

—¿Por qué? —preguntó Teco mientras se quitaba la máscara.

—Fracasé otra vez —dijo Victoria—. Por más que me esforcé, por más que vi todos los factores y por más que trate fracase.

—Mirame Victoria —dijo Teco mientras se recargaba en la pared—. No se si te hayas equivocado, perdón mejor dicho sí nos hayamos equivocado. Pero hicimos todo lo que estaba en nuestras manos. No tienes que ver a la profesora por deberle algo, simplemente para ver a una amiga.

Teco se colocó su máscara antes de salir de la habitación, Victoria permaneció en el cuarto de Gabriel varios minutos, se despidió de él con un beso en la frente y se marchó. No tardó en entrar a la habitación de la profesora Leticia, se sentó en un pequeño sillón a los pies de la profesora, no la había visto por mucho tiempo y el único recuerdo en su mente fue cuando se había enojado con ella. Estaba conectada a una máquina para respirar y tenía tubos por todas partes.

—¿Victoria? —dijo la profesora Leticia.

—Si profesora —respondió Victoria.

—Mucho tiempo sin verte mi niña —dijo la profesora Leticia.

—¿Cómo sabes que fui yo quien entró? —preguntó Victoria.

—Todos hablan de ti —dijo la profesora Leticia—. Muchas enfermeras vinieron antes de ti a decirme que tenían miedo de hablarte, pensaban que las ibas a destruir a la mínima señal de debilidad. Me reí un poco de ellas.

—Lo lamento profesora —dijo Victoria.

—¿Por qué te disculpas mi niña? —dijo la profesora Leticia.

—Por hacer esa estupidez —dijo Victoria.

—Me salvaste la vida Victoria, le salvaste la vida a tus amigos y a cientos de personas que estaban atrapadas —dijo la profesora Leticia.